雪静（1983.11—）

本名高晶，女，满族，现居南京。

中国作家协会会员，一级文学创作职称。出版有长篇小说《旗袍》《夫人们》《天墨》等十六部，另有长篇传记《红骨》和长篇报告文学《大美浦口》，散文随笔集《女人与墨香》。在《当代》《民族文学》《北京文学》《大家》《江南》等期刊发表中短长篇小说若干篇，其中有多篇散文随笔刊于《人民日报·海外版》《中国青年报》《文艺报》《文学报》《散文百家》等期刊，也有文章被《小说选刊》《作品与争鸣》《散文选刊》等期刊转载。有作品曾荣获中国当代女性文学奖，江苏省“五个一”工程奖及南京市政府文学艺术奖、金陵文学奖等。

跑山鸡

雪静 著

陕西新华出版
陕西旅游出版社

图书在版编目（CIP）数据

跑山鸡 / 雪静著. — 西安 ：陕西旅游出版社，2020.7（2024.1重印）

ISBN 978-7-5418-3910-8

Ⅰ. ①跑… Ⅱ. ①雪… Ⅲ. ①中篇小说-小说集-中国-当代 ②短篇小说-小说集-中国-当代 Ⅳ. ①I247.7

中国版本图书馆CIP数据核字(2020)第038323号

跑山鸡 雪静 著

责任编辑：邓云贤

出版发行：陕西新华出版传媒集团　陕西旅游出版社

（西安市曲江新区登高路1388号 邮编:710061）

电　　话：029-85252285

经　　销：全国新华书店

印　　刷：盛大（天津）印刷有限公司

开　　本：880mm×1230mm　1/32

印　　张：11.625

字　　数：270千字

版　　次：2020年7月 第1版

印　　次：2024年1月 第2次印刷

书　　号：ISBN 978-7-5418-3910-8

定　　价：69.80元

目录

跑山鸡

一

老鹰山连绵起伏，有人说它长约百里，也有人说比百里长，它的形状像一条龙是没有争议的。龙肚子的地方叫“冲”，龙尾巴的地方叫“垬”，垬的地理位置比冲的偏远。村人进城不方便，眼下虽有公交车进城，但跑得太慢，半小时才开一班，天黑和早起都没有，如果进城办事回来晚了就要靠脚板跑路。因此垬里的人比冲里的人能吃苦，脚能跑路，手能干活，庄稼都是自己种，很少雇人。

进入六月，李锦茹每天要干的事情几乎都是一样的，晒麦子、侍弄菜地、喂鸡喂鸭、做饭烧菜……就像她必须要履行的劳动义务一样，少了哪一样，心里都会不踏实，像揣了只蹦跶跶乱跳的小兔子。

自从儿子考进了城里的大学，李锦茹感到家里空落得如未耕的荒地，看到哪里都是凄凉和寂寞。好在老实巴交的丈夫老安总是不离自己左右，他不会打牌，也不喜欢喝酒，更不会跟别的女人眉来眼去，每天除了干农活和家务，就是陪李锦茹在床上唠嗑，村里谁家的鱼塘又转包了，谁家的苗木多卖了钱……这些琪里新闻都是老安午饭后在村里遛达一圈听来的。老安吃过午饭总喜欢到村里东转西看，这样每晚上床前才好对李锦茹进行“新闻联播”，而李锦茹也就习惯成自然，百听不厌了。日子久了，他们唠嗑的时间倒比看电视的时间多了，老安甚至不喜欢看电视，说那都是瞎编的，没有村子里的事情真实有趣。

这天晌午，太阳一下子就从半山坡上的树林里跃了出来，红红火火地挂在了天上，李锦茹急忙和老安在马路边晒麦子，难得赶上这样的好天气，晒麦子就是要跟太阳争分夺秒。如今在村里，真正种粮食的农户已经寥寥无几了，种粮食不赚钱，弄不好还要赔钱，一亩地能赚400元钱都算是很会种地了，种子、农药、化肥哪一样不是钱买来的，有的农户把地包给了别人，有的改种苗木，可李锦茹家的几亩地仍在种粮食，他们种稻子也种麦子，打下的粮食从来不去卖，只留着自家吃。李锦茹和丈夫老安都有同样的观点，买回来的粮食吃着不放心，打农药不说，还有什么高科技转基因，有次李锦茹看电视上揭露一个农民用脏棉花掺进大米里充斤两，如果不是火眼金睛根本发现不了。李锦茹就和老安决定自家那几亩地不干别的，也不图种苗木赚钱，只种粮食，每天吃进嘴里的东西总要心安吧。除了种粮食，他们还养鸡，如今菜市场卖的鸡鸭只长两三个月就上餐桌了，全靠激素催生，猪也是激素催大的，村里有个小兽医，专门给老安说过那些养殖专业户如何给猪和鸡鸭打各种药水的事情。还有豆腐也不安全，电视上曾报道过某些不法分子去医院拣病人用过的石膏点豆腐……这不是毒又是什么呢？李锦茹家里的农事都为的是自家人嘴里的干净，病从口入，只有嘴里吃下的食物干净，肚子里才能不生病。

李锦茹和老安正翻麦子，一辆小车突然出现在马路上，小车鸣笛几声，李锦茹抬眼看看，继续低头翻麦子。一旁的老安挥挥手，示意小车可以开过去。小车却停了下来，车门推开了，从里面下来一个四方大脸的干部，大眼睛阔嘴巴，脖颈后边坠着一堆槽头肉。老安好像在哪里见过这个干部，他脖子上的槽头肉很是显眼，电视上吗？老安记不清了。

四方大脸的干部大摇大摆走到李锦茹和老安跟前说："你们怎么还在马路上晒麦子呀？烧秸秆和在马路上晒麦子都被明令禁止了，难道你们还不晓得吗？"

未等老安开口，李锦茹抢先说："我家门口这条路，不常跑车的，一年到头，也跑不了几趟车。"

四方大脸的干部笑道："我今天不就跑来了吗？我就喜欢跑没人愿意跑的地方，深入群众嘛，哪里偏僻我就到哪里深入群众。"

这时，一个秘书模样的人跳下车走过来说："许主任，我们中午要赶到机关食堂吃饭呢。"

李锦茹看看日头说："哟，这会儿都过晌午了，机关食堂踩点，你们怕是赶不上吃饭了。要不就在我家吃饭吧，正好我们也要做晌午饭了。"

秘书模样的人立刻问："你家有啥好吃的？"

老安说："粗茶淡饭呗。"

四方大脸的干部趁机说："那我们就在你家吃午饭了，算是吃派饭吧，我俩每人交上20元的伙食费。我是镇扶贫办的许主任，这是我的秘书。”

李锦茹笑说：“交啥钱呢，你们镇干部吃上一顿农家饭，也算是看得起我们了。”

李锦茹和老安放下麦子就回了家，许主任和办公室秘书说再到别处转转，一会儿赶过来吃饭。

李锦茹进了家门就吩咐老安逮鸡杀鸡，她在菜园里拔了几棵青菜、一把蒜苗、一把菠菜，两口子在厨房三鼓捣两鼓捣，不一会儿就摆了一桌子香喷喷的饭菜。刚摆好，许主任和办公室秘书就进屋了，他们好像掐算着时间赶回来的。

许主任拿起筷子就开吃，他的一双筷子在毛豆烧鸡块的盘子里左拨拉右拨拉，好像在攻占每一块鸡肉的高地一样，一会儿就把鸡腿鸡翅一扫而光了。许主任吃得津津有味，一边吃一边问：“你们为什么不炖上一锅猪肉呢？农村的黑毛猪好吃，炖上一锅肉，里面再放点粉丝，放点老豆腐，香得流油。”

李锦茹始终在一旁站着伺候，一会儿递烟一会儿端茶，只让丈夫老安陪着许主任和办公室秘书吃饭。许主任一双筷子霸气得横扫菜盘，好肉好菜转眼都进了他的嘴里，李锦茹看着就不爽，但又敢怒不敢言。吃着鸡肉又想着猪肉，许主任的一番话倒让李锦茹有了搭言的机会，便接过他的话说：“如今我们家里人一年到头都不吃猪肉，猪肉有毒，养猪户总给猪打药水，鸡鸭也不敢买，都是吃激素长大的，从蛋壳里拱出来到端上餐桌只有两三个月的时间，那肉谁敢吃呀？”

许主任一愣，当即放下筷子问：“那你给我端上来的鸡肉也是激素催大的？”

李锦茹笑着说:“这是我们自家养的鸡,一共养了8只,在院子里吃虫子吃粮食吃菜。孩子放假回来,我才给他杀只鸡吃,今天这鸡是我们当家的专门给您杀的,您没觉得跟食堂吃的鸡肉味道不同吗?”

许主任点头说:“嗯,味道的确不同,一个字‘香’!”说着又搛了一块鸡肉放进嘴里嚼着说,“村里多少人养鸡呀?”

“家家都养鸡,公鸡吃肉,母鸡下蛋。要说这乡村,虽说没城里热闹,吃东西还是乡村的味道正。”李锦茹如实回答。

办公室秘书在一旁插话:“就是太脏,村路上到处是鸡屎,你们家院子里也到处是鸡屎,走几步路就要抬起脚看看,脚底下是不是踩了鸡屎。”

始终未语的老安尴尬地笑笑说:“我们家院子算是干净的了,鸡屎都让我用铲子铲到菜园子里当肥料了,这叫有机菜,你看盘子里的菠菜多绿呀。”

许主任这才搛了一筷子菠菜塞进嘴里,边嚼边说:“有机菜,营养价值高,你也尝尝吧。”顺手又给办公室秘书搛了一筷子。

办公室秘书皱皱眉头,但还是把许主任搛到自己碗里的菠菜吃进了嘴里,虽然心里犯硌硬,感觉把许主任的口水吞了。

许主任这会儿真是吃饱了,他不停地打着饱嗝,用一只筷子戳着左边的牙床,那牙缝里塞了一块鸡肉,他半晌才把肉戳下来,又咽进肚里说:“今天这顿饭吃得真舒服,家里散养的鸡就是香,到底不是大路货。”说着吧唧吧唧嘴,从口袋里摸出20元钱在半空中晃着,问办公室秘书:“我帮你一块付了吧?”办公室秘书急忙说:“我有我有。”也从衣袋里摸出20元钱,两人一起把钱放在桌子上。

李锦茹笑着说:“免了吧,不就一顿饭嘛,吃不着咋的?过门槛吃一碗。”

老安便拾起钱往许主任和办公室秘书的口袋里塞,许主任和办公室秘书跟他推搡着跑出门。

李锦茹追出来喊:“吃着服口,下次想吃就再来吧。”

许主任挥挥手说:“你家开个农家乐不错,正宗地道的农家菜。”

老安指指大门上的对联说:“太偏僻了,没人来。”

许主任立刻往回退了几步,定睛打量大门上的对联,只见上面写道“地僻路远客来少,清风明月我自多”,横批“乐在农家”。

许主任不禁赞道:“哟,好文采呀,谁写的?”

李锦茹笑着说:“我们村有个土画家,你没见家家都贴春联吗?都是过年时他免费给写的。”

许主任由衷地赞道:“高手在民间呀。”说罢又打了一个饱嗝,转身与秘书上了车,车渐渐远去。

李锦茹望着小车的背影跟丈夫老安说:“这个许主任吃相真是难看,一双筷子翻遍了盘子里的鸡肉,还让不让别人下筷子了?”

老安笑道:“这说明咱家的鸡肉香,对他胃口。”

李锦茹仍碎嘴嘀咕:“脖子上的槽头肉都那么厚了,再贪吃就变成大肥猪了。”

老安忍不住推了她一把说:“真是老娘们见识,不就吃了一只鸡吗?又不是没给钱。”

李锦茹不服气地说:“40块钱,还不够个手工钱,鸡等于白吃了。”

老安冲她说："咱家的鸡有人欣赏，有人喊香，这是求之不得的好事情呀。"

李锦茹这才住了嘴，匆匆扒了口残汤剩饭，下午继续与老安晒麦子，直到看见每户人家的炊烟蹿到天上，才收了麦子回家。

二

早晨，天色有点阴，太阳显得柔弱无力，脸上的光辉被厚厚的云层罩了起来，怎么挣扎也摆脱不了云的纠缠。李锦茹和老安刚把麦子铺在地上，天上竟有几滴雨点落下来了，她又慌忙与老安一道收起麦子。两人正忙乎着，村主任突然跑来了，他气喘吁吁地说："赶紧把你们家的鸡鸭鹅狗都圈起来，门口和路边的鸡屎也都铲一铲，明天镇干部来村里检查卫生，县里的领导说不定也来呢，要是踩了人家一脚屎，咱们村的文明指数就下降了啊。"

李锦茹不情愿地说："有鸡就有屎，屎虽臭，肉却香。"

村主任突然板起脸说："这可不是小事情，你不要稀里马虎不当回事好不好？"

李锦茹回嘴说："我说的也是正事，昨天镇里扶贫办的许主任还在我家吃饭来呢，老安给他杀的鸡，一盘毛豆烧鸡块他都吃净了，临走还直喊香呢。"

村主任一愣问："你说啥？镇扶贫办的许主任昨天在你家吃的饭？"

李锦茹说："对呀。"

老安急忙在一边补充说："人家吃饭给钱了，可别小题大作拿人家当腐败的典型啊。”

村主任笑道：“你想到哪儿去了，吃顿饭算什么腐败呀，农家饭又不值钱。可惜呀，许主任是镇扶贫办的，要是文明办的就好了，就能给咱村里加分了。”

李锦茹惊讶地问：“吃顿饭就能加分？那要加多少分呀？”

村主任忽然意识到了什么，急忙说：“你别理解错了，我是说干部在老百姓家吃饭可以唠唠家常，联络一下感情嘛。”

李锦茹笑道：“要是能给咱村加分，我情愿让老安再杀一只鸡，招待文明办的领导。”

村主任嘴一撇说：“得了吧你，把门前院里还有道上的鸡屎铲干净，你就算是给咱们村加分了。”

村主任走后，李锦茹与丈夫老安收起麦子，就动手打扫鸡屎。鸡屎真是不好打扫，铲了干屎还有稀屎，铲了稀屎又有新屎，鸡屁股就像受了什么鼓动，不停地屙，东一滩西一滩，铲也铲不净。

老安就建议这几天把鸡圈起来，等镇领导检查完了村庄卫生，再把鸡放出来。

李锦茹觉得有道理，就跟老安一道重新把鸡笼钉了钉，将七只鸡都装进了笼里。

可鸡有腿有爪子还有翅膀，被圈起来的鸡只要把鸡笼抓出个窟窿，就能扑棱着翅膀飞到村里广阔的地盘上。飞出笼的鸡低头啄食，撅屁股屙屎，自由自在地遛达。李锦茹和老安并未发现鸡舍已成了空巢，等她和老安发现了马路上的鸡屎时，数辆小车已经开进了村子。

从车上下来的干部都穿着锃亮的皮鞋，走在最前边的是县领导，镇里和村里的干部跟在他的两侧，正比比划划跟他说着什么。

李锦茹一眼就看到了县领导脚上穿的锃亮的皮鞋，深棕色，鞋头发尖，像火箭头，这双鞋子比其他人穿的鞋子都豁亮，也不知擦了多少鞋油。李锦茹不由想起儿子放假回来时跟她说过的话："妈，看一个人有没有档次，就看他穿什么样的鞋子，档次越高的人，穿的鞋子越贵，尤其是男人。"李锦茹当时还为儿子网购高档鞋子跟他吵了一架，她觉得儿子对鞋子的过分讲究就是忘本的奢侈，虽说如今早已不是"新三年旧三年缝缝补补又三年"的时代了，可一双鞋子要花千把块钱，庄稼人种一亩地的利润都买不起一双鞋子，这让李锦茹心里很不平衡，她和丈夫老安脚上的鞋子，都没有超过100元的，鞋子不在贵贱，穿上舒适就行了。李锦茹偏偏在这个时候想起了儿子的话，她的心猛地一抖，望着那满地的鸡屎，有的还冒着热气。于是她两眼直勾勾盯着县领导的鞋子，生怕那双上档次的鞋子一不留神踩上"屎雷"。

县领导正全神贯注地跟镇村两级干部指导着工作，他说："你们这个村吧，虽然偏僻，没有区位优势，可你们这里是个传统文化村庄，太平天国时期这里驻扎过太平军，做美丽乡村还是有基础的，又在老鹰山北麓，山上的植被茂盛，村里还有池塘……刚刚转了一圈，感觉卫生搞得也不错，垃圾入池，农户的化粪池也都做了沼气池，从环保方面来说还是不错的。如今城里人就喜欢到这山清水秀的地方踏青游玩，这回我就投你们村里一票了。"

县领导正说到兴头上，脚向左迈了一步，试图换个姿势，这时一滩冒热气的"屎雷"突然在他油光锃亮的皮鞋底端"爆炸"了，他的身子不由自主地晃动了一下，险些倒地，立刻被身边机灵的村主任扶住了。县领导站直了身子，第一时间就是抬起脚上的皮鞋，这一刻，他的两只眼睛全部聚焦在皮鞋底上，发现皮鞋底与往日的不同了，那上面被涂了一层糖鸡屎，就像化妆膜，只是这样的化妆膜太让他恶心了，他的皮鞋岂可被如此恶心的化妆膜玷污，那是意大利原装皮鞋，两万元一双啊。县领导尴尬地看着皮鞋底，手足无措。

机灵的村主任左右搜索了一下，一眼看到李锦茹正朝这里张望，便大声喊道："县领导踩到你们家的鸡屎了，你还不快想办法把鸡屎揩干净。"

李锦茹顺手抄起一个扫帚疙瘩奔了过来，从村主任手里接过皮鞋，拎到门前的池塘边，用扫帚疙瘩沾水揩了起来，刚揩几下，村主任慌慌张张跑过来说："你手下留点情，只揩皮鞋底就行了，皮鞋帮千万不能沾上水，这可是意大利原装皮鞋，大价钱买的。"

李锦茹闻听这话，手上越发不敢使劲了，不知皮鞋底上的鸡屎擦到何种程度才算干净，也不知滚落到皮鞋帮上的几滴水是擦掉还是不擦，她就这样拎着皮鞋出神发愣。直到村主任来取皮鞋，李锦茹才歉疚地把皮鞋还给他，嘴上不停地说着道歉的话，村主任横眉立目道："你现在说啥都晚了，昨天我特意跑到你家让你把鸡圈好，结果还是让县里的领导踩了一脚屎，这回咱村卫生达标是没指望了，损失了一大笔奖励费呀。"

李锦茹听罢，心里越发慌张了："我们两口子昨晚上把鸡窝钉得牢牢的，门上还多加了两个钉子呢，这该死的鸡，杀了吃肉算了。"

村主任忽然灵机一动说："哎，李锦茹，你真说对了，今天你就把往路上屙屎的那只鸡杀了，炖一锅肉，招待县里来的领导，这样既让他解了馋又让他解了气，就算在你家吃派饭了，上次镇扶贫办许主任在你家吃完派饭，到处说你家的鸡香。”

李锦茹松了一口气说：“不就是一只鸡嘛，只要领导欢喜了，能给咱村加分添彩，别说是杀一只鸡，就是把我家的鸡全杀了，我都心甘情愿。”

村主任听了李锦茹的一番话，又满心欢喜地将这话传给了县里的领导，领导闻听李锦茹家的鸡香，便欣然接受了她杀鸡的道歉方式。

随后，村主任就带着一行人到村里察看卫生死角去了，临行前叮嘱李锦茹说吃晌午饭时回来。

李锦茹立刻吩咐老安逮鸡，她今天要亲自动手杀了这只鸡，她挥着刀子，捏着毛茸茸的鸡头，边下刀子嘴上边嘀咕：“小鸡小鸡你别怪，谁让你屙屎让人踩。”

她嘴上要反复说上三遍，才能把刀子按下去，她只要把刀子按下去了，鸡的小命也就没了。李锦茹把挨了刀的鸡扔到菜园里，看着鸡带着脖子上的血满地挣扎打扑棱，她心里忽然一阵难过，她是为了一双皮鞋要了鸡的命呢，这鸡本应该再活上几个月，她今天竟用刀子把鸡的寿命剥夺了。想想这世间的动物，都是斗不过人的，人想杀鸡鸡就被杀了，要是鸡也长得像人一样高，爪子也像人的手一样，当它想吃人肉的时候，是不是也会操着刀子要了人的命呢？

李锦茹的难过很快就被县领导及镇村干部吃鸡的喜悦冲淡了，他们在桌上议论着她烧菜的手法，议论着用料、食材，最后的着眼点还是归在了农家散养的土鸡上，吃饲料的鸡怎么能跟吃虫子吃菜吃粮食长大的土鸡相提并论呢?如今吃饲料的鸡属大众消费,而农家散养的土鸡属小众消费。

这天晌午的饭菜因为土鸡的美味,让县领导极有兴致,似乎把踩鸡屎的皮鞋忘了,桌上说的都是夸奖村庄的话,诸如化粪池沼气的规范呀、垃圾入池呀,当然还有附加条件——空气,得天独厚的老鹰山植被给了村庄清新的空气。

李锦茹心里喜悦着,心想添彩也是鸡,惹祸也是鸡,以后真不能小看这几只鸡呢。

县领导白天的许诺,回到城里的家中又变成了怨气,原因还是他踩了鸡屎的皮鞋,脱在门厅时,总有一股隐隐的臭味,偏偏赶上老婆是个对气味过于敏感的女人,两口子就因这外来的鸡屎味而吵了起来,最终是老婆占了上风,将他踩了鸡屎的皮鞋从阳台上扔了下去,恰好砸了楼下人家宝马车的玻璃,人家立刻跑到他家吵闹索赔,弄得两口子一夜未睡好觉。

第二天,办公室评文明乡村时,领导就把票投给了别的村庄。消息传到村里,村主任疑惑不解,立刻给相关部门领导打电话询问,电话里回答说:“都是鸡屎惹的祸。”

村主任于是命令全村人杀鸡,不论公鸡母鸡一律格杀勿论。

李锦茹不情愿地杀着自家的鸡,边杀边跟老安嘀咕:“村里如今连一只狗也没有了,说是年初县里有个女领导来村里视察,一条黑狗扑了她一下,吓得她把脚崴了,村里从此再不允许养狗了。现在又不允许养鸡了,不养鸡不养狗,还叫乡村么?”

老安不耐烦地说:“你怎么这么多的话呀,快杀你的鸡吧,我等着给鸡拔毛呢。”

李锦茹将血淋淋的鸡扔到菜园里，看着它们扑棱翅膀说：“都杀了也好，免得我每次杀鸡心里都难过，长痛不如短痛。只是，镇扶贫办许主任再来时，再想吃咱家的鸡，那咱可是死活都没办法了。”

老安将血淋淋的鸡扔进装着开水的桶里，上下翻搅着说：“那就去菜市场买一只鸡，活人还能让尿憋死咋的。”

李锦茹和老安杀了一晚上的鸡，待给鸡褪过毛，将白嫩的鸡肉撒上盐腌进缸里，李锦茹叹道：“儿子放假回来，再也吃不上鲜嫩的鸡肉了。”

老安累得喘着粗气说：“你就不能少说句话吗？生怕嘴巴落到地上。”

三

镇扶贫办的许主任又来了，上次是来村里调研贫困的情况，这次是考察村里究竟适合哪些扶贫项目。

许主任和办公室秘书在村里走着，村主任在后边陪着，许主任的眼睛四处张望了一会儿，突然说：“感觉村子比从前干净多了，马路上的鸡屎狗屎没有了嘛。”

村主任笑着说：“自从县领导来村里检查卫生，村里的环境大变样，我们把公共死角都整治干净了。”

许主任感叹道：“有了干净美丽的环境，就不愁没有好项目落户了。”

村主任随口附和说：“那是。”

许主任在村里转了一大圈，也未发现村里适合哪些项目落户。

快到中午时，村主任要留许主任在村食堂吃饭，许主任推脱说要回镇里，与办公室秘书开车出了村子。车行不远，许主任的肚子忽然咕咕响了几声，他这才想起未吃早饭，赶到镇里吃饭又要过晌午了，于是便跟办公室秘书提起上次吃过饭的李锦茹家，她炒的毛豆烧鸡至今余香缭绕。机灵的秘书闻听毛豆烧鸡，一下子就明白许主任的心思了，立刻将车拐了个弯，七拐八绕就奔向一个农家小院。李锦茹正在院子里择菜，抬头望见一辆小车停在了门口，随后从车里跳下来两个人，一前一后走到了院门口，李锦茹一眼认出了扶贫办主任，便急忙放下手中的菜，笑呵呵迎了出来。

许主任说："今天我们又来点菜了，还是想吃您做的毛豆烧鸡，这回我和秘书每人多加10块饭钱，60块钱吃顿农家饭怎么样？"

李锦茹拃着两只脏兮兮沾着泥巴的手说："许主任啊，您爱吃我做的毛豆烧鸡，那是我的荣幸。可如今我们家已经没有鸡了，鸡在前些日子都被杀光了。"

许主任莫名地问："为什么呀？怕我再来吃吗？我吃鸡都是给钱的呀。"

老安这时从屋里走出来说："我们欢迎主任还来不及呢，怎么可能怕主任吃鸡呢。是这样，前些日子县领导来我们村视察，一不留神脚踩了鸡屎，听说他脚上的皮鞋是意大利进口的，2万多块钱呢。因为这事村里没评上先进，村主任一怒之下就不让村民养鸡了。您听听村里还有鸡鸣狗叫之声吗？"

许主任听罢皱了皱眉头说："哪有这样的道理呀，县里领导的脚底踩了鸡屎，村主任就不让村里人养鸡了，真是霸王条款。"

许主任转身欲走，李锦茹急忙招呼说："要不让我们当家的去菜场抓只鸡，我给你们做就是了。”

办公室秘书趁机说：“主任，那咱就在这儿等一会儿吧，反正到了吃饭的时间了。”

李锦茹推推老安说：“你还不赶紧去菜场买鸡，愣着干什么呀？”

老安匆匆奔了菜场，不一会儿就拎回来一只宰杀好的肉鸡。李锦茹手脚麻利，三下五除二就把买来的鸡侍弄干净了，又三下五除二将鸡切块下锅，不一会儿一盘毛豆烧鸡就端上了餐桌。

许主任边吃边吧唧嘴，吧唧了一会儿说：“这鸡怎么吃都不如上回那只鸡的味道好，跟我在城里吃的鸡没什么两样。”

李锦茹说：“食材不同啊，虽说都是鸡，可上回那只鸡是我家散养的土鸡，吃的是园子里的菜、地里的虫子、家里的粮食。春天拱出蛋壳，要过年时才宰杀，鸡要长十来个月呢，鸡肉自然是又香又有营养了。今天你们吃的鸡是吃饲料的鸡，两三个月就端上餐桌了，能香到哪儿去呢？”

许主任忽然放下筷子说：“那我就扶持你们一个项目怎么样？”

李锦茹急忙问：“什么项目啊？”

许主任说：“养鸡的项目。”

老安插话道：“如今村里明文规定不许养鸡了，我家怎能破例养鸡呢？”

许主任说：“如果把养鸡当成扶贫项目，还是养得起来的。你看你们家门前就是老鹰山的半坡荒地，回头跟村里申请一下，将这半坡荒地圈起来，买上两百只鸡苗子撒进去散养，我可以在农行为你们担保低息贷款，这散养的土鸡营养价值高，到了市场上一定会卖个高价。”

李锦茹欢喜地说：“这主意倒不错，只是要给鸡取个好听的名字。”

办公室秘书脱口而出：“名字都是现成的，就叫老鹰山土鸡。”

许主任赞赏地说：“这名字好是好，就是太绕口了，不如叫跑山鸡，一听就生态环保，一定能在市场叫得响。”

李锦茹和老安立刻说这名字好，办公室秘书也随声附和。

许主任回到镇里，就抓紧落实跑山鸡的扶贫项目，先是落实了低息贷款，随后又落实项目的实施。

村主任本来是不同意将老鹰山的半坡荒地包给李锦茹两口子的，觉得如此轻易包给了他们，是让这两口子拣了个大便宜。可扶贫项目只在村里落实了这一项，他如果不积极配合，“跑山鸡”项目就有可能在老鹰山的南坡落地，那就不是他分管的一亩三分地了，荣誉也就没有他的份了。于是，村主任大笔一挥，爽快地在村里的承包合同上签了“同意”两字。

镇扶贫办总算落实了一个扶贫项目，村里也有了一个经济实体。“跑山鸡”正式挂牌那天，村主任从县里请来了相关媒体，媒体从生态环保的角度报道了“跑山鸡”的诸多营养价值。李锦茹的照片还上了报纸，照片上的她紧握着扶贫办许主任的双手，一副感激涕零的表情。

不管李锦茹是什么表情，她此时都成了远近闻名的“跑山鸡”明星，报纸上、电视上、网络上，她与扶贫办许主任握手的照片已经成了一种标志。

老安有点吃醋了，老婆成了明星，自己似乎比老婆矮了一截，他的心里压力山大。

李锦茹心里却清醒得很，自然明白丈夫老安的小心眼，于是早早把棉被、锅灶等生活用品拖到荒山坡上，又跟老安一道搭了个窝棚，简陋的跑山鸡场就这样建起来了。老安见老婆如此卖力气地干活，小心眼渐渐又扩展成“大心眼”了，两人私下里发誓一定把“跑山鸡”养好，不辜负许主任的扶持。

跑山鸡的鸡苗都是从偏远的乡下买来的，鸡苗也都是草鸡蛋孵化出来的，李锦茹与老安跑了好几个地方才买到正宗的草鸡苗，鸡苗撒到荒山上的鸡场里，鸡苗是迎着风长，没几日就出脱成了鸡娃娃，老安还特地买了一把猎枪，专门对付狐狸和黄鼠狼。

四

跑山鸡春天拃着两只小爪子在半山坡上奔跑，它们满山遍野地吃虫子、吃野菜、吃粮食，它们的地盘被限制在一个硕大的铁丝网里，即便这样，李锦茹的丈夫老安仍是手持猎枪巡逻，他要盯着黄鼠狼和狐狸。老鹰山上的动物最有名的是獐子，黄鼠狼和狐狸不如獐子有名，可它吃鸡，这让李锦茹的丈夫老安万分警惕。他几乎天天夜里巡逻，白天钻进窝棚睡觉。

李锦茹的活计主要在白天，跑山鸡共有200只，她要打理它们的饮食，李锦茹与村里签约时就注明了跑山鸡的性质：散养、野生、营养价值高，每斤30元，一只鸡可卖到150元左右，200只鸡就是两三万元，头一年就可还银行四分之一的扶贫贷款了，如果顺利的话，明年规模再扩大一倍……李锦茹这辈子都没想过自己还会养鸡做生意,更没想过因为养鸡自己还上了报纸,成了众人瞩目的明星人物。她越发精心伺候着跑山鸡,鸡什么时候想喝水,什么时候想吃野菜,雨后鸡窝里是否干爽,通风时要对着火辣辣的太阳驱霉……她就像精育儿女一样精育着跑山鸡,有时候她会忘了自己和丈夫老安什么时候吃饭,总要喂饱了鸡才想起自己和老安的肚子。

老安有天抱怨道:“你都快成老母鸡了。”

李锦茹回嘴说:“那你就是大公鸡了。”

老安打趣道:“鸡皇后。”

李锦茹笑说:“鸡皇帝”。

两人随后又呵呵笑起来,望着半山坡的跑山鸡,盘算着年底的收入。跑山鸡让他们的日子有了算计和奔头,到了年底,跑山鸡经过春夏秋冬四季近三百天的生长,原来的鸡娃娃都长成漂漂亮亮的大土鸡,鸡冠艳丽、羽毛华美,识货的人一看就知道是散养的土鸡,当然它们还有更好听的名字“跑山鸡”。

李锦茹与老安盘算的结果是,跑山鸡的价格每斤不少于30元,价格过高恐怕卖不出去,先试试市场的行情。销售渠道由老安去找,先去镇上问,再到县上问,这样高价格的跑山鸡只能往城里的高档酒店卖,乡下的路边小酒馆是消费不起的。

这天一早,老安起来收拾了一下,就搭头趟班车进城了,凡是高档的酒店他就往里边闯,进门就问你们老板在哪儿。他一身乡里人打扮,没有老板肯听他比划。老安不甘罢休,索性就在酒店里介绍自家的跑山鸡,说这鸡长了近300天,吃虫子、吃野菜、吃粮食,鸡的营养价值绝对超高,说你们酒店如果能用上这样的食材,顾客准会络绎不绝、蜂拥而至。老安的唇舌果然说动了一位老板，老板只好说你带只鸡来，先让我看看再说。这天，老安在城里跑了十几家酒店，得到的答案几乎是一样的：你把鸡带来看看再说。

老安只好返回家，把白天的所见所闻告诉了李锦茹，李锦茹听罢说："城里人见多识广，人家这是要眼见为实，你把咱家的鸡说得天花乱坠，人家没见到真鸡，也不能信呀。明天你就带两只鸡进城，让他们看看咱家的跑山鸡是不是真货。"

两口子又左右盘算了一会儿，就早早睡下了。

村子离天浦县城有五十多里路，公交车半小时一班。公鸡打头遍鸣的时候，李锦茹就把老安推醒了，她让他把鸡从窝里放出来，看看抓哪两只鸡合适，这两只鸡就是200只鸡的模特，要在第一时间抢眼，让买家和食客认可。

李锦茹点燃炉灶，天气太冷了，不能让老安空着肚子出门。给老安煮面条时，老安就把两只跑山鸡抓好了，一公一母，捆上鸡腿装进篮子里，两只漂亮的跑山鸡，羽毛艳丽光滑，就像花儿在篮子里盛开。

老安边吃面条边打量着篮子里的鸡说："就凭这身羽毛，也能卖个好价。"

李锦茹笑道："城里人吃的是鸡肉，又不吃鸡毛。你吃完饭，把鸡也喂喂，今天就看这两只跑山鸡的运气了，运气好，咱也就捉到金子了。"说着，拎起军大衣披在老安的身上。

老安搭头趟班车进了天浦县城，县城似刚刚苏醒，街头公园里有的人在打拳，有的人在舞扇，还有的人在唱京剧，大街小巷的早点摊子围了许多人，人们都在吃早点填肚子。老安拎着两只跑山鸡寻找酒店，他记得昨天去的第一家酒店是在一个巷口，他的记忆力不错，老远就看见了那家酒店的门匾和对联，门匾上写着“好再来”三个字，也就是酒店的名字，对联挺特别，老安一下子就记住了，上联是“第一次不尝是你的错”，下联是“第二次不吃是我的错”，横批是“尝尝看”。老安昨天见到这副对联时，就笑了一下，原打算回家跟李锦茹说的，结果给忘了。村里有人会写对联，家家大门上也都贴对联，但这副对联还是让老安感到城里人文采的厉害。

老安走到这家酒店门口，往里边看了看，发现酒店里没有动静，尚未开门营业，他在门口站了一会儿，用手使劲拍门，里面无人应。老安索性蹲在了地上，用手摸着两只跑山鸡的羽毛，这家酒店离公交站最近，如果能把跑山鸡卖掉，他也省得继续跑路了，早晨的生意总是吉祥的，开门生意顺，哪一桩都会顺。跑山鸡大概是被主人的大手摸得舒服了，鸡屁股一翘，一滩屎就蹿出来了，母鸡受了公鸡的影响，也翘起了屁股，老安忽然发现母鸡屁股里屙出来的不是屎，而是鸡蛋，老安急忙伸出双手接住了鸡蛋，不，还有屎，他连鸡蛋和屎一块接住了。老安不知是喜悦还是丧气，喜悦的是他接到了鸡蛋，跟酒店有了讨价还价的筹码，丧气的是他手上的鸡屎要找个地方冲洗干净。城里哪儿有冲洗的地方呢?那就是厕所，可厕所太难找了。老安正发愁，忽然看到了篮子底下有一张破报纸，他急忙扯下一角使劲擦着手上的鸡屎。这时，酒店的门开了，他顾不得多想，拎着两只跑山鸡就闯了进去。开门的是老板娘，一把拦住他说：“你想干什么呀?我们这是酒店，不是菜市场。”

老安说：“我就是找酒店，我昨天来过，见过你们老板，我今天是来送跑山鸡的，你看，这是鸡刚下的蛋。”

老板娘忽然闻到一股鸡屎味，立刻扭转脸说：“我们酒店都是买杀好的鸡，从不买活鸡。”

老安进一步解释：“我昨天跟你们老板说好的，我这是跑山鸡，老板让我带鸡来看看，今天我就把跑山鸡带来了，一公一母，你看这是母鸡刚下的蛋，正宗的跑山鸡蛋，不信你摸摸，鸡蛋还热乎着呢。”

老板娘皱着鼻子说：“脏、脏，太脏了。”

老板走了出来，边走边打哈欠，见到老安，忽然想起昨天的许诺，便说：“你还真把鸡带来了，我不过是说着玩玩的。”

老安笑着说：“老板一诺千金，您嘴上随便说说的事情，我可是拿着当真事做的。您看看，我这跑山鸡，是老鹰山上的虫子、野菜还有我自家的粮食喂出来的，营养价值绝对是一等一的。您看这鸡毛多漂亮呀，喂饲料的鸡哪有这么漂亮的鸡毛啊。”

老板不耐烦地打断他的话：“说吧，你这跑山鸡多少钱一斤啊？”

老安脱口而出道：“卖30元一斤都亏本，这跑山鸡从春天孵出来长到冬天，长了十来个月，在山坡上散养，成本高呀。”

老板一笑，拉着长腔说：“鸡是好鸡，如今人也都喜欢吃个野味，可我买你一只跑山鸡就得一百多块钱，再加上人工费、配料费，烧一只跑山鸡卖不到一千元都赔本。这么高档的菜要放在前两年还有市场，如今都是大众消费，有权的人不敢吃，有钱的人不肯吃，你说我卖给谁去呀？小家小户的老百姓，谁家办酒席会点一盘1000元的跑山鸡呀？我们这里一桌子菜也就1000元。”

老安争执：“老板，菜市场的鸡都是激素催大的，两三个月就端上饭桌了，肉里有激素，人吃多了激素会生病，我这跑山鸡是真正的营养鸡。”

老板不以为然地挥挥手说：“如今谁还在乎营养不营养、有毒没毒啊，到饭店吃饭就是图个乐呵，什么样的食材到了厨师手里都能做个花样翻新、色香味俱全……好了，你走吧，我店里中午还有酒席呢。”

老安被老板推出了酒店，他拎着篮子里的跑山鸡，不知下一个酒店在哪里，他还该不该去。他犹豫了一会儿，还是奔了下一个酒店。显然跑山鸡的遭遇是一样的，下一个酒店仍没有接纳它，且老板还有一个更冠冕堂皇的理由：“我就是把正宗的跑山鸡端上餐桌，老百姓也不见得识货，如今都认大路货，我如果在食材上增加成本，酒店就要关门了。”

老安只好悻悻地再次离开酒店，这天他在县里一共跑了十家酒店，十家酒店的老板都没收下跑山鸡，不是他们不识货，而是他们都拒绝增加食材成本，这样高成本的跑山鸡，如今谁家的酒席肯点这样的菜呢？

日头偏西了，太阳蔫了，老安蔫了，跑山鸡更蔫了。老安拎着两只跑山鸡站在大街上，一时不知怎么办才好，猛抬头看到了菜市场，便拎着跑山鸡奔了菜市场，此时夕阳已挂在楼顶上，天色渐晚，正是市民下班买菜的最佳时间。天气出奇地冷，江北更冷于江南，入了冬，白天温度零上，晚上就在零下了。老安在菜市场入口处寻了个地方，看看四周没有城管就悄声蹲下了，随后他就向来来往往的人推销篮子里的跑山鸡。天色越来越暗，一会儿就漆黑一片了，老安冻得直打哆嗦，不光是他打哆嗦，跑山鸡也打哆嗦。天完全黑下来了，马路上的路灯突然亮了起来。挨着老安身边卖菜的老头儿站起身说："时候不早了，末班车都没有了。"老头儿一走，老安心里忽然没了底，跳起来嚷道："我的跑山鸡还没卖掉呢。"

老头儿转身看了他一眼，笑着说："你别急，慢慢卖，总有识货的主儿。"

老安今天真是走背字，偏偏就没有识货的主儿，于是他就和跑山鸡一起狠狠拥抱了黑夜。老安拎着两只跑山鸡在没有路灯、没有行人、没有公交车的山路上走着，他的脚步又急又乱，三十里路啊，这可不是年轻的时候，大脚板一天跑个来回不算个啥，他现在没有年轻时的体力了，可没有了末班车，他只能靠脚板，他要回家，鸡要回窝，好在一路上有老鹰山的风声，风声让夜路不那么寂寞恐怖，老安把风声听成了山曲，老安平时就喜欢听曲，他特别爱听地方戏，淮剧、扬剧、越剧……老安忽然哼唱起来，其实他是在为自己壮胆，出门时如果知道今天这么晚才回家，就把那只猎枪带在身上了。好在天上有星星，星星算是给走夜路的人点灯了。

走着走着，老安的身上热起来，他掂了掂手里的篮子，心想要是两只跑山鸡也跟着打鸣就好了，就算是为他伴奏了，可跑山鸡没有任何动静，它们蜷缩在一起，被寒风吹蔫了。

老安走到家时，已是后半夜了，李锦茹盼丈夫平安归来的心情压住了她内心焦虑的怒火，见到老安平安归来的开心让她没有对他出言不逊。可老安却感到自己有生以来从未有过的窝囊，篮子里的跑山鸡死了一只，还是那只下蛋的母鸡，不是病死的也不是瘟死的，是被他生生给折腾死的。老安边跟李锦茹述说跑山鸡一天的遭遇，边把死掉的母鸡从篮子里提了出来，他想把这冻死的母鸡扔到山上喂狗，却被李锦茹拦下了，李锦茹说煮汤下面条吧。

两口子动手烧水烫鸡毛，又给鸡开膛破肚，母鸡肚子里存了十几个小蛋茬子，死掉真是可惜了。

鸡汤面条好香，香得非同寻常。李锦茹陪着丈夫吃了两大碗，两人边吃边琢磨，这么好的跑山鸡为何卖不出去？李锦茹准备亲自去一趟城里，把事情的来龙去脉弄弄清楚。

五

李锦茹搭头一趟班车进城，她先到镇扶贫办找许主任，许主任不在，又下乡扶贫去了。李锦茹站在镇政府门口不知往哪里走，这时又过来一辆公交车，车里坐着的都是学生，学生伸出头往窗外东张西望。李锦茹忽然想到儿子，大学城离县里不远，儿子就在大学城念书，学的是农业，为何不找儿子咨询一下呢？

李锦茹记得有趟公交车是直通大学城的，她立刻找到公交车站，搭乘公交车到了儿子的学校。儿子正在校园的操场打球，见母亲来找自己，颇感惊讶地扔下球跑过来，问母亲有何事。李锦茹便将跑山鸡销路受阻的情况前前后后都跟儿子讲了，儿子听罢说："我有什么办法呀！我本来就不希望你和我爸折腾这事，在家本本分分干点农活多好。"

李锦茹一下子就把脸沉下来了，她说："你上学的费用、将来在城里买房的费用，都要你爸和我来苦，我们现在不苦钱，将来拿什么在城里给你买房。你倒说得轻松，真是不当家不知柴米贵。"

儿子见母亲动真气了，便说："现在时兴网上销售，你和我爸网上销售怎么样?”

李锦茹说:“我们都是科盲,懂什么网啊?”

儿子忽然认真地说:“妈您今天就别回去了,我要教您学电脑,在网上卖跑山鸡。”

儿子说罢就带李锦茹回了自己宿舍,打开笔记本电脑,将上网流程教给母亲。李锦茹真不算笨,学了一两个小时大体就摸到门路了,于是起身准备回家。儿子说:“老妈莫急,咱先上网试一把。”他将销售跑山鸡的字样刚刚在网上打出来,立刻就有人跟帖询问哪里有卖?儿子于是介绍了跑山鸡散养吃虫子、吃野菜、吃粮食的特性,忽然出现一个老干部购物团一下子要300只跑山鸡,李锦茹慌忙说:“只有200只,不,199只,你爸爸来城里推销时折腾死了一只。你告诉他们30元一斤,少一分不卖。”

儿子把李锦茹的话转达给对方,对方立刻回复说有多少要多少,并要求马上送货,还说要打订金过来。儿子就问李锦茹银行账号,李锦茹疑惑地说:“这买方怎么也应该到养鸡场看看吧,连货都不看就打款,这么轻易就撒钱,妈真不敢要呢。来路不明的财,妈也不敢发呀。”儿子说:“妈您供的是货,人家买的是跑山鸡,有什么不敢要的,再说有钱人就是任性。要不我马上跟您回去一趟,拍些照片发到网上,再用手机录段视频。”

儿子不容分说,带上电脑就跟李锦茹回了乡下,天色还不算晚,恰好赶上了末班车,一个多小时母子俩就赶回了家,又匆匆赶到了跑山鸡场。

天完全黑下来了,光线太暗儿子拍不了照片,就躲在草窝棚里教老安电脑,老安也算脑子灵光之人,一会儿就明白了大概,接着父子俩就聊起了未来的生活。儿子肯定地说不会回乡下了，想在城里买房找工作，老安说那我跟你妈就扩大跑山鸡的养殖规模，帮你买房付首付款。儿子越听越兴奋，一夜都未睡觉，天刚亮就起来为跑山鸡拍照片，他拍得认真仔细，跑山鸡吃什么虫子、什么野菜、什么粮食……儿子发誓："我要让网购的人相信，30元一斤的跑山鸡绝对是'山珍野味'。"儿子拍完照片，立刻在网上发布，网上要购买跑山鸡的人一路跟帖，要鸡场马上送货，并在网上支付了订金。

李锦茹先把儿子打发到学校，不让他耽误太多的课程。然后她就和老安雇车送货，199只跑山鸡进了鸡笼子，又装进了四轮小翻斗车，一路狂奔到了要货人的指定地点。

这是一家干休所，院里院外宽大敞亮，一位秃顶的胖子正候在门口，见了李锦茹和丈夫送来的跑山鸡就欢喜地收下了，然后就带他们去会计室结账，李锦茹得知此人是干休所管后勤的主任。

主任将最后的余款交给李锦茹和老安说："我为什么要这么快就全部买下你们的跑山鸡呢？一是我们这里的用量大，二是想跟你们联营养殖跑山鸡，我们还有敬老院呢，一年两三百只跑山鸡显然达不到供应量。"

李锦茹急忙说："跑山鸡长得慢，从出生到长大要十来个月的时间呢，两三个月就长大的鸡是喂饲料的鸡，不是跑山鸡。"

主任说："那你们不会变通一下嘛，把喂饲料的鸡挂上跑山鸡的牌子，经济效益就来了。"

李锦茹打断他的话说："那我们的跑山鸡不就是假冒伪劣产品了吗？我们可不赚昧良心的钱。"

主任哈哈笑道："没有假冒伪劣产品，怎么可能有经济的繁荣啊?那我问你一句话,是赚钱重要还是养鸡重要啊?"

老安说:"两者都重要,养不好跑山鸡也就赚不到好钱。"

主任暧昧地笑笑说:"回去好好想想吧,想好了给我个电话,咱们要是联了营,跑山鸡可就赚大发了。"说着递给老安一张名片。

李锦茹想说什么,瞟了一眼主任,又把话咽进了肚子里。她和老安走出干休所,脚步突然变得沉重,心里也像压了一块石头。李锦茹突然发现其实赚钱并不是轻松的事情,有时候赚钱反倒累心。她把心里的想法说给老安听,老安安慰她说:"反正咱不赚亏心钱,不做亏心事也就不怕鬼敲门了。"

他们边走边设想着扩大跑山鸡场的规模,跑山鸡的销路打开了,那就再扩大一倍规模,养400只跑山鸡,把跑山鸡做成品牌。如果顺利,收入又能提高一倍了。他们说着走着打算着,上了公交车,仍然不停地说,不停地打算,不停地设想……

春天,400只跑山鸡刚刚拃开翅膀,村主任带着一群人来了,他们又测量又比划,随后嘻嘻哈哈地走了。

李锦茹预感到要发生什么,便让老安去村里打听。老安去了大半天,回来的时候神情沮丧,李锦茹便刨根问底,老安说出的话让李锦茹大吃一惊,老安说咱这跑山鸡场要改建美丽乡村了,半山坡上的鸡场要建两个亭子,一个长廊,村里还准备请老人编神话故事和传说呢。

"那咱们的跑山鸡咋办呀?"李锦茹急得嚷了起来。

老安说:"村里已经规划新的养鸡场了,投资上规模,年产5000到10000只鸡。"

"那是吃饲料的鸡,不是跑山鸡。"李锦茹睁大眼睛说。

老安又说:“鸡还叫跑山鸡,你还是鸡场的负责人呢。”

“天啊……”李锦茹倒抽了一口冷气。

这时,400只跑山鸡就像接到了什么刺激信号,忽然鸣叫起来,叫声响遍老鹰山。

刊于《北京文学》杂志2017年5期,
《北京文学》2017年度短篇小说精选

软着陆

一

笔峰山就像一只狼毫笔悠闲地垂挂在天际，蓝天是供它挥洒的宣纸，白云是研成的墨汁。笔峰山下为十里方城的笔锋县，因笔峰山的文化气韵，笔峰县活跃着一大批书画家，在本地相当有名气，最有名气的当属顾文昭。顾文昭的书画是祖传，三辈以上的不论，从他的爷爷开始，其书画作品常被老一辈的人提起，县里有很多人家里藏有他爷爷的书画，历经数次浩劫依然完好无损，只是那纸张发黄发旧，给人以历史的沧桑感。顾文昭如今在笔峰县的名气就像他爷爷当年一样，用当地百姓的话形容就是如雷贯耳。现在逢到过年贴春联写对子，顾文昭的家里总是说客盈门，来者自然不会空手，也不用厚礼，茶叶啦点心啦水果瓜子啦，随手拎上一点，换回顾文昭的一副春联，一张墨宝，贴在自家的门上墙上，这个年就过得文雅了，过得内涵丰富了，且家家户户都是这么过着，于是邻县的人过年期间来笔峰县走亲戚，就感到这里与众不同的韵味，这韵味是顾文昭的笔墨带来的，它压倒了千篇一律的鞭炮声、喝酒划拳声、唱戏打锣声，它无声无息，却悄悄浸润着笔峰县的每一个百姓的心灵，滋养着每双百姓的眼睛。于是在旁人的羡慕声中，笔峰县的家家户户闲来无事都喜欢练习书法，他们大多以顾文昭的字为蓝本，偏巧顾文昭是个楷书隶书狂草集一身的人，他的楷书宽绰而有余，紧密而无间；他的隶书下笔出锋的地方境界高、章法美；他的草书浑脱，温柔之气盎然，如鸟从林中飞过而不碰一片叶子，如蛇在草中穿行而不碰草。笔峰县的人先是临摹顾文昭的字，数年后就跳出他的字体形成自己的风格，特别是上学的孩子们吸收快，思路敏捷，又赶上国家抓素质教育的大环境，一次全省中小学生书画大赛，前三名均被笔峰县独揽，每个获奖者获得文房四宝一套，一等奖还获得电脑一台。这事在媒体引起不小的轰动，笔峰县瞬间来了一大批记者，热热闹闹给获奖者拍照，采访老师、家长，追本溯源时人们纷纷提到顾文昭，于是顾文昭也随之上了媒体，成了笔峰县更了得的人物。

笔峰县属市管县，清源市区在清源河南岸，而笔峰县在北岸，清源河虽是一条河，但河面宽阔，气势汹涌不亚于一条江，特别是夏天，洪水经常汹涌而来又汹涌而去，洪水曾经将清源河上的大桥冲撞得七零八落，挟着四十九条生命咆哮而去，这其中就有从台湾来大陆投资的三位台胞，他们本来到笔峰县察看投资环境，不料命丧清源河。这是一个不吉祥的预兆，特别是笔峰县，因它交通的不便，从此再无外商来此投资，笔峰县就像一片未开垦的处女地始终在那里羞涩地等着迎娶者，而这里的百姓每日不停地对书画的练习就像为自己准备着绣花的嫁妆。

现代工业文明快速带给一个地方的繁荣却远离着笔峰县，笔峰县进入21世纪以后，仍然过着古老的农耕生活，这里的生活节奏是那样缓慢，太阳跃出笔峰山的时候是地道的红彤彤，月光在夜里从天上洒下来是那么清澈如水，晚上家家户户亮着的电灯大多是因为主人对书画的研习，看电视的则是上了年纪的老头老太，年轻人的奋发多半在读书和书法之中。乡村的田地仍是按着季节的更替而变换着物种，牛慢悠悠地在田里耕作，它踩出的脚印常被身后的人惊呼：快看快看，牛写了隶书呢。场院一片接着一片，女人们扬场的时候会欣喜地说："我孩子的毛笔字今天在学校得了奖呢。"一旁的人立刻纠正她道："那不叫毛笔字，那叫书法。"

笔峰县始终沉浸在自己的田园牧歌当中，就像一头大象一样，谁也推不动它的屁股。先后几任县委书记都因为GDP难以达标而政绩平平，最后谁都不愿意来笔峰县当书记，好像谁来笔峰县当书记就等于被贬官了一样，只要风闻某某某书记到笔峰县上任，立刻会有人在心里感慨：哎，人到码头车到站了。

笔峰县的人到清源市区逛街被称为乡里人进城，清源市的人一提到笔峰县立刻说：穷地方。虽是一河之隔，但河北岸就明显地比河南岸贫穷落后，河南岸的繁华让人怀疑是到了两个国家，清源市民间流传着这样的顺口溜"宁要南岸一张床，不要北岸一间房"。

笔峰县真正让人刮目相看一回就是省青少年书画大赛，冠亚季三军全被笔峰县的中小学生夺走了，笔峰县因此上了媒体。在人们早就定格定调子的目光中，笔峰县有了文化的内涵，成了不可小觑的书画县。不久，新来了一位县委书记，五十出头了，据说喜欢书法，上任后见了当地的一批书画家，特别是还请了顾文昭两幅书画作品，一幅荷花，一幅狂草，县委书记当着本地众位书画家的面说："老顾的狂草很地道，下笔有气势，天马行空。"

几句话弄得顾文昭受宠若惊，不知所以，尤其是县委书记喊他老顾，这称呼多亲切呀，使他跟书记之间的距离大大缩短了。

与顾文昭同时被召见的还有本地的书法家李思彬和赵梦抒，李思彬和赵梦抒在书法上都属后来居上者，两人都是本地人，一个在文化馆美术组当组长，一个在中学当美术老师，严格地说他们都是顾文昭的学生，顾文昭当年教他们写字的时候，还收过他们父母送来的茶叶香烟糖果，后来他们考学去外地读书，毕业后又回到家乡工作，见了顾文昭仍谦虚地喊老师，此时的顾文昭已经五十出头，在县文联当副主席，副科级。李思彬和赵梦抒经常参加县里和市里的书法展，每次参展都能获奖，县广播站在街头的大喇叭不时把消息播出来，久而久之，笔峰县的百姓就知道本地不光有顾文昭能写字，还有比他年轻的李思彬和赵梦抒也能写字，而且还获了奖。让李思彬和赵梦抒更为扬眉吐气的是全省青少年书画大赛冠亚军获得者是他们的学生，而季军获得者是顾文昭的学生。顾文昭为此还心臆难平了许久，直到听见县里老一辈的人奉承："姜还是老的辣，李思彬和赵梦抒毕竟是您的学生，后起之秀。"顾文昭的心里才平衡了一些。

新任县委书记柳志行擅书法，顾文昭在他上任之初就知道了，他在心里为此窃喜了很久，总算有个领导懂书法了。在顾文昭眼里，领导重视哪个行当，哪个行当就能振兴发达，过去县里的几任领导，特别是一把手，都不重视书法，县里难得举办一次书画展，每逢搞这样的活动，都是顾文昭四处募捐，顾文昭为此八方碰壁，有位领导的讲话至今让他耿耿于怀，顾文昭筹办好书画展请领导出席剪彩，领导说："笔峰县的工农业产值都成了全省的低谷了，谁还有心思搞这些附庸风雅之事，再说书画这东西，赏识它的人拿它当宝，不赏识它的人就拿它当草。"

顾文昭的满腔热情一下子就被领导迎头泼来的冷水浇灭了，书画展虽说照常举办，但因县委主要领导没有出席，也就显得门庭冷落了。书画作品在文化馆的展室里挂了几天，当地媒体在最不显眼的位置做了小小的报道，想将书画在笔峰县掀起热潮的顾文昭靠自己的力量一直难以推动此事，后来他知趣地将自己的力量形容为：麻秸秆打狼——两头怕。

眼下新任县委书记柳志行总算对书画有了表态，有了兴趣，特别是有天下午，顾文昭正在办公室写字，突然接到柳志行书记的电话，柳书记在电话里说晚上要请笔峰县的几位书画家吃饭，顺便听大伙儿聊聊笔峰县文化发展的问题。顾文昭放下电话，两眼始终未离话机，他有点怀疑自己听错了，县委书记亲自请他吃饭，这在笔峰县是前所未有的事情，他是谁呀，一个写字的草民而已，称他好听的是书画家，不好听的就是写字匠，他又想起前任县委书记的话——赏识书法的人拿它当宝，不赏识书法的人拿它当草。

顾文昭从放下电话开始就心绪不宁，先是不敢相信这事，后来就想起柳书记在电话中说的话，邀请几位当地的书画家吃饭，柳书记指的几位书画家无非是他和李思彬及赵梦抒，别的人还到不了他们的档次，而这三人中他又是另外两个人的老师，顾文昭自然山川在胸，而后就想给这两个人打电话探探虚实，刚要拨号，电话铃竟响了起来，李思彬在电话里询问是否接到了县委柳志行书记的电话，今晚他请我们吃饭。

顾文昭暗笑，李思彬跟自己是一样的心情，一样的不敢相信自己被县委书记邀请，但他绝不能把这心思透露给对方，于是他笑着说："是啊，柳书记礼贤下士，我们都受宠若惊啊。"

李思彬这下放心了，顾文昭也同样放心了，各自又把吃饭的地点重复了一遍，县政府招待所山水厅，晚六点半准时抵达，不能让柳书记等我们，我们要提前去恭候柳书记。

接完李思彬的电话，顾文昭又接到了赵梦抒的电话，同样的内容，同样的重复和叮嘱。这下，顾文昭的心里是特别踏实了。县政府招待所离他的办公室只隔一条街，五分钟步行就可以走到了，可下午五点钟他就出了办公室的门，离吃饭时间还有一个半小时，在这段时间里，他要把自己精心修理一下，先理发修脸，然后回家换上西装，精神焕发地去见柳书记。

县政府招待所山水厅好像是柳书记专为顾文昭准备的地方，房间的四面墙壁上挂了四幅他的字画，两幅是楷书和狂草，另两幅是荷花和兰花。顾文昭虽为县里名流，却从未进过政府招待所，更未在这里吃过酒席，这里似是县委领导的特供区，寻常百姓很难坐进来。顾文昭坐下后，感觉就像进了人民大会堂的宴会厅一样，心中的自豪难以形容，特别是看到墙壁上挂的都是自己的字画时，内心的骄傲便悄悄滋生出来，多少年没有过的激情又卷土重来了，我就是我，艺术之树常青。顾文昭同时想起这几幅字画是两年前招待所所长从自己的办公室拿走的，当时所长扔给了他两包烟一袋茶叶，一下子将他桌上刚刚写好绘好的四幅字画全部拿走了，顾文昭当时还开玩笑地说了一句话:“你这不是砸明火吗?”所长嘿嘿笑着走了,所长走后,顾文昭看着桌上的两包烟一袋茶叶,心情难以平静,难道自己的四幅字画只值两包烟一袋茶叶?这大概是自己在本地成名后最廉价的一次索取了。现在看来,还是物有所值的。

柳书记似乎看出了顾文昭的心思,他很快利用顾文昭的书画打破了房间气氛的拘谨,他点评着顾文昭的字说:“顾老的楷书真见功夫,草书能写好的人未必能招架楷书,而顾老是楷书草书都能写得出色,而且让人心服口服。我小时候就喜欢书法,家乡有一位擅书墨的老先生,教我练的第一基本功就是‘永’字八法,他说只有练好了‘永’字八法,才能将毛笔字写好。”

顾文昭本来就处在激动之中,先是因柳书记请他吃饭而激动,后来又在招待所的山水厅看到了自己的字画,再后来听到柳书记喊自己顾老,再再后来又听见柳书记讲“永”字八法,这是地地道道的书法行话,看来柳书记是真正懂书法的行家,笔峰县总算盼来了有文化的县委书记啊。顾文昭手抖动着,向柳书记端起了酒杯,可他激动得连一句祝酒词都说不出来了,他的嘴唇比他的手还抖动得厉害。柳书记见状急忙说:“让我们共同为振兴笔峰县的文化干杯!”

柳书记一句祝酒词使桌上的气氛一下子活跃起来了,本来李思彬和赵梦抒因为柳书记不停地点评顾文昭挂在墙上的字画而备受冷落,两个人已经尴尬得有些不耐烦了。现在话锋终于从顾文昭的身上转移了,谈到了笔峰县的文化,两个人似乎都有了谈资。

身为文化馆美术组组长的李思彬始终感觉自己处在文化的前沿位置,他曾经到省里参加过业务培训,作品在市里多次参展,也到邻县采过风，对笔峰县的文化振兴早就成竹在胸，眼下总算找到说话的机会了，他端着酒杯，未等赵梦抒敬酒便抢先一步敬了柳书记说："柳书记，您是第一个重视文化的县委书记，笔峰县先后来过多少任县委书记了，却没有一个讲过文化，您说咱这笔峰县除了文化还有啥可谈呢？工业它没有，农业因为地势所限也不可能成为规模性大耕作，那么就只有讲文化了。笔峰县的文化是现成的，家家户户都会写毛笔字，如今文化也提升到产业的高度了，何谓产业？我看就是靠文化赚钱，笔峰县现成的资源不挖掘，整天弄那些不着边际的GDP，年年达不了标，年年被上边批评，笔峰县搞GDP是让瘦驴屙糨屎，赶鸭子上架，领导就是长了三头六臂也搞不出来，天时地利人和都不占。而搞文化就不同了，我们这里书法有历史，老百姓是天生喜欢写和画，不是别人强迫出来的，这就占了地利与人和，如果政府再深入抓一抓，天时也有了。可以打出一句新潮时尚的口号：小县大文化。"

"对对，我看李思彬想得不错，小县大文化有创意，这绝不是空穴来风自吹自擂。就拿这次省青少年书画大赛来说吧，前三名的奖牌全被笔峰县拿了，这证明我们这个地方的文化实力雄厚呀。"赵梦抒紧接着说。

赵梦抒的话刚刚落地，顾文昭急忙接上说："笔峰县倒是可以成立一个书画院，有了书画院，书画成为产业的概率就大了，画院可以经营本地书画家的作品，也可以经营省市书画家的作品，形成规模，形成态势，画院可以定期举办讲座，举办画展，请省市乃至全国的著名书画家来笔峰县，把笔峰县的书画拿到全国各地去展出，这样笔峰县的文化就可以称得上是大文化了。"

柳志行书记听罢诸位的建议顿时眼睛一亮，举起酒杯真诚地说：“笔峰县虽小，却藏龙卧虎，诸位今天的建议都是金点子，为笔峰县今后的文化发展找到了方向。现在我再敬诸位一杯酒，望诸位在我柳志行任期内，为笔峰县的文化振兴多多献计献策，添砖加瓦。”

笔峰县的三位书画家受宠若惊地把杯里的酒一饮而尽，然后醉醺醺地告别了柳书记。不久，笔峰县有头有脸的人都知道新任书记柳志行请了本地的三位书画家吃饭，并敬了他们酒，一时间，笔峰县城热爱书画的人愈发多了起来。

三位书画家中最扬眉吐气的当属顾文昭，他的资历老，被县委书记柳志行请吃了酒就等于为笔峰县的书画界立了旗杆，一时间顾文昭的书画作品在笔峰县的楼堂馆所都热了起来，这些公共场所争相悬挂顾文昭的字画。顾文昭偶尔会拿架子说没时间，对方似明白他的意思了，便打发办公室主任之类的人物带上礼物和现金到他的宅子里去请。顾文昭第一次见到有人拿钱买他的字画，这让他很振奋，毕竟是商品社会了，笔峰县纵然再闭塞，也难挡商品经济的滚滚大潮。

很快，笔峰县南门新开了一家大酒店，酒店取名为乐雅居，老板刘大是南方人，四十出头，酒店未开张之前刘大就放出风了，他的乐雅居要成为笔峰县文人雅士上流社会的聚集场所。这风一出，顾文昭便私下里得意起来，这酒店是冲着他开的，没有他，笔峰县哪里会有文人雅士？他直觉刘大的酒店一定会悬挂他的字画，不悬挂他的字画那酒店也就没有资格叫乐雅居。正想着，刘大果然亲自上门来了，一袭白缎子衣裤，头发油光锃亮，油得站不住个苍蝇，手里握着一把白纸扇，就像20世纪30年代大上海滩上的有钱老板，阔绰得让人不敢接近。

顾文昭在刘大进来的一瞬间始终在原地愣着，他不敢相信眼下笔峰县城会出现这样打扮的商人，特别是他还带了两个随从，穿戴都不俗气，这样的打扮别说是在笔峰县城，就是在市里和省城也超凡脱俗。

刘大没在意顾文昭的表情，在他看来文人墨客大都是吃不饱的人，精神虽富有，经济却窘困，所以刘大今天要做的第一件事就是甩钱给顾文昭，他要让他的字流入市场，在市场上变成钱。同时他也带了礼物，烟酒茶如今算是最平常的礼物了，刘大今天带给顾文昭的一刀宣纸是泾县最好的宣纸，还有一块砚台，屯溪老街的上等货。

顾文昭的欢喜自然是从内心里生出来，特别是他的几幅字画竟让刘大甩出了上千元，亘古未有之事啊！顾文昭欢喜得不知如何是好，于是又给刘大的白纸扇上画了兰花题了字。

刘大出门的时候说："顾老啊，您题写的'乐雅居'这三个字，我要制成匾挂在酒店门口，这是您的品牌，食客们到我这里消费就冲着您的品牌，到时候您老高兴，我再请您去现场作画，您看那将是什么阵势，什么气派吧。"

顾文昭被刘大一番盛情弄得云里雾里，人走了半天，他还在房间里愣神，看着案台上的钱和礼物发呆，后来他终于想到了自己最近被众人看好的原因，那就是县委书记柳志行的邀请，他现在算是有了靠山的墨客了，说白了也就是有了政治背景，他想给柳书记打个电话，自从喝过那顿酒，他再也没有跟柳书记交往过，拿起电话刚要拨号，手竟抖动起来，笔峰县的县委书记可不像他顾文昭一样是个闲人，柳志行日理万机呀，他凭什么要打扰人家?要是人家厌烦那不就等于自取其辱吗?……顾文昭到底没打这个电话，他铺开宣纸，让自己的激动尽情在纸上挥毫，他一连写了好几张字，画了好几幅画，直到筋疲力尽。

乐雅居开业那天，果然热闹非凡，刘大把笔峰县的文化名流全请到了，还有几位知名的企业家，文化名流们能唱戏的唱戏，能唱歌的唱歌，能跳舞的跳舞，不跳不唱的就写书法，顾文昭自然首当其冲，赵梦抒和李思彬虽也泼墨挥毫，但到底赢不来顾文昭那样的掌声，心情也就没有顾文昭那么豪迈。乐雅居从早晨直闹到晚上，笑声乐声歌唱声喝彩声不断，把笔峰县城多年没有的欢乐气氛给搅出来了，全城已漆黑一片了，唯乐雅居仍灯火璀璨。

让刘大不开心的是县委书记柳志行没来剪彩，本来柳书记答应要来的，刘大为此还特意往柳书记那里跑了两趟，柳书记十分客气地说:“如果没什么事情，一定到场。”可到了该剪彩的时候，柳书记的秘书一个电话打过来，说柳书记到不了现场了，上边纪检委今天要来县里检查工作。刘大一接到这消息人立刻蔫了，幸而县政协来了位副主席，擅写书法，他代替柳书记操起大剪刀将红绸一分为二，才使乐雅居因为县委领导的剪彩而增添了背景的砝码。

顾文昭喝醉了，醉态中的顾文昭才思十分敏捷，他不停地写字，不停地说话，因为柳志行没能出席，顾文昭就成了乐雅居的大牌人物，他旁若无人地跟众人说着柳书记请他吃饭的情景，好像赵梦抒和李思彬都与此无关一样，他的讲述让人觉得他是柳书记邀请的关键人物，而赵梦抒和李思彬不过是陪衬而已。

赵梦抒和李思彬的尴尬在乐雅居愈发显得突出了，他们想说什么，但面对顾文昭的口若悬河与咄咄逼人似又什么都说不出来，总算熬到曲终人散了，两人从乐雅居出来，走到僻静无人处，不约而同地停下了脚步，赵梦抒抽出一根烟递给李思彬说："今天感觉如何？"

李思彬点燃烟，对着半空吐了一口说："天狗吞了月亮，他顾文昭目中无人啊。"

赵梦抒感慨道："柳书记请他吃顿饭，又不是请他一个人，还有你我呢，倒成了他的政治资本了，这要是市委书记请他吃顿饭，他还不得把尾巴摇到政治局去。"

"哎，顾文昭顶多是个地方土才子，没见过大世面。这乐雅居的刘大也真抬举他，物以类聚人以群分，我看他刘大也是个土财主。"李思彬不屑地说。

赵梦抒望着天空的星星说："你也别小看了刘大，咱这笔峰县如今比他有经济实力的老板还真没有，他就像满天的群星中最亮的一颗，他的光照亮了顾文昭，顾文昭也就越发光芒耀眼了。现在，你我都无法跟顾文昭的影响力相比，他上有柳志行书记的政治背景，下有刘大的经济背景，在笔峰县的文化界他是举足轻重的人物，你我都难以跟他抗衡呀。"

李思彬不服输地甩掉烟头说："事在人为，谁笑在最后谁笑得最好，咱们别的比不了他，年龄总比他年轻吧。"

赵梦抒听出了李思彬话中的弦外之音，试探地问："老兄，莫非还想跟姓顾的一试高低？"

李思彬冷笑了一声说："骑驴看唱本——走着瞧吧。"

赵梦抒看看李思彬，还想说什么，又掂量不出一句合适的话，最后索性什么也没说。

二

乐雅居的隆重开业，着实让顾文昭风光了一场，特别是他题写的门匾日夜高悬在乐雅居的门楣上，人们看到乐雅居，也就看到了顾文昭的书法。顾文昭的名字可说是与乐雅居同辉。

乐雅居在笔峰县成了餐饮业的航空母舰，它装潢的典雅、卫生的洁净、饭菜的美味都堪称一流，这使凡是到笔峰县的人都要在此落脚，喝茶吃饭品书法，顾文昭不仅在当地出了名，在外地人心中名气也渐渐大起来，都知道被称为书法县的笔峰有个大书法家顾文昭。

这天，笔峰县来了个日本旅行团，在乐雅居用膳。团长是位女士，据翻译介绍他们此行之所以选择笔峰县，并不是这里有多么好的旅游资源，而是女团长的父亲二战期间曾在笔峰县掠夺了一幅画，当时他是侵华日军。女团长叫大野洋子，她大体说了一下情况，就从包里拿出了一幅画，这显然是一幅仿制品，顾文昭一眼就认出了是父亲画作的仿制品，当年父亲因为会写字作画，是笔峰县美女们眼中的风流才子，母亲为此与父亲长期不和，那些上了《笔峰县百美图》的美女们，经常以看自己的形象为由，跑到家里与父亲眉来眼去，母亲后来就气得神经失常了，经常在夜里跑到笔峰山的半腰，对着笔峰县城的大街喊："不要脸的东西，看我怎么收拾你！"

母亲的“收拾你”只停留在口头上，笔峰县的近百个美女后来都被日本鬼子收拾了。母亲看着那一堆一堆的血和满地流淌的肠子，神志突然清醒起来，她想起了那幅画，那幅绘着笔峰县一百个美女的画，现在美女们的生命都被日本鬼子糟蹋了，可她们的形象一定要保留下来，让笔峰县的后人看看笔峰县当年还有这么多的美女。想到这里，母亲像英雄一样闯进房间，她看到几个小鬼子正翻腾那个红色的壁橱，他们用枪杆砸着那上面的锁，母亲啊一声叫着扑了上去，试图用身体护住壁橱，那幅百美图就锁在壁橱里，母亲就这样倒在小鬼子的刀下，那幅《笔峰县百美图》从此不翼而飞。

顾文昭看着眼前的《笔峰县百美图》赝品，突然冷笑了一声，而后望着大野洋子问：“这是假的百美图，那幅真迹呢？”

大野洋子通过翻译告诉顾文昭，真迹现在日本的拍卖行里，父亲把中国的民间画作抢到手后，立刻被他的上司掠去了，这事始终像一个阴影悬在父亲的心上，他曾跟大野洋子说《笔峰县百美图》沾了中国女人的血，他早晚要把这幅画还给中国。可父亲的愿望一直没能实现，就带着忏悔的心情离开了人间。前些时日她在拍卖行里看到了那幅真迹《笔峰县百美图》，但她已无力购买，便在拍卖行里买了一幅赝品，带到中国找到它的主人，以替父亲表达忏悔之情。

顾文昭一言不发，默默看着《笔峰县百美图》，尽管是一幅赝品，仍能让他感受到父亲当年的艺术创造，排在第一的美人应该是母亲，父亲虽然画了笔峰县一百个美人，但母亲的美在他眼里仍是第一位的，幸而有这么一幅画记录了母亲的容貌，否则还没有照片将母亲的形象展示给后人。能看到被父亲画出来如今又被电脑绘制出来的母亲，顾文昭突然想起了数十年前的血腥，笔峰县所有美人的血，在他的眼前绽开了一朵又一朵的红梅花。他的情绪激动起来了，一种书写的冲动使他站起身，快步走到窗前的案几上挥毫，他今天特意带了一支笔，羊毫笔，这是父亲传给他的绝招，普通书法家只能用狼毫笔写字，而父亲当年却用羊毫笔书写，而且将这绝技传给了他。懂书法的人都知道，能用羊毫笔写字那还了得！羊毫笔的绵软绝非一般书法爱好者所能驾驭的。

顾文昭用羊毫笔题写了四个字：美人归来。这举动在全场引起阵阵掌声，中国的书法家真了不起，能用羊毫笔写字。

他把这四个字送给了大野洋子，留下了赝品《笔峰县百美图》。

从这天开始，顾文昭将自己关在房间里，按着赝品《笔峰县百美图》用自己的画笔认真绘制了一幅，虽然不是原作，但毕竟是原作者的儿子用笔精心绘出来的，他用了一个月的时间，尽量保持原作的本色。一个月后，他将乐雅居的刘大请到自己的家，刘大看着《笔峰县百美图》两眼发直，顾文昭笑笑说："把它挂在乐雅居，从此你的酒店就有了镇店之宝啊。"

刘大不相信顾文昭会这么便宜他，不，这不仅是便宜，而是对他的器重，对乐雅居的器重。他欣喜地接了画，当然忘不了扔给顾文昭一笔钱，两人都很兴奋。不久，乐雅居的大厅里就挂起了镇店之宝《笔峰县百美图》，因为这幅百美图，乐雅居的生意越发红火起来，笔峰县的很多人都到这里看笔峰县的历史，看笔峰县历史上的美人，他们猜度着哪一个美人是自己的奶奶，哪一个美人是自己的姑姑，哪一个美人是自己的姨娘，哪一个美人与自己的家族沾亲带故……外地人到了笔峰县，乐雅居成了必然消费的首选场所，听说抗战时期被日本鬼子掠走的画又按原样复制了，好奇的眼睛忍不住到此浏览……来的都是客，全凭嘴一张，乐雅居的生意红火自不必说，常常是来这里吃饭的人要在外边排长队。

顾文昭的书画自然也就水涨船高了。

顾文昭发财了，笔峰县谁人不知，他在乐雅居发了大财，认识他的人都在议论。红眼病当然少不了，病症最厉害的当属李思彬和赵梦抒，因为顾文昭的发迹，他们两人走动得频繁起来了，到了一起谈及的话题大多是顾文昭，思维最终便趋向了一致：有顾文昭压着，你我二人的书画何时才能见天日？

赵梦抒沉思片刻忽然说："顾文昭在乐雅居等于找到了经济后盾，其实我们也可以找这样一个后盾，招商引资，把有钱的企业家引到笔峰县，盖座酒楼跟乐雅居对着干。"

李思彬说："盖座酒楼容易，关键要有后台支撑，现在顾文昭不光有乐雅居，还有柳志行书记，更有他祖上的荣耀以及日本人的欣赏，我看撼动他比较难。"

赵梦抒说："也不见得，从前有句话说人有多大胆，地有多高产，还有句话说心想事成，其实人的意念很重要，只要敢干，什么人间奇迹都能创造出来。"

李思彬觉得赵梦抒这番话很耐人寻味，便接着他的话说："如果你我真想要一个光明的前程，那么从现在开始就要正儿八经设计一下行动方案了。"

赵梦抒不住地点头说："我们都好好想想，两个臭皮匠凑成诸葛亮。"

三

县委书记柳志行年底在市里参加了一次表彰总结大会，结果一无所获，笔峰县的工业产值是零，农业也没有什么收获的喜悦，三产服务业尚处在未开发阶段。与邻县同行相比，他这一年毫无政绩，等于白干，在这用政绩衡量领导干部的年代，柳志行心中的所有想法都成了哑炮，他在会场始终低着头，一炮不敢放，一炮也打不响，散会后许多同行拉着他吃饭，他都拒绝了，而后坐上车赶回笔峰县。一路上他始终想着市委书记的话：我们就像行走在一座桥上一样，要看到人生最美好的风景。

笔峰县有什么好风景？工业肯定没戏，农业也要靠天收，发展三产服务业，开发旅游资源倒是一条真正的出路，笔峰县好山好水好地方，又有一群文人墨客，他想起顾文昭李思彬赵梦抒等人的建议，建成书画县，以文化的品牌打造笔峰县，这首先要成立一个书画院，形成小气候。听说最近有个日本旅游团来到笔峰县，其中的女团长还带来了二战期间其父在笔峰县城掠走的一幅画，是顾文昭的父亲画的《笔峰县百美图》，如果成立书画院，此事极具炒作的价值。柳志行凭着自己对书法的爱好和职业的敏感，想在这件事上大做一下文章。

赶回笔峰县的当天，柳志行就把电话打给了顾文昭，顾文昭正在家里绘制《百美图》。自从《笔峰县百美图》挂到乐雅居酒店，顾文昭的名气一日大似一日，购买他字画的人越来越多，大有供不应求之感，顾文昭索性把笔峰县三个字去掉了，就叫《百美图》，他画的《百美图》显然超越了其父，特别是用色上的大胆，其艳丽无比的色调让人感受到大俗大雅的妙处。

顾文昭听说柳书记要跟他商谈建书画院之事，便兴致勃勃地换上西装去了县委大院。顾文昭平时总是穿便服，平底鞋，但只要去见柳书记，他还是要在穿着上讲究一些，毕竟是去见县委书记啊。

柳志行见到顾文昭，像以往一样给他泡了杯茶，顾文昭喝了口茶就口若悬河了，关于书画院，柳书记问到什么，他谈到什么，甚至柳书记没问到的情况他都设想到了，最后柳书记问到书画院的人选，李思彬和赵梦抒这两个人是否合适？顾文昭沉思了一会儿说："柳书记，书画这玩艺最后要看人品和艺品，李思彬和赵梦抒两个人应该说字写得都还可以，画也能画出个门道，就是这两个人的人品有点问题，李思彬调进文化馆当美术组组长有很多说道，有人说他拍了上届县委书记的马屁，上届县委书记喜欢洗温泉澡，李思彬的家乡有温泉，离城里约五里路，李思彬经常请县委书记去他的家乡泡温泉，两人混熟了，县委书记就把李思彬调到了文化馆，后来又当了美术组组长，这之前他在县剧团绘布景，剧团演出没人看，工资都发不出来，调进文化馆算是捧了铁饭碗，他那点拍马屁的本事大伙儿也都知道了，背地里都喊他'李温泉'。"

柳志行一笑，没有打断他的话的意思，顾文昭便接着介绍赵梦抒，说："赵梦抒当年是在县电影院门口卖炒货之人，因为喜欢写字，偶尔会写点标语，前任县委书记的老婆是乡下人，贪小爱财，闲时特别喜欢品尝炒货，去电影院门口买过两次炒货，赵梦抒就认识她了，打听到县委书记的住址，以后隔三差五便给县委书记的老婆送炒货，时间不长赵梦抒就调到县中当了美术老师，人送外号'赵炒货'。"

顾文昭的话音刚落地，柳志行书记就从喉咙里发出一阵畅快的笑声，他的笑声很响，顾文昭觉得那笑声有一种冲击力，让他的身体晃动了一下，随后他也畅快地笑了起来，笑过后他听见柳书记说："人啊，大都难以免俗。"

顾文昭感觉自己与柳书记的一番谈话是成功的，至少柳书记对他的话题不反感。他走后，李思彬就进了柳书记的办公室，也是柳书记电话邀请来的，关于笔峰县书画院院长副院长的人选，柳书记想做一次民间摸底。比起顾文昭来，李思彬和赵梦抒都有年龄上的优势，他们几乎比顾文昭小了一旬，也就是年轻了一代。然而李思彬没有谈到自己的年龄优势，而是从笔峰县作为文化县成立书画院的意义谈起，继而谈到书画院与文化产业的关系，大有一种高屋建瓴的意韵。他看到柳书记两眼放光，在他眼睛的光泽中他又看到了县委书记对自己的肯定，这时他的谈话分寸放开了，自然就转到顾文昭身上，他说："顾文昭算是笔峰县书画界首屈一指的人物了，可是他的作品在市里和省里都卖不上价钱，为什么呢？因为咱笔峰县本身的书画未形成气候，虽有几个书画家，但大都是笔峰县民间的认可，一旦外边有人认了，自己也就失了准则了。您看前些日子，日本来了个旅游团，女团长带回了顾文昭父亲当年的一幅画，还是一幅赝品，顾文昭按着这件赝品绘了无数的画作，每天都在往外出售，识货当宝的就多给钱，不当宝当草的就少给钱，只要给钱，顾文昭就照卖不误，这不是拿艺术当草当菜吗？如果成立书画院那就不一样了，书画院对书画出售有严格规定，按尺论价，艺术作品只有在市场流通的时候规范起来，才具有真正的市场潜力。”

李思彬无意间就把顾文昭卖了，他这番话让柳书记感到顾文昭在不择手段地以书画的形式敛财，对艺术来说这很危险。另一方面他又感觉到李思彬思想水平的深度和看问题的高度。

李思彬走后，赵梦抒跟着就进来了，他听完柳书记的一番话，立刻出语惊人地把自己的观点道了出来。

他说：“笔峰县成立书画院是再好不过的事情了，但笔峰县的书画院，上要有老资格的书法家支持，中要有新闻界炒作，下要有经济支撑，以商养文，这样才能拓宽市场，形成气候，因为笔峰县这座庙太小，上边中间下边都要有所依托。”

柳志行眼睛一亮说：“你刚刚说的这三点相当好，只是以商养文的路子还不太明确，再说说看。”

赵梦抒端起眼前的茶杯喝了一口茶，这杯茶自从顾文昭进来就泡上了，一直没人喝，现在赵梦抒喝了，看样子他真是渴了，大多数领导给别人泡茶都是摆设，没人敢喝的。赵梦抒喝了茶，人显得精神多了，说话的声调也抬了起来，他继续说：“可以盖一座酒楼，作为书画院的产业。”

“不是有乐雅居了吗？听说人气还不错，挺旺的。”柳志行打断了赵梦抒的话。

未等柳志行的话音完全落地，赵梦抒急着说：“乐雅居已经成了顾文昭一个人的天下了，他在笔峰县书画界首屈一指不假，可笔峰县书画界绝不只他　个人也是真的，顾文昭这个人自己作秀还可以，协调别人就比较差了，当今社会讲究和谐，他这方面差些劲啊。我倒想将外边有志于文化产业的有钱人招进咱笔峰县，这方面政府一定要有一个姿态，给对方一定的优惠，诸如免税啊出售地块价廉啊，跟他明说这酒店就是为笔峰县的书画院盖的，作为书画院的经济支柱，以后政府机关来什么客人都拉到这个酒店消费，我不相信它兴旺发达不起来？”

“那你有这方面的关系吗？如果有可以引荐到笔峰县正儿八经商谈一下。”柳志行几乎是表态说。

“承蒙您的信任，柳书记，一周之内我保证人马到齐。”赵梦抒端起桌上的茶杯，将里面的剩茶一饮而尽。然后，他兴致勃勃地走了。

柳志行随后又征求了省市书画界人士的意见，都认为笔峰县可在文化上做大文章。接下来，柳志行就在县党政一班人中统一思想了，小县大文化，将笔峰县打造成旅游文化县。标语口号贴出后，笔峰县上上下下都行动起来了。

赵梦抒的动作更快，他说一周之内把有钱的大老板引进笔峰县城，不到一周的时间，这个叫郭庄的老板就来到了笔峰县。

县委书记柳志行接见了他，并单独跟他商谈了很久，最后决定把县城最好的一块地皮，原总工会的破旧房屋拆除，新盖一座书画院酒楼，原总工会另划其他地方盖办公楼。

郭庄想不到这么痛快就拿了一块地皮盖酒楼，这地皮如果放在市里就了不得了，他兴奋着，不停地跟赵梦抒夸着笔峰县委县政府工作的高效率，赵梦抒也随之感慨，多少年没见过这么雷厉风行的政府了，柳志行真是个干大事业的人。

郭庄很快找人设计了酒楼，一个月内就办妥了各类手续，时间就是金钱，工地上推土机卷扬机隆隆响起来的时候，郭庄越发感受了这句话的意义。

赵梦抒更是心潮澎湃，毕竟是自己为笔峰县的文化产业做了一件很实在的事情。

四

顾文昭一直闷头作画，他的《百美图》市场潜力很大，先是笔峰县的人纷纷上门购买，然后就是市里的人购买，再然后就是省里的人购买，而且价格一路走高。顾文昭从未有过这样的作画状态，画出来就有人给钱，给了钱他就继续作画，这是他的艺术盛年，他要百倍珍惜时间。

至于书画院的建立和人选，都不是他能着急的事情，上有领导下有企业家，他着急也搭不上手，倒是书画院长的人选问题他心里思考过，想来想去非他莫属。

他有几大优势，首先他的书画艺术在笔峰县登峰造极，其次他祖传的技艺没人堪比，再其次他正在县文联副主席的位置上，书画院长不落他头上就会滑天下之大稽。

顾文昭经过一番思索，感觉越发稳操胜券了，特别是县委书记柳志行找他的一番谈话，他认定是让他当书画院长的信号，当书画院长最应该做的是什么呢?最应该做的是书法理论和书法作品的准备，那么他画《百美图》就是人间正道了，他逢人就讲“永”字八法的理论同样是人间正道。顾文昭要在这特别的时期里让所有人明白他的字画是能在市场上流通的，他的书画作品是有理论支撑的，这就叫政治上的软着陆吧。

这天，县委书记柳志行的司机匆匆跑来了，他上气不接下气地跟顾文昭说："我姐姐的孩子生病住院了，马上要手术开刀，主刀医生知道顾老师会画《百美图》，想让我跟顾老师请一幅画，这可是救命的事情，不知道顾老师肯不肯给我个面子？"

顾文昭听完柳书记司机的一番话，心中暗自窃喜，他顾文昭的名气真是大了，连医院的主刀医生都知道他的画值钱了，一种自豪感油然而生，他不由问："你来找我要画，柳书记知道吗？"

司机搔着头皮说："不知道。"

顾文昭打量了司机一眼，暗想：柳书记的司机他不敢得罪，可柳书记不知道的人情他也不能白送，他现在是笔峰县的名人了，名人要有名人的身价，如今的顾文昭再也不是别人打个招呼就能索要一幅字画的人了。于是，顾文昭的眼睛转动了一下，机智地说："司机同志，说句话不怕你生气，如今我的画已经在市场上有了行情，这不仅是我一个人的光荣，也是笔峰县的光荣，笔峰县要成立书画院了，在这紧要的关口我的书画更不能跌价，否则成立书画院就会群龙无首了。如果是柳书记要幅画，我不会谈钱，你要画，我也不会谈钱，可现在是医院的医生要画，他给你姐姐的孩子做手术，居然切开肚皮要红包，这是医德医风不正的表现，我不能用我的画养成医生的坏毛病。你去跟医生说，我的画要钱。"顾文昭故意把后一句话说得掷地有声，他想他要给那个医生一点颜色看看，随便向人索画的行为跟强盗没什么区别。

司机的脸悄悄红了，他想不到顾文昭如此不给自己面子，作为柳书记的司机，他出面办什么事情，很多时候是靠柳书记的面子，司机是主人的心腹，这谁不知啊，社会上许多人想巴结柳书记的司机还巴结不上呢，可他在顾文昭面前却没有一点面子。钱和人命哪个要紧呢？钱要紧，在顾文昭眼里。司机尴尬地用手摸着自己的头说："好吧，那我回家取钱去吧。"

柳志行的司机走后，再也没来找顾文昭。顾文昭终日沉浸在自己的书画里，日子久了，便把这事忘了。

"五一"节期间，柳志行书记想组织笔峰县的一批书画家到省市书画院转转，顺便到邻县去采风，他吩咐县委宣传部带了电台电视台的媒体记者，借此大张旗鼓造声势，推动笔峰县成为文化县的进程。顾文昭、李思彬、赵梦抒均在被邀请之列，而且顾文昭特别被安排坐柳书记的车，这也是县委书记尊重知识尊重人才的特殊风范。

顾文昭一早就赶到了，昨晚他就知道了自己被安排在柳书记的车子里，他激动了半天，柳书记对人才的尊重前所未有。车标志着一个人的身份，坐柳书记的车等于他在柳书记眼里确立了书法家的地位，他边想边得意地走到柳书记的车前。柳书记这时已经坐在车里了，坐在副驾驶的位置上，后排可以坐三个人，赵梦抒、李思彬早已坐在里边了，顾文昭扫了他俩一眼，心立刻凉了半截，并非他一个人获此殊荣，赵李两人跟他的待遇是一样的。顾文昭站在车门口，却不见车门打开，他拉了几下，坐在里边的赵梦抒指了指司机，意思是车门让司机锁上了。他又跑到司机跟前，刚要开口，司机却一踩油门，车蹭地蹿了出去。

顾文昭茫然失措地站在原地，想起前几天柳书记的司机向自己索画一事，他没给他面子，现在这小子开始报复他了。小人之见！他心里骂了一句，又想柳书记一会儿肯定让司机把车开回来，没有我顾文昭，笔峰县书画界的其他几个人上不了台面。

他一直在原地站着，这时太阳出来了，硕大的太阳将阳光射在他的脸上，渐渐地他就感到脸上一层一层出汗，像出油一样，烤得他心痛。

柳书记见司机耍弄了顾文昭，心里的火气腾地着了起来："你怎么可以这样呢？停车，你给我停车！"柳书记命令着司机，可司机就像耳聋了一样，将车开得飞快，直到他觉得顾文昭看不到车影了，才将车速慢慢减下来。

司机显然也激动起来了，他喘着粗气说："柳书记，我今天就是被您撤了职，以后不再给您开车了，我都会这么做。他顾文昭觉得自己会画几笔，就狗眼看人低。上次您老家来亲戚在医院手术，主刀医生提到顾文昭的书画，知道我是您的司机，能有面子要他一幅书画，我就找他去了，没说是您的亲戚在医院开刀，撒谎说是我姐姐的孩子，结果顾文昭一口咬定他的书画要钱，还把医生骂了一顿，说医生不给钱就索画，跟切开肚皮要红包没什么两样。我尴尬地愣了半天，最后以回家拿钱为借口跑了。你说他顾文昭还有一点人味吗？钱是他的爷娘老子。我早就想把这事跟您说了，怕给您心里添堵，他顾文昭如果不是有您柳书记的抬举，谁认他，他算个屁！"司机简直气疯了，他终于找到了出气的时机。

柳书记始终一言不发，想不到一向温文尔雅的顾文昭还有这么多的故事，这太出乎他的意料了，他在心里感慨着。

坐在后排一直未出声的赵梦抒和李思彬这下总算找到说话的机会了，赵梦抒说："这事对顾文昭来说再正常不过了，别说是柳书记的司机，就是他丈母娘请他作画，他都收钱，他跟乐雅居酒店的老板刘大有约在先，借着他的酒店，打着他的招牌，两个人合起来搞钱。”

李思彬接过话说：“文化产业总是被人歪曲地利用，但愿书画院酒楼完工后能够名副其实。”赵梦抒显摆地说：“这话还用你提醒吗？郭庄跟刘大可不一样，人家是曾经沧海难为水，见过大世面的人，柳书记跟他谈过话，不信你问问柳书记，郭庄的人品怎么样？”

柳书记没搭腔，回头问了一句：“书画院酒楼的进度如何了？”

这一句显然是对着赵梦抒的，是赵梦抒将有钱人郭庄引到了笔峰县，赵梦抒觉得柳书记当着李思彬的面问他，太给他面子了，等于帮他炫耀功绩，于是他自豪地说：“前天我去看了一下，工地上正在加快进度。”

“好哇，笔峰县书画院的成立必然要有酒楼的支撑，这叫以副养文。”柳书记认真地说。

一行人说话之间就到了市书画院，柳志行因为爱好书法，跟市书画院里的人都熟悉，院长是个工笔画家，柳志行收藏了他多幅作品。双方坐下后，柳书记就把笔峰县要成立书画院的意图谈了，想聘请院长为书画院顾问，并让他在上面各个环节帮助疏通。

院长一口应承下来，随后就问到成立书画院的举措，柳志行简单谈了一下以副养文建书画酒楼的设想，院长兴趣十足地打断他的话说：“这想法相当不错，只是不要把酒楼单纯地建成酒楼，不如建个多功能厅，上面是展厅，下边做酒楼，一举两得。”

柳志行眼睛一亮，觉得院长这点子很到位，同时心领神会地说：“好哇，开业那天，我们笔峰县书画多功能厅将院长您的作品作为首展。”

院长开心地哈哈笑起来。

随后，柳志行又带着笔峰县一行人到省书画院去了一趟，以拜访学习为名，其实是为笔峰县成立书画院作铺垫去了。

五

赵梦抒到了省里就留下来了，他借口说去看个亲戚，然后就按着自己事先的设想行动起来了。

赵梦抒有个亲戚，在省文艺中心当保安，是临时招聘去的。赵梦抒知道这个亲戚派不上什么大的用场，可他想认识一下省书协主席，务必通过这个亲戚的关系打听到途径，他就找到了这个亲戚。

亲戚管他叫表哥，他管亲戚叫表弟，赵梦抒从家里出来，又比表弟年长，自然要请表弟吃饭，两人吃饭也简单，赵梦抒就近找了个小饭店，要了三四个菜，又要了一瓶老酒。有了酒，气氛就非同寻常了，半瓶酒下肚，赵梦抒肚子里的话就多了，先是问省文艺中心的功能，表弟说："上下两层楼，主要是搞画展，三天两头有展出，一搞画展，我们这些保安就紧张，日夜巡逻坚守，丢一幅画就等于丢了工作，还要赔偿。如今这字画可值钱了，动辄上万，腕大的还要几十万，一个字就值一万块钱。"

听到这里，赵梦抒感到自己要询问的主题出来了，便继续问表弟："你说一个字就值一万块钱的人是谁呀？"

表弟睁大了眼睛说："你们是一个行当的，这你应该知道哇，就是洪悦宣，省书协主席。"

“你认识他?”赵梦抒有点兴奋。

“谁不认识他呀,他是公众人物、名人,这里一有书画展他就来,大红彩绸都是他剪的,听我们这里的人说,凡是他来剪彩的书画展,就算是有档次的展出了。”表弟喝了一口酒,又说,“不过,我认识他,他不认识我。听说这个人特别牛,如今都不轻易给人写字了,很多有钱的企业家去他府上求字,都带着上百万的现金,他一连写十几张,一个字就值上万元。他在城里住跃层式楼房,在郊区还有别墅,最近听说又在老家买了六亩地,要盖豪宅呢。如今这社会,有权能称霸,有钱能舒服,有才艺能混个名流,就是像我这种学无所长又生在乡下且没有家庭背景的人难混。”

赵梦抒见表弟情绪消沉,便端起杯子敬他酒说:“能在这里当个保安,每月有稳定的收入,已经相当不错了。”

表弟喝下酒,摇头说:“再不错也是农民工,没地位。”

赵梦抒像是想起了什么,忽然问:“当初你是怎么来到这里当保安的,能到省文艺中心当保安也挺不容易的。”

表弟笑了一下说:“也是机遇吧,没来这里之前,我在一家饭店打工,那天快打烊的时候,忽然来了一位中年男士,一个人要了三个菜,一壶酒,他吃饭很慢,吃一会儿停一会儿,还不住地叹气,店里的客人全走了,他还没有走的意思,我眼看着他喝醉了,吐了一地。后来我将地上的脏物收拾干净,又把他送回了家,他们家里人很感激,把我的手机号记下了,不久这个喝醉酒的人就给我打了一个电话,让我来省文艺中心当保安,我才知道他竟是这个文艺中心主任。”

赵梦抒突然睁大眼睛说:“你算是跟主任有交情的人了,这样事情就好办多了。”

表弟说：“我能求他什么事？好好当我的保安就行了。不过，他倒是认识不少人，特别是书画家，对了，他跟洪悦宣关系不错，能说上话。”

赵梦抒心里一亮，又端起了酒杯说：“表弟，我再敬你一杯。今天来找你，一是探望，二是想求洪悦宣一幅字。”

表弟心里一下子有数了，酒菜从来不是白喝白吃的，连表哥也不例外。于是他说：“这事比较难，洪悦宣如今不给单个人写字，万把块钱根本看不上眼。”

“所以我求表弟帮忙啊，能不能让你这里的主任引荐一下？”赵梦抒期待地说。

表弟看看表哥，很认真地说：“如今求人办事都不是白帮的，人家答应帮忙已是客气，人情费你还是要出。让主任引荐可以，你能出多少钱？”

赵梦抒讪笑道：“我虽在县里有份工作，到了城里也是穷人，太大的礼出不起。”

表弟说：“那就带上两瓶精品五粮液，我们主任爱喝酒，他只要见酒眼开，这事就成了。”

说着，两人就加快了吃饭的速度，表弟先站起身说：“我马上就带你去办。”

赵梦抒的心情有点激动，如果如愿以偿，他今天就没白来省城一趟。他始终走在表弟的身后，好像故意把脚步慢下来，虽然他比表弟有身份，但眼下毕竟是求表弟帮自己办事，他不能抢了他的先，这样也好让表弟内心生出一点虚荣。

表弟果然一路不停地说着话，他说："我就弄不明白如今的人是怎么了，送礼不送钱，要送字画，其实那玩意儿说是宝就是宝，说是草便一钱不值，挂几年旧了，哪有钱实惠呀，愿意买啥买啥。听说这风已经刮到县里了，把咱县的顾文昭也抬举起来了，还有你，表哥这不也受了传染，拿钱不干正经事了。"

赵梦抒任表弟唠叨，他一言不发，偶尔笑笑算是回应，反正他今天能达到目的就行了。路经超市的时候，赵梦抒买了两瓶精装五粮液，表弟咂着嘴说："这酒要是喝进咱自己的肚里就好了，可惜呀，要从别人的肠子里穿过，咱连味都闻不着。"

省文艺中心主任果然见酒眼开，不过，赵梦抒提出要到洪悦宣府上求字的要求被他拒绝了，一是洪悦宣到日本开书展去了，二是见了他也未必能求到字，他已经不给单个人写字了。

表弟这时看了赵梦抒一眼，那眼神好像告诉他自己并没骗他。

赵梦抒心领神会，心却急起来，拿不到洪悦宣的字自己不就白来省城了吗？再说，柳志行书记那里应该用什么打发呢，如今哪个明智的官员都不敢收钱了，收名人字画成了文明的行贿方式。

沉默中，主任似乎看出了赵梦抒的心思，便爽快地说："凡是来找洪悦宣求字的，都是要办大事的人，你既然是我手下保安的亲戚，来省城见我一趟也不能让你白跑，我这里有洪悦宣的一幅字，是前几天为别人求的，你如果急用就先拿去，等洪老回来我再为别人求。"主任说着，从自己的保险柜里拿出洪悦宣的字，展开在办公桌上。

赵梦抒心里一下子欢喜起来。这是一幅横幅狂草，四个大字"沧海横流"，心想这字给了柳志行书记，保准称他的心意。

赵梦抒不好直接问价，只好给表弟使了一个眼色。表弟心领神会地跟主任说："主任，这幅字开价多少？"

主任面无表情地回答："老规矩吧，一字一万。洪悦宣不可能让我当他的二道贩子，我也不可能从中赚你表哥的钱。"

表弟知道主任这话是说到位了，但仍进一步说："主任，我表哥在县里工资不高，还要养家糊口，挺不容易的，一字一万，这四个字就是四万了，他一年都赚不上这么多的工资。"

主任暧昧地笑了一下说："字画这东西不是谁都能玩得起的，一字一万已是洪老给我的面子了，你看他在画廊里的标价是多少，在咱们文展中心标价又是多少，能拿到他的字就已经相当不容易了，没有你我的面子，你表哥今天能拿到字？"

表弟的脸红了起来，再也不敢说话了。

主任看看赵梦抒说："这样吧，我这人喜欢交朋友，初次见面，又是你表弟引荐的，你表弟曾经对我有恩，洪老这幅字就以三万元的价格让你带走吧，算我搭上一万元。不过，你得给我办件事……"

"什么事，主任尽管吩咐。"赵梦抒讨便宜卖乖地说。

"听说你们笔峰县有个姓顾的画家，他的《百美图》目前省城的书画市场有人问价，你们肯定认识，弄两幅怎么样？"主任说。

"没问题，这事我能办，我们笔峰县家家户户都有他的字画，他能写字也能画画，只是太土了一点。"赵梦抒说。

"这就叫'橘生淮南则为橘，生于淮北则为枳'，他不占地利，这要是在省城，媒体一炒作，他的字画立马就可以卖出大价钱。"主任说。

表弟一听，精神头立刻来了说："我表哥也会写字，写得不比顾文昭差。”

主任幽默地说：“笔峰县是个书画县，天上掉块陨石砸的都是书画家。”

赵梦抒谦虚地说：“主任抬举了，以后要多跟主任学习呀。”

主任一边卷起洪悦宣的字一边说：“欢迎常来，有时间我也到你们笔峰县转转。”

“那我们热烈欢迎。”赵梦抒知道该掏钱了，他把手提包摆平在桌上，从里边掏出卷着的报纸，递给主任说，“正好三万，你点点吧。”

主任扫了一眼说：“不用点，一看就是刚从银行提出来的，一捆一捆的，码得整整齐齐。”说着，将钱扔进保险柜里。

赵梦抒怀揣宝物连夜赶回笔峰县，没进家门就奔了县政府大院。

六

李思彬跟车回到县城，很快又返回了市里，他估计赵梦抒留在省城是活动去了，他也不能呆，也要活动，活动变人形，这年头许多事情都是活动成功的，许多位子都是活动得来的。清高再也不是什么时尚了，死要面子就要活受罪，已成为路人皆知的道理。

李思彬到市里活动的目标已经想好了，如今谋官所需要的就是经费，他要到市里找钱，他自己是没有什么钱的，从小家境就不是太好，家里一堆人还靠他资助呢，他现在必须到市里去找钱，找到能给他提供活动资金的关系。他想了一夜，把自己有生以来所有认识的线索都想了一遍，最后他想起了高中时的同学梅花，梅花跟他坐前后位，两人关系很铁，梅花梳两条大辫子，是全班男生的偶像，可梅花唯独喜欢跟他在一起。梅花怕狗，李思彬见到狗就扔石头打，他天性中就有一种保护梅花的意识。有一次，街上跑来一条疯狗，一连咬了六七个人，梅花刚好从学校出来，眼看狗就向她扑去了，李思彬抄起一块大石头就要了狗命，他救了梅花，也就意味着救了梅花的命，谁都知道被疯狗咬会是什么后果。后来，他们都考上了大学，梅花毕业后就留在了城里，李思彬是专科生，感到在城里无用武之地，便回了县城。他和梅花之间说不上是恋爱关系，却是一种比友谊更深一层的关系，梅花结婚时李思彬还特意跑到城里喝了喜酒，他得知梅花的丈夫是一个公司的经理，梅花本来分在一家事业单位工作，婚后也跟丈夫一起打理公司了。来之前，李思彬又得知，梅花丈夫的公司现在承包了白象公园，正准备将其打造成国家级生态文化公园。

李思彬突然而至，让梅花异常欢喜，公司每天为钱财忙碌，人很难闲下来，老同学的到来，倒使夫妻俩着实轻松了一把，他们请李思彬在星级酒店吃了饭，又泡了脚，唱了卡拉OK，然后就在正加紧施工的白象园歇了下来，这是一间乘凉的亭子，四面翠竹环绕，风吹过来，清爽袭人。

李思彬大赞这园子的风景秀美，梅花说："等园子建好了，会美上加美。"说罢，就用眼睛打量李思彬，她觉得李思彬突然来城里找她一定有什么事情，如今人人都忙碌，哪有闲情跟老同学相聚，便忍不住问，"你来城里就是专门为了看看我们，不会吧？"

李思彬的脸一下子红了，心想到了这会儿再不把自己的想法说出来就有点呆了，于是压低声音说："笔峰县要成立书画院，计划都批下来了，现在正物色正副院长的人选。"

梅花一下子就明白了说："你有这个才，天生我才必有用，一定会被选上。说吧，要我们帮你什么忙？"

李思彬被梅花一语道破天机，反倒不好意思起来，他嗫嚅道："如今办事都讲活动，这活动就需要资金，我手里没这个资金呀。"

梅花一笑说："活人不能让尿憋死，说吧，需要多少？"

梅花的丈夫这时在一边说话了，他已经听了一会儿，知道李思彬来找他们的目的了，帮人就要帮到底，在他看来比资金更要紧的是名气，书画院的一二把手没有名气是当不成的。于是他说："资助你一笔钱是小意思，但我感觉你目前的情况不仅仅是钱的问题，还有名，不如我们在白象园为你举办一次书画展，届时请一些媒体炒作一下，再请省、市书画院的权威人士剪个彩讲个话，名人效应一下子就哄起来了，我再请企业界的朋友把你的画当众高价买走，这样你就成精了。"

"谁肯出高价买我的字画呢，如今的人都不是白痴。我还没到人家能出高价买画的地步呢。"李思彬说。

梅花的丈夫说："这事就不用你操心了，人家出高价是给我面子，当众出个高价，背地里你再把钱退还给人家，不就起个轰动效应嘛。"

李思彬立刻心领神会地笑了，这方面的事他倒听过不少，一些画作本来不值那么多钱，由商界的有钱人暗箱一操作，画价真就上去了，到时候三七或四六分成，画家拿到手的钱却很少。但即便这样，书画家也还是乐此不疲的，毕竟名气打出去了，这年头名气就是钱呀。

梅花的丈夫又说："本月底我这里竣工，市里很多画家想在白象园举办画展呢，到时候把你也算在其中，一切费用我出，谁让你救过梅花的命呢。"

李思彬感激地说："知道有今天，当初救梅花是太值得了。"

梅花的丈夫说："现在你回去准备一百幅作品，个人书画展作品少了不行，我出资帮你装裱，帮你找媒体，帮你找买方……总之一切都包在我身上了。"

李思彬千恩万谢又说了一些好话。

梅花打断他的话说："行了，你也别总是感激不尽了，能帮你出点钱我也心安了，要不然这辈子心里都欠着你一个大人情，真不知什么时候能把这人情还上，现在总算有了机会了。"

李思彬说："这事你倒不必记挂在心，换了别人也会这么做的。"

"那可不见得，那天被疯狗咬的六七个人里，有一对男女正谈恋爱呢，疯狗来了，男的撒腿就跑，把个女的扔给了狗，后来那女的得了狂犬病，死了。"梅花说。

三人又说了一会儿，大多是有关画展的，李思彬想起一百幅书画作品，不可再多耽误时间，便急匆匆赶回县里。

二十天后，李思彬真带着一百幅书画作品进城来了，正好市里几个小有名气的书画家也往白象园送作品，梅花的丈夫就让他们看了李思彬的书画，并让每个人为他的作品写一段话，制成宣传板挂在李思彬的展室里，李思彬书画展就这样隆重开展了。

县委书记柳志行在一段时间里不断在媒体上看到李思彬画展

的信息，而且有几幅画还卖了不错的价钱，不由欣喜地想：笔峰县的书画家都敢到城里吆喝了，谁能说笔峰县不是文化县？

七

不久，笔峰县书画院就挂牌成立了，又不久，郭庄的酒楼竣工，上下两层，总称为笔峰县文化多功能厅，上面一层作了书画展厅，底下一层是酒楼，酒楼的门匾由柳书记题字，又制成烫金字体“书画酒楼”，这四个大字与笔峰县的日月同辉。

顾文昭无论如何想不到书画院院长不是他而是赵梦抒，副院长也不是他而是李思彬，名誉院长还不是他而是由市书画院院长兼任，他只落个顾问，这个称号对他来说等于被笔峰县书画院淘汰出局。

他的书画市场顿时一落千丈，乐雅居酒店的生意也顿时一落千丈，笔峰县城的饮食消费开始往书画酒楼转移，人们不凭别的，就凭县委书记柳志行的题字，县委书记题字的酒楼能差吗？当然不会差啊。

这天，顾文昭依旧来到乐雅居写字，他刚坐下来，酒店老板刘大就进来了，刘大坐在他的对面，看他静静地写字，看了一会儿，忍不住叹气说：“台上一分钟，台下十年功，可如今谁还看谁的功夫深，功夫都在艺术之外了，您的‘永字八法’研究得再地道，《百美图》画得再正宗，也抵不上书画酒楼的热闹了。顾老师，还是搁笔歇几天吧，以前您画的作品至今还积在那里呢，自从书画酒楼开业，乐雅居的生意就一直不好，我早想跟您说，担心您老承受不住。”

顾文昭放下笔，认真地打量了刘大一眼，想说什么，嘴唇动了动，又把话咽回去了。

刘大扔给他一根烟，顾文昭接过烟，在手上掂着，他不会吸烟，刘大扔给他烟的意思他明白，他掂着烟，心里埋藏已久的委屈突然涌上心头，他想起县委书记柳志行多次与他的热情谈话，建立书画院最初还是他的设想，而真正建了书画院却把他开出局了。

他站起来，把烟又扔给刘大。"我不抽烟"，他说。

刘大接过烟。

顾文昭开始往门外走，刘大一直目送着他，他感觉顾文昭是去找柳志行书记了，他不能在笔峰县书画界没有面子。

柳书记果然在，办公室坐满了人，都是找他谈事情的。顾文昭只好坐在外边的椅子上等候，好在门欠了一道缝，每逢出来一个人，顾文昭就从门缝里数点一下里面还有几个，并由此估算出什么时间可以轮到他见柳书记。如今真是今非昔比了，过去柳书记主动找他谈话，现在他要主动找柳书记谈话，他想起那天柳书记的司机不让他上车的事，内心不由得感慨：小人不可得罪。柳书记一定是听了什么人的谗言，才冷落他的。自己当初也真是犯混，送他一幅字画又怎么样呢，无非少收几个钱，钱这东西有时候能成事，有时候又能败事，他如今就是被钱败了。正想着，柳书记的办公室里又进去人了，领路的是柳书记的司机，一行三个人，边走边谈着什么，顾文昭只听到招商两字，看样子是财神爷，为笔峰县送钱来了。顾文昭坐在一个角落里，这样不太引人注意，等他们进了柳书记的办公室，他看看腕上的手表，不知下班之前还能不能见到柳书记。

总算等到所有的人都从柳书记的办公室出来了，柳书记随之也走了出来，他刚要关门，抬头看到了顾文昭，神情不由得愣了一下。顾文昭径直往他的跟前奔，嘴巴急切地说："柳书记，我跟您只谈三分钟。"

柳书记只好又将门推开了，他跟随行的一帮人说："你们先去吧，我一会儿就到。"

司机不屑地看了顾文昭一眼，带着一帮人走了。

柳书记折回办公室，顾文昭坐在他对面的沙发上，柳书记没给他泡茶，他坐在办公桌前，屁股像是没完全坐在椅子上，神情有点催促的意思。

顾文昭也就不想客气什么，索性直奔主题说："柳书记，笔峰县书画院没给我安排位置挺出人意料的。"

"有什么议论吗？"柳书记问。

顾文昭说："书画是个技术活，书画院领导应该以业务能力为前提，赵梦抒和李思彬两个人的书画水平都在我之下，把他们两人放到院长和副院长的位置上不会有人服气吧，再说他们两人的人品我早已经跟您介绍过了，一个'温泉'，一个'炒货'，这样的人品还不把笔峰县书画院败了吗？"

柳志行沉默了一会儿，等顾文昭没什么话可说了，便淡淡地说："笔峰县书画院的正副院长是征求了广泛的民意产生的，不是我指定的，书画院这杆旗能不能飘扬还要看大伙儿，现在笔峰县各方面指标都落后兄弟县，只落个文化的桂冠了，能不能戴在头上还是个未知。书画院虽然没安排你位置，但你毕竟是笔峰县的文联副主席，这个位置比什么都重要。至于那些闲言碎语，我劝顾老就不要听了，谁人背后不说人，和谐社会，团结为重，大家携起手来，打造笔峰县的大文化。”

官腔，全是官腔，柳书记已经跟顾文昭打官腔了，这证明他们之间的关系远了，不再像从前那样推心置腹了，顾文昭已不再是柳书记的圈中人了。他沮丧地站起身，面无表情地跟柳书记说：“你的房间真冷。”然后就从柳书记的办公室奔了出来，一直奔向大街，站在一个有红灯的十字路口，不知再奔向何处。

他刚刚出门的时候，听见柳书记在身后喊他，他没有回应，他是故意没有回应的。现在站在茫然不知所去的大街上，他又觉得刚才应该回应柳书记，也许柳书记是喊他共进午餐呢，彼此坐下来谈笑风生地吃饭，也许一切都有了新的开端……可他顾文昭偏是个宁折不弯之人，很多时候不会脑筋急转弯。赵梦抒和李思彬此番的成功，大脑一定是与他不相同的。

顾文昭感到头晕，想找个地方歇会儿，这时他看到了大街的左侧新开了一家足疗馆，这也是笔峰县的新生事物。顾文昭一直没有尝试过，经常听说足疗馆里三陪小姐的丑闻，正儿八经的人怎么会到那样的地方呢。可头顶烈日的顾文昭今天觉得只有足疗馆才是他应该去歇会儿的地方，他想换换心情，郁闷的心情。

顾文昭毫不犹豫地折转方向，向大街左侧的足疗馆走去。

小姐将顾文昭引到了包间，顾文昭躺在靠背沙发椅上，首先在木桶里浴足，浴足的时候小姐为他按摩背部，顾文昭闭上眼睛，暗想难怪足疗这行当生意兴隆，敢情是让人全身都舒坦啊。十几分钟后，小姐撤了木桶，将顾文昭两只脚抱在胸前，用毛巾擦干净上面的水，捏着他的脚趾说：“先生有没有脚气，脚痒不痒，要不要帮您捏捏？”

顾文昭说:“我从来不生脚气,颈椎倒是有点不好。”

小姐按着顾文昭脚底的穴位说:“您的颈椎是有点不好,请问先生是做什么工作的?”

顾文昭听小姐这样问,半坐起身说:“你怎么连我也不认识啊,我是笔峰县著名的书画家顾文昭。去过乐雅居吗?知道日本人二战期间在笔峰县掠过我父亲的一幅《笔峰县百美图》的事吧,现在我画的《百美图》已经很有市场了,我要用《百美图》将笔峰县推向全市全省全国全世界。你这小姐呀,就算不认识顾文昭,也应该知道《百美图》,不信你去问问,笔峰县家家户户都挂了我的字画,它是一种文化的标志啊。”

小姐笑笑,逗弄顾文昭说:“先生的书画那么有名,应该在我们的足疗馆挂一挂,我们这里来的客人多,对您的名气和书画也是一种宣传啊。”

顾文昭说:“我的书画挂在这里恐怕不妥当吧,宾馆酒店里挂一挂还比较有档次。”

“哎呀,先生看不起足疗这一行当啊,其实这也是很时尚的行当,最早由东南亚那边传过来的,那边的人会享受懂保健,并非人人都做得起足疗,能来足疗馆的人都是有钱人啊。”小姐边按顾文昭的足底边说。

顾文昭没再说话,他感觉眼前这个小姐十分聪明,每天给人捏脚实在是太可惜了,但她不干这个又能干什么呢?社会让人变得越来越现实,捏脚这行当虽说档次低,可毕竟捏一个就能拿一份钱,不像书法,要伏案练习多少年才能走向市场。而且走向市场还会有很多的名堂,并非你写得好画得好人家就认,比如自己吧,笔峰县谁都承认写得好画得好,但书画院院长却不是你顾文昭,这证明什么,市场认你了,官场不认你。官场有官场的游戏规则,顾文昭你虽然当了文联副主席多年,但还没学会官场的游戏规则呀。想到这些,顾文昭心里不由黯然神伤,他为自己悲哀,同时更为文化悲哀。

小姐见顾文昭没反应,以为他睡着了,手上的动作不由得快起来。似是碰到了顾文昭敏感的神经,他浑身动了一下。小姐意识到自己的动作快了,便机智地说:“先生的胃不是太好,这个穴位是管胃的。”

顾文昭心里一动,看起来足疗还真是挺科学的,顾文昭的确胃口不太好,平时不敢吃凉东西,从未吃过冷饮。内心想着,嘴却不想再动,顾文昭没有心情说话,他闭上眼睛,陷入了沉沉的梦境。

这一回睡得好踏实,顾文昭已经好多天没有睡过这么踏实的觉了,他在梦里痛快地作画,他画的《百美图》色彩艳丽形象鲜明,不仅在笔峰县,在全国在日本都引起轰动,极大的轰动。他是笔峰县书画界首屈一指的人物,赵梦抒和李思彬怎么可以和他相比呢?他梦见他的桌上摆了许多鲜花,鲜花是向他的书画献媚吧。

顾文昭醒来后,小姐已经不在了,他伸了个懒腰,站起来走出包间。到了大厅,收款小姐将一张算好的单据递给了他,顾文昭一摸口袋,居然没带钱。这可是丢面子的事情,为了留住面子,顾文昭灵机一动说:“你们收我的钱不如留我一幅字,我的字挂在你们这里,保证满堂生辉。”

收款小姐想想说:“那我要问问经理呢,但经理这几天出差去了,这样吧,你先给我们写幅字送来,等经理回来我跟他讲。”

顾文昭想回家写幅字再送到足疗馆,这是不是太跌身份了,再说我的一幅字只抵一次足疗费，这事传出去，面子就百分之百地折了，不如在这里写一幅字，随便挥洒一下，事后别人提起来，只多落个没架子，不至于掉架子，便说："你这里若有现成的纸笔最好了，还要我回去写，那我不如拿钱给你们了，要知道我一幅字能抵几年的足疗费呢。"

收款小姐想起经理是个会写字的人，便说出了他的名字。顾文昭听后说："我在乐雅居见过你们的经理，他还听过我讲的书法课呢。"

收款小姐转身到楼上去了，她开了经理的办公室，桌上果然有墨宝，收款小姐便又跑到楼下将顾文昭请了上来。顾文昭打量一眼经理办公室和那宽大的办公桌，不由感叹如今文人的穷酸。一个足疗馆经理的办公室比他这个有名的书法家办公室阔绰多了，这真是一个消费的年代，吃喝玩乐，唯独不崇尚文化。

顾文昭展开纸笔，挥毫了三个字"玩乐场"，然后他把笔一掷，就离开了足疗馆。

事隔几天的一个上午，顾文昭正在乐雅居听老板刘大讲书画酒楼生意兴隆的事情，说那个叫郭庄的老板往政府大院砸了不少钱，说赵梦抒和李思彬的书画作品市场行情一路看涨，不服气真不行啊，啥叫名气呀，名气并不是真功夫，名气是靠钱势和权势给炒作出来的。正说着，只见一位小姐风风火火闯了进来，顾文昭一看竟是足疗馆的收款小姐，未等顾文昭做出反应，收款小姐将手里的一张宣纸递给顾文昭说："我们经理回来了，经理说足疗费不能用书画抵，桥归桥路归路，再说如今您的书画作品也值不了多少钱了，有书画院了。"

顾文昭愣了，一边的刘大也愣了。不用看，那张卷着的宣纸就是他在足疗馆写的"玩乐场"三个字。顾文昭立刻从口袋里掏出百元钞扔给小姐说："不用找了，我有的是钱！我的书法作品挂在足疗馆还掉价呢。"

小姐走后，顾文昭跟刘大说："那天我是故意写了'玩乐场'三个字，肯定是这三个字把足疗馆的经理惹恼了。"

顾文昭想用这话为自己赚回点面子，他看看老板刘大，刘大没表态，无声地走了。

年底，笔峰县被省文化厅评为书画县，笔峰县书画院成为书画教育培训基地，书画成为该县小学生的必修课。顾文昭偶尔会被小学请去讲讲课，师生们亲切地喊他顾老师，都说他的书画功夫深。

顾文昭知道这称赞声里包含着对他的同情，因为他的书画作品在笔峰县的市场价位一跌再跌，几乎到了零价位，而院长赵梦抒和副院长李思彬的书画作品却一路看涨，市场销售越来越火，笔峰县的楼堂馆所几乎挂满了他们的书画。他们也成了笔峰县书画界的领军人物。

顾文昭再也不好意思去乐雅居酒楼了，后来他听说刘大较劲地跟郭庄打了一架，双方都不示弱，不久刘大就把酒楼抵给了别人，去了其他地方。

顾文昭依然每天作画，手却不停地抖动。

刊于《收获》杂志公号"人间职场浮世绘"2017年2月22日至24日

事 件

一

区长冯秋爽正在食堂吃饭，忽然听到门口嘈杂的喧闹，透过食堂的大玻璃窗，她看到一伙人正兴冲冲地奔往政府办公大楼，冯秋爽预感到有什么事情发生了，她将碗里的最后一口剩汤喝尽，然后匆匆离开食堂。

冯秋爽想想如今最不缺的就是干部，一个坑有多少个萝卜等着，她今年刚刚三十七岁，刚来这个区任职，前后还不到三个月，最初她不想来，她一直在市经委的一个部门干副职，已经干满一届了，她的目标是干正职，但组织部突然有一天找她谈话，要她到区里任区长，冯秋爽听说是洼地区，头皮就炸起来了。洼地区曾经是市辖县，也是市辖县里最穷的一个县，两年前区县合并，洼地县与本市最小的一个区合并成洼地区，但各方面的指标仍是县级标准，冯秋爽到那里工作，职务虽然是升了一级，福利待遇却明显不如市府机关，她有点犹豫，不知答应还是不答应。身边关系不错的同事提醒说:“这个位置不知道有多少人等着呢,组织上考虑你是女同志,年纪轻又有专业特长,才把这个很重要的位置给你,洼地区眼下虽然穷,但穷则思变,越是穷的地方越能干出政绩。”

三十七八等待提拔,贫困区也许更能考验一个人的毅力和能力,豁出去吧,反正她在哪里都是干活。

冯秋爽在大学里学的是统计,上任的第一个月,她就把洼地区的财政收入统计了一遍,她大吃一惊,这几乎是一个靠借钱开工资的区政府。区里唯一见效益的企业就是康华药业,这家企业原本是个国营老厂,区县合并后转为民营,药品的销路还很不错。

冯秋爽从食堂里出来就往政府办公大楼里奔,她估计这伙人是奔着区政府来的,走近一看方知药厂出事了,乱糟糟的人群里传出“假药假药”的叫喊,还有人高举着白色的横幅,上写“坑害生命,康华老板丧尽天良”等标语,已经有保安在人群里维持秩序了。

冯秋爽站在人群里悄悄听了一会儿,她来这里的时间不长,在区电视台频道的出镜率虽高,可现实生活中的百姓还不大认识她,再加上她平时随意的穿着,她的出现并没引起群众的注意。她听到了这样的信息,一个感冒咳嗽的农妇送到医院吊水,一瓶水吊下去,家里人就感觉农妇不大对劲了,先是见了东西就咬,后来见了人也咬,家里人把她接回去,仍是见了啥咬啥,甚至端起喂鸡的盆子将里面的鸡食咬了一遍,家里人吓得立刻把她送到了市精神病院,诊断的结果是农妇得了精神病,病因是药物刺激了神经。家里人就找到农妇吊水的医院,医生将药品找出来,一查厂家竟是洼地区康华药业生产的止咳药剂,药品说明书上有一行文字:此药用量过大会引起神经系统病变。

患者家属认为这起医疗事故是医院医生操作失误所致，而医院认为医生用药剂量合理，没有超出适用范围，可能药品质量存在着问题。患者家属又找到药监局质量处鉴定，结果发现康华药业的药品原材料存在问题，一些用料严重超过国家规定的标准。

医疗事件关系百姓的生命，是市民关注的热点，于是各大媒体纷纷抢抓新闻眼，冯秋爽尚未对此作出应急措施，第二天各家晚报就已经大肆炒作起来了。

这是一桩非处理不可的事件，洼地区政府专门成立了调查小组，由区长冯秋爽亲自带队，深入康华药业进行调查。

调查结果出乎冯秋爽预料，康华药业上上下下从经理到员工没有一个承认自己在生产假药，他们拿出了企业多年来荣获的各种奖状，有国家颁发的，也有省市颁发的，他们对区政府兴师动众搞调查大为光火，甚至质问区长冯秋爽，没有康华药业的存在，谁来支撑洼地区的税收？冯秋爽感到这是一个特别棘手的问题，其难度大大超乎想象，然而面对媒体的压力及市政府相关部门的干预，她不得不继续“假药事件”的进一步调查。

一个月以后，冯秋爽带领的调查组将康华假药事件的来龙去脉摸清楚了，一种叫“消咳”的药剂里面掺用了工业原料，而这种工业原料来自长江彼岸的某座城市，调查中冯秋爽还发现区里个别领导在康华药业参有股份，究竟是谁她尚不清楚。

这天，冯秋爽专门去区委书记的办公室进行了认真的汇报。

区委书记彭中和五十有五了，他原是洼地县委书记，区划合并后又继续担任洼地区委书记，按官场的话说这属于人到码头车到站的最后一站了。冯秋爽任区长后不久，洼地区就风传她是未来区委书记的苗子，无论从干工作的力度还是学识与魄力上，冯秋爽都超过了彭中和。最初的一个月，彭中和每逢开全区大会的时候，总是怕冯秋爽发言，冯秋爽发言的声音带有磁性，从话筒里传出来，会场上立刻鸦雀无声，等她发言完毕，全场又会响起一阵经久不息的掌声。冯秋爽偏偏又很会作秀，不住地向全场敬礼，掌声也就此起彼伏。彭中和逢到这个时候就在台上坐不住了，他的脸青一阵白一阵，浑身像是蠕动着无数的虱子，虽也鼓着掌，却拍得很勉强。

彭中和正在办公室画梅花，冯秋爽走近一看，忽然想起电影《桃花扇》里侯公子的一句台词：偏是胸中无点墨，喜从纸上乱涂鸦。她很快把这话在脑子里淡去，她想她不能对彭书记的笔墨有丝毫的鄙视，一个人对另一个人的尊敬是社交场合的起码礼节。但她也说不出那些附庸风雅的奉承话，她看着梅花，沉默不语。

彭中和将最后一滴墨迹挥尽，往后退了几步，搓着双手，左看右望，目光始终在画就的梅花上徘徊，那目光有点兴奋，过了一会儿，终于忍不住问冯秋爽："冯区长，你看我这梅花画得还像那么回事吧？"

冯秋爽点点头，噢噢了两声，没说像也没说不像。冯秋爽对绘画技巧一点都不陌生，她的丈夫就是一位画家，专画梅花，而且现在市场上已有价位，因为绘画专业，丈夫至今在另一座城市的艺术学院当教授，两人每月团聚一次，各自都保持了相对的生活空间。

"已是悬崖百丈冰，犹有花枝俏。"彭中和吟诵着毛泽东的《咏梅》诗，走到办公桌前坐下，忽然问，"冯区长，找我有事？"

冯秋爽这才把手中的材料递给彭中和说："彭书记，康华假药事件的调查结果出来了，您看看，究竟应该怎样处理，市有关部门要求尽快答复他们,各家媒体也都等着报道呢。"

彭中和不急不火地将材料摊开,目光缓缓地在上面扫了扫,然后抬起头看着冯秋爽说:"这是大事,开常委会再议一议吧,有必要的话再开一次区长办公会。康华药业是洼地区的明星企业,不能这么一棍子就打死了。现在都讲地方保护,冯区长,你说说看,我们洼地区只有这么一个支撑税收的企业,我们跟着媒体一道把它打垮了,以后洼地区吃什么喝什么呀,GDP难道能从天上掉下来?"

冯秋爽一愣,想不到彭中和是这样一种态度,这等于给这件事情定调子了,早知如此,彭中和当初就不应该让她牵头成立调查组,而调查结果出来了,彭书记的态度又变了,冯秋爽仿佛有一种被愚弄之感,脸上立刻出现了不悦之色,茫然地问:"那这事……"

彭中和说:"我刚刚不是说了嘛,再议一议,材料先摆我这里吧。"转而又问,"冯区长啊,你在市里认识不认识画界的名人啊?"

冯秋爽刚想把自己的爱人供出来,突然又改了口:"不认识,我来这里之前在市经委工作,跟艺术界没有来往,基本没有朋友。"

"我想请个名家指点一下,我画梅花也有五个年头了,还参加过两次机关干部书画作品展,但我深知要想在艺术上有突破必须请名家指点。"彭中和的目光又在自己画的梅花上扫描了。

冯秋爽尴尬地站着,自从进了彭书记的办公室她就始终站着,彭书记没有示意她坐下,这证明他不想跟她多说话,她也不想多呆,现在是她应该撤退的时候了,她轻轻地说:"彭书记,如果没有什么事,我就走了。"

彭中和点点头。

冯秋爽开门的时候,想到康华假药事件非同儿戏,忍不住又回过头来问:“什么时候开常委会?”

彭中和这才把目光从梅花上移开,想了想说:“到时候通知你吧。”

冯秋爽从彭书记的办公室出来,身体忽然不适地摇晃了一下,血从脚底涌向脑顶,她对调查康华假药事件的热情仿佛瞬间崩溃了。来洼地区之前,市政府一些好心的同事曾私下透露过洼地区工作的难度,对彭中和的工作方法也颇有微词,这是个“无为而治”的干部,遇事从不拍板,大多由下边的人定夺,他的意见依从大多数人,从政多年虽无多大政绩,但因“无为而治”也就不处在风口浪尖上,谁有事求他他都给办,常挂在嘴边上的一句话是“人就那么回事”。所以历届考察干部的时候,他的民意测评还说得过去,倒是他手下那些处在风口浪尖上干实事的干部一个一个都被他的“无为而治”而折下马来。区划合并之前有位年轻的县长政绩显赫,大家都觉得他会当书记,但这位年轻的县长干工作不徇私情而得罪了许多人,测评结果却把这位年轻有为的县长调到市农委的一个部门当主任去了,彭中和仍然牢牢地坐在区委书记的位置上,成了洼地区的“不倒翁”。这或许就是官场的游戏规则。

冯秋爽想到这些浑身发凉,纵然她有工作的热情,可遇上彭中和这样的上级,她能迈开步伐吗?她现在虽是区长,组织程序上还要区人大选举投票,而那几位副区长谁能跟她志同道合,谁不想自己的位子再往上挪一步?冯秋爽感到自己开展工作的第一步就很晦气,刚来三个月就遇上了康华药业的造假事件,作为抓全区经济发展的区长,如果真如彭中和所说,搬倒了康华药业,洼地区的GDP从何而来,全区上下干群倘若都是这样的想法,冯秋爽的胳膊焉能扭过大腿？

起风了，春天的风总要裹着沙粒高傲地席卷天空，从区委办公大楼到区政府办公大楼要走一段路，冯秋爽站立风中，任沙粒在脸上肆虐，她想清醒一下大脑，她的思维已经被彭书记的一番话弄糊涂了，现在她不知道自己应该先迈哪只脚才能使步子加快。她站在风中，看到风中的办公大楼和楼四周的树木仿佛都在摇动，确切地说是树木在摇动，更确切地说是风在摇动树木。冯秋爽不安地迎风而立，看着风中的景色。

二

半个月的时间过去了，区里没人再提康华药业制假事件，彭中和曾主持召开了一次常委会，会上也没研究这件事，倒是新闻媒体抓住此事穷追不舍，不断地往洼地区政府打电话，彭中和接到电话就说："这事已责成专案组，由区长冯秋爽直接负责，你们找她好了。"于是，冯秋爽的手机和办公室电话总是不停地响起，面对媒体不懈地追问，她既不能说出真相，也不能哄弄记者，只好简单地重复一句话："正在调查中。"

专案组里有分管工业的副区长路漫，路漫年龄比冯秋爽大，已经四十出头了，是区县合并之前原班人马里的副区长，区县合并后仍当副区长，分管工业。路漫的职务没升没降，与他的政绩平平有关。作为分管工业的副区长，在他长达两届的任期中，没招商引资一家企业在洼地区落户，唯一可以提及的只有康华药业。康华药业出了制假药事件，等于给他平平的政绩又加了一块冰，所以路漫自从进入专案组几乎没说过什么话，冯秋爽知道他的态度冷淡。

另一位专案组成员是纪检委副书记老朱，还有两年就快退休了，冯秋爽每逢看到他那一头白发和打完哈欠流出眼泪的样子，就感觉他身上的朝气不足，老骥伏枥还志在千里呢，尚未退休的老朱怎么就一副人到码头车到站的状态了呢？

还有一位专案组成员是区卫生局副局长马正新，与冯秋爽的年龄相当，据说是下届局长的人选，他不多话，总是眯着一双眼睛微笑，性格显得温和。

冯秋爽任专案组组长，副组长是纪检委副书记老朱。开始，冯秋爽觉得专案组阵容强大，正副区长两位，纪检委副书记一位，卫生局副局长一位，再加上市药监局药监处一位副处长，康华药业造假事件一定会查个水落石出，并很快做出相应处理。经过一个多月的时间，调查结果出来了，康华药业利用工业原料提供人体医用临床药剂，造假百分之百，处理结果显而易见。可自从材料报给区委书记彭中和后，案子就如同泥牛入海了，半个月过去，紧跟着又是一个月，专案组在等待宣布处理结果的过程中，媒体不停地催问，康华药业的生产也停下来了，更可怕的是受害妇女现已完全精神失常，家里人经常带着她到区政府门口来闹，精神失常的妇女由原来的见谁咬谁变成了见谁都脱裤子，引得区政府门前天天围着一群人看热闹。

冯秋爽去彭中和书记那里催问过几次，彭中和总是说："不急，等开常委会再议一议。"后来，彭中和又随市府一个文化代表团到东南亚考察去了，一去就是半个月，案子就这样一天一天拖下来，三个月就像眨眼一样一闪而逝。

冯秋爽这才感到自己刚上任就接了这么一桩案子，实际上是彭中和书记给了她一个下马威，捧给了她一个大刺猬，这么棘手的一件事，看你冯秋爽怎么摆弄，摆弄好了算你在洼地区踢开了头三脚，摆弄不好人际关系从此也就很难处了，康华药业涉及到方方面面的利益，区里就有领导参与了其中的股份。你冯秋爽即便是市里派下来的强龙，也难抵地头蛇的威力，到时候换届选举，那些被你折腾过的人能投你票吗？票不够就落选，看你这新任区长何来的威风？

冯秋爽感到自己进入了一个圈套，随着时间的推移，她越发坚信了自己的直觉。

彭中和出国后，受害妇女又在区政府门口脱裤子，引来四面八方的路人围观，派了好几个保安都难以遣散围观的人群，后来冯秋爽打电话给区民政局，让民政局给了受害家属几百块钱，家属才把受害妇女架走了，岂不知这又烧香惹鬼形成了惯例，受害妇女只要来区政府门前脱裤子，区民政局就务必给钱打发，不给钱就不走人。

有一天，康华药业的职工也来到了区政府门口，他们举着标语牌，要求恢复生产，有几个五大三粗的职工甚至冲进了区政府大楼里，高喊着冯区长的名字，要见冯区长，跟冯区长要饭。正好是午休时间，冯秋爽刚想躺在沙发上休息一会儿，听见急促的敲门声，估计是康华药业的职工来了，便没敢吭声，逢到这种场合，领导最好不要跟群众发生正面冲突。她从房间里听见来闹事的人不少，乱哄哄的一大群，闹的主题只有一个，冯区长不能把我们的饭碗砸了，她刚来就砸我们的饭碗，谁还相信这样的区长能带领洼地的百姓奔小康……大约有半个时辰，乱哄哄的群众才被保安劝走。至此，冯秋爽陷入了一种极端的困惑之中，彭中和书记扔给她的这个刺猬让她感到越发棘手了。

冯秋爽开始跟专案组的每个人谈话，她先找了副区长路漫。路漫显得漫不经心，最初来专案组时的斗志早已随着时间的拖延而丧失殆尽，等冯秋爽讲完了自己的意图，路漫沉思了一会儿说："专案组已经对事件的前因后果调查清楚了，究竟怎么处理还是要彭书记拍板，民主集中制最根本的是集中，凡事要一把手说了算。冯区长，你来到洼地区就集中精力抓这事挺划不来的，不如把这事先搁一搁，抓区里的经济，洼地区眼下工业在全市都提不上筷子，作为一区之长这是很没面子的事情，如果您一届干下来，洼地区的经济不光没有起色，甚至还倒退了，您的政绩会怎样总结？"

冯秋爽怔了一下，继而认真地看了一眼路漫，突然发现路漫的精神状态中有一种很世故的东西，不能说他的提醒不对，按世俗的观点衡量应该说百分之百正确，但人的利益真的那么重要吗？如果为了某种利益就可以放弃真理，她冯秋爽当不当区长都无所谓。冯秋爽看看路漫，想说什么却又什么都没说，她微笑了一下，轻轻地微笑了一下。

纪检副书记老朱接到冯秋爽的电话时正在跟办公室的人打牌，一听冯区长找他，立马把牌撂下奔赴政府办公大楼。老朱最近精神头很好，本来他已经人到码头车到站准备退了，可彭书记出国考察之前专门到纪检来了一趟，大致问了问康华药业案子的进展情况，临走时扔下几句话，让老朱兴奋了好几天。彭书记说："老朱啊，你在洼地区干了一辈子了，没功劳也有苦劳啊。当年你在小九乡当乡长，那个乡穷，经常开不了工资，可你仍是兢兢业业工作，你骑自行车上下班，刮风下雨膝盖上蒙一块塑料布，这我都亲眼看见过。明年区人大、政协都要换届了，到时候组织上会考虑把你安排过去再干一届，你是党的一块砖，哪里需要哪里搬。”

老朱听彭书记这么说，登时就傻眼了。这简直是天上掉下的大馅饼，对机关行政干部来说，如果职务达不到一定的级别，退休之前能安排到政协人大就可以在岗位上再干一届，男的可延期到六十五岁退休，女的可延期到六十岁退休，洼地区各个行政部门的干部谁不心向往之？老朱私下曾想过这事，也只是想想而已，对他这样一个副处级干部来说，这样的好事想都不用想啊。然而，彭书记为他想到了，作为洼地区的一把手，彭书记能说出这话，这证明了组织上对他的关怀。老朱当时就感动得热泪盈眶了，彭书记走后，老朱关上门流了半天泪。

老朱快步如飞往冯区长的办公室奔，冯区长虽然刚来到洼地区，但行政二把手和副书记的位子仅次于彭中和，常委会开会她的话还是相当管用的。现在老朱为了进人大或政协，谁都不能得罪，如果彭书记提出来，常委们都反对，他的愿望也就成了泡影。

冯秋爽见老朱连呼带喘地站在自己面前，还以为出了什么事情。老朱解释说：“区长午休时间找我，一定是有要紧的事谈，我跑了几步。”

冯秋爽一下子就笑了，觉得老朱摆出这样急匆匆的架势来见自己倒有些滑稽了，同时发现老朱的精神状态比从前好多了，好像年轻了许多，从前乱糟糟的头发如今也梳理整齐了，人逢喜事精神爽，莫非老朱真的有了什么喜事？冯秋爽示意老朱坐下，老朱坐下后，冯秋爽就把康华药业案子的进展情况又重复了一遍，现在案子的处理显然是搁浅了，她想听听老朱的意见。

老朱刚要开口，忽然想起彭书记临出国之前在他的办公室说了这样一句话："康华药业是洼地区的明星企业，有错要纠正，处理还是要慎重。"现在，冯区长要他拿意见，凭他多年行政工作的经验，很可能彭书记与冯区长在这件事情的处理上出现了不和谐音，冯区长想以专案组人的意见与彭书记论短长。老朱机敏地嘿嘿一笑说："冯区长，专案组已经把调查结果弄出来了，怎么处理要看区常委会的意见，最终是彭书记的意见。"

冯秋爽听罢老朱的话，无奈地笑笑，她觉得老朱不愧是在官场历练多年的行政干部，说话滴水不漏，令人佩服。直到目前为止，冯秋爽已经在两个专案组成员面前碰壁了，她想再听听卫生局副局长马正新的意见，如果马局长也是这个态度，那么她个人想决断康华药业的问题就异想天开了，船行遇见打头风，不折断了桅杆才怪呢。

老朱走后，冯秋爽又给卫生局副局长马正新打电话，马正新听出是冯区长，忙问什么事？冯秋爽简单地说："还是康华药业的事情，案子都快三个月了，想征求一下你的处理意见，毕竟是专案组成员嘛。"

马正新急忙说："我现在外地出差，过几天才能回去。您是区长，又是专案组组长，我们听您的。"

又是搪塞之辞，冯秋爽放下电话，呆呆地望着半空，有相当长的一段时间无所适从，她第一次感到工作的艰辛，想象与现实之间确实存在着很大的差异。从前在市里，那是一个部门，工作相对单纯，人际关系也不太复杂，如今她身处的环境发生了根本变化，仅凭她个人的热情和美好的愿望是难以开展工作的。冯秋爽看着那一堆调查材料，无力地暗笑了一下，拉开身后的柜子，将材料塞了进去。路漫副区长说得对，洼地区刚刚完成区划合并任务，千头万绪的事情很多，她何必总陷在康华药业的案子之中。彭书记都不急，区长着急有什么用呢？她太急了，倒显得摆不正自己的位置了。

冯秋爽的心渐渐凉下来了，这以后媒体再催问康华药业造假案，她仍是回答从前回答过的那句话："正在处理之中。"然后她就把媒体推给了区委宣传部，并责成宣传部主要领导处理与媒体的关系。

三

冯秋爽很快出了一趟差，来到了南方某城市，这里有她的一位大学同学，她在市经委时曾给这位同学提供过帮助。同学是位男士，大学期间两人都是学生会的干部，同台演出过小话剧，剧本就是这位男同学写的，讽刺一位经理如何不讲信誉昧着良心赚钱。冯秋爽是女主角，饰演经理夫人，男同学饰演经理。演出过后，校园里曾风传他们是一对恋人，但冯秋爽最清楚她跟这位男同学永远成不了恋人，永远都是事业上的合作伙伴。他们彼此的性格相差悬殊，谁都不想依恋谁，唯独谈起事业来滔滔不绝。男同学叫方宾，如今已是南方某城市资产颇丰名声很响的企业家了，经营建筑材料和品牌家具，他的润丰建材城被誉为建材领域的"航空母舰"。

冯秋爽在市经委工作时，曾经帮他解决过一笔资金，那时他刚刚下海，现在冯秋爽需要他来洼地区投资项目，这份回报他应该担当。果然，冯秋爽在电话里简单地一说，方宾就立刻邀请她面谈，于是冯秋爽匆匆奔赴南方某市。

方宾的润丰建材城已成相当规模，他同时拥有了自己的酒楼宾馆，冯秋爽的到来让方宾很感意外，尽管在电话里有了简单的沟通，但她的到来还是令他疑惑。在他眼里，冯秋爽是个要强实干的女人，轻易不求人，除非被现实逼得上树爬墙，她来求他投资，一定是她个人有了推不掉的指标和任务。

两人叙了一会儿，冯秋爽掏出了名片递给方宾，方宾看到冯秋爽名片上的官衔，果然应了自己的猜测，敢情当了区长了，方宾调侃道："如今的官可不好当，上级要求任务和指标，下级要求和谐与小康。难怪招商引资都招到老同学身上来了，这回我欠你的是非还不可了。"

冯秋爽勉强笑笑说："我是施了人家一点情份就拼命追讨的人吗？作为老同学，你应该是了解我的为人的。现在，我跑来求你，只想寻求你的帮助，你有这么大的润丰企业，有这么多的资产，就不能到我任职的洼地去投资吗？"

"投资可以，但要我去经营什么呢？如今见效益最快的是化工，你们要不要？"方宾快人快语。

冯秋爽摇头说："洼地区如今已被市里规划为城市副中心区，预计未来居住人口一百万，这样人口稠密的地方是不允许化工企业进入的，你可以选择商业、房地产、苗木等不破坏生态的投资项目。"

方宾哈哈笑起来说："如今各行各业的生意都比较难做，房地产的地价和税收已让这个领域的领军人物找不着北了，你现在让我钻这个圈套等于请君入瓮啊，不闷死也会卡在瓶颈之中。”

冯秋爽这才意识到请人投资绝不是简单的事情，这里面的风险是要有担保人为其打折扣的。当年她为方宾做资金担保时没考虑那么多，后来方宾很快就把资金还上了，也就削弱了脑子里的风险意识。现在如果方宾冲着她的面子到洼地区投资，方宾的风险必须由她承担，而她怎么可能保证方宾投到洼地区的资金能立刻变成金银财宝一筐一筐拾回来呢。

冯秋爽一时语塞，不知说什么好了。

方宾建议冯秋爽到他的办公室坐坐，有关投资的事再进一步商谈。

冯秋爽随方宾出了酒楼，来到润丰建材城董事长办公室。一进门，她就被墙上悬挂的字幅吸引了，“在商言人”四个字显示了方宾的与众不同，一般而言，经商的人都“在商言商”，而方宾偏偏“在商言人”。冯秋爽坐下后，立刻指着“在商言人”的字幅问：“说说看，你这个商海里的巨子，是怎样不言商而言人的？”

方宾随着冯秋爽的提问得意地又看了看“在商言人”的字幅，而后说：“中国的伟人毛泽东曾有这样一句名言，‘世界万事万物中，人是最宝贵的因素，只要有了人，什么人间奇迹都可以创造出来。’而据我的理解，人是什么呢？人就是天地间的支撑，地球上如果缺少了人，也就缺少了万事万物的灵，人应该是地球的主宰，可人又是最难相处最难琢磨的高级动物，无论政府还是企业，把人弄好了，什么事都会顺，人弄不好什么也顺不起来。所以管人事的行政领导经常会抱怨，人的工作最难做。对于商海来说，人的因素自然最要紧了。重利轻义是人干的，缺乏诚信是人为的。在商海常听到这样的老话，‘春冰薄，人情更薄；江河险，人心更险。’在商言商只能追求财富的表象，而在商言人才会追求到财富的实质。因此我这口号一提出来，商界的许多老板纷纷响应。冯区长，如果你在这座城市考察几天，我可以带你到几个有钱的老板那里转转，他们的办公室里都贴着‘在商言人’的条幅。”

冯秋爽觉得方宾真是变了，特别是有了一套自己独特的思想体系，听他说话就像听了一堂生动的课，冯秋爽与方宾相比，显得太苍白和简单了，这是不是应了那句颠扑不破的真理：实践出真知，斗争长才干。方宾这几年在商海里实践，在商海里与人斗智斗勇，他的思想来自他的实践经验。冯秋爽忽然感慨地说：“方宾，你已经远远地走在了我的前边。”

方宾轻松地笑笑，没再自炫也没再自贬，他只求冯秋爽在这座城市多逗留几天，他要带她多认识几位商界的朋友，以便共赴洼地区投资兴业。

冯秋爽真留了下来，在一周的时间里由方宾陪同参观了几家民营企业，认识了好几个大老板。老板们听了冯秋爽对洼地区的介绍，又感受了冯区长的真诚态度，纷纷表示要去洼地区投资，最后方宾表态说：“年底把企业利润盘算一下，哥儿个一块奔赴洼地区投资。”

一周以后，冯秋爽乘车返回了洼地区，路上她想这一个星期的收获真是不小，谁说男女之间没有真正的友谊可言，她与方宾之间就是真正的友谊。

冯秋爽几乎没在城区停留就直接赶回了洼地区，换乘公交车的时候，她买了份报纸，打开一看，竟一下子惊呆了，报上头版头条居然为康华药业正名，说康华药业制售假药是诬陷，记者同时还采访了那位受害妇女家属和相关医院，都证明说假药不是康华药业生产的……看着看着，冯秋爽拿着报纸的手开始抖动，莫非区委宣传部从中做了手脚以保护地方经济？临走之前，冯秋爽将媒体推给了区委宣传部，她是想让区委宣传部与媒体配合好康华药业制售假药的跟踪报道，怎么忽然来了一个一百八十度的大转弯，竟黑白颠倒起来了？她回忆起彭中和书记及专案组成员的态度，似乎悟出了事态的复杂性。如果真如媒体颠倒黑白报道的这样，那么专案组近一个月的调查取证不仅劳而无功，还会被扣上“诬陷”的罪名，更可怕的是那种诱人精神病发作的止咳药照样在康华药业的生产线上生产下去，致使无数精神正常的患者服过这种止咳药后竟变成了精神病人。

冯秋爽决定暂不回洼地区，先去报社问个究竟。当事记者不在，冯秋爽就去找总编，总编正在接电话，冯秋爽在门口站了半天，直至总编打完电话，才示意她进来。

冯秋爽进了总编办公室就把当日的晚报摊在了办公桌上，指着那上面有关康华药业的新闻问道：“三个月前，也是你们的晚报披露了康华药业制售假药的案子，三个月后，又是你们的晚报把康华药业制售假药的案子推翻了，仅仅一百天的时间，晚报居然如此出尔反尔，你们让老百姓又怎么相信新闻媒体，他们会按着媒体的误导去生活的，你们这是拿百姓的生命当儿戏开玩笑！”冯秋爽简直气疯了，她觉得自己就像一头母狮子在总编的办公室咆哮，没完没了地咆哮。

终于等到冯秋爽平静下来了，总编好奇地问："请问您是哪里的？与康华药业的案子有关吗？是受害者家属？"

冯秋爽一愣，这才发现自己刚刚失态了，既然康华药业的案情发生了根本性的巨变，那她就要把事情的来龙去脉搞清楚，究竟是什么原因使其黑白颠倒了。

冯秋爽冷静下来，平静地跟总编介绍了自己的身份，又把这件事情的前后起因及调查结果叙述了一遍，最后她说："总编，请原谅我刚才的失礼，我想知道报纸这么快就转变了风向，总应该有个事实依据吧？而据我们专案组在市药监局检测的结果看，康华药业所制售的止咳药剂的确存在着诱发精神疾患的超标指数，现在晚报把从前的报道全部颠倒过来了，你们的依据是什么？"

总编立刻说："报纸可不能随便颠倒黑白，从前报道康华药业制售假药有事实依据，现在报道康华药业没有制售假药仍然有事实依据，你看，两份依据都在我这里保留着呢。"总编说着转过身，拉开柜门，从里边拿出了一个硬皮夹子，打开递给冯秋爽。

冯秋爽接过来认真看了看，忽然讥诮地笑了说："市药监局检测中心的人业务水平是不是过关啊？前后一百天的时间，居然鉴定出两种检测结果，前者是药品严重超标，后者是药品符合检测标准。报纸也真就依着他们的鉴定一会儿左一会儿右，这不是自己打自己的脸吗？"

总编无所谓地笑笑说："我们也没有办法，如今这样的事情多着呢，你没见电视上也经常翻来覆去吗？昨天说大强牌奶粉有问题，今天又说大强牌奶粉没问题了。"

冯秋爽看了一眼总编，发现他一脸无所谓的样子，觉得自己再跟他争执下去也弄不出个高低对错，想必还是康华药业那里做了手脚，甚至是彭书记那里有与专案组相悖的处理意见，但药品究竟有没有问题，她还是要弄个水落石出。

从报社出来，冯秋爽站在马路边等车的时候，又把报纸上的内容看了一遍，这回她特别注意到受害妇女及其家属，心想何不去做一次民间私访，到受害者家里探个究竟呢。冯秋爽大体知道受害者所居住的方位，好像在东郊，离洼地区不远，受害者家属三番五次到区里搅闹，冯秋爽差不多已经熟悉他们了。

换上去郊外的公交车，搭乘了半个小时，就到了东郊，说是东郊，其实只有一个社区，冯秋爽找到社区，递上报纸将情况简单地说明，社区的人立刻说："最近找她的人还真不少，一会儿是药厂的，一会儿又是医院的，开始我们以为这家人完了，本来就是我们这个社区的困难户，夫妻俩是从外地来的，带了两个孩子，女的突然患了精神病，一家人还怎么过下去。没想到媒体报道后，最近这家人的境况好转了，不断有人上门关心，送钱送物不说，听说药厂还要安排男的去工作……否极泰来呀！"社区的人停住话，打量一眼冯秋爽问，"你也是送温暖的吗？"冯秋爽未置可否地点点头。社区的人往远处一指说，"看见那间小平房了吧，就住在那里。"

冯秋爽道了声谢，便直奔小平房而去，敲开门，一股霉味扑鼻而来，刺得她直想呕吐，房间里堆着乱七八糟的纸盒、玻璃瓶、易拉罐等杂物，一看就是个拾荒之家。迎面一张大床上，脏得发灰的被褥透着人味，一位蓬头垢面的中年妇女正伸着舌头舔窗玻璃。冯秋爽一眼就认出了她就是受害者，正欲说话，一位矮瘦的中年男子从屋里走了出来，因地上堆满了杂物，他从房间里面出来的时候，不断地跳着跃过脚下的障碍。冯秋爽差点被他的样子逗笑，她往后退了几步，直退到门口，觉得还是没有地方落脚，便退到了门外，等男士在她面前站稳，冯秋爽将报纸打开，指着那上面的报道说："三个月前，是你们指控康华药厂制售假药害了你妻子，现在你怎么又跟媒体说不是康华药厂的假药害的呢？"

中年男子的脸色突然变黄了，他深低着头，由于腰也猫下去了，个子显得更矮了。过了一会儿，当他抬起头的时候，目光里有了一种狐疑，他在怀疑冯秋爽是干什么的，凭什么要问起这个话题。

冯秋爽看出了中年男子内心的潜台词，索性直率地说："我是洼地区的区长，康华药业归我管辖，他们制售假药坑害百姓，你们是直接受害者，区政府已成立调查组着手处理这件事了。可我看到今天的报纸上，你又把从前的指控撤销了，说你妻子服用的药不是康华生产的。如果真是这样，你当初为什么一口咬定是康华药业制售假药呢？"冯秋爽悄悄将手机的录音键打开，她想今天必须录下关键词，否则以后这案子真说不清道不明了。

中年男子畏缩地瞥了一眼冯秋爽，而后神秘地压低声音说："药厂让我这么说的，药厂的老板许诺只要我这么说，他们就让我去药厂工作，每月可以挣三千多块钱，我就不用拾垃圾了，他们还负责把我老婆的病治好。"

冯秋爽全明白了，她将中年男子说的话悄悄录进了手机，然后关了手机的录音键，跟中年男子又寒暄了几句，便匆匆离开了东郊。

走在路上的冯秋爽心里感到无比愤怒，康华药业明显在搞鬼，而专案组经过一个多月苦心调查的结果竟被彭中和书记拖了下来，使康华药业有了搞鬼作祟的机会，现在她该怎么办？是顺水推舟弃之不管还是继续为受害患者维权？冯秋爽忽然想起她在康华药业调查时人们反映给她的情况，区里个别领导在康华参有股份。这证明康华药业有强大的背景支撑，她能扳倒这些支持者吗？

冯秋爽想跟彭中和书记好好谈一谈，听听他的具体意见。

四

彭中和书记从东南亚回来的第一天，就被冯秋爽"劫持"了，可以用"劫持"这样的词形容。冯秋爽在走廊里看见他，不由分说就跟他进了办公室，然后就把办公室的门关上了，再然后又把电话座机拿掉了，她甚至关了他的手机，要他此刻跟外界的所有信息绝缘，只听她汇报康华药业制售假药的调查结果。

彭中和不愠不火地坐着，尽管冯秋爽区长今天的动作反常，而且大大地超乎寻常，他也要沉着冷静地面对。他这人就是有这样的本事，火上房不着急，即使火海一片，他也特别沉得住气。

冯秋爽摊开报纸，指着上面的报道说："康华药业买通了媒体，买通了受害者，假药又恢复了生产，这不是拿百姓的生命开玩笑吗？"

彭中和见冯秋爽停下话语，神情严峻地看他，知道她是想要他表态，于是不紧不慢地问："你听谁说那假药就是康华药业生产的？"

冯秋爽突然抬高了声音道："媒体不是报道了吗？专案组前后调查了一个月，调查结果摆在您这里两个月，等您从东南亚回来，媒体又把这事颠倒过来了，我真搞不明白，究竟是谁错了。”

彭中和晃着脑袋一板一眼地说：“这就叫‘已是悬崖百丈冰，犹有花枝俏’，证明康华药业是经得住考验的，也是经得住时间检验的。媒体报道难道就百分之百正确吗？我经常看到媒体报道某种油不能食用，过了两天又说某种油质量可靠。冯区长啊，你刚来洼地区不久，对洼地区还不能说有什么感情，洼地区的人民早就穷怕了，千方百计想致富呢。”

“致富是在道德水准上的致富，并不是欺诈和坑蒙拐骗。如果政府发现了这种苗头而不去制止，那么政府的责任心在哪里？用丧心病狂的手段去追求GDP，这样的致富还有什么意义呢？”冯秋爽接过彭中和的话说。然后，她想把手机的录音键打开，将受害者家属的讲述播放出来，看彭书记听了会是什么态度，心里犹豫着，到底做还是不做？

房间里异常安静，一种剑拔弩张的气氛环绕着书记和区长。

彭中和半晌没吭声，等冯秋爽安静下来，他说：“冯区长，康华药业的事情基本定调子了，我在东南亚时就接到过区委宣传部的电话，大体明确了处理方案，你如果一时想不明白，再去宣传部问问看。我刚回来，事情很多，回头开个常委会，把东南亚的见闻跟常委们吹吹，开眼呢，真是开眼呢。”

冯秋爽知道彭书记要送客了，她站起身，悻悻地拉开门往外走，走到门口，头轰地晕了一下，身体也随之晃动起来，这时一阵清风从走廊里吹过，拂在她的脸上，她的头脑忽然清醒了，对康华药业制售假药事件，她应该置若罔闻。

冯秋爽回到自己的办公室立刻给方宾打电话，从他那里回来她还没回个信息给对方。方宾在电话里兴奋地说:“我的几个哥们对你印象很不错,年底一定到你那里去投资,哥几个别的忙帮不上,给老同学折腾点政绩还是小意思。冯区长你就等着吧,方宾一向说话算话。你把地块看好,到时候我们哥几个往你那里砸钱就行了。”

冯秋爽显然被方宾热情的情绪感染了,刚刚在彭书记那里招惹的不快一下子烟消云散,真的,何必纠缠在康华药业制售假药的事件中呢,离它远点,方知天有多高地有多厚。

冯秋爽开始了全区范围内的企业情况调查,全区有多少投产的企业,有多少停产的企业,有多少废旧的厂房,有多少可提供的工业用地,哪些项目可投资,哪些产品在市场走俏……几个月跑下来,冯秋爽对方宾他们年底来洼地投资有了大致的构想。她想在洼地建一个大型的电子软件园,这是目前国内最走俏的科技行业,市场大有潜力可挖,难以预测其利润空间,凭着方宾他们的脑子,资金投下去不见效益才怪呢。

就在冯秋爽为区里的投资项目四处奔走的时候,有天上午她刚要出门,看到区政府门前又被蜂拥而至的群众堵住了,莫非又发生了什么事情?正在纳闷,忽然发现人群里高高举起的横幅,上写:还我性命,康华药业制假害人!冯秋爽的眼睛一下子直了,半天不转眼珠,又是康华药业,她想起上次的案子,这回看应该怎么收场。冯秋爽从侧面打听得知,又有一位妇女服用了康华的止咳药剂而患了精神病,这回不是见什么咬什么,而是见什么吃什么,将一根五寸长的钉子吞进了肚子里,扎透了心脏,不一会儿人就死了。

冯秋爽半天没有出声,这显然是洼地区对康华药业制售假药的错误放纵不管而导致的，如果上次进行了处理，就会避免事故的再度发生。现在洼地区政府和康华药业又面临被媒体围追堵截的可能，偏偏这位致死的女患者还有一些背景，她的侄儿在省里的一家记者站工作，这家记者站是京城派出的驻外机构，在省城有一定的影响力，据说女患者的侄儿从小是姑姑带大的，姑姑服了康华的止咳药被意外致死，侄儿能饶了凶手吗？侄儿就在新闻界纠集了几个朋友，找到市报社来了，市报见上面来了人，舆论又开始倒向了被害者，于是记者们轮番往洼地区政府和康华药业跑，几个回合下来，书记彭中和就吃不消了。

召开紧急常委会，彭中和通知半个小时之内在区的常委们务必与会，冯秋爽刚出政府机关大门就折了回来，进了会议室，看到陆续到来的常委们和列席会议的专案组成员，心里一下子就明白了大概，这是自康华药业出事以来第一次召开常委会，彭书记这一次被逼上了梁山，不开会不行了。

彭中和显然具有行政工作的领导经验，会议与以往不同，首先会议室的氛围就显得温馨，每个人的桌上都摆放了草莓和西瓜，好像开会的内容不是研究什么火烧眉毛的大事，而是与大伙儿轻松地谈心聊家常。

人到齐后，彭中和先让大伙儿吃草莓，并介绍说这草莓是洼地区的农业园自产的，目前市场销路不错。借着草莓的话题，又说到了洼地区的经济状况，谈到支撑洼地区经济运转的企业，自然就说到了康华药业。彭中和这个时候显然动情了，他的脸涨红着，眉毛扬了起来，目光变得有神，炯炯的目光向全场扫了一遍，喉咙立刻发出了声音："在座的每个人眼下都是洼地区的领导，洼地区人民的公仆。现在的领导不好当，上面要政绩，下面要富裕。这么多年支撑洼地区经济的唯一企业就是康华药业，可今年开春以来，康华药业屡次遭人攻击，前几个月发生了所谓的‘制售假药案’，经市药监局的多次核实，证明康华药业是冤枉的，市里方方面面的媒体很支持洼地区的工作，做了大量的相关报道，可一波未平一波又起，如今又有人再度攻击康华药业制售假药了，难道真要把洼地区唯一的经济支撑搞垮不成？如果康华药业这次被搞垮了，洼地区财政就得迎风而立喝西北风了。”

冯秋爽知道彭书记在堵她的嘴了，她回来参加常委会是想就“康华药业制售假药案”说些什么的，看彭书记这阵势，她索性什么也不说吧。会议基本定调子了，散会后，冯秋爽感到胸闷，几个常委和专案组成员跟她打招呼，她言不由衷地嗯嗯了几声。出了办公大楼，冯秋爽在路旁的几棵香樟树下站了一会儿，一阵风吹来，空气中弥漫着暑热，夏天到了，一切都跟春天不一样了。站在香樟树下，感受着热风的吹拂，冯秋爽极力想忘却刚刚常委会上彭中和书记那些话，可她越是想忘却，耳畔越是激烈地回荡着那些话，那些蒙着地方保护主义的话，那些昧良心的话。冯秋爽感到胸口像被什么东西堵住了，她对着天空长长地舒了一口气。而后，她给司机发了信息，司机将车开过来的时候，冯秋爽看到有一群人跟着自己的车跑了过来，他们的脖子上和手上都挎着相机，糟了，是记者们来了。

如果是往常，冯秋爽不怕面对记者，但现在她最怕的就是面对记者，彭中和书记已经给康华药业的事件定调子了，她焉能反其道而行之？追求真理没错，可顾全大局也很重要。冯秋爽在车停下来的瞬间迅速拉开车门钻了进去，然而她的动作显然还是慢了，记者们已经包围了车子，车子连掉头的机会都没有了。

冯秋爽只好又从车里钻了出来。阳光下，她的脸上渗出了细密的汗珠。

记者们立刻围住了她，纷纷询问："冯区长，听说您一直担任'康华药业制售假药专案组'组长，从事发到现在已经好几个月了，现在又有患者被康华的假药致死，您最初的调查结果是什么？我们以您和专案组的调查结果为准。"

冯秋爽想了想说："市晚报不是已经报道过了吗？"

记者们说："市晚报的报道有误，我们是省报的，现在正对这件事进行跟踪报道。"

冯秋爽忽然想起了医院，康华药业的药剂是经过医院临床实验证明的，真与假医院最有发言权。市晚报忽然推翻了康华药业制售假药的案子，一定与医院的证明有关，怎么从前她没想到这个关键的环节呢？于是，冯秋爽顺水推舟："这事你们可去医院询问，医院最有发言权了。"

记者们又追问了一些事情，冯秋爽都没有明确的答复，这个时候她能说什么呢？

记者们走后，冯秋爽忽然没有下基层的兴趣了，她吩咐司机把车开回车库，而后她自己悄悄去了医院，她要就康华药业的事好好跟临床医生们聊聊。

值班的是一位老医生，看样子要到退休的年龄了。冯秋爽冒充患者家属的身份说明来意，老医生的脸上立刻出现了神秘之色，眼睛朝四周看了看，畏畏缩缩地说："报纸都说康华药业没问题了，我们还能说什么呢?如今的人啊,什么黑心的钱都敢赚,人命都成儿戏了。”

冯秋爽最初觉得自己来医院是枉费心机,什么也不可能问出来,可老医生的后一句话倒让她看到了希望,同时联想起自己上一次在患者家里的手机录音。于是,她循循善诱地说:“听您老的意思,康华药业生产的药品还是存在着明显的质量问题。”

老医生翻翻眼睛,怪腔怪调地说:“没有问题,怎么又疯死了一个呢?”

“那现在康华药业生产的药品是不是还在临床上使用呢?”冯秋爽问。

“报纸上都说康华的药没有质量问题,药监局也没通知我们停用,我们只好用呗,反正疯的又不是我们家里人。”老医生一副消极的态度。

“您能为我写个证明吗?证明康华药业的止咳药致人发疯。”冯秋爽向老医生提出了要求。

“你这不是砸我的饭碗吗?我一家老小都等着我的工资吃饭呢。这样吧,你去找药监部门,市里不行就找省里,总有实事求是的地方。”

老医生的一句话提醒了冯秋爽,真不妨到省药监部门去看看,那里的鉴定应该比市里更科学准确。她请老医生给自己开了两支康华药业生产的止咳药剂,带到了省药监部门,她想就算从前发生的一切都是误会,现在她要以一种正常的心态面对省药监部门的检测,一旦康华药业的产品存在质量问题,那么科学面前人人平等。

检测结果很快出来了，康华药业的止咳药剂各项指标严重超标，确实含有导致人神经系统非正常的药物元素，与第一次在市药监部门检测的结果相差无几。

冯秋爽拿着检测的结果愣了半天，既在她的意料之中又在她的意料之外，这证明康华药业制售假药确凿无疑，那么是谁使媒体和市药监部门将事实真相颠倒了呢？冯秋爽想起那天常委会上彭书记讲的一番话，又想起在患者家里的手机录音，解铃还得系铃人，现在她要把省药监部门的检测报告呈给彭书记。

冯秋爽边走边想见了彭书记应该怎么说，既把事情的真相讲出来，又使彭书记不失面子。正想着，忽见路边一个摆摊的老头儿向她兜售工艺品，那是一组木雕的猴子，一共有三只，一只捂着眼睛，一只捂着耳朵，还有一只捂着嘴巴。冯秋爽接过木雕猴认真地端详了半天，从雕工看还真是很精致，但她不明白这三只木雕猴为什么要捂上眼睛、耳朵和嘴巴，便忍不住问摆摊的老头儿。老头儿露着一嘴的豁牙说："猴子告诉你不该看的不看，不该听的不听，不该说的不说，一句话管闲事落不是。"

冯秋爽一惊，好像这摆摊的老头儿猜透了她的心思，故意用木雕猴提醒她呢。她暗笑了一下，搭讪说："如果人都像猴子这么世故，真连个说理的地方都找不到了呢。"

摆摊老头儿豁牙露齿地笑笑说："随便你怎么想，买一个挂到家里玩呗，香樟木的，又不贵。"

冯秋爽将木雕猴放回原处，对摆摊老头儿说："您再重新雕三只猴子，一只睁大眼睛，一只高竖耳朵，一只张大嘴巴，下次我碰见了，一定买。"

老头儿立刻笑出了声说："真是怪了，我还从没遇见过像你这么要求的买主呢。"

冯秋爽继续往前走，脚步越来越快了。

刊于《当代》杂志2008年3期

城里没有麦子

郑小萌在一望无际的田野上行走,她的脚下发出一阵声响,她想她踩到麦子上了,可当她停下脚步打量脚下的麦子时,她发现麦子离她几尺远呢。她继续往前走,眼前一片金黄,微风中割倒的麦秸散发着阵阵幽香,一道金黄的光晕在她的面前熠熠闪烁,是月光洒在了麦田里,金黄的麦子又将月光反弹了回去,天地才一片玄黄。郑小萌分不清哪儿是麦草的颜色,哪儿又是月亮的颜色,原来月色和麦草竟然颜色相近呢。

郑小萌为自己的发现暗自欣喜了一会儿,如果不是从城市到了乡村,不是亲自在月下的麦田里行走,怎么可能有这样的发现呢?郑小萌欣喜了一阵后,内心又有点恐慌,毕竟是远离炊烟的旷野之中,在这样的旷野中行走,别说是一个刚刚大学毕业的女学生,就是一个全副武装的武警战士,内心也会有一种紧张感吧。

郑小萌照例在晚饭后去做家访,这是她家访的第十六个学生,也就是她第十六次家访。这个女生叫钱多多,在班里不太爱说话,经常睁着一双大眼睛怀疑地看人。本来她想放学就去的,可钱多多说，她妈妈要趁天亮的时候打麦子，天黑透了才能回家烧饭，郑小萌只好晚饭后再去钱多多家，去之前，她特意问了问路程，钱多多说，不远，翻过前边那个坡就到了。郑小萌在路上走的时候才发现，这个不远其实真的很远哩，乡村的三四里路等于城里的六七里路，她就此记起了当地的一句土话：望山跑死马。

郑小萌赶到钱多多家的时候，天完全黑下来了，幸亏今晚有月亮，硕大的月亮在天边悬着，使天地失去了本真的黑，而单纯地拥有了月亮的黄色。钱多多的妈妈显然刚从地里回来，头上蓬着草屑，她一边拍着自己的腰，一边往屋里抱柴草。她好像知道钱多多的老师这个时候到来，当郑小萌站在她面前时，她并未感到意外，而是甩着手上的抹布左右拍打着胳膊说："趁天晴，赶快把麦子收了，一下雨，就沤在地里了。"

郑小萌微笑了一下，觉得收割麦子跟自己的关系不大，眼下她只想了解钱多多在家里的情况，她要对这个有着忧郁眼神的女生负责。

钱多多的母亲将柴草放在灶坑，撩起门帘请郑老师进屋，屋里摆着一张长条凳，原木的，没上油漆。郑小萌坐下后凳子晃动了一下，吓得她急忙又站了起来，这时钱多多的妈妈说："稳当着呢，立木支千斤，你放心坐吧。"郑小萌这才不好意思地又坐下去，她将两只脚伸出去，这样好支撑着木凳更稳些，她看到了鞋尖上的麦草，确切地说是麦草的碎屑。

郑小萌坐稳后，开始打量钱多多的家，房间里空空荡荡的，除了炕上的被子和地上摆着的方木柜子，真可说家徒四壁。钱多多生在这样的家庭能去上学已经相当不容易了。这时，钱多多的妈妈端了一碗白开水放在方木柜子上，对郑小萌说："老师，您喝水吧。"

郑小萌笑笑，在她的目光从钱多多妈妈的身上扫过时，她发现钱多多妈妈的肚子浑圆且微微隆起，好像又怀孕了。

钱多多在这个时候走了进来，后边跟着一个小男孩，好像比钱多多小五六岁的样子。小男孩一露头，就冲郑小萌做了个鬼脸，他的牙齿里出外进的，一点都不整齐。

郑小萌想这一定是钱多多的弟弟吧。想法刚一闪，只听钱多多的妈妈冲着那小男孩喊："五千，快过来，鼻涕都快成面条了。"

小男孩凑到钱多多的妈妈跟前。女人揽过小男孩的头脸，用大拇指和食指在他的鼻子下抹了一把，又往地上一甩说："明年就上学了，还这么不知道干净，五千你得什么时候懂事啊？出去吧，你们俩都出去吧，多多带五千到外边玩一会儿，妈要跟老师谈事情呢。"

钱多多看了郑老师一眼，郑小萌感到那眼神里有话。

钱多多带弟弟五千出去后，郑小萌便跟钱多多的妈妈说："您生了两个孩子，有一个是超生的吧？"

钱多多的妈妈毫不遮掩地说："对，五千就是超生的，为了要这个儿子，我连生了三胎都是闺女，都送人了，最后到底生了个儿子。村委会罚了我五千元超生费，所以孩子取名就叫五千，有纪念意义呀，至今这钱还没还上呢。他爸为了还钱到外边打工去了，听说是帮人挖煤窑，玩命的事啊，矿上今天这儿塌方明天那儿渗水，这不都三四个月没来信了，本来收麦子家里没劳力，我想让他回来一趟，可他连个信也没有。几个月前他离家的时候，我发现自己又怀上了，心想把这个孩子打了，可他总没信回来，我心里就没底了，生下来吧，好歹将来是个帮手，这回村委会还得罚我，可能要罚一万元吧，我们这里超生三胎要罚一万元，孩子生下后我就叫他钱万元，让他记住他是花了钱才有了命的。”

钱多多的妈妈好像攒了一肚子的话，好不容易找到了倾诉的对象。郑小萌不好打断她，任凭她说下去，心想她总有说完的时候吧。

可能真是说累了，钱多多的妈妈终于停了下来，有点无所适从地看着郑小萌。

郑小萌总算有了说话的机会，便坦率地说：“钱多多是我家访的第十六个学生，我来这里已经快三个月了，学生还有大半年就要上初中了，可我发现这里的女生小学毕业就不再上初中了，钱多多也是这样吗？”

钱多多的妈妈眼睛眨了眨，没有说话，她在揣摩郑老师家访的真实意义，关于钱多多，郑老师到底想知道什么呢？从内心深处想，她是不会让钱多多读更多的书了，女儿小学毕业后就可以在家里帮她干些力所能及的农活，再过几年，寻个家境好的人家嫁出去，在她看来，女孩识多了字也没什么用，能写自己的名字会算账，反倒能过上安稳的日子。村里有几个念过初中的女孩子，毕业后都跑到外地打工去了，在城市混了几年，回来差点没把村里人吓着，眼圈嘴唇都是黑的，手指甲是绿的，脚趾甲是紫的，头发也染成了黄色，钱倒是挣了一些，可村里人觉得那钱是来路不明的，是从男人身上扒下来的，所以这些回来的女孩子尽管穿戴得金光闪闪，远近却没有一个男人敢娶她们，没多久，她们只好又返回城里了，但在城里也寻不到像样的婆家。女人一辈子不嫁个人还叫女人吗？钱多多的妈妈早就为钱多多设计好了，过一种安稳的日子，有个家守着，有个男人疼着，这才像女人过的日子。更重要的是，她想把儿子五千培养出来，五千不仅要读小学、初中，还要读高中和大学，然后在城里工作，做个大官，出门有小车，回家住高楼，儿子是靠自己的本事干出来的，钱家会落个好名声。

钱多多的妈妈内心激烈地翻腾着，她几乎把自己的所有想法都在心里过了一遍。与此同时，郑小萌的内心也在激烈地翻腾着，钱多多是她家访的第五个女生，前四个女生中，没有一个女生的父母希望孩子继续上学，他们对女儿的希望只是识几个字会算账。到了钱多多这里，郑小萌希望有一个转机，可就在她这样希望着的时候，钱多多的妈妈说话了："老师，钱多多跟村里所有的女娃一样，都是一个鼻子两个眼睛，既然别人家的女娃只念到小学毕业，钱多多凭什么多念书呢？书念多了，到城里还会变成骚狐狸精，专干勾引男人的事情，被村里人唾骂呢。再说，中学在一个大集镇上，离这里很远，要翻两座山，蹚一条河，山洪一来，孩子们随时会被淹死，上学等于去送命。"

郑小萌的心一下子凉了，不一会儿，就连她的手脚都冰冷起来，好像钱多多妈妈的话将一个聪明好学的孩子推向了无知的深渊，而郑小萌却对那深渊束手无策。她想起她在课堂提问时，钱多多经常举起小手，她的手比别的女生小，胳膊又细瘦，每逢她举起来的时候，郑小萌总不忍放弃这只热情的小手，她仿佛看到了那高举的小手蕴藏的求知的渴望。钱多多自然也不辜负郑老师的看重，几乎每问必答，每答必正确。更让郑小萌看重的是钱多多的责任心，钱多多是班里的劳动委员，每天陪伴值日生打扫教室，最后关好教室的门窗离开学校。一年三百六十五天，几乎天天如此，这令郑小萌的内心很欣喜，从小看大，她感觉钱多多如果能够按部就班地上学，将来很可能成为行政领域的人才，她好像天生具有责任感，这样的感觉在一个雨天让郑小萌有了进一步的确认。那天下午，上完两节课，天忽然阴了起来，郑小萌怕下大雨，如果暴发山洪，孩子们就无法回家，于是她提前敲钟放学。不一会儿，雨果然下了起来，郑小萌这时发现教室的门没有关，她走到教室准备关门的时候，看到了钱多多，钱多多一个人在扫地，外边劈雷闪电好像都与她无关。郑小萌的眼睛一下子潮湿了，本来有点恐惧的她，因为钱多多的存在立刻增添了勇气，她帮钱多多扫完地，又跟钱多多唠起了家常，知道了钱多多特别喜欢上学，渴望读初中、高中乃至大学，而当她询问钱多多父母亲的意见时，钱多多就把目光转移了。郑小萌发现钱多多的一双眼睛很忧郁。她当即决定去钱多多家做一次家访，越快越好。

家访的结果并未出乎郑小萌的预料，跟她做过家访的那四位女生一样，钱多多半年后就面临着失学的可能。

郑小萌能改变这一切吗？

从钱多多家出来，郑小萌一路上就想着这个问题，因为想得过于出神，她把麦子当成了月光，又把月光当成了麦子，后来才发现月色跟麦子竟是一样的颜色。山村的夜晚，因为月亮的明澄，麦子显得金黄耀眼，又因为麦子的金黄耀眼，月亮显得分外明澄。这耀眼这明澄这金黄都是城市里所没有的。当初郑小萌大学毕业后选择到西北乡村，是不是因为这月亮的明澄耀眼呢？

郑小萌报名来这里之前，曾经看过一次电视节目——《感动中国》，有一个男大学生志愿到云南边陲教书，他在一个偏僻的乡村为几十个学生尽职尽责、尽心尽力，成为感动中国的十大新闻人物。郑小萌看完电视就哭了，当时跟她一起看电视的还有她的男朋友——哲学系的李枫，李枫好像不理解郑小萌为什么如此激动，更让李枫不理解的是郑小萌第二天就报名去西北，还缠着李枫跟她一起去。李枫看着郑小萌，冷冷地说："你是不是有病啊？我到西北去吞吃沙尘暴啊？跟你说，我上大学是为了在城市里生活得幸福，我要诗意地安居。"

郑小萌一愣，这才发现自己跟李枫有着本质上的差异，不论物质还是精神。而从前，她怎么没想到和意识到呢？

李枫的父亲是一个房地产商，李枫没怎么提过父亲，但郑小萌从李枫的穿戴和吃喝上，能感觉他家境的富裕和阔绰。郑小萌跟李枫谈情说爱不是因为他的钱，而是因为他的出口成章。有一次全校学生演讲比赛，李枫就像杀出来的一匹黑马，他将海德格尔全盘演绎，用现实生活套用他的理论，在全校引起轰动，当仁不让地夺冠，郑小萌位居第二，两人上台领奖的时候相互对视了一下，当晚就约了咖啡屋，一见倾心地谈到深夜，爱神不知不觉地就将两个人的手牵到了一起。

郑小萌都说不清楚自己跟李枫是怎样发展到性关系的，在校几年他们一直像恋人一样保持着性的关系，不是李枫找她，就是她找李枫，这事在大学生中很普遍，没有人感到稀奇。

郑小萌的家境就无法跟李枫相比了，她的父母在她上中学的时候各奔东西，郑小萌跟着母亲过。为了郑小萌的学业，母亲一直没有再嫁，可郑小萌知道母亲有个情人，郑小萌不在家的时候，母亲就把情人邀请到家里，有次被郑小萌看到了，这使她很不自在，好像是自己妨碍了妈妈的幸福。

郑小萌还知道，妈妈的这个情人很有钱也很不地道，自从那次被郑小萌撞见后，他居然在郑小萌的家中趁妈妈不在的时候，对郑小萌动手动脚。郑小萌奋力反抗，才使他没有得逞。后来，郑小萌将这事告诉了妈妈，妈妈却一副不以为然的表情，并且还告诉郑小萌，她准备在郑小萌考上大学后跟这个男人结婚。郑小萌伤心欲绝，发誓考上大学后就永远不再回来。现在，郑小萌实现了不再回到母亲身边的愿望，她的这个愿望的延伸就是在偏远的乡村干一番事业，然而她的事业在关键的时候卡壳了。

郑小萌所教的女生，大多小学毕业后就不再上学，乡村重男轻女的传统观念是一方面原因，另一方面原因就是路途难行。那天钱多多的妈妈说的话没错，中学在一个比较大的集镇上，要翻两座山才能抵达那里，两座山中间还有一条河，河来自山里的泉眼，每逢盛夏山洪暴发，河水波翻浪涌，人很难蹚过河，河上曾经有过一架木桥，被山洪吞噬了，还有桥上行走的几个学生，一同跌进了河里，连尸首都没找到。从那以后，这河就成了孩子们上学的"关隘"。

郑小萌在河边站了很久，刚下过雨，河水正急，她望着对面的山，心想要是能在两山之间架一座桥就好了。她突然想起自己从前的男友李枫。李枫曾经给她来过一封信，说自己正在开发一种软件，前景光明。郑小萌直觉李枫目前很有经济实力，她决定进城找李枫一趟，动员他来这里投资修桥。

郑小萌是踏着月色进城的，她在城里的旅店住了半宿，天亮的时候登上了开往李枫那里的火车。自从来到偏远的乡村，郑小萌还从没坐过火车，车开动的时候，郑小萌的眼睛不住地看窗外，一片一片金黄的麦地在天空下炫耀着自己的丰硕。郑小萌不由得想：城里什么都有，就是没有麦子的金黄和丰硕。城里不长麦子，麦子生在乡村的泥土里。

李枫想不到郑小萌会来找他，他有点不认识郑小萌了，她的头发蓬乱着，脸色黑得像涂了油彩，乌黑锃亮。乡风真是粗硬啊，把个城里的女生吹成了村姑。不过他嘴里没说出来，他现在的身份不应该让郑小萌尴尬。

郑小萌还是尴尬地面对了李枫，李枫目前已经是一家软件公司的总经理了。他的着装和举止都跟从前判若两人。郑小萌心里隐隐失落，她甚至不敢说话，不敢把自己来找他的意图说出来。李枫显然已经生活得很诗意了。“诗意地安居”的李枫会接受她的请求吗？

李枫很排场地接待了郑小萌，毕竟是总经理的身份了，他的言谈举止在从前的女朋友面前要讲个派头，一方面证明着他的身份，另一方面也证明着他的经济实力。

上岛咖啡屋在李枫公司的对面，李枫带郑小萌穿过了马路，郑小萌还是像从前一样怕过马路，她左顾右看，如同一只受惊的小鹿。李枫看着她的样子说：“真想不到如此胆怯的城里小姐会到偏远的乡下当老师。”

郑小萌没吭声，淡淡地笑了，她觉得李枫这句话里已经没有对她的呵护和怜悯了。

在上岛咖啡屋坐定，李枫要了意大利咖啡加果盘，他记得郑小萌喜欢喝意大利咖啡，在校时他曾经请她喝过，她还特别爱吃水果，牛奶沙拉她一下子能吃两盘。那时候李枫没有经济实力，花钱要跟父亲要，父亲虽然是房地产开发商，但对李枫要求严格，并不是李枫要星星他不敢给月亮，而经常是李枫要月亮的时候他偏给了星星，倒是李枫的母亲对儿子疼爱有加，经常背着丈夫给儿子钱花，李枫能在郑小萌面前大手大脚，全靠母亲的疼爱。现在，李枫有钱了，当老板了，自己当家作主了，他要在郑小萌面前表现出一种有钱人的豪气。

在相当长的一段时间里，郑小萌都闷声不语地吃水果，喝咖啡，她好像没有勇气说出自己进城来找李枫的意图，她直觉李枫不会管那么遥远的地方的事情，他没有去修一座桥的情怀。可她又不甘心自己白跑一趟，往返数百元的车费是要自己承担的，她在那里教学已经几个月没开工资了，要是她连喝粥的钱都没有了，谁会接济她呢?既然这样，她抱着目的来，就应该达到目的。

郑小萌抬头看看陌生的李枫，犹豫了半晌，最终还是把自己来的意图讲了。然后，她就期待李枫表态，她想不管李枫表什么态，都证明对她此行的重视。

李枫却一声不吭，只端着杯子喝咖啡，他的眼睛也不看郑小萌，这使郑小萌内心越发慌乱，好像偷窃了李枫的什么，正等着他发落呢。

不知过了多久，李枫终于说话了，郑小萌感到自己的眼睛都瞪酸了。

李枫说："咖啡好喝吗?这是意大利咖啡，比国产咖啡味道纯正多了。"见郑小萌无以回应，又说，"你在那里能喝到咖啡吗?"

郑小萌的手开始抖动，咖啡的香气在眼前弥漫，她说不清是自己杯子里的香气还是李枫杯子里的香气。她想说话，可她好像一句话都说不出来。这时，她听见李枫又说话了。

"城市是一个竞技场，它到处散落着黄金，看你有没有眼光去发现，有没有能力去拾拣，我爱城市，它给予我拾拣黄金的机会。"李枫说着，看了郑小萌一眼，他发现郑小萌的表情微微发窘，他的内心有点得意，于是他继续说，"过去我崇尚诗意地安居，其实真正的诗意就在城市里，这里有你的一切所需。你刚刚说让我去投资的那座桥，能给我回报吗?"

郑小萌默默地看着李枫，她感到眼前的李枫是那么陌生和不可思议，以至让她根本无法回忆起她曾经跟他有过肌肤之亲，曾经依偎在他的怀里畅想未来，她原想以沉默来结束这场谈话，但涌到嘴边的话迫使她不得不吐出来，郑小萌说："修桥铺路是公益事业，这要有境界有胸怀有眼光的商人来做。我以为你会成为这样的商人，可是我看错了。"

李枫不屑地瞟了一眼郑小萌说："我肯定不是你说的那种有境界有眼光有胸怀的商人，我不去修桥名正言顺，再说公益是政府的事情，政府才是最大的富商，你去呼吁政府修桥吧。"李枫说着，开始拨打手机，而后对郑小萌说，"我女朋友马上过来，想见一见她吗?"

郑小萌感到自己的眼泪快淌出来了。她什么也没说，站起身，默默往外走。

离开上岛咖啡屋的时候，郑小萌的头忽然眩晕，接着就有无数金星在她眼前乱飞，如果这会儿有一阵风刮过来，她一定会迎风倒下的，就是没有风，她也会随着自己低落的情绪倒下，她的情绪不停地给她以沮丧的刺激。就在郑小萌要倒下的瞬间，一种信念在她的心中油然而生，她不能倒下，绝不能倒下，如果她此刻倒下了，她就在精神上彻底败给了李枫。

一直往前走，再往前，拐过一个十字路口，再拐过一个十字路口，郑小萌这才发现自己不知道究竟往哪里走了，她回到这座城市本来是找李枫的，但李枫明显拒绝着她，她还能再找谁呢?她想到自己的妈妈，她是很想看看妈妈的，但妈妈跟那个令她讨厌的男人结婚了，想到见妈妈的喜悦与见那个讨厌男人的尴尬，郑小萌便犹豫起来，她只好继续往前走，又走了一段路程，郑小萌还是决定去看自己的妈妈，更确切地说，她想试试看跟妈妈结婚的那个男人能不能出钱修桥，她记忆里那是个有钱的男人，妈妈是图了他的钱才嫁的。

妈妈住进了别墅，过起了富人的生活。可妈妈不在家，继父告诉郑小萌："你妈妈出差去了，有什么事情可以跟我说。"

郑小萌犹豫了一下，看了一眼继父，觉得他好像没有从前那么令人讨厌了，于是她走进了房间。

房间装修得富丽堂皇，旮旮旯旯都在冒金光，这使郑小萌有了一种陌生感，她站在房间里无所适从，甚至有点不敢往沙发上坐。

继父说："坐嘛，客气啥呀，这里是你的家啊！我本来还有一套大房子，可你妈妈不愿意住在那里，我只好跟她住在这了。"

郑小萌听着继父说话，内心有点感动，觉得自己从前对他的态度有点过了，毕竟是妈妈的情人，自己不在妈妈身边的日子，妈妈的许多寂寞靠这个男人打发。想到这儿，郑小萌微笑了一下，她知道她的笑很勉强，她的两片嘴唇在微微抖动。

郑小萌脸上的微笑拉近了与继父的距离，继父首先在沙发上坐下来，郑小萌坐在他的对面，看着他沏茶，茶杯方方的，形状有点怪。茶是铁观音，价格不菲，属高档茶，茶在杯中很快散发出清香。继父沏好茶后，并没急着端给郑小萌，这使郑小萌生出了一种想喝茶的欲望，特别是铁观音茶，其香味只有在城市里比较阔绰的人家和一些高档的休闲场所才能闻到，而乡下常常撩拨她鼻子的是淡淡的草香。这会儿，铁观音的香气漫过了草香，郑小萌感觉那种淡淡的草香正离她远去，她的嘴唇忍不住翕动了一下，继父像是看透了她的心思似的，将一杯铁观音端给了她。郑小萌接过杯子猛喝了一口，她听到自己的喉咙咕噜响了一声，接着又响了第二声，第三声……一杯铁观音顷刻之间就顺着喉咙流进她的肚子里，郑小萌解馋地用手抹了一下嘴巴，当她的手从唇边拿下来的时候，她才看到茶几上清爽的纸巾，她好像忘了使用纸巾的习惯了。

继父始终在一旁打量她，郑小萌往茶几上掷杯子的时候，恰好与他的目光相遇，她又重温了从前那种令她讨厌的眼神，这使她的内心万分慌乱，她想起身离开，但想到自己来这里的目的，便又命令自己的内心镇静下来。

“铁观音真好喝！”她搭讪着，想用搭讪打破房间沉闷的气氛。

“好喝吧？你在乡下能喝到这么名贵的茶吗？”继父问。

郑小萌摇头。

“你是自找罪受啊！好好的城市不呆，偏偏到乡下去，乡下有金子让你淘吗？”继父故意问。

郑小萌沉默不语，冷冷地看着继父。

“大学毕业，在哪家外企干干，年薪都会拿到五万以上，我真不明白你妈妈当初怎么舍得让你到那么偏远的乡下去呢？”继父又说。

郑小萌狠狠地看了继父一眼，心想我离开家还不是因为你，但她嘴上没说出来，她说了另一番话，让继父吃惊。

她说："一个地方的好坏不在于物质的繁华与否，而在于这个地方的人有没有一种向上的精神力量。城市虽然繁华，可城市的人大多成了毫无创造力的寄生虫。乡下的确物质贫乏，可乡下人那种追求向上的心是城里人所不能比的。你知道我教的那些乡下孩子有多可爱吗？为了求得知识，他们翻山越岭，一天要走几十里的山路，他们的鞋子穿裂了，就用铁丝捆起来，他们家里没电，就点着煤油灯读书……可城里的孩子呢？他们上学大多要父母陪读，穿名牌戴名牌玩名牌……我在乡下才体会到人和人之间是多么不平等啊！"

郑小萌突然热泪奔涌，她想到了钱多多，想到了两座山之间的洪水，同样是人，可那里的人活得是多么艰辛啊！

继父愣怔了半天才说："非亲非故的，你动什么情啊？你这是幼稚！中国这么大，什么样活法的人没有哇。你看他们苦，比他们苦的人多得是呢。你哭得过来吗？"

郑小萌听继父这么说，便停住了哭，正儿八经打量着继父说："本来我是想求您为那里建一座桥的，您那么有钱，建一座桥易如反掌，您会有很好的口碑，受到当地百姓的爱戴……"

未等郑小萌把话说完，继父便打断她的话说："去那里修桥，我疯了，我吃饱了撑的！让我修桥也可以，但必须有交换条件。"男人斜眼看着郑小萌。

郑小萌急着问："什么条件？"

继父哗啦一下就把衣襟拉开了。郑小萌猝不及防地看到他胸前黑色而密实的毛，毛中隐现着三颗硕大的黑痣，继父指着那三颗黑痣说："看到它们了吗？这是三颗黑金刚，俗称痦子，痦子背人，一辈子不受贫，你妈妈就是看中了我胸前这三颗黑痦子才嫁给我的，她说我一辈子都大富大贵。现在，你如果把这三颗黑痦子舔成红痦子，我就答应你的要求，去那里修一座漂亮的桥。"继父狰狞地笑着，往郑小萌的跟前跨了一步。

郑小萌惊异地尖叫起来，她试图夺路而逃，可继父像一堵墙一样挡住了她的去路，慌乱中她嗅到了继父身上的汗味，一股地道的男人味。她想呕吐，绝不能让这种味道进入自己的身体。她挣扎着，用尽全身的力气挣扎着，就在她奋力挣扎的时候，她听见砰的一声，继父倒在了地上，慌乱中郑小萌夺门而出。她疯狂地跑出屋子，跑向大街，她的步伐零乱，带着恐惧，心怦怦乱跳，站在马路上不知该往哪里逃。这时她才发现天已经彻底黑了，幽暗的路灯照着大街小巷。郑小萌跑得没有力气了，只好停下脚步，她回头看看，继父居住的地方早已不在她的视野之中了，她的心这才踏实下来，放慢脚步行走，茫无目的。去乡下的火车要明天早晨才有，这就意味着郑小萌将要在城市的大街流浪一晚，她走着，看着天上，她在寻找月亮，那麦草似的月光为什么城市里没有？郑小萌此刻最想看见的就是麦草一样的月光，渐渐地她明白了，那麦草似的月光只属于乡下，月亮对没有灯光的原野格外温存，她的温存已经接近了本色，麦草的本色，这本色跟城市的灯光相比，就显出了苍白和微弱，因为城市的灯光近距离地迷乱着人的眼睛。

郑小萌想起了生父，她应该去看看他，自从大学毕业到了偏远的乡村，她再也没有见过父亲，那个懦弱得经常被母亲辱骂的父亲。

父亲还住在从前的家中，一套老式的旧房，是父亲的厂里分给他的，但母亲离婚时还是将房产一分为二，她的那一半折成了钱，父亲将自己所有的积蓄都给了母亲，郑小萌觉得母亲太霸道了，可她的抗议就像蚊子的叫声一样微小。

父亲在家，仍然一个人生活，郑小萌进门就嗅到了孤单男人的气味。她的心里很酸，工厂改制，父亲下岗了，如今哪个女人喜欢跟没钱的男人搭讪呢。

父亲愣怔地看着郑小萌，想不到女儿会在半夜三更回来看他，在他的意识里，女儿一定遇到了难处，否则她是不会回家的。女儿走时曾在他和妻子面前发过誓："我一辈子不再回这个家！"女儿的个性从来说一不二，现在女儿回来了，有话跟他说吧。父亲猜度着女儿，等待她开口。他甚至有点紧张，担心女儿开口跟他要钱，他真是一点钱也没有，在一家小区当保安，物业费总是收不上来，业主和保安矛盾重重，前几天还发生了冲突，业主们联合起来把保安打了，他挨了一拳，幸而不重。

郑小萌似乎看出了父亲的心思，低声说："爸爸，有饭吗？我饿了。"

父亲说："家里没什么吃的，给你下面条吧。"

"有方便面吗？"郑小萌问。

"只有挂面，还剩一把青菜，我去给你做吧。"父亲起身去厨房了。

郑小萌在房间里坐着，她看着墙上的照片，那是小时候她跟爸爸妈妈在一起的合影，家里虽穷，一家人却和睦着。父亲至今挂着这张照片，一定是怀念从前的岁月，想想母亲早就跟拥有别墅的男人住在一起，而父亲还想着过去，郑小萌的鼻子一酸，眼泪忍不住流了出来，两天的辛苦都化成了委屈，随着眼泪奔涌而出，直至哭出了声。

父亲端着面条站在女儿身后，看着她一起一伏的背影，他知道女儿在哭，他将面条放在桌子上，转身进了厨房，将近七百个日夜未见到女儿了，他能提供给女儿的只有一碗清水面条，这辈子作为一个男人，他活得实在太没用了。

郑小萌转身看到面条的时候，眼睛已经哭红了，她怕父亲看到自己哭，急忙走进卫生间洗脸，洗干净脸，坐下吃面条。父亲坐在她的对面，沉默着看她吃。郑小萌怕父亲看出她的情绪，边吃边跟父亲聊起学校的事情，说到那个叫钱多多的女孩，郑小萌说乡下的孩子不知要比城里的孩子苦多少倍。

父亲这才敢询问女儿此次回城里的目的，郑小萌说："想动员城里的有钱人去那里修一座桥，没有桥，那里的孩子就无法继续读书了。"

父亲笑了一下，说："你以为城里的有钱人真有心思去修桥吗？去那连兔子都不屙屎的地方修桥，不等于把钱往水里扔吗？小萌，你从小就爱幻想，长大了依然爱幻想，这些幻想全都不现实，你会在生活面前碰得头破血流的。还是回到城里来吧，找一个外企谋份工作，谈个称心的男朋友，你也不小了，为了去偏远的乡下，好好的男朋友分了手，小萌啊，爸爸这辈子没活出人样来，我希望你活得幸福。"

父亲哭了，郑小萌看到眼泪顺着父亲的脸颊往下淌，她也想哭，可她知道自己不能哭，她要在懦弱的父亲面前变得坚强。于是，郑小萌脸一扬，用亢奋的声音说："爸，你懂什么呀，我这不是幻想，而是崇高的理想。现在的人都没有理想，也就没有精神境界，整天想自己的快乐安逸，从不考虑别人的死活。您应该为有我这样的女儿而感到自豪，哭什么呢？说不定将来有一天，我也成为劳模，戴着大红花回来看您呢。"

父亲无奈地摇头，他觉得女儿太天真了，天真得像未长大一样，不过这样也好，女儿有这样的情怀不会出去惹祸，更不会像城里的小姐一样做脏事。

父女俩又说了一会儿话，郑小萌准备睡觉的时候打开了电视，她想看晚间新闻。新闻正播乡下的一座小学，洪水瞬间就把校舍吞没了，老师和学生抱在一起哭。触景生情，郑小萌突然决定明天暂不回乡下去，她要在城里跑一跑，能不能发动媒体帮忙？她想了半天也想不起哪位同学在报社工作，便打算明晨先到报社看看，说不定能遇上热衷于教育事业的记者呢。

第二天一早，郑小萌就来到了报社，她在门岗登了记，说明来意，保安告诉她这事要找社会综合部，郑小萌得知这个部门在十楼，便上了电梯。

社会综合部只有一个年轻的男记者，正在打电脑。郑小萌有点畏怯地跟他打招呼，男记者抬头看看她问："什么事，找谁？"

郑小萌说："找记者。"

男记者随手指了指椅子，示意郑小萌坐下。郑小萌坐下后直爽地问："我能跟你讲一讲我来找记者的目的吗？"

男记者轻轻点头，转过脸面对郑小萌。

郑小萌坦率地说：“我是来向记者求援的，我教学的那个地方偏僻落后，因为道路难走，很多学生小学毕业就无法再继续上学了，一条河水把孩子们挡在山的那边，如果城里的有钱人能去那里修一座桥，孩子们就可以继续上学了。”

记者听到这里，颇感兴趣地拿起笔在纸上记录起来，随后递给郑小萌一张名片说：“我姓赵，叫赵亮。”

郑小萌接过名片看了看，又说：“赵记者，能不能通过媒体呼吁，让城市的有钱人到那里投资修桥……”郑小萌继续讲着钱多多的故事，山村农民望子成龙的故事。

赵记者仍在记笔记，最近报社让他去采写一篇有关农村教育的大稿件，他正愁着无从下笔，如果眼前这个叫郑小萌的乡村教师讲述的情况属实，他可以亲自去那里看看，认真写一篇报道。

赵记者正记录得来劲，见郑小萌停了下来，便问：“怎么不讲了，我正听得过瘾呢，郑老师是当地的民办教师还是公办教师？”

郑小萌一愣，只听赵记者这一句问候，她便觉得自己已经被乡下的风雨吹淋得惨不忍睹了，她笑笑说：“我不是乡下人，我出生在这座城市，大学毕业以后去了乡村。”

“噢。”赵记者吃惊地看着郑小萌，一脸不解地问，“你为什么要到乡下去呢？那里有黄金吗？”

郑小萌摇着头说：“那里没有黄金，有黄金能买到的麦子，有时候在月光下看麦子，它比黄金耀眼。”

赵记者欣赏地说：“你这话说得挺有诗意的，到底是城里的大学生。不过，麦子城里也有，不一定要到农村去看麦子。”

郑小萌接过赵记者的话说："麦子城里没有，城里有的是用麦子加工成的面粉。"

赵记者一愣，继而会意地笑了起来。笑过之后，赵记者问："城里距你那里有多远，我能实地去采访一下吗？"

郑小萌说："要坐一夜火车，还要走半天山路，不知你的体力能否吃得消？"

"你一个弱女子都能到那里教书，更何况我这样一个男子汉大丈夫呢。我应该比你更有体力。"赵记者肯定地说。

郑小萌有点欣喜地看着他道："如果记者能到我们那里采访，回来报纸上一报道，修桥的事说不定就落实了，你能跟我一道走吗？"

赵记者拿起电话说："等我请示一下部主任。"说着就开始打电话，打完电话转身对郑小萌说，"妥了，我现在就跟你一道走。"

郑小萌欣喜地几乎要跳起来了。

下了车，天就大亮了，两人出了小火车站，又坐了几个小时的汽车，在一座大山脚下，汽车停了下来。郑小萌指着眼前的山说："我们要爬过去，过去就是一条河，现在河水不大，我们再蹚过河去，就到地方了。"

赵记者望望山，无奈地叹息说："真是佩服你的吃苦精神啊！"说着，跺跺脚，准备爬山。郑小萌一路领先，她探着路，毕竟自己比赵记者更熟悉这里。

山不高，爬起来却费劲，山上植被光秃，难找一株可攀援的树桩，到处是荒草和裸露的岩石。赵记者想起一句话，顺嘴说了出来："这地方，连兔子都不屙屎。"郑小萌接着说："要是兔子能来屙屎，我就不去城里找记者呼吁有钱人来这里修桥了。山如果富了，谁都会跑来挖宝。”

“我发现你挺有哲学思想的，从前在大学里读的什么系？”赵记者问。

郑小萌说：“在学校里学什么倒不重要，重要的是在实践中悟，悟性太重要了。”

赵记者赞赏地点点头，接着问：“你当初来这里的动力是什么？为什么偏偏想到来这里？”

郑小萌停下脚步，回头看看赵记者，沉默了一会儿说：“我讲出来，你不能写到文章里，文章里写的只能是我的豪言壮语，其实我也是抱着在农村干一番事业的想法来的，还有一个原因就是我爸妈离婚了，继父有点心术不正，我想走得远远的，离开他们。如今想想，我为此花费的代价是很大的，我大学时谈好的男朋友为此也跟我分手了。”

赵记者感叹道：“人各有志，现在的年轻人很少有想到农村实现理想抱负的，你来这里可能是情愿的，硬把他拉来就有点神经病了。”

“你还挺理解人的。”郑小萌说。

“不瞒你说，我跟你的经历相似，也是在大学里谈好了女朋友，后来她硬要拉我到她的家乡去工作，我拒绝了，爱情也就断了。”赵记者说。

郑小萌觉得赵记者跟自己一样坦诚，便问：“她家也在乡下吗？”

“不，她家在大城市，比我生活的这座城市大。”赵记者回答。

"那你为什么不去?"郑小萌问。

"就像你的男朋友不会跟你来乡村一样,这还用问吗?"赵记者反问道。

郑小萌笑笑说:"那不一样,性质不一样。"

两人继续爬山,眼看就要到山顶了,郑小萌和赵记者都有点气力不够了,呼哧呼哧喘着,彼此都能听见,但郑小萌始终走在前边。赵记者跟在她身后想:郑小萌真是够崇高的,居然敢选择来这样的地方。

终于到了山顶,山下一条河水清晰地呈现在眼前,河对面是一座村庄,灰色的房屋清晰可见,郑小萌指着山下的河说:"我说的桥就是要从河这边架到河那边。"

赵记者看看,河面足有数米宽,忍不住问:"这里一直没修过桥吗?"

郑小萌说:"村民自发修过多次,都是木栈桥,一发洪水就冲垮了,有一年正好有几个学生从这座桥上走,桥被洪水冲垮了,几个学生的命都被洪水卷走了,村里人再不敢让孩子上中学,而村里只有一座小学。"

赵记者拿出数码相机,在山上往下俯拍。

不一会儿,两人就从山上走了下来,面对着河水。

郑小萌的脚刚刚伸进河里,赵记者突然将她拉了出来,他看到了她臀部上的一点红,知道女人的生理周期来了,这个时候最不宜蹚凉。"来,我背你过河吧。"赵记者不由分说就弓起了背。

郑小萌推辞:"这怎么可以呢?再说,一旦村里人看到了,他们就会认为你是我的男朋友呢,你再采访什么都会无效的。"

赵记者仍是原地未动，坚持说："采访是进村以后的项目，眼下我只负责背你过河。"

"是谁分配了你这个任务？"郑小萌仍拒绝。

"是男子汉的一种使命感和责任感，来吧，我背你过河。"

郑小萌拗不过赵记者，只好趴在了他的后背上，她感到自己的两条腿立刻被赵记者的两只手握住了。

河水先是没过了脚踝，渐渐地就到了膝盖上，水很有力量地簇拥着他们，使赵记者的双腿不由得在河水中打晃，他往上掂了掂郑小萌，郑小萌也有意地往他的后背上蹿了一下。快到对岸的时候，郑小萌才发现河边上站满了孩子，他们正举着双手呼喊郑老师。

郑小萌忍不住从赵记者的后背挣脱了下来，她踩着水跑到了对岸，陷入了孩子们的欢呼声中。

当晚，郑小萌给赵记者烧了面条，面里放了两个鸡蛋和许多青菜，还滴了香油。赵记者边吃边说香，郑小萌笑而不语，快吃完的时候，赵记者发现郑小萌的碗里没有鸡蛋，他一愣问："你为什么不吃鸡蛋？"

郑小萌说："我不喜欢吃鸡蛋。"

赵记者半信半疑地嘀咕道："头一次听说世上还有不吃鸡蛋的女人呢。"

郑小萌看看他，心说：在这穷乡僻壤，能吃鸡蛋的女人除非坐了月子。但她嘴上什么也没说。

天渐渐黑下来了，赵记者建议马上去村里采访，明天他还要赶回去。

郑小萌笑着说："最好你能在这里住几天，好好感受一下乡间的生活,这样你的文章才会更深刻更出彩。”

赵记者打量了一下郑小萌的宿舍,调侃道:“只有一张床,连床都没有留我的意思。”

郑小萌说:“这好办,晚上我去学生钱多多家住,你住我这里。”

赵记者收回话说:“住哪里都无所谓,关键要快些赶回去争取在第一时间发新闻稿。”

郑小萌接着话说道:“那我们现在就行动吧,先去李门神家,他的儿子李放牛小学毕业后就不准备读初中了,李门神怕孩子过河淹死。”

赵记者好奇地问:“李门神是不是真名字?”

郑小萌一愣,随后道:“我也不知道是真名字还是假名字,反正村里人都这么叫,他家逢过年的时候,喜欢在门上贴门神,大伙儿就叫他李门神,他真名叫什么,我还真不知道。”

赵记者一下子笑了说:“乡下的人名就是有意思,有时候一个名字就是一个故事。”

两人说着话就到了李门神的家门口,赵记者听见了里面的狗吠,惊慌地提醒郑小萌说:“小心啊,山沟里的狗咬人。”

郑小萌镇静地说:“没关系,李门神会把狗锁好。再说,他们家的狗都认识我了。”说罢,就轻轻拍起门喊:“李放牛,给郑老师开门啊!”

狗果然不叫了。不一会儿,门开了,李放牛一看是郑老师,立刻惊喜道:“郑老师,天这么黑怎么到我家里来了?”

郑小萌一指身后的赵记者说:“你爸爸在家吗?赵记者想采访你和你爸。”

李放牛说："在家。"话音刚落，李门神就迎了出来，他手里举着刚刚搓好的艾草，艾草已被点燃了，飘着烟，空气中一股艾草的香味。李门神说："郑老师，你就别一趟一趟往我家里跑了，我们放牛小学毕了业肯定是不念书了，天天蹚河人受不了，再说一遇山洪孩子的命就没了，我老婆就是被山洪卷走的，如果再把娃卷走，我这辈子就断了后了，这么穷的地方哪个女人愿意跟我再生娃？"

赵记者进了屋就感到没地方下脚，屋里堆满了乱七八糟的东西，有农具有粮食，屋子本来就不大，用石头垒砌的，一股潮湿的霉味。电灯光发黄，不怎么亮，比油灯稍微好些。赵记者站在屋里打量了一会儿灯泡，怀疑不是电厂供电。

郑小萌似乎看出了他的心思，递给他一个木板凳说："这里的电是从别的村接过来的，没有变电站，电压总是不稳，亮度也不足，你要拍照，一定打闪光灯。"

"我知道我知道。"赵记者坐下，开始摆弄他的相机。他要把这里的贫穷落后以及急需改变生存状况的信息全部报道出去。他的镜头先是对着李门神，然后又对着李放牛，再然后就是屋里的陈设，最后他又拍了一张郑小萌与李放牛谈心的镜头。

画面有了，文字的记录便要深入地采访。赵记者觉得这个村与外界隔绝的最重要原因是那条河，有河并不可怕，可怕的是河上没有桥，因为没有桥，孩子们便不能到对岸的中学里上学读书。赵记者想知道这河上自古以来就没有桥吗？蹚水过河总不是办法吧？

问题一出来，李门神就抢着说："从前有过一座木桥，后来被山洪冲垮了，政府又修了两次，还是被山洪冲垮了，这个鬼地方邪门呢，平时水很浅，摆渡船行不起来，山洪一来水又深得淹死人，是一条吃人河啊。"

"你们村委会也在这个村里吗?"赵记者问。

"不在,村委会在另外一个村,离我们这里隔一座山呢,我们这里是自然村,跟那里属于一个行政村,天高皇帝远,八竿子都打不着。村里只有七八十户人家,叫天天不应叫地地不灵啊。"李门神绝望地说。

赵记者说:"怎么不灵,郑老师不就被你们叫来了吗?"

李门神说:"郑老师这叫下乡锻炼,呆不长久。不过,我们村里人倒是盼着郑老师能在城里找些关系帮我们修一座桥,有了桥,我们村里的娃娃们都会去河那边上学了,村里也会富裕起来了。"

郑小萌说:"赵记者就是为了修桥这件事来的,他要把村子里的困难写在文章里发表在报纸上。"

"那你可真是现世的大菩萨啊!"李门神双手拱起放在胸前,不断地给赵记者作揖。

赵记者慌忙说:"应该的,这是记者应该做的。"

赵记者和郑小萌从李门神家出来,准备去钱多多家。这时李放牛追了出来,塞给郑小萌两根烤熟的玉米,郑小萌递给赵记者一根,两人边吃边走。

赵记者问:"你当初怎么选择到这里来呢?"

郑小萌说:"我也不知道会落脚在这样一个地方,我跟县教育局的人说到艰苦的地方锻炼,他们就把我领到了这里。"

"也是蹚河过来的?"赵记者问。

"对呀,反正不会有人背我过河。刚来的时候,我哭了好几天,从城市到这里如同天堂跌入地狱,可想想城市里亲情的冷漠,男朋友对我的不理解,我觉得这里的人情味还是很足的,有一次我发高烧,有个学生把这消息说给家长了,村里一下子来了十几个妇女,有的给我拔火罐,有的给我掐头皮,还有的给我熬稀饭,病魔立刻被驱走了。病好以后,我感到了这里人情的温暖,我想在这里多呆几年,如果能把桥修起来,也算是我没白来一场了。"郑小萌说。

"真值得钦佩呀!"赵记者不由得感叹起来。

"我这么让你钦佩,你索性也留下来吧。"郑小萌试探地说。

赵记者一笑道:"我是俗人,没有你这样的情怀。"

郑小萌接过他的话说:"情怀是磨练出来的,不是天生的。"

赵记者沉默着,忽然指指天空说:"你看,月亮出来了。"

月亮已经爬到半空,村里万籁俱寂,李门神家那盏灯怯生生地发出一星红光。

郑小萌说:"要是修好了桥,交通方便了,这个村的灯也会亮得刺眼。"

赵记者说:"修桥已经成了你心中的一个情结,它真的比恋爱都重要吗?"

郑小萌毫无疑问地说:"对我来说比恋爱重要,至少目前是这样。"

赵记者没再吭声,他还想说什么,又觉得自己的话在郑小萌坚定的意志面前会显得没有份量。

两人到了钱多多家门口,从院墙外看屋里,屋里的灯光已经熄了,屋子里的主人显然睡觉了。郑小萌看看手表,已经晚上十点半了,乡村没有什么文化生活,尤其这个村庄,看电视都是最奢侈的愿望。

赵记者说："算了，就采访这些吧，估计村里人说的都是修桥那些话，大同小异。"

郑小萌心有不甘地说："钱多多的妈妈很会讲，说话都是戏词，相当生动，你的报道里用上她的语言，保证特别不一般。"

赵记者说："要不再到你的学校看看吧，拍些学校的照片可能效果更好。"

郑小萌没说行也没说不行，脚步却朝着学校的方向走。在一片高岗上，屹立着几间房子，郑小萌说："到了，这就是我工作的学校。"

赵记者看了看，觉得很像一所大杂院，门窗都已坏损，且像是后来添置上的。

郑小萌说："这几间房子原本是生产队的马棚，后来村里人自己动手改建成了校舍。我没来之前，有一个六十岁的老先生在这里教孩子，你看那座大铁钟，就是上课的信号。"

赵记者颇有兴趣地走上前，用手擂了两下，铁钟发出沉闷的声响。

郑小萌急忙制止："声音会传很远，学生以为老师要集合他们了。"

赵记者这才打开相机，利用闪光灯的效果将学校的门窗拍了个彻底。教室里没有灯，郑小萌打开门的时候，一只野猫蹿了出来，吓了她一跳。借着月光，赵记者在教室里大体看了看，黑板是木质的，已经破得不成样子。他一边拍照一边想：郑小萌凭什么到这个地方来吃苦呢？她犯不着啊，想惊天动地在哪里都会成功。

转完学校，赵记者突然问："今晚我在哪里休息呀？"

郑小萌这才想起自己刚才应该到钱多多家住，让赵记者住自己的宿舍，可天这么晚了，她又不好再去打扰钱多多家，于是便说："住我宿舍吧。"

"那你住哪里？"赵记者问。

"你睡床，我打地铺。"郑小萌说。

"不，还是我打地铺，你睡床吧。"赵记者说。

郑小萌的宿舍就在教室一侧，是一间只有十几平方米的平房，房子低矮，里面一股霉味，能看出郑小萌还是精心打理过这间宿舍，地上铺了一块塑料地板，靠床边的墙上贴了几幅黑白明星照，白杨、秦怡、周璇……让人一看便知房主人具有怀旧的古典情怀。

赵记者忍不住调侃道："想不到一个志愿在边远乡村当教师的女子，居然喜欢旧上海滩上世纪三十年代的电影明星，真不可思议。"

郑小萌笑着说："这你就不懂了吧，这叫人的多面性、立体性。"

赵记者问："你心里向往那样的生活吗？"

郑小萌说："我不向往那样的生活，可我喜欢那个年代的艺术家，她们有品味有人气，不是造出来的，而是与生俱来的。她们身上的气质，如今的明星们全都没有。"

"你知道这是为什么吗？"赵记者问。

郑小萌沉思着，似没想出确切的理由。

赵记者说："我告诉你吧，上世纪三十年代的那批明星阅历丰富，思维具有创造性，所以她们的气质也就超凡脱俗。"

"有道理，你分析得很有道理。"郑小萌说着，就开始动手搭地铺。

赵记者跟她一块干，他们从床下翻出一张竹席，郑小萌用水冲洗了一下，又用毛巾擦干净，铺到地上的时候，郑小萌还往上面洒了一点驱蚊剂，这是她在城里特意带回来的。乡村的蚊子也喜欢寻找新鲜的人味，郑小萌已经被蚊子咬怕了，现在赵记者会代替她被蚊子咬，对蚊子来说，赵记者比她新鲜多了。

地铺大体打好了，郑小萌又翻出一条被子，这时发现没有枕头，便把冬天的羽绒服打了一个捆当枕头，郑小萌看看床上的蚊帐说："只有一个蚊帐，无法一分为二，这样吧，你还是睡床上，我睡地铺，蚊子喜欢陌生人，你钻进蚊帐里，它就吻不到你了。"

赵记者随之一笑说："我不怕它吻，有蚊子吻也不错，算是一种爱呢。"

郑小萌也笑起来，笑过后仍是执意地说："你是我请来的客人，我不能让你睡地铺，真的不能，你还是睡床上吧，否则我心是不安宁的。"

赵记者嗵地往地铺上一躺说："好男不跟女斗，好女不跟男争，就这么定了。"

郑小萌想想说："要不这样吧，前半夜我睡床你睡地铺，后半夜我睡地铺你睡床。"

赵记者看看表说："现在已经十二点了，马上就后半夜了，还争个什么呀，再浪费时间，我睡不好，稿子就写不好了啊。"

郑小萌听赵记者这样说，也就不好再继续争下去，见赵记者已经躺在地铺上，自己只好钻进蚊帐里，像赵记者一样穿着衣服入睡。

"灯关不关啊？"郑小萌感到灯光晃眼，影响入梦，便问地铺上躺着的赵记者。赵记者说:“随便,你喜欢黑暗那就关灯。”

郑小萌笑笑说:“到底是记者,时时口吐莲花。”

灯被揿灭了,房间瞬时被黑暗包围,立刻陷入一种出奇的安静之中。郑小萌感到自己的呼吸急促,好像心里蕴藏了一个阴谋怕被人窥见一样,她感到胸口怦怦跳动,她想听见赵记者的呼吸,可自己的呼吸压过了赵记者的呼吸,仿佛房间里只存在她一个人似的。她就这么任自己的呼吸急促下去,过了一会儿,她的呼吸声渐渐平静下来了,一种男性的呼吸钻进了她的耳朵,那是赵记者的呼吸,从他的呼吸声断定,他还没进入梦乡。

郑小萌在床上一动不敢动,声怕赵记者发现她难以入睡,在一个年轻的男性面前难以入睡,那意味着什么呢?

窗子开着,乡村的凉风在后半夜的时候从窗子里钻进来,再从对面的窗子跑出去,一来一往就送来了清凉。房间里有一台旧风扇,郑小萌很少用,感觉它送来的风远没有乡村的自然风凉爽,所以这台旧风扇一直在床下扔着,郑小萌现在想起它来了,她担心睡在地铺的赵记者怕热。可她又不敢问,要是他好不容易入睡了,她一问就会打扰他的睡眠。郑小萌后悔自己入睡前没把旧风扇拿出来,要是赵记者现在热得出汗,那真是她照顾不周了。

胡思乱想中,郑小萌的意识开始朦胧,渐渐地便进入了梦乡。

赵记者始终没有入睡,他在听着郑小萌的动静,他也不敢翻身,怕打扰郑小萌,自从认识了郑小萌,他感觉这是一个具有忧患意识的奇女子。在这贪图享乐的时代,她居然放弃城市安逸的生活而到乡下寻找苦难,精神实在可歌可泣,他要帮她一下,在媒体上帮她一下。郑小萌那边的呼吸声已经很均匀了,赵记者估计她进入梦乡了，于是放心地翻了个身，也想睡去。可他的身边就像围满了“火星”一样，“火星”时时灼他一下，使他不停地将身体翻到左边再翻到右边，后来他的皮肤就开始痒起来了，硬硬的疙瘩不时凸起，他知道自己的肉体被一种叫跳蚤的小动物享受着，他再也躺不住了，悄悄坐了起来。他看看床上的郑小萌，想起睡前郑小萌说过的一句玩笑话：蚊子也喜欢新鲜。现在他倒没感受蚊子的吻，倒是被跳蚤亲吻得受不了了。

黑暗中，赵记者悄悄摸到了自己的包，那里有手提电脑，他想写稿子，既然被跳蚤吻得难以入睡，真不如起来把稿子写了，明天回去就可以发稿。可房间里显然不能进行这事，他一动，郑小萌就会醒了。赵记者在地铺上坐了一会儿，大体想出了稿子的思路，一种非写不可的冲动使他悄悄站起身，打量了一会儿床上的郑小萌，见她半天没有动静，便轻轻拉开门出去了。

月光如银又如水，乡村的夜晚给人清新神秘之感，村庄里偶尔传来的狗吠证实着一个村庄的人畜兴旺。赵记者站在校园里望村庄，心里不由得感慨：真的，要是有一座桥架起来就好了。现在，他要为架这座桥做一些准备。

赵记者推开教室的门，将灯拉开，灯泡很小，后半夜却比前半夜亮多了。教室与郑小萌的宿舍隔开，在同一个方向上，这样灯亮的时候，郑小萌的房间是看不见的。赵记者放心地打开手提电脑，思路随着电脑的打开忽如狂奔的野马难以停歇，《一座桥与一个村庄的未来》，题目刚刚落定，教室里就响起键盘声了。

天不知不觉地亮了，赵记者将后背靠在椅子上想歇息一会儿，这时他感到一股异样的气息，回头一看，郑小萌正站在自己的身后。郑小萌是从教室的后门走进来的，她的轻手轻脚让赵记者始终无所知觉。

“你真令我感动。”郑小萌看着赵记者说，“这么敬业，我和村里的孩子们该怎么感谢你?!”

赵记者一笑说：“你别感谢我了，你去感谢屋子里的那些跳蚤吧，是它们催促我起来的。”

郑小萌的眼睛立刻在赵记者的胳膊上看到了成片的红疙瘩。“哎呀，真是该死，这跳蚤！不过，也算是你为它们做出奉献了。”郑小萌开着玩笑说，“一会儿用肥皂把这些红疙瘩擦一擦吧，它怕碱。”

“你真要跟这里融为一体了，掌握了很多生活的土办法。”赵记者说。

郑小萌无奈地回答：“这也是被生活逼出来的，离城里远，买不到风油精等解痒的药。”

赵记者说：“你先回去休息，我还要工作一会儿，写作是怕打扰的。”

郑小萌笑笑，想说什么却没说出来。

郑小萌走后，赵记者继续让键盘发出动听的音响。

太阳升起来的时候，郑小萌端着早餐来了，一碗白米粥，两个鸡蛋，外加一碟小菜。

赵记者稿子还没写完，头也没抬说：“等会儿，马上就写好了。”

郑小萌把早餐摆在一旁，看着赵记者打电脑，白米粥的香气不时飘过来，便催促道：“废寝忘食对身体不利，真的，你能不能吃过饭再写?”

"就好,你别催了,影响我思路。"赵记者仍没抬头。

郑小萌想出去走走,又担心蚊蝇往粥里扑,只好站在那里看护早餐,眼睛盯着赵记者看,心里不由胡乱地想。郑小萌始终渴望有一个男性跟她一道留在村里的学校,那样就会填补她心中的残缺,使她的孤单变为一种力量,可至今没有一个异性喜欢留在这里,他们甚至都不曾来过。如果不是赵记者有一种职业的责任感,他很可能也不会到这个地方来,那么既然来了,他能留下来吗?郑小萌正在出神,忽然看见赵记者站了起来,便问:"写完了吗?"

"完了,终于完了,三千多字,感觉不错。"赵记者伸着懒腰说。

郑小萌凑上前,看着电脑屏幕上的字说:"能欣赏一下吗?"

赵记者说:"当然,多提宝贵意见。"

郑小萌坐下来看文章。赵记者去外边洗漱,回来坐下吃早餐的时候,忽然问:"你为什么不吃?"

郑小萌说:"我已经吃过了。"

赵记者狼吞虎咽把早餐吃完,刚放下碗,郑小萌突然站了起来。两人的目光正好碰在一起,赵记者看到了郑小萌的眼泪,十分意外地问:"你哭了?怎么哭了?"

郑小萌好像碰到了能感知她内心委屈的人一样,竟哭得泣不成声了,边抽泣边说:"你写得真好,写得真好!所有看到这篇报道的人都会感动,特别是那些有钱人,他们会因为感动而跑到这里投资修桥。"

赵记者被郑小萌的哭泣弄得心情黯淡,听到郑小萌这样说,他心里又有了一分宽慰,然而对报道所起的作用他还是持保留态度,要是那些有钱人不看报纸呢?要是看了报纸也无动于衷呢?赵记者太了解当今社会那些有钱的人了,他们做公益的时候大多出于某种功利的目的。

于是,赵记者说:“也不要寄予太大希望,反正对我来说只是完成任务而已。”

郑小萌自信地说:“希望总是在没有希望的时候产生,赵记者你能有这份济世的情怀已经很让我感动了,要是能留在村子里扶贫就更好了。”

赵记者早就从郑小萌的目光中读出了一种挽留,他怕这种挽留的力量会占据他的情感,于是慌忙说:“不可能留在这里,我是记者,要跑新闻的,这里的新闻一天就写完了。”

郑小萌尴尬地笑笑,觉得对赵记者的挽留真是有点勉强,她为什么要留他,永远地让他留下来?郑小萌的脸悄悄红了。

赵记者看看表,快到十点了,他准备返回城里。他开始收拾东西。

郑小萌再也不说一句让他留下来的话,她觉得赵记者能够到偏远的乡村无偿地跑一趟已经够了不起了。

收拾好东西,两人刚出校门,就被村里一大帮孩子围住了。郑小萌一眼就看到了钱多多,她手里拎着一个缝制的布袋子,袋子的底部鼓着,里面装满了东西。未等郑小萌开口,钱多多举着布袋子说:“老师,这是我妈妈新舂的麦粒子,说给赵记者带回去煮稀饭,城里人吃不到这东西。”

郑小萌心里一阵感动,她没想到的事情学生家长们都想到了,她接过钱多多的布袋子递给赵记者。赵记者半天无语,话哽在了喉咙里,郑小萌从他的表情中捕捉到了他内心的激动。

这时李门神拉着李放牛来了，李放牛手里拎着一串蘑菇递给郑小萌说：“郑老师，这是我自己在山上采的，让赵记者带回去尝尝鲜吧。”

李门神说：“大老远来了，多不容易呀，想请赵记者去家里吃个饭，又觉得没啥好吃的。”

赵记者拎着蘑菇在半空中晃了晃说：“这就足够了，真的足够了。”

赵记者和郑小萌不停地往前走，村里人不停地在后边跟着，直走到大河边上。赵记者弓身挽裤管的时候，李门神冲上来说：“赵记者呀，我背你过河吧。”

赵记者笑笑说：“我要是郑老师就让你背。”

李门神说：“那我牵着你的手蹚过河去，把你送到河对岸，你看水不深，到了河中间能淹到腰上呢，我牵着你，你就能护好身上的东西了。”

赵记者下意识地摸了摸自己的行包。

李门神首先下到河里，随后赵记者也下到了河里，郑小萌和乡亲们留在了岸上。

当赵记者蹚到河中间的时候，果然感到了水流的湍急。李门神紧紧拉着他的手说：“赵记者当心啊！”

不一会儿，两人就蹚到了河的对岸，赵记者听见对面的钱多多喊：“赵记者，别忘了用麦粒烧稀饭，这东西你们城里没有……”

赵记者的眼睛突然模糊起来。

半个月以后，郑小萌接到了赵记者寄来的报纸，报纸全文刊登了赵记者采写的那篇文章。

不久，村里陆陆续续来了几拨投资商，有坐火车来的，有开车来的，西装革履大腹便便实地考察了一番，都对着河水摇头叹气，最终桥也没有修起来。

夏天，一场山洪将郑小萌最后的希望摧毁了，洪水将校园变成了河滩，村子里再也没有一个学生肯来校园了。

郑小萌不得不返回城里，在一家外企做文秘。有天，同伴们问她赚钱的目的，她回答："去乡下修一座桥。"于是，她看到许多疑惑的目光接连不断地射向自己。

刊于《民族文学》杂志2007年10期

档案夜

若干年前，我是一家杂志社的首席记者，我们这家杂志本来是行业性的刊物，但因为没有明确的定位，内容也就五花八门，以至后来居然成了一本囊括社会百态的大观园。对我这个首席记者来说，倒不失为一件乐事，我可以经常出差去参加一些生活类杂志的会议，游山玩水吃喝玩乐，公私兼顾岂不快哉！这不，美城的《美生活》杂志正准备召开作者编者联谊会，我接到通知没敢吭声，我知道这份请柬是《美生活》的副主编私下寄给我的，我们已电话联系多次，却从未谋过面，对方长得什么模样，高矮胖瘦，鼻子眼睛是否位置正确，彼此都一概不知。我只知道他是位男士，当他在电话里听出我嗲里嗲气的女声时，我敢肯定从那一刻开始，他就惦记着要会会我了，总算有了一个联谊会的机会，他想方设法也要为我寻找一个参会的理由，而我无论如何也要欣然赴邀，这等好事绝不可落入他人之手。跟总编私下打了招呼，我就订了卧铺票，匆匆前往了。我在国内出差一般选择火车，我怕坐飞机，不到万不得已的时候，我是不会选择腾空而飞的，那种没着没落的感觉自始至终使我身体里的每一根神经都高度紧张，特别是腾空而飞的前一天，夜里会长时间失眠，我真是被那些空难的画面吓着了。当然，那时候还没有高铁，倘若我知道高铁会将车厢翻出轨道，并悬挂在半空中，我肯定也不会享受这种高速度，毕竟人的生命是最宝贵的，有了宝贵的生命，才可谈及人生的价值。

我乘坐的是特快列车，普通卧铺，上车后，我发现自己的卧铺位置离厕所很近，紧挨走廊过道，我有尿频的毛病，对我来说这样的铺位再好不过了，而且又是下铺，但同时这也是存在安全隐患的地方，可谓“祸兮福所倚，福兮祸所伏”，凡事都有其正反两面。车厢里人很多，旅客都在忙着往行李架上摆行李，车开动时，旅客总算各就其位了，这时我开始打量我铺位的上下左右，我们这个包厢共有六个铺位，左右两边一边三个铺位，分上中下铺。中间的两个铺位空着，可能是留给中途上车的旅客的，上边的两个铺位是一对年轻男女，好像是度新婚蜜月，车开动后他们就在自己的铺位上睡觉，不一会儿便鼾声如雷，让人联想到他们生理的欲望曾连续宣泄的情景，以至身体的疲倦。

我的对面铺是一位年轻的小伙子，他穿着夹克衫，个头不高，脸色发黑，眼睛不大却有神，看人的时候特别专注，好像瞳仁里还有一个瞳仁，也就是重瞳。

开车的时间是下午四点一刻，离晚上休息还有很长的时间，在这个时间段最好能与人吹牛聊天，我乘车的时候大多喜欢听人吹牛，我不爱打牌，也不怎么懂牌局，此时看书会被打扰。听人吹牛倒不失为一种享受，尤其是坐火车，旅客来自四面八方，身份各异，所吹事件形形色色，思想五花八门，如果沉浸其中，可获取广泛的社会新闻，这些新闻又可成为我采编稿件的素材，所以我出差时无论是天上飞还是地上跑抑或水里游，我都喜欢以听人吹牛的方式打发途中的时间。

打量了小伙子几眼，我主动跟他搭讪起来。

“请问您在哪里高就？”

小伙子警惕地瞟了我一眼说：“您有必要知道么？萍水相逢，还要查人的档案？”回答我之前，他的眼睛是朝向车窗外边的。

我被他噎了一下，心里十分不舒服，但仍是温和地说：“对不起，我是一家生活杂志的记者，因为职业的关系，我喜欢乘车的时候打量和猜度与我座位靠近的旅客，以此考验自己的判断力。”说罢，我从手包里掏出记者证，在他面前晃了一下。

小伙子的脸上忽然有了笑容，一双眼睛认真地看着我说：“那您猜猜我是干什么的，年方几何啊？”

他的话音尚未落地，我就心慌起来，我还真说不准他是干什么的，自他上车起我根本就没猜过他从事何种职业，但从他老练的举止看，他的行为是训练有素的，说不定当过兵，受过军训。于是在他那双眼睛的逼迫下，我随口说：“您是一位军人吗？至少当过兵？”

尽管我的话是一种毫无把握的推测，他却有了正儿八经的回应：“我在警官学校读过书。”

“那您现在是警察？”我有点欣喜地脱口而出。

“对，民警。”他低声说。

我立刻笑了起来，“我这趟旅行可真算是安全了，有警察守卫啊！”

“我只是一个基层的小民警，可以说最基层了，在一个乡镇派出所里。”他谦虚起来。

“警官学校毕业怎么可能到乡镇派出所工作呢?”我不解地问。

他笑着说:“能到乡镇派出所工作已经很不错了,最起码没有失业,我们班的同学大多都充实到基层派出所去了,有的在乡镇,有的在街道。”

“基层工作接触面窄,警察碰不上大案要案,风光的时候就不会太多,不出成绩,晋升也就慢。”我说。

“也不完全是这样,基层有不少可做的事情,干我们这行当的,眼睛里如果有活,总有干不完的工作。如果敷衍了事,也就闲得派不上用场。”他停住话,打量着我,见我一副渴望继续倾听的表情,便接着说,“刚开始工作时,只想闯出自己的天地,不想被人看不起。要知道,我是农民的儿子,生活的起点很低,我十七岁那年,也就是上高中的时候,我父亲因病去世了,这对我的打击很大。父亲是家里的顶梁柱,他垮下去了,家也就塌了。我看到村里人同情的眼神,这眼神刺激了我的自尊心,我是个不喜欢让别人同情的人,那一刻我感觉自己不是男孩而是男子汉了,我的耳畔经常回响着父亲的话,要想脱离农村,脱离贫困,必须跳龙门。从此,我早晨六点之前起床跑步,每天坚持跑五千米,风雨无阻,白天在校认真听课迎接高考,最终高考成绩排全乡第一名,但比模拟考试少考了二十几分,本来我是想读大学本科经济系的,因为分数不够,就被警官学校录取了。我个子最小,体重最轻,却是学校武术散手队队长,读书时拿全额奖学金。毕业时,参加公务员考试,在全省考了第一,我总感觉第二名和最后一名没什么区别,内心总想把事情做到极致,因此活得很累。”他停住话,笑笑。

“公务员考试全省第一，却选择到乡镇派出所当民警，听上去令人费解，难道真的别无选择了吗？要知道从最基层干出一点成绩是相当难的，要有领导的赏识，有同事的捧场，还要有群众的支持和拥护。遇到心胸狭隘的领导，你工作干得太出色、功高盖主就死定了；遇到嫉妒心强的同事，生怕你比他强，你也死定了。想出人头地，那真是在苦水里泡三次，在血水里浴三次啊！”我总结着人生的经验。

我的话一定碰触到他的神经了，他矜持地笑笑，将目光移向窗外，继而又飘回来落到我的脸上，说：“一个人的心态很重要。干警察是得罪人的事情，责任心强的人有干不完的活，如果没有责任心，得过且过，很容易‘踩地雷’被追究责任。对警察来说，责任永远是悬在头上的利箭，随时随地都可能因对某事的疏忽而导致职业生涯的中断。珍惜自己的职业生涯，一旦尽职尽责，就会很累。我一年值班三个月，二十四小时守在所里，简直就不是人过的日子。我刚到镇派出所报到那天，是自己拿着脸盆毛巾坐公交去的。所里一共有五个人，刑事、治安、消防、出入境、档案、报表、地质信息采集……所有派出所的业务都要干。记得我去后做的第一件事就是人口普查，我跟所里的一个老同志一起做这件事，一个村一个生产队地跑，应落户未落户的，死亡该注销户口却未注销的，从哪里迁到此地来的……为熟悉当地的情况做了最好的铺垫。我离家较远，晚上就住在所里，这成了我整理材料的最好时光。材料堆满了桌子，高高的一摞，我坐在椅子上，外人进来一眼看不到人头，经常是整理材料到鸡叫天明，所里的人来上班时还以为我起得早，其实我一整夜未睡。那一年，我们乡镇的人口普查材料搞得最好。”

“你因此受到领导的表彰?”我打量着他问。

“我们派出所受到了表彰。不过,这以后我倒养成了整理材料的习惯,闲着没事的时候就喜欢看材料整理材料。”他说。

“你被体制化了。”我开玩笑道。

他似没理解我这句话的意思,进一步说:“我们镇派出所的档案室如今已成为一级档案室了,这成绩应该归功于我,因此这次在美城召开全国档案工作表彰会,所里就派我来参加了。”他的脸上有了自炫的成就感。

“总算被领导肯定了一回呀!”我的话有点调侃。

他看看我,认真地摇摇头说:“也不能这么说。我工作的地方离家远,晚上回不了家,所里的档案当时就堆在床下,都发霉了,整理档案倒成了我对付孤独寂寞的武器了。有一天下雨,蟑螂从床下钻出来,又蹦到了床上,我追打了半天,也未追到蟑螂,于是便蹲在地上往床下看,一股霉过的旧纸味,如同尘封的历史一样引发了我的好奇心,我干脆把这些发霉的旧报纸从床下拽了出来,粗翻了几下,原来竟是档案。那天我翻看的恰是‘文化大革命’中的档案,有个老农偷了生产队的一袋玉米,被判了十年有期徒刑。我是80后,没有经历过‘文化大革命’,对档案中的人和事产生了浓厚的兴趣。于是,我着手对这些发霉的档案整理编号,逐渐掌握了档案的规则,也从档案中了解了很多人,当我从人性的角度看档案的时候,我特别整理了一类‘灰色人员’的档案。”

我打断他的话问:“何为‘灰色人员’?”

在我看来,人与人应该是平等的,官场虽有官衔之分,但下了台或被罢了官,该什么样还是什么样,再无官衔的光环。而以“红黄蓝灰”的色彩将人分开,我还是第一次耳闻。

“灰色人员是指那些被劳教者、精神病患者……也就是与正常人不一样的人。”他感觉我在明知故问。

“原来是这样……”我未置可否。

他接着说:“有一个人曾是部队的侦察兵,他是改革开放后国家培养的第一批侦察兵,受过极其严格的训练,但那时的侦察兵待遇低且无钱可挣,四年后,他因表现出色面临提干。这时,按部队规定,他被允许回家探亲一次。”

“这人叫什么名字?”我打断他的叙述,“如果有名有姓,我听起来就方便顺耳了,下面一定有很生动的故事情节。”

“你猜的不错,这个人的故事就是一部好看的小说,他姓吴,叫吴树生。”他说。

“那你索性按着吴树生的人生轨迹叙述好了,免得我听乱了。”

“好,那我就按您的要求讲吧,一个吴树生的故事,其实是一部‘灰色人生’档案。”

他的职业病又显现出来了,接着他就对吴树生的“灰色档案”进行了完美叙述。

吴树生回到家乡,可谓是带着自豪高傲的神情,他一身戎装,雄赳赳气昂昂地走在村里。他离家时,军装刚上身,就有人来提媒,四年军营生活,大半的闲暇时间是给姑娘写信,那时的农村人唯一的出路就是当兵,只要穿上军装,就不愁娶不上媳妇了。可最近一年,他发现姑娘的热情在削减,原来是一百度的沸水,现在变成五十度的温水了,他能从来往的书信中感觉到,所以要急着回家看看。

吴树生走在村里的时候，村人对他的态度并不像想象中那么热情，那么喜出望外。村人都在忙着，忙得不能站着说上五句话，大多是打个招呼就匆匆而别，吴树生感觉不对劲，以为村人还把他当作士兵看待，于是逢人就解释："我已经提干当排长了，表格都填了。再回来就穿四个口袋的制服了。"村人对他的解释仍不以为然。直到他到了自己的对象家，未来的岳丈人正热火朝天地搞树苗卖，吴树生才明白如今的村里人早与四年前不同了，他们守在家里就能赚钱了，土地是他们赚钱的资本，只要有钱赚，农村人就不再羡慕别人了。村里的稻田全变成了苗木基地，一巴掌大的苗木要卖到十几块钱。吴树生回来的时候恰好是春天，村路上经常拥挤着运苗木的大卡车，有村民常为路堵而争吵，有赚着钱的人家正大张旗鼓盖新房子，未赚够钱的人家也准备翻盖房子，吴树生的提干早被村里赚钱的苗木掩盖了，他的提干在别人眼里还不如地里值钱的苗木。

这天，吴树生在未来的岳丈人家吃饭，岳丈人对自己的未来有着很宏伟的打算，他没儿子，只有两个闺女，大闺女已出阁，二闺女许给了吴树生，那是他刚穿上军装以后定下的事情，现在他准备把吴树生招进门当上门女婿，他想当全村人的苗木经纪人，让吴树生复员回来当他的帮手，否则这门婚事就有点玄了，姑娘肯定要找有钱的人家嫁，吴树生他们家不算有钱，兄弟三人个个要娶媳妇盖房子，爹妈愁得白发直掉。本指望吴树生穿了军装，可以在乡亲们面前挺直腰杆子了，哪成想开放搞活让闲在家里的村人个个忙碌起来，只要在地里挖个坑栽上树苗，经过三百六十天或七百二十天的风雨，就能挖出去卖钱了。

吴树生望着腰板子挺直的准岳丈人说:“我回去就提干了,表格都填过了,月月有工资拿。”

“那点有数的钱根本不好干啥!人不得外财不富,靠一把死工资,你得喝西北风。”准岳丈人冷着脸说。

吴树生感觉在财大气粗的准岳丈人面前,自己顿时矮了一大截。

这天,吴树生帮着准岳丈人往城里运树苗,雇不到汽车和拖拉机,就借了一辆马车,卖过树苗,同村的邻居与他们在一个路边小店吃饭,邻居不停地夸自己的马好,每天喂上等的草料,偶尔还会喂黑豆,说黑豆这东西马吃了长膘有劲。

吴树生的准岳丈人知道邻居是在自己面前炫富,邻居比他种苗木早,早他几年就赚了大钱,房子在村里盖得数一数二。准岳丈人越听越不顺耳,正好小酒店门前有几个摊贩在卖菜,准岳丈人起身跑到外边,把摊贩的两筐韭菜全买下了,抱去喂马。春天的韭菜刚上市,两块钱一斤,准岳丈人一下子花了五十几块钱买韭菜喂马,让那个炫富的邻居大眼瞪小眼发愣。就在那一刻,吴树生的世界观发生了根本的转变,他感觉钱对人来说太重要了,它关乎生命的质量,它可以让你拥有体面和尊严,有了钱,人前一站就高人一等,就风光无限,就趾高气扬……吴树生瞬间在心里做了一个让人生逆转的决定,他准备放弃提干,复员回家种苗木赚钱。

吴树生回到部队,就打报告申请复员回乡。排长看完他的报告,眼睛立刻变成了两个惊叹号,这两个惊叹号在排长的额下悬挂了许久。

吴树生知道其中的潜台词:为什么?

未等吴树生回答，排长如一只坐地虎发现了食肉目标，忽地从椅子上腾跳而起，用又大又厚的右手啪啪拍着椅子骂道："吴树生，你别他妈的不识抬举，当兵提干这是多少人梦寐以求的美事，给你个金饭碗你却不要，你知道部队培养一个侦察兵要付出多少代价吗?说白了，这就是特种兵，百里挑一挑不到，千里挑一也挑不到，那要万里挑一，一万个人里才能选到你这么一个人头!如果不是你各方面指数达标，素质过硬，部队怎么可能把个金饭碗捧给你，你就是天天烧香磕头叫爷爷，都没人把你当亲孙子……"

吴树生的一双眼睛始终盯着排长，他看到排长额下的那两个惊叹号由大变小，由胖变瘦，由宽变窄，最后又通过中间皱着的眉毛拥抱在了一起，它证明着一种力量。吴树生知道自己眼下是到了非说话不可的地步了。

吴树生打量着排长额下拥抱着的惊叹号，悄声试探着说："排长，我知道部队培养一个侦察兵相当不容易，同时我也知道部队要给我提干是我全家人甚至全村人的荣光，我更知道当一个合格的侦察兵所经历的千辛万苦，那真是豁出性命的训练啊!"

吴树生说到这里，喉咙有点哽咽，他想起了炎炎盛夏，他和战友们顶着正午的盛大骄阳，在沙滩上晒脊背的情景，它有一个特别吸引人的名字叫魔鬼训练……每逢吴树生想到这样的训练，就会浑身起鸡皮疙瘩，当初流血流汗的终极目的无非是想穿一身四个口袋的军装，可当这渴望就要变成现实的时候，你却让昔日的苦水付诸东流，你吴树生颠三倒四究竟为了啥呢?吴树生很快从昔日的情景中拉回自己的思绪，镇静着神经说："排长，你骂得好，骂得痛快!跟你说，我自己都想骂自己了。我真是不识抬举到家了，连提干这样多少人梦想的好事都放弃了。如果我不回去探亲就好了，我这一回去，看到村里人靠种苗木都发财了，我的准岳丈人本来是因为我当兵才同意把闺女许给我的，现在他种苗木发财了，喂马都用新鲜的韭菜，再也不拿我这身军装当回事了。他要我回家跟他去种苗木，他承包了别人的几十亩水稻田呢，全种了雪松苗木，往山东某个地方定点销售。他还要当全村的苗木经纪人，让我回去当他的助手，我要是不答应他，媳妇就不属于我了。”

排长额下拥抱着的两个惊叹号忽然各奔东西了，排长这时也站累了，便坐下说：“你提了干，就是现役军官了，城里什么样的姑娘不能找啊，难道非要到农村拱柴火窝吗？”

吴树生知道排长是城里人，对农村姑娘或许持有偏见，同时他还风闻排长曾两次与城里姑娘谈恋爱，结果均告吹。吴树生忍不住说：“农村姑娘虽然是在柴火窝长大的，可她们的身上具有朴素的气质，进了家门会死心塌地过日子，而我一个土生土长的农村娃，不敢招架城里的姑娘。再说我父母都年龄大了，我要回去照顾二老。”

排长额下的惊叹号这下彻底复原为眼睛了，他在心里悄悄为吴树生打了个比喻：王八吃秤砣铁了心了。他郑重其事地说：“既然你铁了心要复员回家，我就是下一道钢令也拦不住你。好吧，就随你愿吧。”

恰好这时，指导员也来了，指导员一脸严肃地跟吴树生说：“部队真的留不住你了？不过，吴树生你记住，你迟早有后悔的一天，人生只有关键的几步，一步错百步都可能错了，等你想回头再纠正时，黄花菜都凉了。”

吴树生自信地笑笑说：“我就是错了，也不会怪排长和指导员的。”

吴树生就这样复员回家了。

不久，他就给老丈人当了上门女婿，只一年的光景，吴树生又带着自己的女人另起炉灶了，原因是老丈人只认种雪松树苗，那时雪松树苗市场的销路大，有多少市场消化多少，在田里栽下雪松苗子就等于埋下了摇钱树。可吴树生想栽种紫薇树，紫薇是高档花木，逢盛夏开花，有古诗云“紫薇花对紫薇郎”。如果说雪松是大路货，那么紫薇就是讲究情调的高档树种，而从城市绿化的发展看，必然从大路货向高档苗木发展。一旦讲究品味的时代到来，别说是树，就连树做成的筷子都要分成三六九等了。

吴树生相信自己的眼光。

种雪松还是紫薇的分歧成了吴树生与老丈人决裂的分水岭，同时也是吴树生“而今迈步从头跃”的开始，他租了村里另一户人家的土地，大约二十亩，将紫薇苗种下去，到了来年，苗有一指长，外地人来买苗木，吴树生不卖，第二年，苗又增长了一指长，吴树生还是不卖……到了第五年，紫薇树长到齐腰高了，吴树生的老婆坚决主张卖苗木，别人家早就因为卖苗木而赚得锅满盆满了，他们家居然几年没有钱赚。吴树生拗不过老婆，只好依了她，先卖了十亩的苗木，余下的十亩紫微苗木，吴树生死活不让卖，他要再捂个两年卖个好价。

十亩紫薇苗木让吴树生发了笔大财，他要比那些只种雪松的农户多赚了好几倍的钱。他买了摩托车、戴上墨镜，已经多年没跟岳丈人来往的他，在岳丈人六十大寿这天，买了半头猪，四瓶五粮液，招摇过市去为老丈人祝寿，他在村人羡慕的眼光中找回了自己丢失的尊严和风光。

吴树生从此有了财神爷的名声，多少双眼睛盯着他的另外十亩紫薇呢，都晓得那是十亩摇钱树。

又过了两年，紫薇树全部开花了。南方来了个买苗木的人，一袭黑衣，中式打扮，举手投足都酷似上世纪三十年代上海滩的大亨，他开着大奔进了村，在吴树生家的巷口停住了，村路太窄，奔驰开不进去。开奔驰的南方人是来找吴树生的，这显然又让吴树生高人一等起来，人以群分，什么人找什么人，有钱人自然找有钱人。南方人在吴树生的家里坐了一会儿，先付给他一部分预付款，说剩余款子待苗木到了地方就给，说罢还郑重其事地记下了吴树生的农行账号，并说彼此要长期合作，诚实互信。

预付款是一笔不小的数目，吴树生的老婆欢喜地给他们包了韭菜馅饺子，炒了四个热菜，又温了一壶本地的老酒。两人都喝得微醉了，吴树生就依着南方人的意思将他带到田里，雇人将十亩紫薇树一天之间全挖出来了，树根都带着坨土。南方人打了个电话，随后就来了三辆大卡车，将紫薇树统统拉走了，从此不见了南方人的踪影。吴树生三天两头跑到农村信用社，看自己的账户上有没有钱款打过来，数月之后他知道自己上当受骗了，南方人丢给他的身份证复印件是假的，他那十亩紫薇苗木该得的另外三分之二钱款算是肉包子打狗一去不复返了。

吴树生傻眼了，他租种的二十亩苗木，是在信用社借的贷款，指望卖了苗木还本息，这下苗去钱空，信用社很快就瞄着影了，信贷员立刻找上门来，几乎是逼着吴树生还贷。老婆怒气之下带着孩子住回了娘家，后来索性不回来了，再后来就离婚了。

偏巧这期间吴树生的战友回家探亲，战友与吴树生是一个乡镇的，但不在一个村庄，彼此隔着十几里的路程，战友此次回家是荣归故里，吴树生递交了申请复员的报告后，提干的名额也就落在此战友的头上，他当了排长，成了现役军官，尽管乡里人如今都思谋着如何发财赚钱，但此战友穿着四个口袋的军装在乡里一晃，还是挺夺人眼球的，尤其是那些未出嫁的姑娘们，眼睛就像贼亮的探照灯一样不停地往他身上射光。

吴树生在部队时跟这个老乡的关系不好，老乡喜欢察言观色溜须拍马，吴树生顶看不上这号男人，平时也就不喜欢跟他在一起，甚至还有点挤对他，此战友自然心知肚明，但他不敢扎刺，他的业务能力远在吴树生之下，吴树生如果不复员回乡，他会一辈子被吴树生踩在脚下。令此战友意想不到的是，吴树生居然放弃提干的机会复员回乡发财去了，好事从天而降，此战友稍微运作了一下，提干的军官名额就归在他的名下了。这次回家探亲，他是成亲来了，他自小在村里一块玩耍的妞妞将成为他的老婆，他要把她带到部队后勤，打零工生存下来，一点一点经营他们的小家。

本来他在部队里风闻吴树生发大财了，虽说自己提干当了军官，但每月拿不了多少钱，比起发大财的吴树生，自然是发大财的人更夺人眼球了。此战友回家前并未打算来看望吴树生，这年头发大财的人气粗豪横，都不拿正眼看人。可他回到村子后，听到的皆是吴树生的负面消息，此战友的怜悯同情之心就发作了，这天他领着新娶进门的老婆妞妞，带着酒和点心上门看望昔日的战友吴树生。

吴树生正坐在家里发呆，紫薇树苗全没了，钱却不见踪影，老婆孩子也像鸟一样飞了，家里除了形单影只的他，就是空空的四壁了。他望着窗外，窗上的一块玻璃碎了，这让他的视野正好与大自然的风相接，风钻进屋里有了寒意，时令已进入深秋，再过一些日子，就是凛冽的冬风了，想到风卷着皑皑的白雪在院子里打旋儿，他的心禁不住抖动起来……我患心脏病了吗？他把手捂在胸口上……这时，他看见敞开的院门突然闪出一男一女两个人来，女的花枝招展，男的一身戎装，走近了，吴树生又看到军装上衣的四个口袋，由口袋又看到脖颈上的脑袋，由脑袋又看清了一张脸，这脸怎么如此熟悉呀……吴树生终于看清了此战友的一张嘴脸了，这小子提干了，跟在他身边的女人一定是他的老婆了，捧上金饭碗了，回来向我炫耀是吗？老子当初要是不申请复员回乡，这等美差哪会轮到你这个龟孙子！

吴树生看着越来越近的此战友，战友脸上的微笑就像毒太阳的射线，让吴树生感到火辣辣的疼痛，这时他又看清了此战友身边的女人竟是细腰美女妞妞。吴树生和妞妞曾是中学同学，在一个班级，而且是前后座位，妞妞的座位在吴树生的前边，吴树生每天都会打量妞妞的两条大辫子，她的大辫子和她的小细腰成了学校最靓丽的风景，男生们私下聚集在一起的时候，大多的话题都是谈论妞妞，有的说将来到外边赚大钱娶妞妞当老婆，有的说将来当大官让妞妞当第一夫人，还有的说将来到国外去把妞妞变成女特务……男生们的谈论和哄笑，显然是一种对妞妞的惦记。但妞妞在班里是个不爱说笑不爱玩耍的女生，她总是在快上课的时候准时到班里，下课铃一响她就钻出教室，几乎不跟任何男生说话，她越这样越显得神秘。吴树生对妞妞可谓是近水楼台先得月，他就坐在她的身后，为了引起妞妞对自己的注意，他经常搞些小动作，诸如扔个铅笔头在她的桌上，撕些碎纸撒在她的脚下……妞妞对这些恶作剧始终不理不睬，反正她不想跟班里的任何男生说话。妞妞的沉默让吴树生很没面子，有一天妞妞穿一件粉色的小花袄来上课，衣服显然是量身而做，妞妞穿着粉色的小花袄越发显得楚楚动人，上课的时候，吴树生的精力全部集结在她的小花袄上，他忍不住用钢笔水在妞妞的后背甩了一下，下课后当妞妞发现自己的小花袄上有一块硕大的墨迹时，她哭着告诉了老师，老师当场批评了吴树生，还让他当着全班同学的面给妞妞赔礼道歉。那是吴树生第一次在全班同学面前丢面子，而这丢面子竟是源于他对细腰美女妞妞的惦记。随着岁月的流逝，吴树生早把这事在自己的生活中清理掉了，想不到它竟然在他心情最沮丧的时候跑出来折磨他了……

吴树生的头开始发涨，眼前有纷乱的金星飞舞，无数的往事都涌到眼前来了，他被一种情绪纠结着，急吼吼地在房间里转圈。他不想看到此战友，更不想看到细腰美女妞妞，他要把这两个家伙阻挡在房间之外，不，把他们从院子里驱走，可他明明听到此战友和妞妞的脚步声离自己越来越近了，情急中他抄起板凳从窗口砸了出去，他听到哐啷一声，继而是男人的“哎哟”。

妞妞嗔怪道：“叫你不要来，你偏来，这下好，热脸碰了个冷屁股，你活该吧？”

此战友不甘心地站在院子里，对着窗子喊：“吴树生，我是来感谢你的，没有你当年的复员回家，我不可能提干，你就是不想见我，也不应该打我吧？”

吴树生从窗子里又扔出来一个簸箕。

妞妞吼道：“再不走，你就被他砸死在这院子里了。在学校时，他就不守纪律。”

此战友只好“哎哟”着出了院子，妞妞搀着他的胳膊。

吴树生这才出了屋门，他走到院子里，忽然嗅到一股酒香，他的鼻子被这气味牵引着，这时他看到地上砸碎的酒瓶，他已经很久没钱喝酒了，他俯下身去，将碎酒瓶里残存的酒液吮净，而后他跌坐在地上，仰天哭了起来，他的哭声很大，在外人听来那就是吼，响彻云霄的吼，他吼得全村人都听见了……第二天，吴树生就钻进了距村庄数十里远的深山老林，他不想再看见任何人，也不想被任何人看见。

放羊的老汉在吴树生闯进林子之前就在这里放羊了，他放了五十只羊，这五十只羊是他收成的全部。老汉是无保户，一辈子没娶上个女人，年轻时在外拾荒拣了个哑巴儿子，儿子长到二十岁的时候被农用拖拉机撞死了，老汉又成了地地道道的无保户，用土坯垒砌的房子连窗户都没有。上边来了扶贫队，有个姓杨的书记给了他五千块钱，他用这五千块钱买了一对羊，一公一母，公母羊交配后又产下小羊，一年一年繁殖下来，他的羊越产越多，老汉的生活也有了保障。为了感谢扶贫的杨书记，老汉就给公母羊取了名，公羊叫“一号羊书记”，母羊叫“二号羊书记”。老汉为了“一号羊书记”和“二号羊书记”的健康多产，跑遍全乡的山林河道，寻找最健康最具营养价值的青草，最终选择了这片深山老林。他每天都要在这片林子里放羊，为避风雨，他在林子里用茅草搭了一间窝棚，遇上雷雨就在窝棚里躲避。唯一有资格跟他在窝棚里躲雨的就是“一号羊书记”和“二号羊书记”。老汉经常拍着“一号羊书记”和“二号羊书记”身上的绒毛感慨：“我这辈子算是遇上大贵人了，杨书记呀，如今也不知道你到哪里当大官去了，我打听也打听不着，要是知道你的地址，我托人捎只羊给你，你赏给我的五千块钱真是派上了大用场，我买了一公一母两只羊，这两只羊又下生了一窝一窝的小羊，现在我有五十只羊了，我家的门装上了，窗户也装上了，还装了大玻璃。杨书记呀，我现在就是想你，想让你再到我们这里看看，再到我家看看。为了表达我对你的感激之情，我把用您的钱买的公羊叫'一号羊书记'，母羊叫'二号羊书记'，我天天都喊你，不知道你听见了没有？杨书记呀，我的羊全都是在深山老林里放养的，羊吃的都是'山珍海味'，这些城里没有的山珍海味又变成了羊的营养。杨书记呀，你要是吃了我的羊肉，我保证你每天干工作劲足足的，上台发言雄赳赳气昂昂的……可惜我找不到你呀！我可不是知恩不报的小人，为了感谢你的恩情，永远记住你的恩情，我天天喊'一号羊书记'和'二号羊书记'，我最怕它们生病，为了寻找没有污染的牧草，我都搬到深山老林里的窝棚来住了。杨书记呀，我虽然看不到你这个大恩人，但我每天与'一号羊书记'和'二号羊书记'同呼吸共命运，也就如同看到你了。"

老汉这天正在窝棚里摸着"一号羊书记"和"二号羊书记"自言自语，忽然见窝棚外呼哧呼哧跑来一个人，目标直奔窝棚。老汉不知来者是谁，但从那慌里慌张的表情知道来者不善，这深山老林，轻易不会有人来，来这里的人不是躲灾的就是逃难的，老汉的直觉有了如此定义，于是冲到窝棚外挥起手里的牧羊鞭吼道："狗杂种，看你往哪里跑？跑得了和尚跑不了庙！"

慌里慌张的吴树生以为中了公安的埋伏，绷紧的神经出现了幻觉，认为眼前这个甩着牧羊鞭的老汉就是便衣警察，他已埋伏在这里多时,任务就是要抓住自己为民除害,心想与其死在他手里,倒不如与之血拼一场,说不定能寻到一条生路。这时,吴树生忽然从腰间拔出事先备好的刀来,照准老汉就刺了过去,一刀两刀三刀……一共十三刀,老汉浑身喷血倒在地上的时候,嘴里还喊了一声:“羊(杨)书记!”

吴树生清醒后,已经在公安局的审训室了,他答非所问,最后被送到精神病院检查,结果证明他患了恐惧性精神病。他没资格蹲在监狱里了,被放了出来。

回到家里的吴树生,时刻感觉有人要杀他,白天出门的时候,身上总是挎着一把刀,晚上天漆黑了,他就守在没有玻璃的窗口望天上的星星,嘴里不停地喊:“星星要掉下来了,星星要掉下来了!”他不敢睡觉,怕月黑风高的晚上被人索取小命。后来,他索性在家里挖了个地道,晚上钻进地道里睡觉。这期间,村里又出了一桩人命案,一个小姑娘被人杀死在河边了……

“卖盒饭啊,盒饭啊,二十块钱一份,刚出锅的盒饭啊……”

火车上的流动餐车过来了,我这才发现车窗外的天幕已经落下来了。

年轻的警察正讲到精彩处,被卖盒饭的吆喝声打断了。我有点扫兴,警察和我都没有买盒饭吃的意思,等流动餐车过去了,我急着问:“是吴树生杀死的小姑娘吗?”

年轻的警察说:“开始人们都认为是他杀的,上边立刻成立了侦案组,局领导亲自督阵。局领导来的那天,见到了吴树生,吴树生与他对视过后,精神像是突然受到了莫大的刺激,立刻又跳又叫起来。原来这个局领导也曾是吴树生的战友,两人前后脚入伍,他比吴树生早入伍几年，曾是吴树生的上级。吴树生的表现，让局领导疑惑起来，不敢断定他就是凶手，但也不排除是他的可能。

“当时我的压力特别大，我直觉此事不是吴树生干的，但周围人谁又会干这种事呢？如果是流窜犯干的，那就是破案专家的事情了。如果是本地人干的，那就是我们治安民警的事情了。局领导走后，我连夜将村治保干部、村民组长都找来了，排查村里哪个人可能干这种事。其实，如果当时给吴树生定了罪，这案子最省事了。但我考虑再三，不能无端冤枉一个无辜人，更不能玩忽职守放过一个真正的罪犯。天快亮了，也没排查出一个犯罪嫌疑人来。村干部走后，我趴在桌上犯困的时候，突然想起一个人来，那是我刚来派出所工作不久，有天晚上正在办公室整理档案呢，忽听有人急促地拍门，我看看时间已经是午夜12点了，这么晚来敲派出所门，一定是有人来报案了。我打开门的时候，只见一对夫妻正揪着一个约莫十六七岁的男孩子的耳朵，说这个男孩子把他们家女儿按在田埂上扒了裤子……我打量这个男孩几眼，发现他不停地傻笑，是个智障男孩。而这个被杀死在河边的小姑娘就是这对中年夫妻的女儿。命案很可能就是这个智障男孩干的。我浑身激灵了一下，立刻打电话跟老刑警说出了我对嫌疑犯的分析判定，老刑警感觉我的分析有道理，于是我们俩立刻驱车到智障男孩家，他的母亲正给他清洗衣服呢，其实是在消灭罪证。见了我们，她那绝望的眼神更让我确信自己的判断了。她不停地讨好我们，当我把嫌犯的鞋子和衣服都拾起来拿走时，女人的一双眼睛突然射出绝望的光……”

“那个叫吴树生的人后来到底怎样了？”我迫不及待地问。

“吴树生白天还是挎着刀在街上行走，晚上钻进自己挖的地道睡觉。但村里人感觉不安全，就联名上书到公安局，要求把吴树生送到精神病院。我们只好遵从民意把吴树生送到城里的精神病院去了，出人意料的是这个精神病院的院长又是吴树生在部队时的战友，他们曾经在海滩上一块晒过正午的大太阳，热沙子把屁股都烫出了泡。这使吴树生又受了莫大的刺激，他忽然揪住院长的衣领，悲凄地吼叫起来，'我为什么要砸了金饭碗啊，我真是昏了头了，你们快把金饭碗还给我吧，钱不是我的二大爷，它不会向我下跪磕头啊！'"

"'杯具'，真是'杯具'啊！本来吴树生在人生的餐桌上捧起了金饭碗，可他经不住下海捞钱的诱惑，结果在市场的大潮里却捞了个泥饭碗，如今怕是连泥饭碗都捧不住了。人生真是万花镜，让人看不清真伪，一步错百步都会错啊。"我为年轻警察讲的故事发出感慨。

年轻的警察随之叹息了一声，未再评论。随后，他就在随身携带的提包里翻出盒装的方便面，在我面前晃了一下，意思是你需要否？

我摆摆手，我从不吃方便面，担心里面有防腐剂。

在他去开水间泡面的时候，我看了下手机，已有四五条信息，都是《美生活》杂志的副主编发来的，询问我到了哪里，路上是否寂寞。

我回信息的时候故意调侃了一下，"我过了一个'档案夜'，饱了一路的耳福，羡慕死你！"

刊于《作品》杂志2012年4期

拉魂腔

一

麦浪在六月的艳阳天，矫情地跟赵子梅抛着媚眼，扮着鬼脸。“小骚货！”赵子梅心里骂道，挥镰就是数刀，只听咔嚓几声响，麦穗一片又一片倒在了田垄里，赵子梅啐了一口说：“我再叫你显摆，再叫你臭美！”随后她的镰刀又没完没了地咔嚓起来，下手有力的赵子梅，就像逮住了自己的死对头胖猫一样，那么发狠地揪着麦穗，咔咔嚓嚓斩断了麦穗的身子，麦穗躺在田垄里呻吟，怪罪着赵子梅的凶狠，却又无奈地不得不面对自己的归宿。

不知这样咔嚓了多久，赵子梅才仰脸擦头上的汗，她的汗已经把头发打湿了，她感到口渴，返回地头喝了一口自带的凉开水，这时一阵风吹来，赵子梅身上的汗被风拂得一干二净，她心里忽然生出了惬意，不由得哼起了拉魂腔，边哼边往地里走，去接着割那半垄麦子。当她走到半垄麦子跟前的时候，忽然想起昨晚上做的梦，梦见一个赤身裸体的女人撩起了她家的门帘，她一惊就醒了。早晨出来的时候，路经村口一家杂货摊，上面居然摆了一本破旧的《析梦辞典》，赵子梅翻了翻，按着目录查找到“裸身或光身”几个字，刚扫了一眼，就慌忙把书合上了，书上解释说“梦见女人光身必有奸情”。她的脸忽然红起来，然后什么也没说，贴着墙根走了。

赵子梅边走边琢磨“奸情”两字，这个梦验证了她以往对丈夫的怀疑，也就是说丈夫在外边真的有事了，跟别的女人有事了。梦里这个光身的女人究竟是谁呢？胖猫，一定是胖猫。

一个月前，赵子梅曾带着孩子到窑厂看望过丈夫，丈夫韩庆淮当了窑厂的厂长快两年了，几乎天天吃住在窑厂，从没回过家。赵子梅只好带着女儿小粒去窑厂看丈夫，最初是一周来一次，来时总要带上丈夫喜欢吃的咸肉韭菜和肉皮烧黄豆，赵子梅大约住一两天，这一两天等于给丈夫当保姆，洗衣做饭整理房间。韩庆淮在妻子到来的两天里，也享受一下老婆孩子热炕头的天伦之乐。赵子梅根本没发现丈夫有什么特别之处，她只感到他忙，忙得手脚不失闲。

韩庆淮任职的这家窑厂，曾是乡里的镇办企业，烧出的红砖销路不畅，窑厂连年亏损，两年前乡里招标拍卖，韩庆淮居然以几万元的价格买下来了，后来得知是乡长黄大标起了关键性的作用。不久黄大标就把他的女儿黄咪咪安排到窑厂当会计，韩庆淮一下子就明白了，乡长黄大标在自己身边安插了一个“间谍”。

赵子梅听丈夫念叨过黄咪咪的事，她根本没上心，等她见了黄咪咪之后就更不上心了。黄咪咪长得简直太丑了，肥胖不说，一笑两只小眼睛眯成了缝，头发又稀又少，总是汪着一层油，年龄也三十大几了，是个尚未出嫁的老姑娘，用赵子梅女儿的话形容就是胖猫。她还有个外号叫“万人愁”。

韩庆淮无论如何也不会跟这类相貌的女人扯在一起，乡长把女儿黄咪咪放在韩庆淮身边，倒使赵子梅的内心颇感安慰，凭自己的长相，即便是做了孩子的妈妈，黄咪咪也难抵那份天然的姿色，那真是父母给的，前世修的。韩庆淮当年狂追赵子梅就是看上了她的相貌，那时他们都在窑厂码砖，赵子梅梳一条大辫子，乌黑乌黑的长辫搭在腰上，腰是蜂腰，细得让窑厂的所有男人在背地里议论，最后倒是韩庆淮色胆包天先下手为强，趁人不备的时候出其不意地强暴了赵子梅，然后又在她面前长跪不起。芳心初萌的赵子梅以为这就是爱情，于是不顾全家人的反对毅然嫁给了韩庆淮，婚后赵子梅一直很依恋这个男人，她觉得自己一生的幸福都寄托给他和这个家了。

赵子梅一直没发现什么异常，丈夫当了窑厂厂长后仍然喜欢吃她烧的菜，喜欢在她来窑厂的时候滚在床上没完没了。只是今年年初，赵子梅又跟丈夫滚在窑厂的床上时，无意间发现褥子底下有一个镂花的红裤头，赵子梅没有这样的裤头，那么这红裤头是谁的呢？她当时没敢声张，暗自把常驻窑厂的女人在心里大体排除了一遍，最后她断定这裤头是乡长的女儿胖猫的，这个老姑娘最有可能与丈夫韩庆淮发情。丈夫看中的倒不是她的相貌，而是她父亲的权势，他搭上乡长的女儿也就等于攀上了一个可靠的后台。想到这儿，赵子梅出了一身冷汗，她忽然感到她跟丈夫原来牢不可破的婚姻已处在风雨飘摇之中了。

第二天一早，赵子梅什么也没说就带着孩子走了，从此再也没去窑厂。

麦浪在赵子梅的腰间起伏，又是一垄成熟的麦子在她飞快的镰刀中倒下了。邻居的麦田里不时有人奔来跑去，麦收季节每家每户的人手都扑在了麦子上，趁着晴天把麦子抢收到场院里。唯有赵子梅独自挥镰割麦，大忙季节婆家娘家都腾不出人手来帮她，赵子梅心里希望的是韩庆淮能在这个时候出现在麦田里，如果丈夫在这节骨眼上来帮她，那证明他心里还有她并且心疼她，红裤头事件纯粹是自己的一次多疑，就算她看走眼了吧。

赵子梅割了七天七夜的麦子，也没见韩庆淮的人影。这遭天杀的，她的心一阵一阵起伏着，就像风中的麦浪，一波平了一波又翻腾起来。

二

分管文化的副乡长李凤彩前脚刚迈进办公室的门，区委书记郑文秀后脚就到了。

李凤彩听见院子里的停车声，急忙迎了出来。绿柳乡书记到省委党校学习去了，乡长带部分乡干部去外地参观考察，李凤彩算是在家留守的乡干部中最顶事的。见了区委书记郑文秀，李凤彩劈头就叫苦，三句话不离本行，先说文化站形同虚设，再说图书馆几年都没钱购书，最后说到组织拉魂腔演出班子的难度。

郑文秀打断她的话说："李乡长，先别发那么多牢骚了，我今天是专门为拉魂腔演出班子来的，绿柳乡这批招商引资项目，外企占了百分之八十，农业生态园挂牌剪彩那天一定要热闹热闹，让绿柳乡的拿手好戏拉魂腔显显威风，给那些外国投资者看看咱绿柳乡的文化实力，过去都说文化搭台经济唱戏，现在这话变过来了，叫文化唱戏经济搭台。”

李凤彩听区委书记郑文秀这么一说，感到拉魂腔演出的非同寻常。绿柳乡是淮河流域的贫困乡，经济主要靠农业，由于地理环境比较恶劣，一年四季靠天收成，一遇风吹草动，失收成了当地百姓认命的依据。两年前，区委书记郑文秀将绿柳乡作为自己的定点扶贫乡，经过七百多个日日夜夜的努力，准备在金秋十月为绿柳乡落实一批招商引资项目，当然还是在农业上做文章，利用绿柳乡的自然资源，打造农业风光生态园，其中包括建三个花卉基地、四个养殖基地、五个果蔬基地、六个苗木基地。招商引资的目的就是让外商把钱砸在绿柳乡这些基地上，郑文秀想在挂牌剪彩那天热闹一下，自然可以理解。作为分管文教的副乡长，李凤彩没有任何理由搪塞和推脱。

郑文秀没来之前，李凤彩觉得离十月份还有好几个月呢，并没有特别着急。听了郑书记的话，她感到这事已经迫在眉睫了，如今组织一场拉魂腔演出不是小事，那要人力财力的真实付出。绿柳乡虽被称为拉魂腔之乡，可要把演出班子的人马召集起来，绝非一两声吆喝就能成事的，这年头老百姓的心早就散了，全乡能打工的壮劳力都出去找钱了，没钱没利的买卖纵然你乡干部喊破了喉咙，老百姓该不理睬还是不理睬，甚至连眼皮都不眨。

郑文秀听完李凤彩的汇报，就到几个基地去察看，这几个基地她最钟情的是花卉基地。三个花卉基地中，有一个专门种植郁金香的基地，品种是从荷兰引进的，投资者也是荷兰人。郑文秀对郁金香的喜欢来自女儿小玉，小玉生在郁金香盛开的月份，在郑文秀的生命中，女儿小玉跟她的事业同等重要。小玉现在在外边的一个学校复读，准备明年高考，去年高三的时候，郑文秀每天在外为绿柳乡的几个基地奔波，几乎跑断了腿，顾不上小玉的学习，小玉也就在没人督促的状态下疏忽大意起来，成绩一向名列前茅的她，居然高考时名落孙山了。郑文秀为此哭了一场，小玉更是哭得死去活来。

郑文秀的丈夫孙炳仁专门跑回来一趟，自从郑文秀当上区委书记，他就与她基本分居了。孙炳仁看不惯郑文秀指手划脚的干部气度，更听不惯她的女干部腔，当年他们两人结婚时，郑文秀只是区农技站一位普通的大学毕业生，而孙炳仁已是历任两年的站长了。他看中的是郑文秀的朴素和女人味，婚后郑文秀很快怀孕生了孩子。孙炳仁的母亲不喜欢郑文秀，也就不给她带小孩，郑文秀产假休满后，便在后背搭了一个背带，把孩子放在背带里每天背着上下班，即便到乡下的田里去检查指导，她的后背也照样背着孩子，有一次去乡间指导农户给果树喷农药，她和孩子都中毒住了医院，年底区农技站总结表彰先进，大伙儿异口同声推举郑文秀，弄得孙炳仁进退两难，郑文秀最终戴上了大红花。来年春天，分管农业的副市长祖铭久来区里蹲点，郑文秀仍是背着孩子陪副市长一同下乡，副市长到哪里她陪到哪里，孩子在她身上好像是个无足轻重的玩偶，她已经习惯了后背的重量。

这让副市长祖铭久分外感动，一个区政府机关的年轻女干部，能长年在乡下奔跑就很难能可贵了，背着孩子东奔西走更难能可贵。半个月以后，副市长祖铭久跟郑文秀混熟了，两人难免谈一些比较深的话题，如当下中国农民的出路，农业乡的真正出路……郑文秀积极主张搞生态农业，不主张在农业特色比较明显的地方大搞乡镇工业，特别是污染环境的化工厂，这与祖铭久的想法不谋而合。在绿柳乡建农业生态园的动意大概就缘于那次谈话，那次谈话郑文秀给副市长祖铭久留下了颇深的印象，这年轻的女干部有头脑，口才也不错。

三个月的蹲点结束后，副市长祖铭久很快回到市里。年底，市农委就把郑文秀调到了农林科，一年后郑文秀又回到区农技站当站长，丈夫孙炳仁调到市经济开发区管委会当副主任。关于郑文秀的被提拔，孙炳仁听到了很多传说，众说纷纭使他也开始怀疑郑文秀不是靠自己的实干谋到的位置，而是靠副市长祖铭久的推荐。祖铭久为什么要推荐她呢？他们之间没有一定的铁关系，一个堂堂副市长怎么可能提拔一个区农技站的普通干部？孙炳仁越想越感到蹊跷，恰好在他离任赴经济开发区就职的时候，郑文秀接到了一张贺卡，居然是祖铭久寄给她的，当晚孙炳仁就跟郑文秀扯破脸了，他甚至对她拳打脚踢，把她的眉心打了一个三角形的口子。这以后，孙炳仁就与郑文秀分开过了，孙炳仁住在经济开发区的单身宿舍，郑文秀与孩子住在一起。偶尔孙炳仁会回家一趟，大多在深更半夜，钻进郑文秀的被筒里战斗一场，结束后立即返回经济开发区，这样的生活节奏大约持续了五年，郑文秀从不适应到适应。后来她的注意力全部集中到自己的事业上，先后被选为分管农业的副区长，不到三年又被选为区长，两年后又当了区委书记，官场的风光几乎都让她占尽了，当同行们羡慕她的时候，郑文秀总是忧郁地一笑，笑容后面潜藏着多少不被人知的故事啊，唯有郑文秀自己知道。值得庆幸的是她尚未解体的婚姻，尽管早已名存实亡，但毕竟还让她在人前有一点面子，虽说如今人们的生存方式已经五花八门了，然而官场对干部的要求还是婚姻的稳定。

保住婚姻应该是郑文秀生活战略上的胜利。孙炳仁在郑文秀当了区委书记后，曾始终不渝地跟她闹离婚，他想过正常人的生活，而不想像现在这样人不人鬼不鬼。孙炳仁在官场显然没有郑文秀这样如鱼得水，经济开发区说白了是个官商的管理部门，孙炳仁在副职的位子上五年未动一步，俗话说官出一家，那么他的风光全让郑文秀占尽了，难道是他的能力不行吗？他当农技站长的时候，郑文秀只是个黄毛丫头，而多年来他没有天时，现在地利人和也都没有了，他只有眼睁睁地看着老婆郑文秀在人前风光无限，而一个大男人居然与一个女人试比高低，他心里的酸楚可想而知。

孙炳仁有天晚上在开发区闲得无聊看了一张碟片，好像是欧洲电影节上的一部大片，名字他没记住，片中情节尽显男女之欢，看后他忽然感觉自己枉来世上走了一遭，已近不惑之年的他，生命里只有郑文秀这么一个女人，而他是为了什么如此坚持呢？他的官场生涯几乎终止了，他犯不上这么委屈自己吧。孙炳仁一夜之间好像把天上人间都想明白了，当晚他就开车出去嫖了一个女孩。女孩刚刚做这个生意不久，孙炳仁完事后心生怜悯多给了她两百元钱，后来这个女孩就不停地给他打电话，还要嫁给他。最初孙炳仁未当回事，他甚至有点害怕，担心女孩不怀好意地讹上他，如今的女孩子在城市谋生大有手段，她们盯上有权有势的男人，一旦得手就会改变一生的命运，报纸上不是报道过一个三陪女因为傍上了县长而当了法官的事吗？

孙炳仁在相当长的一段时间里，不去想这件事情，期间他回了趟家，晚上把郑文秀折腾得差点呕吐。他走后，郑文秀感到下身奇痒，悄悄去了一趟医院看了妇科，居然被诊断为性病。郑文秀什么都明白了，她打车去了开发区，自从丈夫孙炳仁调到开发区，她是第一次来这里。她找到丈夫，把自己的诊断病历给他看了。孙炳仁二话没说，就提出了与郑文秀离婚，郑文秀吃惊地看着孙炳仁，这才发现他们之间几乎没有什么共同的语言了。

郑文秀没说同意也没说不同意，她回到家看到女儿小玉已经长成大姑娘了，每天放学回来都跟她不停地说班里的事情，告诉她班里有个同学爸妈离婚了，同学都嘲讽他，动不动就说他没爸没妈，小玉最后问："妈，你跟我爸会不会离婚？"郑文秀一惊，立刻说："不会。""那你跟我爸为什么不住在一起呢？"小玉又问。郑文秀随口说："我们都太忙了，顾不上彼此。但我们的心里有你，你是这个家的稳定剂。"郑文秀说完这话，心里就打定了主意，坚决不离婚。孙炳仁再也没回来过，郑文秀没有了丈夫的招惹倒也心安理得，她的精力都投入到了工作上，这桩名存实亡的婚姻让她彻底放弃了对孙炳仁的依赖。忙忙碌碌的她同时也把女儿小玉的学习疏忽了，小玉高考名落孙山，她谁也不怨，只怨自己对工作投入太过疯狂，就像鬼使神差一样，她的脑子里除了工作还是工作。

郁金香长势很好，紫色的花朵如酒杯一样盛着大自然的精华。郑文秀看着满眼的紫色，喜滋滋地对李凤彩说："眼下绿柳乡的花卉基地只能搞批发，大头利润都让城里的花店赚去了。过个一年半载，花卉种植稳定了，绿柳乡也要在城里开个花卉专卖店，大头小头的钱都自家赚。"

李凤彩说："那我就去城里当店长，我算账还可以，脑子转得快。”

郑文秀夸奖道：“大材小用了，李副乡长哪里是当店长的料，是当经理的料。”

李凤彩听郑文秀这么夸自己，便得意地说：“我这人就是机灵，蠓虫从我眼前过我都知道公母。”

郑文秀笑笑，随之话题一转道：“李乡长，眼下当务之急是组织拉魂腔演出班子，这可是绿柳乡在外商面前出彩的事，一定要重视，高度重视啊。”

李凤彩挠着头发说：“重视肯定是重视，就是人难找。那个唱得最好的赵子梅，眼下正跟丈夫闹离婚呢，女人遇上这样的事还有什么心情唱拉魂腔啊？”

“她丈夫是谁呀？”郑文秀忍不住问。

“就是那个窑厂的厂长韩庆淮。听说第三者是我们乡长的女儿，你看这事麻烦不麻烦？谁敢管这档子闲事呀。”李凤彩在一旁解释道。

郑文秀皱皱眉，想说什么却又止住了，她对着太阳打了个喷嚏说：“她家的麦子都收了吧？”

李凤彩随口道：“早该收了。”

郑文秀又让李凤彩陪自己到另一块花卉基地，那里种满了康乃馨。

三

天黑后，李凤彩才回到家，给丈夫潘宝玉做了饭，两人吃罢，李凤彩就收拾碗筷，然后简单梳洗了一下准备去见赵子梅。刚要出门，丈夫潘宝玉就把她喊住了。

“你到哪儿去？是不是又去幽会黄段子？”潘宝玉拉下脸，声音像是在喉咙里卡着。

李凤彩不用回头，就知道潘宝玉现在是什么表情。关于乡长黄大标，不仅是丈夫潘宝玉，连乡里的其他人对李凤彩和黄大标的关系也颇多微辞，李凤彩原是乡文化站站长兼计划生育协理员，她当了副乡长就像“忽如一夜春风来”，连她自己都不大敢相信，可事实却摆在了大伙儿面前。

李凤彩心里很清楚这是怎么回事，乡长黄大标外号“黄段子”，喜欢在开会的时候给台下他认识的干部发手机信息，大多是黄段子，再加上他姓黄，大伙儿私下里就喊他黄段子。李凤彩知道黄大标是个不怎么地道的人，经常不按规矩办事，可又不敢当着他的面讲。她是他推荐上来的，为啥推荐她，李凤彩心里自然有数。那年乡文化站得到上边拨的一笔文化经费，黄大标知道了这笔钱后，就在大会上放风说：“区里准备在绿柳乡搞生态农业，让我们好好保护绿柳河，要想把绿柳河保护好，乡干部必须到外边考察长见识，听说法国的塞纳河保护得不错，我要先去看看人家外国是怎么开发保护的。”不久，黄大标真到法国观光了一趟，将上级拨给文化站的那笔经费用得精光。李凤彩自然明白这笔钱的去处，于是选副乡长的时候区里要求选拔女干部，黄大标就把李凤彩推荐上去了，年龄和实践经验都符合条件，李凤彩当选。结果外边就有了不三不四的传言，好像女干部的提拔都是靠跟关键性的人物睡了一觉。

偏偏李凤彩的丈夫潘宝玉身有残疾，性功能出现了障碍。六年前,潘宝玉曾是区建筑工程队的一名质检员,有次去工地验收,脚手架上突然掉下一根钢纤,不偏不倚正好砸在了他的小腿上,并伤及了脚趾,伤愈后他的性功能出现了障碍,不勃起,勃起了腿又使不上劲。李凤彩饱满的身体一直处在哑巴吃黄连有苦讲不出的状态,而面对丈夫的种种怀疑她又难以解释清楚,只好把丈夫当成孩子一样哄,他说什么她都当成了耳旁风。尤其现在,身为副乡长,她绝不能让后院失火,一旦后院失了火,人前她真就难以挺直腰板了。

李凤彩定定神,回头望了潘宝玉一眼,她发现他的眼里充满了惊惧,那是一种怕失去自己女人的惊惧,怕家庭解体的惊惧。丈夫潘宝玉受伤那年,李凤彩刚跟他结婚不久,后来就一直没有机会怀孕,潘宝玉内心应该知道斤两。他时不时拿乡长黄大标折磨李凤彩,其实是担心李凤彩离开自己。这一点,李凤彩早就看出来了,她往往站在潘宝玉的角度考虑问题,因而他对她使性子她也就不怨怪了。

李凤彩反问道:“你整天怀疑我跟黄段子幽会,那我为什么没怀上孩子?为你怀上他的孩子?瞎猜瞎想的,想把你老婆往唾沫坑里推呀。我真被你气跑了,看谁给你做饭洗衣。你也不设身处地为我想想,如今这乡干部是好当的吗?你有两下子,群众跟你要心计,你没两下子,群众看不起你,不听你吆喝。潘宝玉,你我是自由恋爱结婚的,现在你身体有病,我知道你需要我,同时也请你理解我一下好不好?”

潘宝玉听妻子这样说,自知理亏地低下头,见李凤彩又往外走,便忍不住继续问:“那你告诉我,黑灯瞎火的,你到底干啥去?”

李凤彩停住步子，不得不把自己的去向说了一遍：“区委郑书记今天来了，要咱乡里组织拉魂腔演出班子，赵子梅是主演，缺了她这戏就唱不成。我不亲自找她一趟行吗？”

潘宝玉讥笑了一声说：“敢情还是跟黄段子有关，赵子梅的丈夫在窑厂当厂长，黄段子的女儿在窑厂当财务会计，曲线救国，一回事。”

李凤彩立刻压低声音说：“你嘴上别没把门的啊，小心招惹是非出来。”

潘宝玉嘻嘻笑着，似在为自己刚才的见解而得意。

李凤彩出了门，直奔赵子梅家。绿柳村是绿柳乡的中心村，村子大，人员居住分散，李凤彩到赵子梅家几乎是从东到西穿越了大半个村子，她出了一身汗，站在赵子梅家的大门口喊她的时候，嗓音都哑了。

院里没人应，只有狗在激烈地狂吠着，李凤彩不相信大黑天的家里没人，麦收时节兴许人还在地里忙乎。李凤彩又觉得赵子梅家的那几块麦地早该忙乎完了，赵子梅比别人开镰早，李凤彩偶尔会在地头碰见她，还帮她搬过秸秆。韩庆淮在麦收期间始终没有回家，对特别需要人手帮忙的赵子梅来说实在有点不像话，村里人私下都在议论他与乡长黄大标的女儿黄咪咪的事。李凤彩早已听说了风言风语，她还为此观察过赵子梅，没发现赵子梅的脸上有什么异样。

李凤彩在赵子梅家的门口叫喊了一阵，手在门上拍得发麻，里面仍没人应，她就有点心急地奔向了赵子梅家的麦地，今晚无论如何要找到赵子梅。拉魂腔演出班子的落实离了赵子梅绝对不行，而绿柳乡被誉为文艺之乡的大部分功劳应该归功于赵子梅，两年前在云南参加民间文艺比赛一下子拿了个金奖，着实让绿柳乡风光了一场，作为女主角的赵子梅在接受四面八方的媒体采访时，特别提到了她爷爷，应该说赵子梅的爷爷是绿柳乡拉魂腔的创始人。拉魂腔又称要饭花子调，早年靠天收成的绿柳乡，十年要有九年荒，遇上洪涝灾害，全乡人就出去乞讨，唱着拉魂腔接受四乡八邻的施舍。赵子梅从小就跟爷爷唱拉魂腔，她的技巧超乎寻常，堪称童子功。郑文秀书记要让外商在绿柳乡投资的同时一饱文化的眼福，一旦外商喜欢上了拉魂腔，说不定拉魂腔要被邀请到国外演出呢，现在不是提倡文化产业吗?拉魂腔到国外演出赚外汇就是文化产业。

李凤彩为自己突如其来的想法激动着，如果说郑文秀书记还没想到把拉魂腔变成文化产业这一步，那么李凤彩已经想到了，她是突然来了灵感想到的，应该说是被郑文秀书记触发的灵感。按这样的思路想下去，李凤彩一定要把拉魂腔演出班子打造好，乘着招商引资开幕式的东风，让绿柳乡的民间文化走出国门。

李凤彩踏着夜路走出村子，走向麦田。麦田上飘着雾霭，朦朦胧胧，远望看不清田里的情景。李凤彩又往麦田里走了走，她想发现麦田里晃动的人影。可她看了半天，仍没看到人影的晃动，赵子梅的影子更是无踪无迹，唯有横七竖八的麦草疲惫地躺在潮湿的麦田之中，像是被人抽去了精华的皮囊，无奈地面对空中飘浮的雾霭。

四

赵子梅正在去窑厂的路上，她领着女儿小粒，本来她想骑自行车，可通往窑厂的路正在翻修，她和女儿搭了一段拖拉机，下了拖拉机就步行。十几里路走了四五个小时，赵子梅到了窑厂门口累得直喘，她背着袋子，里面是韩庆淮喜欢吃的咸肉，咸肉炒韭菜，佐些香干，韩庆淮喝酒的时候喜欢吃这口，赵子梅有次开玩笑说："五方六月臭韭菜，谁还喜欢吃这玩艺？"韩庆淮一边吧嗒嘴一边说："这才证明我的与众不同呢，咸肉腌到这时算是真正地腌透了，韭菜长到这时也不让人喜欢了，两种东西炒在一块，正好合我的胃口。"

赵子梅临来之时，特意把咸肉装在一个罐头瓶里，又到自家的菜地割了一捆韭菜，天热，韭菜在袋子里捂了一会儿就散出味来，弄得赵子梅浑身一股韭菜味，她把袋子放在地上，拍打着散发着韭菜味的衣襟，不时地往窑厂里望。她很希望看见韩庆淮，如果韩庆淮也看见了她，并热情地把她娘俩儿迎到厂里去，她会感到此行特别光彩，可她望了一会儿，却没望见韩庆淮。不知是身上的韭菜味还是内心的气馁，赵子梅一下子失去了去见丈夫韩庆淮的勇气，这时她望了望女儿小粒，小粒的额头上正一滴一滴淌汗，六月的日头跟后娘的拳头一样毒。想到韩庆淮被子里的裤头，赵子梅对婚姻的忧虑猛然剧增，而一旦夫妻婚姻解体，第一个受伤害的肯定是孩子。她伸手给小粒擦着额上的汗，悄声跟她说："小粒，你先到厂里看看你爸在不在，如果办公室没有，你就到他的宿舍去，看他在吃饭还是在睡觉，一个人还是两个人？"

小粒睁眼看着妈妈，不知妈妈这样安排的用意，以往都是妈妈跟她一起走进厂里见爸爸，爸爸见到她的时候总要在她的脸上亲两下，今天妈妈怎么让她一个人去见爸爸呢？许是妈妈身上的韭菜味太浓了，怕爸爸嫌弃吧。小粒二话没说，转身就跑进窑厂，先到爸爸的办公室，门锁着，显然爸爸下班了。小粒又到爸爸的宿舍，在门口她特意把自己的鞋子蹭了蹭，刚刚走路的时候沾了不少泥，她怕把泥巴带进爸爸的宿舍。门虚掩着，里面有说话的声音，好像是个女的。小粒悄悄走近门口，将眼睛贴在虚掩的门缝上，她看到一个又白又胖的阿姨正跟爸爸一起吃饭，爸爸搛了一块肉放进阿姨的嘴里，阿姨随后也搛了一块肉放进爸爸的嘴里，肉香从门缝里飘出来，小粒咽了口唾沫。她没有敲门进屋，而是悄悄地转身跑了，她跑出厂里，在厂门口看到浑身散发着韭菜味的妈妈，妈妈也正望她。

妈妈一把拉住小粒，急急地问："你爸爸在不在？"

小粒哇一声哭了起来，她哭得很伤心，觉得自己就要失去爸爸了，那个给爸爸搛肉的阿姨把爸爸的爱全部夺走了。小粒哭得泣不成声。

赵子梅从女儿的哭声里知道女儿看到了什么，她急得跺着脚说："你这窝囊孩子，有话快说，哭什么呀？"

小粒仰起满是泪水的脸，绝望地看着妈妈说："爸爸不要我们了，爸爸跟一个胖阿姨好了，爸爸正往那个胖阿姨嘴里搛肉呢。"

"真的？你刚刚看到的？"一切都在赵子梅的预料之中了，她想起了那个红裤头，想起了黄咪咪，想起了黄段子乡长，想起了……赵子梅忽然趔趄了一下，她感到头有点眩晕，身上的韭菜味强烈地刺激着她的鼻子，她笑起来，心想又是咸肉又是韭菜，十几里路程背给谁呢？丈夫韩庆淮有比咸肉更香的肉吃啊。赵子梅的泪水从眼睛里涌了出来，像止不住的小溪顷刻流满了脸颊。她拎起了地上的袋子，在半空中掂了掂，然后使劲扔了出去，她看到袋子在空中像抛物线一样划了个半弧，落在不远处的荒地里了。随后，赵子梅牵起女儿小粒的手，她们要原路走回去，回到自己的家中，那个不再有韩庆淮身影的家中。

小粒不走，赵子梅拉了她几次，小粒都不动弹。小粒的脚底像是钉了钉子，当赵子梅再次用力拉她时，小粒突然高声嚷道："我就不回家，他是我爸爸，我要把爸爸要回来，不能给别人。"

赵子梅愣了，她无论如何想不到女儿小粒会说出这样的话，她刚刚七岁，还没上学，却比她这个三十几岁的女人多了一种坚韧。对，她不能就这么悄悄地走了，她要为女儿索回爸爸，倘若论个先来后到，她应该是韩庆淮的第一个女人，她凭什么要拱手把自己的丈夫轻易送给别人？十几年了，他们的身上都已浸过对方的体香，并用这体香孕育了共同的血肉，就是她想把丈夫送给别人，她的孩子还不允许呢。赵子梅一下子把小粒搂在了怀里，好像是女儿给了她挣扎的勇气，她牵着女儿的手，从远处的荒地里捡回刚刚抛出去的袋子，满怀自信地走进窑厂，奔向丈夫的宿舍。

韩庆淮想不到赵子梅会带着女儿突然而至，他和黄咪咪刚吃完饭，两人正坐在床上亲昵。

赵子梅裹挟着一股韭菜味冲了进来，韩庆淮没有关门，这更证明了他们的明铺夜盖。

当韩庆淮确信眼前的真实情景时，他忽然后悔自己忘记关门的疏忽大意，毕竟他与黄咪咪不是正儿八经的夫妻。

黄咪咪溜下床直奔门口。

赵子梅一把拉住了她，笑着说："怎么，光陪厂长吃饭啊？厂长老婆大老远的来了，你就不陪一陪？"

黄咪咪低着头，嗅着赵子梅身上的韭菜味，恶心得直皱眉，暗想：你就是手机短信上奚落的傻女人，哪个男人面对浑身散发臭韭菜味的女人会发情啊。她使劲挣脱了赵子梅的手，趁其不备蹿出屋门。

赵子梅随手把门关好，她坐在门口的沙发上，把自己背了一路的袋子打开，韭菜的臭味充满了屋子。小粒立刻拉开门。赵子梅说："别关，让这臭韭菜味把香风香气熏走。"

韭菜全烂了，捂了一路，又抛出去捡回来，连捂带摔，地里刚割下的新韭菜成了臭货。赵子梅把韭菜统统扔进垃圾桶里，然后她掏出罐头瓶里的腊肉，摆在茶几上，看着韩庆淮说："忙死人的麦收，田里家里只有我一个人，还以为窑厂也让你忙得手脚不失闲呢，哪成想是被香风香气迷住了。韩庆淮你说，我哪里配不上你？"

韩庆淮不吭声，房间的空气紧张地颤抖。小粒见状大声叫喊要吃饭，韩庆淮这才像是想起了什么似的拨了电话。不一会儿来了一个伙房的师傅，韩庆淮指着小粒说："娘俩儿刚到，都没吃饭呢，带到伙房弄点吃的吧。"小粒听话地跟着伙房师傅走了。

赵子梅没动地方，小粒走后，她将垃圾桶拎到门外，返身就把房间的门关上了，臭韭菜味随着韭菜的离去开始淡化，赵子梅又关上窗子，拉好窗帘，然后她面对韩庆淮一件一件脱衣服，她先脱了外衣，又脱内衣，她的内衣是一件白色的背心，浆洗得有点发黄了，内裤是平角裤头，俗称大裤衩子，看不出是黄色还是灰色，再加上路上行走出了几身汗，在空调房间里，赵子梅身上的人肉味让韩庆淮不敢深呼吸。当赵子梅脱得全身一丝不挂时，韩庆淮下意识地往后退了几步，赵子梅这时突然像一头母豹一样扑了上去，她全力以赴地扑在了韩庆淮身上，她扑倒了猝不及防的韩庆淮，用力地解着他的裤子，边解边说："今天我要让你尝尝是我香还是黄咪咪香，黄咪咪究竟比我好在哪里？"

韩庆淮被赵子梅强暴了，这让韩庆淮感到女人的不可思议，同样赵子梅也感到女人的不可思议，特别是自己，居然能干出这样的事情来。她索性在窑厂住了几天，几乎天天要着韩庆淮，她想起早年学过的语录：无产阶级不去占领，资产阶级必然去占领。反正她要的是自己的老公，她要把老公的精髓吸尽，让他再没有精神面对黄咪咪。

一周以后，赵子梅才带着女儿小粒离开窑厂，路上她看着一片一片空荡荡的麦地，忽然想起收在场院里还未来得及脱粒的麦子，该不会发霉生虫吧？

五

郑文秀在省城开了两天会，会后专门去看望了前任副市长祖铭久，他现在是省人大副主任，分管农业科技。

祖铭久显然老了，与十年前相比，简直判若两人，犹如"千树万树梨花开"的两鬓，证明着岁月的痕迹。郑文秀有点心酸，毕竟是自己事业上的恩人，按祖铭久的能力，当年他的仕途正顺，一致被看好是市长的人选。谁知风云突变，就在市政府换班子时，他的家里出了大事。祖铭久的女儿跟男朋友未婚同居，被她老婆堵在了被窝里，母女俩顶撞起来，女儿气势汹汹地吼道："有本事你把我勒死！"女儿的脖子上系了一条红丝巾，祖铭久的老婆感觉女儿不学好，正一步一步走向深渊，这样下去不但败坏了家风，更败坏了祖铭久的荣誉，她一怒之下拉紧了女儿脖子上的红丝巾，几分钟的时间就把她勒死了。祖铭久的老婆盛怒之下没考虑坐牢的后果，她被判死刑缓期执行，祖铭久的仕途也随之一落千丈，他被调到省农业厅当了几年副厅长，后来就到了省人大。世事沧桑，人生的巨变有时真令人难以预料。

祖铭久的办公室里挂满了他自己写的书法，郑文秀不知道祖铭久会写字，惊喜地一幅一幅欣赏，边欣赏边说："祖副市长(她仍是这样称呼他)，您不光会写隶书、楷书，狂草也很不错，您看这一幅字很像毛体。"

祖铭久笑笑说："我这是业余，涂鸦着玩呢。不过这幅狂草是有点模仿毛体，我对毛泽东一向崇拜。伟人气魄啊，我敢说政界的男士们没有哪个不佩服毛泽东的。"

郑文秀应道："是啊是啊，祖副市长，您目前的书法在市场上有价位吗？多少钱一平方尺？"

祖铭久摆摆手说："我这是闹着玩呢，哪里能卖上钱啊。如今的文场不是能轻易进入的，官场的人写得再好，文场的人也会认为你不是他们的同道，不入他们的流。"

"也不见得，还是要看字内功和字外功，功夫深，神也得承认。我现在正准备为绿柳乡在城里开一个直销花店，到时候我把您的字制成匾挂在门楣上，再把您写的长短轴悬挂在花店的四壁，如果当地人知道是前任副市长祖铭久写的字，一定会蜂拥而至挤破店门观赏的。”

祖铭久哈哈笑起来，感叹道：“小郑啊，为官为政的人都知道这行当人情淡漠，在位时前呼后拥，不在位时门可罗雀。你还能在这个时候来看我，证明当年我没白举荐你啊。”

郑文秀发现祖铭久的眼睛潮湿了，她不敢再直视他的脸，淡淡地说：“做官一张纸，做人一辈子。一个人的身上如果丢失了传统美德，做官也好做人也罢还有什么价值和意义呢。”

祖铭久再也没说什么。他欣赏地看着郑文秀，今生他能举荐这样一个人，也算无愧于自己的为政生涯了。

郑文秀急着要赶回市里，想问问祖铭久爱人的情况，心里掂量了一会儿仍是不好开口，临出门时还是忍不住问了。祖铭久平静地说：“在里边关了六年，就取保候审了，现在乡下老家养病，人几乎废了，整日神思恍惚，精神出了障碍。”

真是不幸。郑文秀感叹着，出了门，跟祖铭久握手的时候说：“您自己要调理好自己的生活，多多保重。”

祖铭久紧握着郑文秀的手说：“这么多年我已经习惯了，白天基本吃食堂，业余时间练书法，也很悠闲自在。”

郑文秀感到祖铭久手上的力量，自从他们相识还从没这样认真地握过手，这是把多年的牵挂都倾注到手上了。

郑文秀抽回自己的手，转身下楼，她走得很慢，她知道祖铭久在身后注视着自己，毕竟曾经是上下级的关系，且又是多年没见的老领导。这时，一个十分熟悉的身影与她在楼梯上擦肩而过，她定了定神，发现竟是丈夫孙炳仁。这么巧，怎么会这么巧，天下真是无巧不成书呢。

孙炳仁显然看到了祖铭久，他认识祖铭久，这个老婆的恩人并没给自己带来什么好运气，相反倒使他走了背运，后来祖铭久家道的不幸他全部听说了，他认为这是天灾，内心曾为此解气不已。他跟老婆郑文秀名存实亡的婚姻不能不说与祖铭久有关，郑文秀官场的一路顺风挫败了孙炳仁作为男性的志气，他的内心卑微起来，与老婆真刀实枪地计较，继而就有了彼此长时间的冷战，他们大概有几年没在一起了。而在孙炳仁看来，郑文秀在这个时候来看望祖铭久，显然是想重温情感的残梦，当年那些关于他们之间的传说莫非是真的？孙炳仁的脑袋轰地炸了，一股醋意酸溜溜地涌上脑门，他突然冷言道："事实胜于雄辩。"

这是一句没头没脑的话，郑文秀自然理解这话的意思，要是祖铭久听见了，也会理解这话的意思。幸而祖铭久没听见，郑文秀回头发现祖铭久已经回到办公室了，他可能没看见孙炳仁，要是看见了，一时也会认不出，毕竟数年的沧桑了。只要祖铭久没听见孙炳仁的醋话，郑文秀内心就不会太介意，她不能因为自己使恩人受到伤害，而对丈夫孙炳仁，她早就麻木多年了，她甚至从未在心里想过这个人。

郑文秀一直没有停下脚步，她下了楼梯，快步出了人大办公楼，下午三点市委还有一个重要会议，她必须急着赶回去。

会议一直开到晚上，郑文秀回到家已是十点多钟了，开灯后她吓了一跳，孙炳仁正坐在沙发上，这太出乎她的意料了，他们之间已多年不来往，他是怎样拿到的钥匙？

孙炳仁站起身，脸上讪笑着说："我从省城回来，到女儿小玉的学校看看她，钥匙是从她那里取到的。"

“小玉好么?”郑文秀面无表情地问,她弄不清孙炳仁回来的真正目的,白天在省城见到他时他的那副嘴脸仍然刻在她的脑海深处。

孙炳仁急忙说:“小玉挺不错的,考试成绩一直属于全年级的前十名。她今天见了我挺亲热,毕竟是我的亲生骨肉。”

郑文秀听罢,看了孙炳仁一眼道:“说吧,今晚回来找我干什么?”

孙炳仁往郑文秀的跟前凑了凑,突然抱住她说:“文秀,以前都是我不好,作为男人,我太小心眼了。今天我去省人大办事,有好几个主任都夸你能干,如果只有一两个人夸你也就罢了,大伙儿都夸你,就证明我的不是了。今后我还是回来跟你好好过日子,我想了一路,当年我正是看中了你的朴素和敬业精神才跟你结婚的,婚后你吃了不少苦,背着孩子下农村,这些都是一般女人无法做到的,你靠自己的实干熬到了今天的位置上,我如果把你拱手送给别人那真是大傻瓜了。”

郑文秀一下子明白了,孙炳仁对她今天去看望祖铭久起疑心了,吃醋了,忽然想清楚了,变得现实起来了。如果说孙炳仁对她还有爱,那也是世俗的爱,她想起一句话:夫妻之间也是相互利用的关系。孙炳仁一定需要她的帮助了,否则他不可能回来求她。

郑文秀不说话,脱掉外衣,准备去浴室洗澡。可孙炳仁在客厅坐着,她又不好把自己脱得太彻底,毕竟几年没在一起了,夫妻之间应尽的义务也显得遥远和陌生。

孙炳仁仿佛猜透了郑文秀的心思,他上前快刀斩乱麻般把她的衣服全部扒掉了,随后又将浴巾披在她的身上说:“洗干净点,今晚老公要让老婆快活快活。”

郑文秀是被丈夫孙炳仁抱出浴室的，多年的分居使她一时难以适应孙炳仁疯狂的热情，她不时躲闪着他的吻，他却在她的躲闪中吻遍了她的全身，然后他占有了属于自己的高地，经过一场激烈的战斗，孙炳仁才依依不舍地从战场上退了下来，摸着弹痕累累的郑文秀说：“老婆，能帮我一个忙吗？”

“什么忙？”郑文秀问。

“开发区来了个外商，想搞块地投资一个化工园，这项目一本万利，市里不允许在城区搞，我专门跑了省环保厅及省人大都没用，你看放到绿柳乡怎么样？绿柳乡光靠农业恐怕难以让经济腾飞，如果引进一个化工企业，上马后很快就会见效益，你这个区委书记也会脸上有光。”孙炳仁说。

郑文秀心里一笑想：果然是有事要找我。她立刻拒绝道：“绿柳乡未来十年的发展目标是生态农业，化工企业根本不在考虑之内。”停了一下，又说，“你今晚回来就为了这个？你以为我会放弃原则帮你开后门吗？你真把我看错了，难怪你我总是弄不到一块去，我们的思想意识相差太远了。”

孙炳仁忽然沉下脸说：“不行拉倒，上纲上线太损了吧？”说罢掉转身，给郑文秀一个后背。

房间里立刻沉寂起来，彼此的呼吸声都很大。

郑文秀索性起身去了卫生间，拧开水龙头，她要把孙炳仁留在自己身上的痕迹彻底冲洗干净。

六

李凤彩见到赵子梅，两手一拍说："你可把我找死了，麦收这么忙，你扔下麦田就走了，也不怕那麦子沤烂在地里。"

赵子梅眼一翻说："他韩庆淮都不怕，我怕什么？大不了我带孩子要饭去，喝西北风倒也清凉。"

李凤彩凑近赵子梅，用手指戳点了一下她的额头说："你呀，就是个犟眼子，韩庆淮他现在是窑厂厂长，乡里三分之一的经济要靠他呢。你这个时候攀他就没道理了，是麦收事大，还是烧窑事大？听说市里有个三十多层高的大楼，要靠他窑厂的砖盖呢，这可是大生意。"

"难道乡里为了生意就允许他韩庆淮姘女人吗？"赵子梅本来想把事情闷在心里。可临走那天，韩庆淮丢给她一句话："以后你别再来窑厂了，对我没好处。"赵子梅当时什么也没说，回到家里耳畔总是回响这句话，连家都要散了，我还管你什么好处不好处的。她知道韩庆淮不敢得罪乡长黄大标，他与黄咪咪相好，多半是惧于她父亲的权势。可赵子梅不能因为乡长的权势连自己的丈夫也保不住吧。

李凤彩故意问："韩庆淮莫非在外边真的有事了？"

赵子梅再也忍不住了，呜一声哭起来，边哭边说："李乡长啊，你可得为我做个主啊，乡长的女儿黄咪咪把我丈夫抢去了。"

李凤彩的心咯噔一下，坏了，这事敢情是真的了。她镇定了片刻，劝道："这事不太可能吧，乡长黄大标的女儿外号'万人愁'，是个奇丑无比的老姑娘，肥胖不说，五官也不端正，眼睛小得像嵌了两粒黑豆，又长了一张翻船嘴，她除了有个乡长爸爸，哪样也比不了你赵子梅。韩庆淮是乡里一表人才的男子汉，他怎么可能看上黄咪咪这样的‘万人愁’呢。”李凤彩见赵子梅没反应，又说，“你当年与韩庆淮恋爱结婚，那是咱绿柳乡的金童玉女，全乡人没一个不羡慕的，你说韩庆淮跟别人好多少还贴点谱，跟‘万人愁’黄咪咪好不大可能，他跟她在一起不能闭着眼吧？”

赵子梅纠正道：“一般人可能都会这么想，但我是亲眼看见了他们俩滚在床上，黄咪咪虽说丑得‘万人愁’，连我女儿都喊她胖猫，可她爸爸有权势，谁能说当年黄大标把窑厂给了韩庆淮不是为了他的女儿，不然怎么很快就把黄咪咪派去当会计呢？韩庆淮是中了黄大标的奸计了，早知道这样，我死活不让他去当这个厂长，把个家折腾散了，有钱有势又有什么用呢？”

李凤彩感觉赵子梅分析得在理，黄大标的为人她是再清楚不过了，可这事究竟应该怎么处理呢？李凤彩一时不好表态，便急转话题说：“子梅，个人的事情容后考虑，今天我找你是为乡里的大事，区委书记郑文秀给咱乡招商引资了一批项目，咱乡要搞生态农业的示范基地，准备金秋十月挂牌剪彩，郑书记说拉魂腔是咱乡的拿手好戏，想在剪彩那天给外商们展示展示，你是拉魂腔的主唱，没你这戏出不了彩呀。”

赵子梅脸一沉说：“我这样子哪有心情去唱拉魂腔啊，我哭着去唱呀？！”

李凤彩一笑说：“你要真想把韩庆淮拉回你身边，你就不能太把他当回事。你该吃吃，该喝喝，该唱戏唱戏，烫个摩登头，穿几件名牌衣服，今天区委书记来看你，明天市委书记来看你，你看他韩庆淮着急不着急，那个黄咪咪就是皇帝的女儿也改不了容貌吧。你把拉魂腔唱好了，外商看了欢喜，说不定介绍到欧洲去演出呢，现在不是时兴文化产业吗？拉魂腔是中国的民间艺术，也就是文化产业。要是你赚了美元和欧元，那你就有身价了，他韩庆淮不过是个窑厂厂长，烧砖的，到时候你兴许还看不上他呢。我说的可都是实话，如今中国的女人能干有钱，好多外国男人都追到中国来了，咱绿柳乡也盼着洋女婿上门呢。”

赵子梅噗嗤一声笑了，说：“李乡长，咱绿柳乡出你这样一位女干部也真对了，能说会道，死人也能给说活呢。”

李凤彩摆摆手说：“我今天能把你的心说动了，就算我没白跑一趟。你就照我刚才的话去做吧，对男人，特别是对韩庆淮这样的男人，女人一定要摆个姿态，这叫欲擒故纵，让他自动入你的圈套。他跟我那口子不能比，潘宝玉是个废人，我时刻要哄他逗他，把他当孩子待，否则日子就过不消停。”

赵子梅知道李凤彩的丈夫潘宝玉，小肚鸡肠神经兮兮，不像个男人，老怀疑乡长黄大标与李凤彩有染，可赵子梅感觉黄大标无论哪里都配不上李凤彩，尽管众说纷纭，她还是相信李凤彩跟黄大标没有什么特殊关系，首先他们不是一路人，媒体早就介绍男女相爱是一种化学反应，彼此的气味相投才能走到一起，黄大标与李凤彩根本是两路人，搭不上边的。赵子梅叹了口气说：“李乡长，你说咱们女人为什么要比男人多吃这么多的苦呢？不光体力受煎熬，精神也要受煎熬。”

李凤彩拍拍赵子梅的肩说：“吃苦是增福呢，苦尽才能甘来。好了，今天算我没白做工作，拉魂腔演出的事你应下了，有你出场，这戏才能演得起来。你家里还有什么活，明天我找几个人来帮你，我到你的地里看了看，麦子都割完了，明后天把场上的活干干，趁着天晴，把麦粒脱了，然后咱就准备拉魂腔演出。这是大事，你必须全力以赴，让我也在区里露露脸。”

赵子梅没表态，没说行也没说不行，但李凤彩从她的脸上看出了许诺。

李凤彩回到家已是后半晌了，从赵子梅家出来，她又到乡里去了一趟，吩咐文化站站长组织几个人，明天一早去赵子梅家帮工。如今最不好找的就是劳力，青壮年都在城市务工，返乡麦收的也都来去匆匆，义务帮工等于是空话，商品经济时代，劳动力的务工丁是丁卯是卯。文化站长流露了为难情绪，李凤彩便下死任务说：“行也得行，不行也得行，这是死任务。否则拉魂腔演出就别想有戏。”

文化站站长最后只好回家把小舅子小姨子还有三叔二大爷全召集到一起，开了个动员大会，让全家人帮他完成这项政治任务。

第二天一早，赵子梅家的打麦场就欢歌笑语闹腾起来了，来帮工的人一边唱着拉魂腔一边干活，三天的工夫就把赵子梅家的农活干完了。要散伙的时候，赵子梅一个都没让走，她给文化站站长建议：“都留下唱拉魂腔吧，多么难得的演员，老老少少，证明咱绿柳乡民间艺术很普及呢。”

拉魂腔演出队就这样拉开了架势，从此绿柳乡的每个夜晚都有一群拉魂腔艺人的喧闹响彻云霄。

七

还有一个月的时间，绿柳乡农业生态园的开幕揭牌仪式就要举行了。郑文秀忙得团团转，首先方方面面的人要请到，重要的人物她必须亲自去请，市委书记、市长、省农业厅的领导及老上级祖铭久。跑了几趟，方方面面的人都打过招呼了，参加开幕式的外商也都一一落实了，郑文秀细数了一下，开幕式那天可能要有百把号人的饭局，干脆就安排在绿柳乡吃农家饭，草鸡咸肉豆腐玉米红芋及地里的时令蔬菜，不用八盘七碗地讲究，只要饭菜可口卫生就行。郑文秀越想这个方案越稳妥，一来让外商尝个新鲜，二来避免了铺张，顺便也让方方面面的领导和外商看看绿柳乡真正的农民生活，如果这次搞得成功，以后说不定就演变为农家乐之旅了。已经有很多农村搞旅游经济了，郑文秀每参观一个地方，内心就颇多感触，眼下她的种种设想总算有一小部分即将变为现实了。

郑文秀一大早就赶到了绿柳乡，她想看看拉魂腔的排练情况，顺便把农家饭的事安排一下。书记和乡长仍在外地学习考察，李凤彩当下该管的事和不该管的事都必须往自己的头上揽。郑文秀就喜欢她的爽气，这也使她有了一种政令畅通的得意。如今政界的官员们大都有一种感受，行政意图往往贯彻不下去，下边的人经常拖着不办，或者好歹应付一下。郑文秀最讨厌这样的官油子，这样下去把政府的形象都给败坏了，同时也深深感到商品社会光靠简单的行政命令已经说服不了人了，必须通过政府的实干精神来征服人心。

郑文秀把所有想做的事情一一交办完，李凤彩就诉苦了，这几天为拉魂腔彩排的事她早已急得上树爬墙，昨天她在乡文化站的柜子里翻找演出服，两年前参加民间艺术节时的服装居然一件都不能穿了，发霉褪色，绿的成了灰的，粉的成了白的。文化站是两间平房，房顶下雨漏水，柜子成了接水的容器，柜门的锁两年都没打开过。李凤彩把衣服掏出来的时候，一股霉味刺得她睁不开眼睛，她当即就把文化站站长训了一通，文化站站长梗着脖子说："李乡长你训我没道理，有本事你让乡文化站搬到不漏雨的房子里去，乡里盖了那么高的大楼，就是没有文化站的办公室，领导嘴上讲重视文化，落实到行动上就虚晃一枪了。"

李凤彩听站长发牢骚，觉得这牢骚发得也有理。她分管文化这一块，自然知道苦经，乡里什么工作都重要，唯有文化工作经常被打折，嘴上说百，落实到行动上只有十，甚至还有把文化站经费挪用的情况，乡长黄大标就用文化站的经费出国考察过，四万块钱一个月就花精光。尽管事后她因此当了副乡长，可心里总记挂着这件事。

郑文秀听完李凤彩的汇报一筹莫展，如今政府也是谈钱色变，搞项目可以，跟政府要钱就比较难，不过这次活动属于特例，郑文秀可以在区里为绿柳乡争取一些经费，数额不会太大，大概只够吃农家饭的，服装钱还是要绿柳乡政府想办法。郑文秀最后问了一句："区里年年拨给绿柳乡文化经费，乡里应该还有部分资金周转吧？"

李凤彩的脸腾地红了，她知道郑文秀指的经费是什么，显然包括被乡长黄大标用掉的那笔钱，可这事她无论如何不能说出去，这就是为官的原则，不能说的话至死也不能说。但郑文秀的话倒也提醒了她，她应该以订做拉魂腔演出服的理由跟乡长黄大标申请经费，把他花文化站的那笔钱再巧妙地要回来。

郑文秀走后，李凤彩跟乡长黄大标通了电话，把申请拉魂腔演出服经费的事详细地说了一遍，最后又强调说："这是乡里的头等大事，郑文秀书记亲自抓呢。"

黄大标有点不耐烦地说："好了好了，等我回去再说，手机快没电了。"

两天以后，黄大标带着乡里的考察团从外地回来了，像以往一样召开了全乡干部大会，把在外边的所见所闻天花乱坠地描述了一遍，最后慷慨激昂地说："为官一任一定要留下美丽的风景。"

散会后，李凤彩劫住黄大标说："黄乡长，眼下最好的风景就是拉魂腔演出服，就等你批钱了。"

黄大标一边看着李凤彩递来的申请报告一边往办公室走，开了门，坐下后又把报告看了一遍，忽然说："四万块钱可是一笔不小的经费，我得跟书记通个话，商量一下。"

李凤彩知道黄大标是托辞，便直截了当地说："咱乡书记在省委党校学习呢，将在外军令有所不受，再说拉魂腔演出是为绿柳乡农业生态园挂牌剪彩准备的，区委郑书记亲自抓的，你不在家这段时间，郑书记已经来过好几趟了，你出去考察有经费，给拉魂腔演出班子置买演出服就没经费了，你不怕郑书记因此摘了你的乌纱帽吗?"

黄大标一怔，立刻领会李凤彩话里的意思了，前两年他出国考察曾挪用过文化站的经费，为此他还推荐李凤彩当了副乡长，不明真相的人私下风传他与李凤彩有染，这样得理不饶人的女人，谁敢跟她有染。

黄大标想了想，不答复李凤彩显然不行，答复她财政上又拿不出这笔钱，他们刚刚出去考察的费用还不知从哪里报销呢。沉默了一会儿，见李凤彩一副不达目的不罢休的表情，黄大标就拿起了电话，对着话筒喊："韩厂长，我这里急需四万块钱，乡里农业生态园挂牌剪彩想搞得隆重一点，区委郑书记方方面面请了不少人，还要组织拉魂腔演出，经费开支太大，乡里没钱支撑，你先赞助一点吧。"

对方在电话里又说了一些什么，显然是在争执。

黄大标说："就这样定吧，李凤彩乡长亲自抓这事，你如果犹豫，她会亲自找上门的。李乡长的厉害你应该知道吧，女干部都不太好缠。"黄大标后一句话是故意说给李凤彩听的，他在敲打李凤彩。

李凤彩索性将计就计，第二天一早就奔了窑厂，一是拿钱，二是顺便看看韩庆淮与黄咪咪究竟粘到什么程度了。想到四万元的出处，李凤彩猛然悟到当年黄大标拍卖窑厂的用心良苦，赵子梅说得不错，黄大标把女儿黄咪咪安排到窑厂等于给自己精心设计了一个实用银行，他可以随意调遣那里的银两。

八

李凤彩从窑厂回来，对赵子梅与韩庆淮的婚姻基本有数了，笃定韩庆淮会与赵子梅离婚。黄咪咪已经怀孕了，妊娠反应还不轻，给李凤彩开转账支票的时候竟跑出去呕吐了三次。

回来的路上，李凤彩心里颇不是滋味，虽说身上带了四万元的支票，可想到等待赵子梅的是家庭的破裂，她心里像压了块石头沉甸甸的。这事她不能告诉赵子梅，再坚强的女人也会挺不住，而这场拉魂腔离了主演赵子梅简直就没戏可唱了，昨天赵子梅还跟她商量唱词呢。赵子梅把唱词改了一段，改得恰到好处，她只记住了几句：都说绿柳乡好风光，生态农业春意旺，科学发展和谐曲，共同富裕奔小康。李凤彩只记住了后几句，还真挺有文采，她相信郑文秀书记都得叫好。

李凤彩当年在乡计生站工作，同时兼管民政方面的琐碎事情，韩庆淮与赵子梅的结婚登记证就是她给办的，当时她还吃了赵子梅送的喜糖。回忆起当年的赵子梅与韩庆淮，那真是风华正茂的一对，村里人都称他们为金童玉女。时光一晃十年，十年后这对金童玉女居然要各奔东西了，李凤彩突然停下来，回头往窑厂望了望，她想如果这会儿韩庆淮能出来，并能跟她走上一程，她一定会好好劝劝他，黄咪咪哪一点都比不上赵子梅，黄大标虽说眼下是乡长，但乡长也不能当一辈子，凭他的素质，再往上升恐怕难了。李凤彩望了一会儿，连个韩庆淮的人影也没有，她又继续往前走，眼前不时晃动起赵子梅的身影，她的思维又跟着赵子梅跑了。

绿柳乡农业生态园挂牌剪彩仪式过后，拉魂腔演出队基本就散伙了，等待赵子梅的将是家庭破碎的痛苦，李凤彩想想没人可以代替或减轻她的痛苦，黄咪咪有乡长的靠山，韩庆淮是凭这靠山起家的，窑厂这几年经济效益不错，韩庆淮把方方面面的关系都打点过了，吃他的人嘴短，拿他的人手软，谁还会站在赵子梅的角度说话，纵使她是受害者，面对利益也不会有人为她讨说公道。就是李凤彩也会三缄其口，黄大标属于自己的上级领导，官大一级压死人，为赵子梅而得罪乡长黄大标真是划不来。可李凤彩又不忍心这样看着赵子梅饱受痛苦而袖手旁观，她准备把这事跟郑文秀书记透露一下，看郑书记是什么态度。

李凤彩特意进了一趟城，一是定做拉魂腔的演出服装，二是给郑书记汇报拉魂腔的排练进程，顺便也把赵子梅的事情跟她说说，也许郑书记能给拿个主意。

郑文秀又在开会。李凤彩等到一点钟才见到她，两人都没吃饭，区机关食堂此时也没饭可卖了，李凤彩就要请郑书记吃饭。郑文秀说："到了区里我就是东道主，哪有让你请客的份呀。这样吧，我请你吃个便餐，每人一碗牛肉拉面，办公楼下就有拉面馆，我经常吃，味道很不错。"说着两人一道下楼，出了大院，在一个僻静的拐角果然有一家牛肉面馆，味道很浓，锅里沸腾着牛肉汤，店主是个中年妇女，认识郑文秀，热情地将两个女人引到屋里，拣了个干净的座位，又擦了桌子，不一会儿两碗牛肉拉面就端上来了，碗里撒了一层香菜，与牛肉相佐，喷喷香。

李凤彩真是饿了，边吃边夸牛肉拉面做得纯正地道，快吃完的时候，又给郑文秀汇报起定做拉魂腔演出服的事，顺便说到赵子梅修改的一段唱词，把记在脑子里的四句唱词学说了一遍。郑书记听后说："好，唱词改得有思想高度，显出了绿柳乡农民的政治觉悟，这个赵子梅还挺有头脑的。"

李凤彩觉得自己为赵子梅说话的机会到了，便接着郑书记的话茬说："想当年她是绿柳乡唯一读高中的女生，可惜毕业那年跟韩庆淮谈了恋爱，就是现在的绿柳乡窑厂厂长，放弃了考大学的机会，跟着韩庆淮到窑厂码砖去了，一场冲动的爱情把自己的才华糟蹋了。”

“那他们现在过得好么？”郑文秀问。

“好什么呀，马上快离婚了，韩庆淮跟乡长黄大标的女儿睡出孩子来了，韩庆淮不跟赵子梅离婚，乡长能饶他吗？”李凤彩直率地说。

“真有这事？”郑文秀皱皱眉，将碗里的最后一口面吃尽。

李凤彩也将碗里的面吃尽，放下碗筷，忍不住又说：“我估计赵子梅不会轻易离婚的，他们的事乡里肯定不会管，一旦闹到区里，会怎么定性呢？”

郑文秀想想说：“区妇联每天都会接到来自女方的控告，诸如第三者插足、家庭暴力、离婚再婚……有些矛盾浮在表面可以调解好，有些深层次的矛盾靠调解是不起作用的。我一直以为，女人最终的幸福不是靠婚姻和丈夫，而是靠自我奋斗。当代女性之所以有地位，是因为经济独立了，有了自己的话语权。听说过香港‘饺子大王’的故事吧，那个饺子大王就是曾经被丈夫抛弃的女人，她带着两个孩子在香港湾仔码头以卖水饺为生，创出了‘湾仔码头’的水饺品牌。远的就不多说了，咱说眼前的，这个牛肉拉面馆的女老板，刚才进来时你见过了吧，十年前也是一个弃妇，丈夫跟一个小女人跑了，去年丈夫回来找她，她死活不肯复婚。当今社会，生活方式五花八门，离婚再婚都很正常，你劝劝赵子梅，不要太把这事挂在心上而伤了自己。风物长宜放眼量，条条大路通罗马。只要奋斗，女人完全可以靠自己的聪明才智养活自己。”

李凤彩连忙点头说：“郑书记的一番话很有道理，关键是赵子梅这样的女人会不会想通，思维会不会跟这些道理接轨？”

郑书记一笑说：“等把生态园揭牌仪式搞完了，我在市里寻个店铺作为绿柳乡花卉的批发点，到时候让赵子梅来经营，你看怎么样？”

李凤彩欣喜地说：“好主意，她准能干好。”

郑文秀叹口气，沉思一会儿说：“女人一忙起来就什么都忘了。”郑文秀的话里带着哀婉和凄楚，唯有她自己能体会内心的那份苍凉。

两人说话之间出了面馆，李凤彩跟郑文秀分手的时候说：“郑书记，您经常跑到这样的小面馆吃饭，不怕失了官威吗？”

郑文秀笑笑说：“官威是靠官员的清廉政绩赢得的，不是靠自己的架子摆出来的，我最怕群众说我官不大僚不小。”

李凤彩连忙说：“赞同赞同。”

一个月后，绿柳乡生态园挂牌剪彩仪式举办得相当成功，拉魂腔的演出博得了外商的阵阵喝彩，赵子梅自然功劳不小。后来，真有外商邀请拉魂腔班子到国外演出了一个月。

一年后，郑文秀在市里为绿柳乡花卉基地落实了一个批发点，店铺不大，里面布置得井然有序，赵子梅成了花店的总经理，店铺的门匾是前任副市长祖铭久题写的，名为“拉魂腔鲜花店”。

刊于《北京文学》2008年7期，选入
2015年8月中国言实出版社全民阅读精
品文库《琴断口》

口 碑

一

李灵韵睁开眼睛时，发现身边的丈夫睡着了，一张安静的脸怎么也无法跟昨晚那张咆哮的狮子面孔划等号，李灵韵打量了丈夫半晌，心里悲凉地笑了一下，突然感到自己是个很孤独的人，她正站在悬崖上，四面临风，稍不在意，就会被风吹进山谷，而这时候最应该拉自己一把的人是丈夫卢新，可李灵韵预感到他不会，真的不会。

李灵韵悄声地下了床，在走廊里穿好裤子，她不敢弄出丝毫的动静，生怕吵醒了卢新，其实睡眠是每个人的生物钟正常运转的必要形式，这形式在卢新身上居然发生了与别人不同的变化。当别人夜里进入梦乡的时候，卢新睁眼望屋顶，而当白天人们正常工作的时候，卢新又恹恹欲睡。这样的状况持续了一个月，李灵韵感到丈夫卢新不对劲了，她想带他去医院看医生，可卢新摆出一副跟她势不两立的姿态。

事情的起因是这样的，卢新在一个太阳白晃晃的下午，手里捏着一根烟，烟嗞嗞地燃着，好像已经烤焦了他手指上的皮肉，可他依然不动声色。

李灵韵在一边看着他，就是在这一刻她发现了丈夫情绪的不正常，卢新从不吸烟，农大毕业后，李灵韵与卢新一直在郊区农机站工作，卢新研究苗木和水利，李灵韵研究水稻的生长。当时，两个人刚刚走出大学校门，颇有干一番大业的胸怀，卢新和李灵韵同时约定近年之内不要孩子，等自己在工作岗位干出业绩来，再考虑小家庭。那时候的卢新心灵单纯，烟酒不沾，他和李灵韵常常出双入对地上下班，很令农机站的人们羡慕。就在那年的夏天，长江流域突遭水患，水库沟渠全面涨水，顷刻之间大片良田没入一片汪洋之中。卢新研究的一种新型排水闸，在这关键时刻就像横空跃出的一匹战马，忽然派上了用场，这个平时不起眼的小设计，一下子将卢新的才智体现了出来，区里利用卢新设计的排水闸将水库沟渠池塘的水顺利排出，使大片农田和房屋避免了被水吞没的危险。洪水过后，卢新很快被提拔为农机站副站长，一年以后又被提拔为站长。

李灵韵因为卢新的提拔，很是风光了一阵子，夫壮妻抖，尽管进入了21世纪，中国女人仍然难以改变传统的观念，特别是机关里的女人。

卢新壮志未酬，对事业的投入更加忘我了。那阵子区里正准备换届，人们私下议论卢新很可能是未来领导班子的人选。李灵韵每逢听到这样的议论内心就充满憧憬，她想，如果卢新能很快被提拔，她就要放慢自己的工作节奏而全面支持卢新了，李灵韵甚至为丈夫的政治前程设计起来，她首先到书店买了一批书，主要是政治名人传记和社科类哲学书籍，她觉得丈夫跟自己一样都是学农业的，对农业技术的掌握并不等于在官场就轻车熟路，《为政恒言》里的“理官莫如平，临财莫如廉，廉平之德，吏之宝也”就像炒菜要放盐一样让李灵韵感到是丈夫必须做到的。李灵韵把自己对这话的理解讲给卢新，作为官员最关键的是公平，面对钱财能守得住清廉，因为清廉和公平的品德是做好官吏的法宝。

卢新听罢一下子就笑了，他说：“我还没上任呢，你就垂帘听政了，算了，这个副区长的人选，我推荐你吧。”

卢新无论如何也想不到，他随便开的一句玩笑，居然在一年以后得到了应验，李灵韵意外地当选为副区长，卢新却原地未动，还是农机站站长。

这种局面也大大出乎李灵韵的意料，当组织部有关领导找李灵韵谈话时，李灵韵仍是固执地推荐卢新，说卢新比她有能力。在她的感觉里，卢新的确比自己有才干，她始终是这么认为的，否则当初她也不可能在生活的道路上选择卢新。

组织部门的领导当时这样回答李灵韵：“卢新的确不错，但根据政策，目前很需要培养一批年轻女干部。”

直到这时，李灵韵还是固执地争辩：“中国多年就流行一句话，男女都一样，如果你们承认这句话的合理性，就请考虑一下我的推荐意见，还是让卢新干吧，他比我优秀，如果组织上真的很看中我，就让我干他现在的农机站站长，他去干副区长，他一定会像干农机站站长一样把副区长干得有声有色。”

组织部门的领导偏偏也是个女同志，她打量了李灵韵一会儿说："当今社会男女的确平等了，有的女人甚至比男人还优秀，但这必须要女人亲自做起来，李灵韵同志，组织上能看中一个人也不是轻易的，希望你别像S市科委的那位女同志一样，组织上想安排她当副县长，她吓得一个月没敢上班。都什么时代了，女性还处在这种自闭状态，这样下去，何谈男女平等、社会发展呢？"

李灵韵再也无话可说了，当晚她回到家时，发现卢新竟抽起烟来，是牌子很响的大中华。

李灵韵在沙发上坐下后，卢新却从沙发的另一端站了起来，好像李灵韵浑身带着病毒会把他传染了一样。他转身坐在写字台前，背对李灵韵，这时他又点燃了第二支烟，接在前一支未燃尽的烟屁股上。

房间里烟雾弥漫，黑暗中的烟雾给人一种窒息的感觉。李灵韵这才发现房间没开灯，她伸手将墙壁上的开关按了一下，房间顿时明亮起来，那悬吊的灯盏就像月笼纱一样向李灵韵传递着家的温馨。

李灵韵默默地望着卢新的背影，她知道他心里不痛快，其实李灵韵心中的不安比卢新的不痛快还甚，组织上这样安排会使她的生活发生根本的变化，而她跟卢新之间还能像从前那样和谐相处吗？卢新作为一名男性肯在老婆的指挥棒下转动吗？据李灵韵在组织部门得到的信息，她这个副区长主要是抓农业，那么农机站就成为自己手下的一个部门了，丈夫卢新充其量是自己棋盘中的小卒子。依李灵韵对卢新的了解，他是绝不可能给她当这个过河卒子的，他不拆她的桥就很不错了。

李灵韵跟卢新在大学读书时，两人一起被推举为学生会干部，按得票率李灵韵应该是学生会副主席，卢新是组织部长，可在分工的时候，卢新主动提出要当副主席，李灵韵开始还跟他争了几句，后来发现卢新面红耳赤，像动了真格一样，李灵韵就宣布她不想当副主席，卢新自然而然接了这个位子。数年后，当两人成为夫妻的时候，有天晚上做完了爱，李灵韵忽然想起了这件事，就好奇地问卢新。卢新坦然地说："这还用问吗？女人怎么可能骑在男人的脖颈上呢？这就好比做爱的时候男人在上边，女人在下边一样，龙在上凤在下，才能龙凤呈祥啊。"

李灵韵当时只是笑笑，嘴上没说什么。她心想，卢新的大男子主义真是够吓人的，可当初两人沉迷在爱情里的时候，李灵韵并未把这作为什么障碍，男子汉大丈夫总是响当当的嘛。

房间的烟雾实在太呛人了，李灵韵试图开口说话以便打破彼此的沉寂，她咳了一下轻声说："卢新，你什么时候学会抽烟的？抽烟有害健康你知道吗？"

卢新没吭声，烟雾从他的嘴里再次喷出来，他发狠地吐了一口烟，以至房间里回荡着口腔的响动。

李灵韵只好从沙发上站了起来，她试图靠近卢新，悄悄挪动着步子，当她站在他的身后，嗅着他嘴里喷出的烟气，听着他粗重的喘息时，李灵韵心痛得几乎要流泪了，她知道在卢新的内心深处是一片死灰的禁地，他男性的自尊在挣扎，她听见了他怦怦的心跳。

"卢新，我跟组织上推荐了你，这个副区长还是让你干。"李灵韵将右手轻轻搭在丈夫肩上。就在她释放自己的温柔时，她忽然感到了一种力量腾空而起，就像海豚蹿出水面一样。李灵韵猝不及防地迎接了卢新的拳打脚踢，等她明白过来发生了什么，她倒在地上再也起不来了。

卢新看着被自己重拳打倒的李灵韵，怒吼道：“我让你再出去风骚！”

李灵韵的眼泪像洪水一样在脸上奔腾而下。

卢新说这话是有原因的。一年前，就在卢新春风得意的时候，市里来了工作组，分管农业的副市长挂帅，主要指导区里的农业工作。时逢袁隆平的稻米新技术在推广，李灵韵又是专门研究水稻的，每天便陪着工作组的领导到处考察，种子站、农户家、田间地头……副市长四十出头，正值盛年，同来的三位同志都是男的，李灵韵跟他们走在一起就显得特别乍眼。副市长也是农大毕业，比李灵韵早了好几届，两个校友难免谈论一些学校的事情，再加上副市长对郊县农田大幅减产之事深感不安，便不断地跟李灵韵做些科技上的探讨，两人在一起的时间自然就多起来，当时也有风言风语，李灵韵从未放在心上，她觉得这都是无聊者所生的是非，她从不理睬长舌妇们。

卢新当时也肯定听到了这些议论，他未理睬是因为他相信李灵韵的人品，而且他也从未设想过李灵韵会在工作组走后职位凌驾于他之上。

事情说来就来了，就像一场太阳雨令人猝不及防，卢新思索了半天也思索不出什么名堂，别人提醒他说，李灵韵是女的，如今时兴提拔女干部，她自然比你有优势。

女的？卢新这才如梦初醒，好像刚刚意识到李灵韵是女的，他的内心反复强化着这一符号时，他对李灵韵的一切开始怀疑起来了。

李灵韵是个不爱把自己打扮得花里胡哨的女人，她的手指、耳朵、头上没有一件饰物，齐耳的短发透着一个女人的清爽利落。可卢新发现最近李灵韵额前的刘海卷曲地向上，如一朵黑云展示着女人的妩媚，这卷曲向上的刘海显然是烫过了，女为悦己者容，李灵韵在为谁打扮自己？

副市长姓何，身材中等，微胖，头顶有点秃，会看相的人说，这样头顶的男人不是特别有政治韬略，就是性欲十分旺盛，这话同样传到卢新耳朵里了，卢新感到何副市长的政治韬略未必会在工作组里展示，而他旺盛的性欲很可能要寻找一个发泄的对象，天高皇帝远，男女找个地方交合谁又能知道呢。何况女干部的提拔大多靠的是姿色和机遇，如今提拔起来的女干部再也不是那种粗手笨脚的工农兵了，她们出镜的时候大多相貌端正，鼻子是鼻子，眼睛是眼睛，甚至风姿绰约。

就在卢新开始注意何副市长和李灵韵的时候，工作组返回了市里，不久，李灵韵成为副区长的人选，只待区人代会召开，一切就会顺理成章，李灵韵成为副处级干部，卢新是正科级，比李灵韵低半级，这就意味着李灵韵所有的待遇都比卢新高了一个档次，特别是那张工资单，含金量将大大超过卢新。卢新身为一个男子汉大丈夫，肩膀再也无法跟李灵韵一般齐了。

卢新痛苦地闭上了眼睛，那个黑夜就像一个无底的黑洞，他深一脚浅一脚地跋涉着，却怎么也找不到洞口，好不容易看见了一丝微光，只见一对男女在那微光里一闪，女的说他来了，男的说快跑！于是脚步声咚咚响起来，将洞壁上的石块都震落了，在慌乱的奔跑中，女的居然闯进了卢新的怀抱，一瞬间卢新发现了李灵韵惊慌的表情，他下意识地挥手抽了她一巴掌，这一巴掌抽得蛮横，他听到啪的一声响，然后他的手就在半空中痉挛起来了。

李灵韵惊叫着从床上跌了下来，她的身体重重地摔在地上，当她明白了是梦中的卢新狠狠地抽了她一巴掌时，她吃惊地望着在床上举手发愣的卢新，她看见他的一只手在半空中抖动，她还发现房间的灯始终未关，白色的灯光给两个人的脸涂上了一层冷色，冷色推出了刀光剑影，一种不祥的预感在李灵韵的心中一闪，随即她快速地从地上爬了起来。

“卢新，深更半夜的你怎么啦？”李灵韵试图靠近卢新。

卢新在李灵韵靠近自己的时候忽然从床上一跃而起，他仍是在半空中举着的一只手转动了方位，他用这只手指着李灵韵说：“别过来！”

李灵韵真的僵在了那里，她小心地观察着卢新，等待应付他的下一个动作，李灵韵感到卢新已经不正常了，从今晚开始他不正常了。

卢新打开门，先是站在门口四处张望了一会儿，他家的门正对楼道，门一开，一股穿堂风趁机钻了进来，正是初春的夜晚，卢新和李灵韵同时打了个冷战。卢新似乎被风吹得清醒了，他迅速关上门，看着瑟缩的李灵韵，忽然将她拥在怀里说：“你这个副区长老婆让我这个农机站站长的丈夫怎样做人啊！”说着竟呜呜地哭了起来。

李灵韵愣了，她怎么也想不到卢新会因为自己的职务而失声痛哭。男儿有泪不轻弹，这件事显然是横在卢新喉部的一柄利剑，在卢新看来，如果李灵韵真的是一位好妻子，她就应该把这柄剑折断。她将卢新拉回到床上说："明天我就去市委组织部，推掉这个副区长的差事。"

卢新这才安静下来，就像一个孩子一样，等待着明天那甜蜜的糖果。

第二天一大早，李灵韵就赶到市里去了，她想她要在上班时间准时赶到组织部，否则她就可能见不到组织部的领导。8点20分，李灵韵准时站到了市政府门口，离上班还有10分钟时间，市政府机关的大小车辆和人员已经开始出出进进了。这时，李灵韵突然看到何副市长的车开了进来，她想躲闪一下，因为她来的目的并不是想见何副市长。可就在这时何副市长发现了她，他将头伸出车窗外与李灵韵打招呼，李灵韵再也不可能躲闪了。

车停稳后，何副市长打开车门走了过来说："这么早找我有事？"在何副市长看来，李灵韵一定是来找他的，她的任命书还没下达，李灵韵目前不会认识市政府大院里的很多人，一定是有什么事情来找他。

李灵韵只好顺水推舟地说："有个问题想找您再咨询一下。"

"那就到我的办公室吧。"何副市长说。

李灵韵到了何副市长的办公室，内心惊讶着宽敞明亮的办公条件，想想区里的办公室又暗又窄，真是无法跟市里相比，尽管区里早就嚷嚷要盖办公大楼，可地皮是一回事，有了地皮谁来投资又是一回事。农机站的办公条件就更差了，几间破平房，只有东边的一间不漏雨，墙还是歪的。大家一直担心墙会坍塌，卢新有一次幽默地说："不破不立，墙不倒就不可能有新的办公室。"农机站的另一名职工说："那为了新的办公室，我们就盼着墙倒吧。"可是几年下来了，墙经过风吹雨淋仍是没有倒，它就像一个长年服药的病人，生命对外界的侵袭有了强大的内在力量。

何副市长将一杯茶端给李灵韵的时候，李灵韵还在出神。

何副市长坐下后，打量了李灵韵一会儿说："小李呀，看你满腹心事，到底有什么事呀。一大早就跑来找我？"

李灵韵这才将心神凝聚起来，她想她真应该先把情况跟何副市长汇报一下，听听他的意见，毕竟是他推荐了自己，如果唐突地跑到组织部，还不知道是什么样的结果呢。而且她今天来，完全是为了卢新，为了个人小家庭的完整和温馨。这是不是一种胸无大志的表现？想到这儿，李灵韵很坦诚地将此番来的目的讲了出来，她刚讲了一半，何副市长就把她的话打断了。

何副市长神情严肃地说："小李呀，我在你们那里蹲点期间，的确发现了你的与众不同，比如你很有组织能力，嘴巴很会讲，思维也比较敏捷，肯吃苦，又是学农业的，区里需要一名分管农业的副区长，你的年龄、学历、人品都合适，我就向组织推荐了你。组织考察后接受了我的推荐，这证明组织对一个人放在什么位置是有眼光的。你不要小看这个位置，多少人在盯着，多少人在候着，多少人在要着，多少人在跑着，既然做了公务员，行政级别就是衡量身份的标志。当然更重要的是希望你在这样的工作岗位干出成绩，农业是郊区很重要的一大块，肩上的担子不轻啊！"

李灵韵感到自己的眼泪要涌出来了，尽管何副市长的脸上和风细雨，有很多话没有说出来，但她已经意识到那没说出来的话——"你别不识抬举"！

事实的确如此，有多少人梦想着这个位子，有多少有背景的人可以占到这个位子，而李灵韵谋到这个位子，全靠她的实力，全靠伯乐对她的看中，按一句老话说：李灵韵应该感激何副市长的知遇之恩。

李灵韵只好将自己内心的顾虑讲了出来，讲到动情处，她真流了眼泪。

何副市长沉默了一会儿说："一切都会过去的，你丈夫卢新心里不痛快也是可以理解的，男子汉嘛，总是自尊心很强，过去他领导你，现在你领导他，要允许人家有个转变的过程嘛。等他慢慢想明白了就好了，与自己的前程大业相比，夫妻之间的矛盾都是鸡毛蒜皮呀。"

李灵韵走了，她擦净眼泪，跟何副市长笑笑，想说什么又没找到合适的话，当何副市长伸出手跟她握手时，李灵韵第一次发现男人还有这么厚重的大手。

从何副市长办公室出来，李灵韵径直回到区政府，她在农机站那间灰暗的办公室将自己的东西整理了一下，也许要不了多久，她就会离开这间办公室了。她突然生出一种留恋感，毕竟她是在这里起步的。然后，她又到卢新的办公室去看了一下，她发现卢新没上班，站里的人说，今天还没见过卢站长。

李灵韵心里一抖，眼前忽然黑起来。

二

李灵韵匆匆回到家，卢新不在，家里的东西摆放整齐，看不出什么迹象，更让人无法跟昨夜的情景对上号，那么卢新能到哪里去呢?

李灵韵在房间里发了一会儿呆,猜测着卢新会到哪里去,她想到了那片他们经常在傍晚散步的翠湖湿地,卢新会不会到那里去呢?李灵韵未及深想,就骑着自行车赶往郊外。

翠湖湿地在城外,离他们所居住的地方有一里路,李灵韵经常跟卢新晚饭后到这里散步。翠湖湿地是他俩给取的名字,说是翠湖其实是一个半大的水塘,春夏之时有野鸟在此聚集,周围形成了一片沼泽,卢新就给这里取了一个好听的名字叫翠湖湿地。

李灵韵第一次跟卢新走到这里的时候,是无意识的,那时他们刚刚结婚不久,彼此沉浸在青春欲望的快慰里,晚饭后两人手挽手到郊外散步,他们走了很久,那是一个有月亮的夜晚,在皎洁的月光下,他们发现了这片翠湖湿地。月光下的湿地异常安宁,月光洒在上面就像铺了一层光滑的绸缎,偶尔会有一两声野鸟的叫声和成片的蛙鸣,蛙鸣在这片湿地显得壮观,当蛙鸣的声音响起来的时候,就像为湿地奏响了爵士鼓,所有野鸟的动听鸣叫都没有声息了。卢新对这一现象感到很奇怪,也由衷欣赏蛙群的气势,他甚至给李灵韵背出了伟人毛泽东十二岁时写的《咏蛙》诗:独坐池塘如虎踞,绿荫树下养精神,春来我不先开口,哪个虫儿敢出声?

卢新说:“毛泽东就是毛泽东,从小看大,他不成伟人才怪呢。”

李灵韵知道卢新的内心世界有一种政治抱负,他平时喜欢看名人传记,喜欢战争片。克林顿、布什、普京都是他经常挂在嘴上的人物,他曾经跟李灵韵说过,一个男人真正的才华是成为济世之才。

卢新在湿地新鲜的空气中,对未来做着种种设想,其中有一种设想就是他在外面轰轰烈烈干一番事业，李灵韵在家里将生活料理得精彩。其实李灵韵心里也的确渴望过这样的生活，可那天她偏偏跟卢新执拗了一下，她忽然将舒婷的《致橡树》背诵了出来：作为树的形象和你站在一起，根，紧握在地下；叶，相触在云里。

想不到李灵韵不经意的执拗居然变成了现实，她真成了一棵树，一棵比卢新高大茂盛的树，枝叶蓬勃，树下的绿荫足以使卢新乘凉。可卢新绝不肯要这样的阴凉，他在李灵韵即将成为树时，就发出了将树干折断的信号。

想到昨天夜里的情景，李灵韵心里一惊，恐惧忽然从身体的各个部位渗了出来，这种恐惧很可能是打碎她以往生活的信号。

李灵韵沿着湿地急走，她想她要绕着水塘走上一圈，万一卢新猫在哪个地方苦闷，她一眼就可以发现他。

太刚从云里挤出来了，云层似抵抗不住太阳的灼热，顷刻就四散而去。湿地再也没有了阴凉的感觉，一股灼热腾空而起，鸟鸣不见了，只有风声和风中的灼热在湿地上空盘旋。李灵韵疾走了一会儿，仍不见卢新的影子，她就两手拢成喇叭喊了起来，湿地周围立刻有了一种回应，就像空旷的山野。李灵韵的声音箭一样射到了山上，又被山挡了回来，当“卢新……”的喊声在四周此起彼伏时，李灵韵弄不清这喊声究竟是湿地“克隆”出来的还是自己喊出来的，喊了半天，仍然不见卢新的影子。李灵韵只好骑车往回赶，赶回区机关的时候，区委组织部长迎面碰上了她，急忙说：“我到处找你，手机也不开，你到哪里去啦？”李灵韵未及回答，区委组织部长又说，“明天市委组织部来人，你准备走马上任吧。”

李灵韵心里嘀咕，是不是何副市长催了市委组织部？又想，何副市长没有权力过问组织部的事吧?

突然而至的消息使李灵韵的心绪更乱了,她骑车回了家,想看看卢新在不在。卢新还是不在,李灵韵给所有认识的熟人打了一遍电话,电话通了的时候却只字未敢提卢新,她怕别人猜测什么,她想要是卢新有了意外,她不用问,对方也会说的。

打完电话,李灵韵突然感觉一阵疲惫,离上班还有一段时间,她想躺在床上休息一会儿。她的头刚刚挨到枕头,门锁转动起来,卢新一身酒气地进屋了。

李灵韵的心里生出了一种不祥的感觉。卢新不会喝酒,不仅不会喝酒,而且滴酒不沾,他一喝酒就浑身发痒,他对酒精过敏。可最近他酒也喝了烟也抽了,他在做一种违背自己心性的事情,仅仅因为李灵韵成为副区长的人选,比他的地位高了。其实,这本来是件好事,多少对行政夫妻巴不得美梦成真,而这却成了卢新心中的块垒。李灵韵本来想沉默,看卢新究竟会闹到什么地步。可当卢新扑通一声倒在床上的时候,李灵韵第一眼就看到了他如火鸡一样的红脖颈以及颈上那点点斑斑的红疙瘩,他真的酒精过敏了。

李灵韵第一个反应就是到厨房找醋,她知道醋能解酒,报纸上许多资料介绍过,李灵韵也亲自实践过。记得有一次她跟卢新一起下乡,乡政府留他们吃饭,席间弄了点白酒,还请乡妇联的女主任陪酒。女主任是个见识过酒场的人,听说有一次陪市里的领导喝酒,居然喝了两斤白酒,差点送了命,是醋救了她,当醋顺着喉咙滑进她的胃肠时,酒精悄悄退却了,乡妇联主任从死神的怀里挣脱出来。李灵韵和卢新第一次在乡里吃饭就遇上了这么个对手,她心里怕得要命,她知道卢新更怕得要命,为了避免卢新的身体惨遭酒精的摧残，李灵韵挺身而出，跟乡妇联主任对喝起来。乡妇联主任弓起五个手指，每个手指上都托着一个茶碗大的白瓷酒盅，里面斟满了白酒，白酒的香气挟着一股辣味，李灵韵无所畏惧地跟这些酒盅较量，居然半斤八两没个输赢，乡妇联主任最后竟甘拜下风说："酒海横流方显英雄本色，这样的酒量在官场大有前途啊！"

李灵韵当时听了这话很不舒服，好像官场都是酒囊饭袋们混事的地方。不过她很快就把心里的不愉快驱散了，是乡妇联主任让她试出了自己的酒量，本来她也跟卢新一样滴酒不沾，想不到自己竟然是一樽无底的酒具。她跟乡妇联主任交换了名片，知道了她叫孙玉珍。那次喝酒回来，卢新跟李灵韵大闹了一场，他觉得李灵韵在酒桌上把他的风头抢尽了。

李灵韵委屈地说："我们第一次在乡里吃饭总不能冷场吧？"

卢新没好气地说："告诉你，如果你跟我母亲一样好抢风头，一生使我父亲难以出头，我就跟你拜拜！"

李灵韵吃惊地看了卢新一眼，事后她才得知卢新的母亲曾经做过一个城市的文化局局长，而他的父亲只是一个地方剧团的板胡演奏员，后来靠了他妈妈的关系进了市图书馆当了资料员。卢新的父亲自卢新记事起就跟妻子处在一种对峙状态，他经常灌输给卢新这样一句话：女人当家房倒屋塌。卢新还说，其实他妈妈已经是贤妻良母了，在我们中国，女人如果出任一个社会角色会特别艰辛。这些事情是卢新情绪平静的时候告诉李灵韵的，李灵韵当时只想起一句话：童年对人一生的影响特别关键。她为此心里不安了许久。

李灵韵从厨房端来半碗醋，她站在床边观察了卢新一会儿，感觉他好像睡着了，喉咙里发出醉酒的鼾声。她将碗放在床头柜上，试图解开卢新的衣扣，让酒精快些散发，这时她闻到了卢新身上的一股怪味，她也说不清是什么味，反正不是单纯的体汗味。李灵韵就将卢新的裤子和上衣全扒了下来，她要把他衣服上的怪味洗掉。

李灵韵将卢新的衣服拿到卫生间，刚要浸水，忽然看到衣服口袋鼓囊囊的，便伸手将口袋掏了一下。李灵韵将口袋里的东西掏出来的时候，竟吓了一跳，那是一小盒避孕套，一包抽剩的大中华香烟，还有几百块钱。李灵韵第一个反应就是卢新去了酒吧歌厅之类的场所，找了三陪，否则他的口袋里不可能有避孕套。她的眼泪不由自主地流淌出来，一串一串滴落在卢新的衣服上。

是我逼你这样吗？是我逼你堕落吗？你毕竟还是区农机站的站长，你年轻，前边还有很多机会，你怎么就想不明白呢？李灵韵带着一个又一个的问题返回卧室，她想弄醒卢新，可她看见卢新早就赤裸着全身仰躺在床上了。他脱了内衣内裤，睁着双眼深呼吸。

李灵韵刚刚靠近他，卢新便像醉狮一样一跃而起，如同擒拿一只小鸡般将李灵韵一把拎起来按在床上，而后粗蛮地撕开她的裤子，那咔咔的布帛撕裂声就像突如其来的雷电，顷刻把李灵韵震懵了，还未等她醒过闷来，卢新便从后边急风暴雨般地进入了她的身体。卢新边动作边说：“我让你尝尝男人的真正滋味，看看到底谁的力量大！”

李灵韵第一次发现卢新如此失态，她从未感觉过他这般野蛮的力量，好像折磨她的不是卢新，而是一个陌生的强奸犯。就在李灵韵痛得忍不住叫喊时，更痛的袭击开始了，卢新用手指甲掐她的大腿内侧，他的手指甲很长，在李灵韵的记忆里卢新从不留手指甲，稍长一点他就要用剪刀剪掉，开始他总是让李灵韵给他找指甲刀，后来李灵韵嫌烦，就给他买了两个，一个放在他的枕头下面，另一个放在写字台的抽屉里，使卢新随时可以保持指甲的清洁。现在卢新用这么长的指甲掐她，说明卢新蓄谋已久了。卢新真像是个训练有素的老手，他用指甲轻轻捏起李灵韵大腿内侧的一层皮，狠狠地用力掐，每掐一下李灵韵就尖叫一声，再加上他身体的动作与手指的动作配合协调，不一会儿，李灵韵就发出一种近乎绝望的哀求："卢新，你饶了我吧！"

卢新终于停了下来，他像个胜利者一样翻身下床，在衣柜里找出一套干净的衣服穿上，然后扫了一眼在床上缩成一团的李灵韵，吹了声口哨拉开门走了。

李灵韵忍不住痛哭起来，她怕邻居听见自己的哭声，便将脸埋在被子里，她的哭像闷雷一样，挟着雨一般的泪，洒满了房间的每个角落。李灵韵知道，从今以后她可能要经常面对卢新对她的侵犯，肉体的、精神的，就因为她将出任一个公众盯视率很高的职位。

李灵韵下午没敢去农技站，她怕同事看出她哭过的眼睛。到了晚上，她从床上爬了起来，她的下肢很痛，特别是大腿内侧，一片红紫的斑点，如同蝎子蜇过一样。李灵韵洗了个澡，想到明天市委组织部要来人，她又去门口的理发店吹理了一下头发，回来的路上，她的心里忽然生出一个念头：绝不向卢新妥协！

三

第二天一早，市委组织部和区委组织部的领导跟李灵韵正式谈了一番话，李灵韵就以副区长的身份走马上任了。

她的办公室设在区委的四楼，两间全部朝南，里间是办公室，外间是会客室，电脑电话沙发转椅一应俱全，最让李灵韵兴奋的是窗台上摆了几盆花草，其中一盆是银杏，还有一盆是巴西木。办公室的人说这两间房是新腾出来的，从前是资料室，屋里的设施也是新添置的。窗台上的盆景显然是专为李副区长摆放的，李灵韵感到莫大的抬举和尊贵，一瞬间卢新对她的凌辱云一样被风吹散了，从现在起她就是有社会身份的人了，她的全部精力都要投入到社会公务之中。

李灵韵准备先到各乡镇转转，过去在农机站工作虽说也经常往下边跑，但那是单纯的农业技术指导，如今作为分管农业的副区长，她必须掌握全区的农业情况，哪个乡有多少农用耕地、多少果林、多少水利设施，她都必须摸个一清二楚。

郊区共有八个乡镇，其中有三个乡镇距市区较近，有两个乡镇基本在市区，最偏远的一个乡与外县毗邻，是彻头彻尾的农业乡，工业基础等于零，大批青壮年劳力在外务工，女的当保姆，男的当泥瓦匠。这个乡叫天河乡，李灵韵只去过一次，还是跟卢新一块去的，吃饭的时候跟当地的乡妇联主任孙玉珍对酒，居然试出了自己的酒量。李灵韵觉得天河乡应该是她的首选，她就拿出郊区地图将天河乡的地形地貌大体看了一遍，发现城市的大半个丘陵地形都在天河乡的范围内，一条大河横贯全乡，年年闹水排涝。李灵韵又扫了一眼乡干部名单，孙玉珍居然当了副乡长，分管农业。她兴奋地拿起电话，想通知一下孙玉珍她准备去乡里，电话拨通的时候她又把电话放下了，她想这个电话一打过去，孙玉珍就会准备酒菜，无形中她就给乡镇添了麻烦，算了，还是当个不速之客吧。

李灵韵到了天河乡已近中午了，乡里的干部全外出了，李灵韵等了一会儿，孙玉珍才匆匆赶了回来，她给李灵韵泡了一杯茶说：“乡长到省委党校学习一年，目前乡里的工作由我负责。中午就在食堂吃个工作餐，晚上到我家里，我还有一瓶珍藏了十年的绝版洋河，我们俩再对饮一下，看看你的酒力长进了没有？”

李灵韵呷了一口茶说：“孙副乡长还是那么有酒量啊？”

孙玉珍一摆手说：“基层工作，喝酒是礼貌，好多解决不了的难题，酒桌上就能摆平。我一个人的时候基本不喝酒，血压有点高，工作应酬只好舍命陪君子。”

李灵韵趁机说：“那这顿酒我们就不喝了吧，我对酒也没什么瘾。”

孙玉珍接过话说：“不，今天这顿酒非喝不可，我要祝贺你荣升副区长！”

李灵韵看了孙玉珍一眼，觉得她说这话没有恶意，便说：“组织安排我到这个位子上，能不能干好还是个未知数呢。”

孙玉珍一拍桌子说：“别的乡我不好夸海口，天河乡一定全力支持你的工作，你说怎么干，我们就按你的路数干！”

李灵韵一下子笑了，她觉得孙玉珍偶尔的豪言壮语还是很幽默的。

两人吃过饭就出了乡政府大门，往前走八百多米，就是一片河套，河套里乱堆着大大小小的鹅卵石。李灵韵忍不住问：“去年的水闹得凶啊？”

孙玉珍说：“差点没把我们的一个村庄冲走，这鬼地方，年年闹水，一年不闹水就要大旱，今年还不知道是旱是涝呢。天河乡天河乡，十年要有九年荒。你看这山坡地，现在哪里还有人种地呀，一是家里的劳力都出去打工了，二是种了地也难保收成，不是洪水就是蝗虫，后来我就号召出外务工的人在地里栽意杨林，一棵树长到五年就可以卖百十元钱，你看这成片成片的意杨林，大伙都叫它懒汉林。"

"不能种些果树吗？比如山楂树，经济价值很高，如果当地能成立果品加工厂，还能解决一些劳务问题。"李灵韵突发奇想。

"想过，可是招商引资了半天，乡里花了不少招待费，最后没有一个商人来投资，乡里的路大部分是泥土路，盖厂房的资金也难筹集。如今的商人都想投资不担风险，天河乡这个样子，人家一皱眉头，咱就知道是什么意思了。"孙玉珍说着，拐上了一个土坡，那里是一片意杨林，足有十几亩，树显然是刚刚植上的，只有手指般粗壮，但棵棵都活了，叶子在风中哗哗啦啦响，透露着春的信息。

李灵韵看了一会儿意杨林说："天河乡地理位置偏僻，但做生态农业还是大有可为的。懒汉林的经济收益较慢，如果开发经济林、花卉基地、玉米基地，说不定真能打翻身仗呢。"

孙玉珍眼睛一亮说："李副区长，如果你在上边能帮我们跑些资金，先把柏油路铺了，我保证商家就会到这里落户，到时候你说怎么干我们就怎么干，我孙玉珍命不要也要让天河乡的父老乡亲过上好日子。我从小就生长在这里，天河乡的百姓真苦啊！全乡三年中有六名妇女因为没钱治病死亡，两名妇女因为在地里喷农药中毒死亡，十几名妇女因为耐不住贫穷跟丈夫离婚远走他乡，现在天河乡有一大帮光棍汉，如果不是到城里务工，早就弄得鸡飞狗跳了。穷啊，真是穷啊，我们这些当干部的不能让百姓脱贫致富，说话腰杆子都不硬。李副区长，今后你一定要为天河乡多想想办法，就算老大姐我求你了！”

孙玉珍拱手向李灵韵作揖，李灵韵看到她眼睛里闪烁的泪花，心里不由得一阵感动。

两人继续往前走，孙玉珍边走边向李灵韵介绍天河乡的风土人情，走到天河岸边，一条蜿蜒的河水自西向东流去，空气中带着湿漉漉的水汽，风一吹，让人通身舒爽。李灵韵很久没感受过这么清纯的空气了，城里的空气总带着污染，即使你看不见，也会刺得你喉咙发痒、鼻孔发酸。李灵韵忍不住大张开嘴深深地吸了口气说：“孙副乡长，你们这里的空气真是新鲜呀，可以把它一袋一袋收集起来，拿到超市去卖。你知道吧，现在美国的超市里就卖新鲜空气，4美元一袋，价格不菲呀。”

“要是卖空气，我们这里真发财了，再把天河乡的传说写到包装袋上，这是王母娘娘用头上簪子划出来的天河，谁要吸了天河水蒸发出来的空气，他们的爱情就像牛郎织女一样忠贞不渝，即使被王母娘娘拆散了，每年的七月初七还有喜鹊给他们在天河搭桥幽会。这样浪漫的爱情，保准会让现在的年轻人神往。”

未等孙玉珍说完，李灵韵忍不住先笑了说：“不错，这个广告词真不错。如果可行的话，天河乡真可以收集新鲜空气卖。”

孙玉珍正儿八经地说：“目前还不行，不太现实，中国人的消费水平还没达到能消费新鲜空气的地步，只怕是等到那一天到来时，天河乡的空气也被污染得不能卖了。”

李灵韵没接话茬，她忽然发现孙玉珍是个很有头脑的女人，不经意间流露出的话语，显示着她的思想深度。

孙玉珍继续带着李灵韵往前走，几乎把能看的地方都看了，傍晚的时候，两人才来到孙玉珍家。

这是一处四合小院，院里有一棵香樟树，大约有十几年的树龄了，树干粗壮，树冠繁茂，散发着满院的香味，院子里有三间瓦房，两间厢房。

孙玉珍做饭麻利，一会儿饭菜就摆上了桌子。她打开那瓶绝版的洋河老酒，晃了晃说："十几年了，现在这个厂再也不生产这型号的酒了，所以我说它是绝版。今天咱姐妹俩把这瓶绝版酒喝了，趁着酒兴为天河乡想想脱贫致富的绝招，也算对得起这十年的佳酿了。"说罢，先把李灵韵的酒盅斟满了，酒盅有小碗那么大，满屋的酒香使孙玉珍忍不住直吸鼻子说："酒越陈味道越好，陈年佳酿嘛。"说着举起酒盅说，"祝李副区长高升，为我们的合作先干了这杯！"

李灵韵慷慨地喝了一大口。酒喝到一半的时候，李灵韵感到头有点晕了，便忍不住问："你先生今晚真的不回来吗？"

"他呀，你想让他回来他都不会回来的，他到城里玩去了。自从我当上这个副乡长，他总怀疑我有外心，只要看见我跟哪个男人说话，就认定我跟人家睡觉，后来他的疑心越来越重，每月领工资的时候就到城里去，一玩好几天，下馆子、洗桑拿、上歌厅，啥好事都干了。从前我不会喝酒，我是让他折磨得才喝酒，说是工作需要那是假话，一醉解千愁啊！"孙玉珍端起酒盅一饮而尽。

女人怎么都这么不幸！李灵韵望着孙玉珍，想说什么却说不出来，她呆呆地端着酒盅发愣，卢新的面孔又在她眼前晃动起来，今晚她没回家,明天还不知道卢新是怎样一副嘴脸呢。

李灵韵将凉拌西红柿推给孙玉珍说:“孙副乡长,把这个吃下去吧,否则你的胃会受不了的。”

孙玉珍眯着眼睛说:“没有我受不了的事情,跟你说吧,李副区长,我提起来靠的就是实干精神,为了天河乡的致富,我啥点子都想过,说出来也不怕你笑话了。那年乡里来了个富商,说要投资修路,乡里领导陪吃陪喝好几天,富商不说投也不说不投,把几个乡干部急得再也想不出好点子来了。我观察那富商,发现他喜欢看天河乡的女孩子,我就把全乡俊得出名的女孩子都召集来了,富商只要肯投资修路,看上哪个给哪个,我敢做主。谁知那富商竟偷着把那十几名女孩子带到一座沿海城市打工去了,后来全乡的人都往外跑,外边有钱赚啊!”

李灵韵听着孙玉珍的话,心里翻腾着,天河乡是个问题乡,脱贫致富恐怕不是轻而易举的事情,但不管遇到什么困难,她都不能后退,她举起酒盅说:“上了战车,就开起来吧!”

“有你这句话,我心里就不慌了。”孙玉珍将酒彻底干了。

四

卢新一直没回家,那天凌辱过李灵韵后,他就借故开会到外县去了,这个县与郊区毗邻,当晚他还通过有线电视看了一会儿郊区的新闻,他看到李灵韵走马上任了,正出席一个有关农业的什么会议,她微笑地坐在主席台上,额前的一蓬刘海儿向上翘起,显然是在美容店做了美容,否则不可能这么精神焕发神采飞扬。

卢新带着醋意把电视关了，坐在沙发上半天理不出头绪，大脑被李灵韵的形象占满了，腾不出一点空间想他自己，就这样茫然地坐着。跟邻县农机站的合作项目中午就办好了，按正常的安排下午他就可以返回郊区，可他偏偏在一家宾馆住了下来，邻县的人不知道卢新住进了宾馆，这使卢新万分地坦然，他想，现在的时空都属于自己了，李灵韵不知道他在这里，所有的人都不知道他在这里，他可以一人独钓一江秋了。

卢新觉得他报复李灵韵最好的办法就是跟别的女人睡觉，可卢新不想在郊区惹这种麻烦，兔子不吃窝边草，一旦招惹了谁，人家盯上来他就会身败名裂，特别是现在，李灵韵当了副区长，不管怎么样他们都是一家人，他总不能做一档子让她棘手的事情。而对李灵韵的不服气又萌动在心，卢新想，他只有把这气发泄在另一个女人身上，他的心里才会平衡。况且谁能保证李灵韵就冰清玉洁呢?郊区机关那么多女同志，何副市长为什么偏偏推荐了她?她如果没有一身的骚气，怎么可能打动一名见多识广的男副市长?想到这里，卢新觉得今晚自己做什么都是理直气壮的了，许你李灵韵放火，也就许我卢新点灯。

卢新抽了一根烟，仍是软包大中华，自从抽烟以后他就没有吸过别的牌子的香烟，他要摆个谱，一名大男人的谱，那不仅仅是阔绰，还有他的尊严。有一首歌就叫“我们的大中华”，卢新是中华民族一分子，抽大中华烟名正言顺。

抽完一根烟，卢新开始洗澡，他先将“请勿打扰”的牌子挂在门口，他知道9点一过，房间的电话铃声就会不断地响起来，只要那边询问“先生需要服务吗?”他就跟她谈价，然后一拍即合。今晚他的床上就要睡着另外的女人,与李灵韵的体态和气质完全不一样的女人。

卢新已经三十出头了,还没尝过别的女人的滋味。在李灵韵的社会身份没有发生变化之前,卢新从未有过背叛彼此情感的越轨设想,那个时候他和李灵韵出双入对地上下班,偶尔还会到翠湖湿地散散步,李灵韵并不是那种政治抱负很强的女人,她似乎更想把卢新推到前台,可命运偏偏把她推到了前台,她的机遇是何副市长给的,那个衣冠整洁的男人总是给卢新想象的空间。

在浴间洗干净了自己,卢新就躺在床上等待电话。房间里悄然无声,因为焦虑地等待,房间的安静好像令人无法忍耐,卢新看看表,早就过了9点了,现在应该是热线联系的时间了。他又等了一会儿,还是没有电话,卢新坐了起来,打开电视,按了几个台,没有一个频道让他看进眼睛里去,他索性穿衣下床,关了电视,走出宾馆。大街显得安静,夜晚给人一种清爽的感觉。可卢新却感到内心很郁闷,好像非要到哪里发泄了才痛快。街拐角有个烤羊肉串的摊位,三三两两的人坐在小凳上吃羊肉串,手里拎着啤酒瓶,那种随便的自在让他想起大学时代,晚上他偶尔会和几个同学围着摊位吃烤羊肉串,那个时候他们没有任何心理负担,能把羊肉串的味道尽情品尝出来。现在卢新也想吃几串烤羊肉,当他走到摊位前的时候又没了想吃的欲望,于是他转身爬上了过街天桥,想站在桥上看看风景,这时他看到了吊在桥栏杆上的横幅:严厉打击卖淫嫖娼的违法行为。卢新恍然大悟,阶段性的扫黄打非又开始了,小姐们肯定被这阵势吓跑了。

卢新在桥上站了一会儿,风吹到他的脸上,他感到一阵失落,好像心意无处寄托一样。如果他无法实现心中的愿望，他今晚住在这里还有什么意义呢？就在他准备走下天桥的时候，一名少女突然出现在他面前，并拦住了他的去路。卢新吓了一跳，弄不清这少女是从哪里冒出来的，他在桥上站了半天好像就为了发现一个女人，他在准备无功而返的时候她居然出现了，鬼使神差，莫非真是天意？

少女正是卢新要找的那类人，两人没说几句话，卢新就跟她走了，反正两百元全程服务。这少女也就十六七岁的样子，最初跟卢新谈价时还有点警觉，谈成以后，那疑惑的眼神才渐渐消失了。卢新跟在她的身后，下了天桥，拐进一条胡同，在一幢大楼下蛰伏着一排平房，说是平房，其实是简易棚户，卢新到这样的地方潇洒实在有点掉价，但已经来了，卢新还是想见识一下。

少女拍了下门，里边出来一名中年妇女，少女说："妈，客人来了。"中年妇女立刻迎了上来，灯光下中年妇女的脸色粉白，显然涂了过厚的脂粉。她异常热情地跟卢新打着招呼，卢新看到这间低矮的平房只有一张双人床，因为长期不开窗，空气中弥漫着一股霉味和劣质香水的味道。卢新转身想走，少女堵在了门口，中年妇女上前拦住他说："大兄弟，既然来了，何不潇洒一回？"说着就解衣扣。

卢新连连后退，当他退到门口时，少女迎着他的目光温柔地一笑，卢新灵机一动说："我是跟你谈的，怎么冒出了你妈？"少女老练地说："我妈是两百，我是五百。"卢新说："那我走！"少女将身子靠紧了门说："来了就别想走，跟我做也可以，但必须加钱。"

"加多少？"卢新问。"五百呀。"少女扬着眉毛说。

"不可能！"卢新试图拉开门出去，他感到少女的身子好像钉到门上了。他拉不动。

中年妇女说："大兄弟，要不这样吧，这几天生意淡，你给个三百，跟丫头玩。不过你千万别使劲吮她的乳头，她的乳房还在发育期，已经被抓捏得不像样子了，要是真发了炎，我们没钱治，她父亲在床上瘫痪五年了，我们娘俩出来做这个就是为她父亲换个药钱，否则谁干这丢人的事情啊！"

卢新浑身打了个冷战，他想他要赶快逃离这个鬼地方，可少女死死地堵着门，中年妇女又在后边使劲抱住他的腰，卢新插翅难逃，只好答应了中年妇女的条件，卢新跟少女上床前也有个条件，那就是少女的母亲必须离开房间。

中年妇女只好出去了。

少女将门插紧，就将卢新拉到床上，在她给卢新解扣子的时候，卢新也将她的上衣扒了下来，这时他看到少女从脖颈到肩膀、胸脯没有一块好地方，不是青一块紫一块，就是成片结痂，特别是那两只像酒盅一样的小乳房，横七竖八被抓过的痕迹如蛛网结在一起，乳头已被吮得开裂了，露出里面鲜红的嫩肉。卢新忍不住说："小妹妹，我不动你的乳好吗？"

少女的眼泪一下子涌了出来，她摸着卢新的脸说："你往上边吐点唾液吧，我妈妈说唾液能消毒。"

从少女家里出来的时候，卢新特意又到天桥上站了一会儿，风吹在脸上有点凉，他像是清醒了一般，想起刚才的经历，内心忽然一阵发呕，好像很对不起李灵韵，他就拿出手机往家里打了电话，没人接，李灵韵深更半夜不在家，他沮丧地下了天桥，回到宾馆又洗了一次澡，将下体用香皂搓了又搓。躺到床上的时候眼前总是晃动着少女那两只开裂的乳头，再也无法入眠。

两天后的一个中午，卢新在家里跟李灵韵不期而遇。李灵韵打量着他，心里总有一种感觉，卢新在外边做了见不得人的勾当，那天从他衣服口袋里掏出的避孕套已经提示了这种可能。但李灵韵还是宁肯信其无，她如今的身份是需要家庭安宁的，卢新毕竟还是郊区农机站站长，他不应该做出与自己身份不相符的事情来。

卢新看到李灵韵不停地收拾房间，证明这两天她也没在家，疯女人，刚当上副区长就插着翅膀到处乱飞，等翅膀真正硬起来，还不得飞到天上去呀。卢新想，李灵韵当了多大的官也是他老婆，他对她做什么都是不过分的，他想起那天对她的强暴，浑身顿时充满了快感，下体就像大公鸡一样，忽然又昂扬起来。

李灵韵正在擦地板，卢新打量她的时候，她翘起屁股洗抹布，敞领的睡衣露出一对饱满的乳，卢新正好看到了这双乳，他想起了那个卖淫的少女，那对让他彻夜难眠的乳，一分钟之内就发泄了的欲望，一种冲动忽然从天而降，他要在李灵韵身上试试，他的一分钟是偶然为之，还是永远的定格。卢新飞快地将李灵韵抱了起来，像扔一个麻包一样把她扔到了床上。

李灵韵警觉地翻身坐起，她意识到卢新要干什么了，他很可能重复那天的野蛮。李灵韵随手抄起一个枕头，对着卢新说："卢新，你今天再敢乱来，我就对你不客气。"

卢新冷笑一声，脱掉外衣说："不就是一个副区长吗？在外边你是副区长，属于全区人民，在家里你只属于我，你是我合法的老婆，我对你干什么都合法！"说罢，卢新试图扑倒李灵韵。

李灵韵快速闪身，卢新扑了空，这好像激怒了卢新，他再次扑了上去，在李灵韵的惊叫中，卢新急风暴雨般进入了她的身体。他发现自己的雄风在李灵韵身上丝毫没有减弱，相反倒像吃了春药一样越发斗志昂扬了。当卢新将最后的力气排山倒海般发泄给李灵韵的时候，他紧紧攥住李灵韵的手说："我知道你现在的身份跟从前不一样了，你成了公众人物，你在外边怎么潇洒我不管，但你必须每天保证我，否则你就没有好日子过。"

李灵韵心情平静了一下，也跟卢新说了几句话。李灵韵说："卢新，你我是因为相互欣赏才成为夫妻的，过去你的政治前程比我发达，我一直支持你，并以你为荣，现在我稍稍比你超前了一步，这是组织上的安排，不是我争抢来的，我知道你自尊要面子，作为男子汉比老婆的级别低怕别人说闲话，这些我都理解。你可以不支持我的工作，但你必须守法，你毕竟还是农机站站长，你年轻，说不定什么时候机遇就来到你身边了，这要看你自己是否准备好了。"李灵韵忽然想起了卢新衣袋里的那盒避孕套，便补充说，"如今机关作风抓得很紧，政府官员如果去找三陪小姐，很可能被开除公职。"

"你有什么权力这样教训我？"卢新警觉地看着李灵韵。

李灵韵淡然一笑，一语双关地说："后院失火不怕，就怕这火着起来没救了。"

卢新听罢这话，瞪着两眼发愣。

五

李灵韵上班的时候总是满面春风地微笑，谁也看不出她内心的苦闷，在机关她是令所有女人羡慕的角色，对于一个正处级的区政府来说，能当上副区长已是千载难逢的大机遇了，是多少人梦寐以求的东西，而命运只向李灵韵真正微笑了一下。

有关李灵韵爬上副区长位子的传说不少，无非是她与何副市长如何如何，但不久谣言就不攻自破了。李灵韵跟何副市长的确什么瓜葛也没有，她只到市政府去过一次，还是为了卢新去找组织部辞官意外地碰上了何副市长，何副市长又把她劝了回来。李灵韵怎么也弄不明白何副市长当初为什么推荐了她，她陪同工作组下乡三个月，田里地里行走，何副市长也没跟她多说过什么，倒是她偶尔讲出的一些建议何副市长很感兴趣，还时不时地插话赞赏。不管怎么样，何副市长已经把李灵韵当成千里马了，既然是千里马就要无愧地踏上征程。

李灵韵去了一趟天河乡，孙玉珍的设想总在她眼前浮现，区里干部目前正在"以点带面"地帮助各乡脱贫，天河乡始终没人去，一是离市区太远，二是纯农业乡如今很难在经济上见成效，三是分管农业的副区长正处在调整之中。李灵韵上来后，天河乡自然而然就归了她，在区长办公会议上，李灵韵根据自己的调查情况把天河乡目前的状况陈述了一下，她是最后一个陈述的，讲了半天生态农业、果品加工，参加会议的副区长们似听非听，没有一个人插话和帮腔，好像天河乡跟郊区没有什么关系似的。后来李灵韵弄明白了，天河乡历年都有区领导帮扶，但人家都是走个形式而已，农业乡本来就不受重视，经济效益差，从来也没有什么政绩出来，渐渐地天河乡就成了老大难，成了区里工作会议上不愿意提及讨论的一个乡。李灵韵就在这样的帮扶气氛中迎难而上，那些男副区长们自然也就不把李灵韵有关天河乡的设想放在眼里，反正也是空想，让一个女人去空想比男人更妥当一些。可以说那天李灵韵还未把对天河乡的设想谈完,会议就散了,李灵韵就去找区长。区长听她讲完,淡然一笑说:“小李呀,新官上任工作热情都很高,这是好事情,但你也别太急,天河乡是全区的老大难,工作上的难度区里也知道。你尽量干吧,试着干,干到什么程度算什么程度,我全力支持你。我们这些当领导的,其实就像走人生的一座桥一样,不能光在桥上看风景,要在桥两边造风景。”

李灵韵从区长办公室出来,感到自己刚才的汇报毫无意义,区长也没把她的设想当成什么天大的事情。设想的实现是要投入时间和金钱的,钱从哪里来?区里不可能对天河乡有什么项目上的投资,天河乡每年能吸收的一点外部资金也就是上边拨下的救济款,分到每家每户手里寥寥无几,根本做不成什么事情。李灵韵给区里汇报的这些设想,在男副区长们听来犹如天狗吃了月亮,根据他们以往的经验,天河乡这种纯农业乡只能老老实实种粮食,但粮价上不去,种粮是没有效益的,天河乡的青壮年劳力都跑到城市打工去了。李灵韵要领一帮老弱病残致富,岂不是天狗吃了月亮?李灵韵回来的路上,回想着区长说的那句话——“我们每个当领导的都像行走人生的一座桥一样”。李灵韵觉得自己走的是人生的独木桥,但既然上了这座桥,就要“风景这边独好”。李灵韵回到办公室就整理材料,开始她想让秘书干,又怕秘书不能完全领会她的精神,只好打开电脑自己闷在办公室,把天河乡的材料从头至尾整理了一遍,等她感觉文从字顺的时候,已经是后半夜了。她想喊司机送她回家,又觉得深更半夜打扰人家休息不太妥当,于是在沙发上睡到天明。

早晨8点钟，李灵韵准时赶到了市政府，她事先没跟何副市长打招呼，她怕他因为会议什么的搪塞自己。她想，天河乡脱贫致富的方案，如果能得到何副市长的支持就等于成功了一半。

何副市长果然在，李灵韵的突然到访让他感到意外，同时他也意识到李灵韵有什么事找他。未等何副市长开口，李灵韵就说："何副市长，又给您添麻烦来了。"说着，将材料放在了何副市长的办公桌上。

何副市长让李灵韵坐下，然后就哗哗啦啦翻材料，翻过后他认真地看着李灵韵说："你的设想很大胆，一个新上任的干部应该敢想敢干，只是天河乡没有天时地利，农业年年遭灾，不是洪涝就是大旱，它已经不只是你们郊区的老大难，而是全市的老大难了。"

李灵韵看着何副市长，她想从他的表情揣摩他的诚意，如果何副市长有诚意，再加上她的诚心，天河乡一定能改变一下面貌，哪怕是修个蓄洪大坝，也算为天河乡的百姓谋了个实事。

何副市长见李灵韵诚恳地看着自己，继续说："天河乡那个地方干也能干，但出政绩很难。如今农业不受重视，各级领导都喜欢到交通便捷的近郊蹲点，招商引资，建个什么项目，政绩就出来了。你选择天河乡是自讨苦吃啊！不过我当初推荐你也是看中了你的实干精神，既然选择了那就干吧。"

"可我需要您的支持，特别是资金上的支持。"李灵韵焦虑地望着何副市长。

何副市长心领神会地一笑说："我们是个穷市，能用在建设上的钱没多少，用在农业上更没多少，具体到天河乡，就更是远水不解近渴了。不过天河乡要搞生态农业、苗木基地、果品加工厂，这些也都属于招商引资的范畴，我为那里留点心就是了。对了，下午我就要见一位外商，他想在我市投资一个生态园，你如果有兴趣，可以跟我一道去。”

这机会太难得了，李灵韵兴奋地站了起来，说：“这样吧，何副市长，我马上通知天河乡副乡长孙玉珍，下午我们一道去见外商，她对天河乡的情况熟悉，说不定能打动人家。”

“那好哇，下午三点在我办公室集中。”何副市长交代了一下时间。

李灵韵回到办公室就通知孙玉珍速来区里。路途太远，孙玉珍坐了一段拖拉机才搭上公交车，见到李灵韵时已经快中午了。李灵韵带她到机关食堂吃了饭，两人便商量下午都向外商说些什么。商量来商量去，无非是天河乡的地理环境、区域位置、生态优势，两人准备到市政府去的时候，李灵韵发现孙玉珍的穿着太农民了，特别是她的发型，中间分印，一边一个卡子别在脑后，好像两块责任田一样，一看就是乡下妇女。李灵韵不由分说就把孙玉珍带到了区政府对面的理发店，大体说了一下发型，理发师三下五除二就把孙玉珍的发型变了，孙玉珍看着镜子里的自己说：“这哪里是我呀，这分明是中央电视台的主持人嘛。”

李灵韵觉得孙玉珍的发型改造过后，两个人的底气就足起来了，李灵韵也顺便将头发吹理了一下，很职业的那种。李灵韵本来想把孙玉珍带到自己家里换件衣服，她俩的个子差不多，她的衣服孙玉珍肯定能穿，可她担心卢新在家，只好打消了这个念头。不过吹理过头发已经很精神了，李灵韵看了一眼孙玉珍想：人的发型真是太重要了。

外商是华侨，说国语，这样双方交流起来的时候就比较明白晓畅，尽管孙玉珍说话带着浓重的天河乡音，外商还是把什么都听懂了。

同时参加会见的还有外县的两名分管农业的副县长和两名乡长，大致都是介绍自己本地特色及招商优势，由于李灵韵和孙玉珍在场，何副市长在介绍天河乡的时候就多说了几分钟，说这个乡如何山清水秀，最适合搞农业生态园，甚至还介绍了天河乡的来历、民间神话传说等，听得外商神情专注，当即表态三天以后去天河乡考察。

李灵韵和孙玉珍从市政府出来，天已经暗了，何副市长建议一起吃个饭，孙玉珍说要连夜赶回乡里，李灵韵只好陪她走了。两人走在路上的时候，孙玉珍说："何副市长今天明显帮我们说话，那个外商好像被他说动了，三天后来天河乡，我那连兔子都不屙屎的地方，人家能看中吗？我又拿啥招待人家呢？"见李灵韵在一旁沉思，孙玉珍接着说，"听说外商都喜欢女人，特别是处女，处女我们乡里倒是能找出几个，还是原汁原味的处女，绝不是做手术修补出来的。邻县有个外商，投资好几千万给他家乡修了座宝塔，又投资好几千万给他家乡建成了一所学校，邻县的人说县里为了把这个外商留住，就每天给他找处女，他也不白玩，一名处女送一千万……唉，有钱真好哇，有钱能使鬼推磨。"

李灵韵忽然打断孙玉珍的话说："你别以讹传讹了，这样的事大多都是捕风捉影，越传越没形。我们说点正经的吧，那些歪理邪事让给别人去做。"

孙玉珍的神情立刻正儿八经起来："李副区长，你指示，你往哪里指，我往哪里走。”

李灵韵被孙玉珍的神情逗笑了说：“孙副乡长，职务上我是你的上级，年龄上你又是我的上级，我们虽处在不同的位置，但最终目的是想把天河乡的事情办好。过去有句话叫文化搭台经济唱戏，这话可能有失偏颇，但我们不妨利用一下天河乡的文化资源，那里不是有花鼓灯吗？回去赶快把花鼓灯队伍组织起来，抓紧时间排练两天，用花鼓灯欢迎外商。”

未等李灵韵把话说完，孙玉珍就犯难地说：“这主意倒是不错，可乡里能跳花鼓灯的青壮年都出外打工去了，如今老的老小的小，只怕跳不起来呢。”

李灵韵说：“有多少算多少吧，老有老的跳法。”

孙玉珍说：“花鼓灯这行当必须是年轻人跳，有个段子叫‘风摆柳’，走碎步扭臀部两条胳膊上下摇摆，老人腿脚不灵弄不出那个味来。”

李灵韵说：“外商又不懂花鼓灯，就摆弄个意思吧。”

“那我就回去准备准备。”孙玉珍见李灵韵很执着，只好应承下来。

六

花鼓灯表演队如期组织起来了，领舞的男女演员是从邻县的专业演出队聘请来的，为此孙玉珍将自己的私房钱贴了进去。经过几天的紧张排练，花鼓灯的完美动作和唱腔艺术基本如诗如画了，孙玉珍反复强调着花鼓灯的要领说：“重心靠右后，走路腰晃扭；脚下梗住劲，传神靠眼瞅；急如风、停要陡，柔里刚、刚里柔；投足举手靠节奏，锣鼓点子跟脚走。”

三天后，外商在何副市长和李灵韵的陪同下来到天河乡，先是走马观花地把乡里的地理环境看了一遍，又听孙玉珍介绍了乡里的人口情况和经济情况，外商始终未动声色，没说这里好也没说这里不好。

孙玉珍有点沉不住气了，李灵韵看出了她的情绪，便悄悄跟她说：“一会儿就表演花鼓灯，吊一吊外商的兴致。”

孙玉珍便把所有的赌注都下在了花鼓灯上。

午饭是乡里安排的，简单的农家饭，烤玉米、蒸红芋，外商吃得津津有味。这时，一阵惊天的锣鼓响起，乡政府院里立刻成了喧闹的舞台，一队色彩艳丽的花鼓灯表演队又唱又跳地出现在外商面前，前边领舞的一对男女形象俊美、唱功不凡，看得外商两眼发直，不住地拍巴掌，看到高兴处，竟跟着鼓手乐队打起了节拍。这使孙玉珍有了跟外商沟通的切入点，于是她见缝插针地说：“您对花鼓灯这么喜欢，以前看过吗？有关花鼓灯，我们这里流传着这样几句民谣：锣鼓一敲响，腰板直发痒；看起花鼓舞，忘了累和苦；听了花鼓歌，三天三夜不嫌多。”

外商说：“我爷爷曾经来过这一带，小时候听他讲过花鼓灯。想不到花鼓灯这么好看，腔调这么动人。”

孙玉珍特意为花鼓灯表演队领队的两男一女设计了一个动作，在表演快结束的时候，每人端一碗米酒分别献给何副市长、李副区长以及外商。这个设计可以说是别出心裁，米酒既不可能把人灌醉，又代表了纯朴的乡风民俗。表演接近这个动作的时候，孙玉珍站了起来,她故意往一旁闪了闪,使献酒的空间更宽敞一些。外商接过米酒,看了看何副市长和李副区长,两位领导示范性地先将米酒仰脸喝进肚里,外商也学着他们的样子将碗里的米酒一饮而尽,顷刻他的脸就红了起来,好喝的米酒使他越发兴致高涨,竟冲进花鼓灯队伍手舞足蹈起来。接着,何副市长、李灵韵、孙玉珍都加入了花鼓灯队伍。

表演一直持续到晚上,何副市长有事提前走了。孙玉珍又张罗了一桌酒菜,菜大多是山里的菌菇,外商吃得津津有味,孙玉珍又把酒场的功夫拿了出来,一下子就喝掉了一瓶白酒,李灵韵见状也把酒量放开了,喝到尽兴处,外商两眼发直,目光不断地在花鼓灯领队的女演员身上横扫。一旁的孙玉珍一下子看出了名堂,忍不住跟李灵韵私下嘀咕,李灵韵也悄悄观察起外商来,观察了一会儿,她心里就有了数,示意孙玉珍出去。两人借故去卫生间,离了酒桌来到一个僻静处,未等李灵韵开口,孙玉珍就急着说:“咱这天河乡也实在没啥让外商动心的,人家既然喜欢了那女子,我看就依了人家吧,否则人家怎么可能给天河乡投资呢?”

李灵韵听孙玉珍这么一说,表情立刻严肃起来说:“孙副乡长,你的心情我能理解,如果外商的第一笔资金投到天河乡,天河乡很可能在两年之内就有起色。可我们不能为了钱把中国人的人格都搭进去呀!无论如何,今晚不能让外商在这里弄出事来,传出去有损天河乡的声誉。”

听李灵韵这么一说,孙玉珍冷静起来了,她略微沉思了一会儿说:“李副区长,那你说怎么办?我看外商的眼睛都发直了,商人大都见色起意,他要是一门心思喜欢谁呀,不弄到手不会罢休。”

李灵韵打断孙玉珍的话说："今晚你要给我把住关，多给外商上酒，让咱天河乡的靓女个个平安无事。"

孙玉珍犯难地说："要是他一把将那女子搂住了，咱怎么也不能从他怀里往外拖人吧？"

李灵韵想了想说："这附近有没有吃奶的孩子呀？你去抱个吃奶的孩子来，抱来的时候要让孩子哇哇大哭，就说是跳花鼓灯那女子的小孩，孩子饿了要吃奶，这样那个跳花鼓灯的女子就可以脱身了。"

孙玉珍兴奋得两手一拍说："这主意好，亏你想得出来，难怪你能当副区长呢，一肚子金点子呀，我看天河乡有了你的谋划，一定能脱贫致富。"

李灵韵说："闲话少说，你现在赶快去抱孩子，我回酒桌敬酒。"

李灵韵回到酒桌，外商已喝得醉眼迷离了，正对跳花鼓灯的女子动手动脚呢。女子显然没见过什么世面，脸上的表情怯怯的。李灵韵见状急忙坐到了两人中间，斟了一杯白酒递给商人，商人不接酒，两眼直视花鼓灯女子，李灵韵将花鼓灯女子拉到自己身后说："天河乡有个不成文的酒规，客人喝好的标志是呕吐，先生没有呕吐，一定是我们敬酒不周啊！"说着先将杯里的酒干了，外商见状也只好端起酒杯一饮而尽。

李灵韵趁机跟花鼓灯女子嘀咕了几句，女子一脸的茫然。

不一会儿，孙玉珍带着一个满脸皱纹的老婆婆进屋来了。老婆婆抱着一个孩子，孩子见了一屋的生人，哇哇哭起来，头直往后扭。孙玉珍冲那花鼓灯女子嚷："你婆婆抱着孩子在外边等你半天了，孩子要吃奶，哭得嗓子都哑了，你婆婆又不敢喊你，恰好碰到我了，孩子是祖国的花朵，你先出来喂喂孩子吧。”

李灵韵也在一旁搭腔说：“你先把孩子喂好，再回来陪客人。”花鼓灯女子会意地点了点头，匆忙起身往门口奔去。

花鼓灯女子走后，外商的情绪有点异样，孙玉珍就急忙没话找话地逗商人，一段一段地讲述天河乡的民间传说，把个商人听得直瞪眼。说话之间，又喝了一瓶白酒，孙玉珍见外商醉态初萌，便颇为动情地说：“先生，既然您的爷爷来过这一带，您也算跟咱天河乡有缘分。咱这天河乡底子薄，没有经济来源，如今手里要是没钱想啥都是空，先生如果在这里投上一些资金，日后天河乡发迹了，我保证全体乡亲都不忘您的大恩，我们要在天河乡给您立个碑……”没人打断孙玉珍，她就一直说，说得口干舌燥，连唾液都没有了。

李灵韵在一旁听着，心里直翻腾，别的不说，就凭孙玉珍的执着精神，天河乡也应该打个翻身仗。

外商最终被孙玉珍感动了，答应在天河乡投资一处苗木基地。

孙玉珍兴奋地抄起桌上的酒瓶，将剩下的白酒咕咚咕咚全喝光了，然后她竟抱着李灵韵呜呜哭起来。

第二天上午，孙玉珍在乡政府与外商正式签订了投资合同。

李灵韵拍着孙玉珍的肩膀说：“孙副乡长，外因是变化的条件，内因可是变化的根本呀。”

孙玉珍激动得半天说不出话来。

七

李灵韵已经好几天没见到卢新了，打他的手机关机，她又不好去农机站询问，担心卢新跟她之间的不愉快被站里人知道。关于在天河乡建苗木基地的事情，李灵韵倒是很想跟卢新咨询一下，卢新在大学里学的是苗木和水利，天河乡这块土壤究竟适合哪类苗木生长，卢新一定比她有更准确的见解。可卢新偏偏不照她的面，他躲到外边去了，就像跟李灵韵捉迷藏一样，李灵韵只要在家里出现，卢新便不在家。

这天早晨，李灵韵正准备到天河乡去，她的手机响了，是农机站的老黄打来的，声音急促。李灵韵一下子就想到了卢新，卢新已经好几天没照面了，会不会发生了意外?

果然老黄告诉李灵韵，卢新在外县出了点麻烦，让李灵韵赶快去接人。

李灵韵二话没说就去了外县。

卢新在外县惹了大麻烦，这个县与天河乡毗邻，是一个年年亏损的穷县，但三陪却十分发达，大街上桑拿店洗头房比比皆是。卢新在洗头房泡脚时被一名三陪女盯上了，卢新想神不知鬼不觉地潇洒一把，就私下谈了个价钱，谁知做完以后，三陪女分段地要服务费，上半身多少，下半身又多少，一下子就跟卢新索要近千元，是原来私下谈好的价码的五倍，卢新不给，两人就争吵起来。三陪女是个风月老手，见卢新文质彬彬，估计是个机关干部，于是又哭又闹，老板就打110报警，卢新涉嫌嫖娼，立刻被当地公安机关抓了。最初卢新不肯承认自己的真实身份，警察就动用了警棍，卢新浑身一惊就什么都招了。

老黄是第一个接到电话的，当时农机站没人，想到卢新是副区长李灵韵的丈夫，老黄就立刻把这信息透露给了李灵韵。李灵韵从老黄的口气判断卢新出了不光彩的事情，这事情很可能跟嫖娼有关。李灵韵的心突然悬了起来，她大学时的一个女同学，丈夫在几年前就出了这样的事，公安机关通知家属去领人，其实是赎人，据说红道白道都要花上两三万元，那个时候人们收入低，两三万元已经是很不少的数目了，如今这个数目恐怕难将人赎回，李灵韵想，一旦卢新遭遇这样的尴尬，她该找谁疏通关系呢？

李灵韵到了外县就给卢新打电话，手机响了半天才听到卢新的声音，他说了地址，李灵韵让司机把车开过去，果然是派出所。

李灵韵虽然预料到了卢新出事的性质，但在这个地方见到自己的丈夫还是令她十分尴尬，面子全被他丢尽了，她该怎样收拾这样的残局？当卢新出现在她面前的时候，一种激愤和挽回面子的冲动使李灵韵像一头发疯的母狮一样狂躁起来。事后她真不敢相信自己居然当着那么多人的面扇了卢新两耳光。她的行为不仅使卢新大吃一惊，也使在场的警察大吃一惊，他们同时感到这个女人疯了，被丈夫气疯了。李灵韵被自己的疯狂驱动着，众目睽睽之下她将丈夫卢新推进了自己的汽车，然后扬长而去。事后，派出所警察知道了李灵韵的身份，他们私下议论说这女人真厉害，竟敢当着众人扇自己丈夫的耳光，也有人说这两个耳光等于把派出所的警察扇了，本来应该重罚的款项，被这两个耳光扇没了。

卢新直到坐进车里，脸上仍是火辣辣地痛，他想不到李灵韵居然敢当着那么多人的面扇他耳光，这样的女人他还能跟她共同生活下去吗？

李灵韵始终不吭声，她的脸朝着车窗外，外边的绿树一闪而逝，她的眼泪模糊了窗外的一切。刚才她的行为确实太激愤了，连她自己都无法相信会有这样的举动发生，更令她惊奇的是，她居然在激愤中把丈夫卢新解救了，她把他推进了自己的汽车里，现在他就在她的身边，这是她始料未及的。李灵韵想到能把卢新解救出来，忽然原谅了自己一时的冲动和粗蛮，好像那是一种机智，一种天意的安排。

车刚刚进入市区，卢新就让司机停车。李灵韵在一边说："到农机站再停。"司机便继续行驶。

李灵韵想好了，她要把卢新送到农机站去，卢新的出现会使传言不攻自破，谁敢保证老黄的嘴不是破瓢？

到了农机站门口，李灵韵让司机把车停了，然后跟卢新说："你今天在农机站上班，我马上要到天河乡去，晚上我们好好谈谈。"

卢新见李灵韵神情镇定，心里忽然涌起一股钦佩之情，他发现刚才在外县派出所的两个耳光很可能是李灵韵的一个计策，否则他能平安地返回农机站吗？

卢新下车以后，农机站的人全围了上来，纷纷用一种疑惑的眼神观察卢新，特别是老黄，好像不相信卢新这么快就出现在眼前。

李灵韵在卢新下车后，也从车里走了出来，她微笑着看看大家说："卢新在邻县喝醉了，人家没车送，早晨就把电话打到农机站，是老黄接的电话，卢新是农机站站长，我把他接回来，虽有公私兼顾之嫌，对农机站也算有了交代了。好了，现在卢新完璧归赵了，我马上要赶到天河乡去了。"

李灵韵走后，卢新镇静了一下自己，将派出所拘留的阴影在办公室驱散，踏踏实实地上了一天班，中午也没有休息。农机站的人见卢新神情镇定，泰然自若，便感觉老黄早晨的猜测是瞎猜，幸亏自己没跟着瞎起哄，得罪站长卢新事小，惹了副区长李灵韵事情可就大了。

李灵韵夜里两点才回来，她在天河乡与孙玉珍进行了苗木实地勘察，并请了一名懂苗木的专家，专家建议多栽雪松，天河乡的气候和土壤环境有利于雪松的生长。

本来孙玉珍想留李灵韵住在天河乡，但李灵韵惦记着卢新，深更半夜匆匆往回赶，虽说身为丈夫的卢新在邻县做了丢自己面子的事情，对她无疑是一次特别沉重的打击，可她仍然不愿意后院失火，今晚她要跟卢新好好谈谈。最近她翻看了一份资料，据说很多比妻子级别低、收入低的男人都患了一种病，叫“父亲不成功综合征”，李灵韵不希望卢新患上这种病，她相信卢新身上还是有一种向上的力量的。

李灵韵赶到家时，卢新已经远走高飞了，桌上给她留了一封信。李灵韵只看了几行，眼泪就流了下来。

信是这样写的：

灵韵：你好！

当你看到这封信的时候，我已经不在这座城市了，放心，我不会自杀，因而也就不会在这个世界消失，至于什么时候我出现，那要看我奋斗的业绩如何，我相信我会成功，一如你的成功一样。

我是个自尊心很强的男人，一直想大干一番事业，但命运的天平偏向了你。我的心态失衡了，做了许多出格的、不是我本心的事情，很对不起。远离开你，或许我会恢复一下男人的自尊。谢谢你去邻县救我,谢谢那两个耳光,它把我打清醒了。

我的辞职报告写好了,麻烦你代我交到区里。

卢新

×年×月×日

看完信,李灵韵就懵了,她弄不清卢新为什么要这样,夫妻之间难道非要过不去才有希望吗?她觉得卢新在跟自己玩一场游戏,一场她控制不了的游戏,在这场游戏中,她就像一个被卢新随意摆弄的目标,他想要的时候就要,想弃的时候就弃。虽然她目前已是一名副区长了,而作为家庭的一员,副处级女干部仍是丈夫手中的玩偶。妇女解放叫喊了多少年,顽固的封建余毒仍在男性心中挥之不去,卢新跟她结婚的时候,就始终强调他有处女情结,幸亏李灵韵是原汁原味的处女,否则她在家庭生活中更会处于劣势。

李灵韵一夜未眠,她想去找卢新,但又感觉找不到他,卢新是因为她的副处级职务而离家出走的,不奋斗到脱胎换骨,他不可能在她的面前出现。那就各走各的路吧。

八

水说来就来了,天河就像个醉酒的汉子四处疯狂,蹂躏着它喜欢的每一寸土地。

雨中,孙玉珍浑身湿透地在奔跑,她要去苗木基地。那刚刚开垦的数千亩雪松苗,不知被洪水吞噬没有,那可是全天河乡的指望啊！

孙玉珍赶到苗木基地的时候，一下子愣住了，李灵韵早就站在洪水之中了，她的脚下是被洪水冲得横七竖八的雪松。雪松刚刚长出新芽，像一个个生命脆弱的娃娃，在水里徒劳地挣扎着。

李灵韵满脸是水，不知是眼泪还是雨水。

孙玉珍抱怨："如今啥都要收费，只有天气预报不收费，还报不准。昨天我特意听了广播看了电视，说今天没有雨，降水概率不超过20%，可这雨说来就来了，而且专在天河乡下，老天爷这不是故意跟我们作对嘛！"

李灵韵抹了一把脸上的水，指着水中横七竖八的雪松说："这片地的前期投入很可能泡汤了，如果天很快晴起来，还可以采取一些补救措施，一旦连阴雨，那就彻底没救了。"

孙玉珍看看天说："这会儿雨小了，这样吧，我发动全乡的劳力来苗木基地排水，这块地凹，洪涝重，阳坡可能不会这么惨，我们再到阳坡看看。"

李灵韵跟着孙玉珍往前走，拐上一个斜坡，果然阳坡的雪松苗完好无损，一场大雨像是给苗木洗了个澡，棵棵神采飞扬。李灵韵欣喜地说："如果能躲过今夏的洪涝灾害，一年后雪松就茁壮起来了，两年就可以长到一米多高，那时候天河乡的经济效益就来了，一棵雪松按十元计吧，数千亩要多少钱？还了外商的本利，还有富余，天河乡脱贫致富，就从这里开始了。"

孙玉珍说："天河乡的老百姓早就盼着把穷帽子摘掉，李副区长是实实在在帮助天河乡的人啊！"

这时，李灵韵的手机响了，是办公室的秘书打来的，让她速回区政府开会。

李灵韵跟孙玉珍匆匆交代了几句，就往区里赶，路上她发现雨又大起来了。区里紧急召开防汛抗洪工作会议，书记、区长正在作抗洪动员。李灵韵走进会场的时候，书记已经讲完话了，区长正向大家通报江淮流域近日出现的险情，雨量集中在中游，中游的洪水往下走，郊区的地理位置恰好处在下游，又逢上大雨，无疑是四面楚歌。最后，区长特别强调了天河乡，既处在江淮之畔，境内又有一条内陆河，一旦闹水里应外合，天河乡势必一片汪洋。

区长话音刚落，李灵韵抢先发言，把天河乡目前的灾情和苗木情况述说了一遍，要求区里拨救灾物资给天河乡，减少天河乡的损失。会场鸦雀无声，没人帮李灵韵说话，大伙儿并不是看李灵韵的热闹，而是天河乡的洪涝之灾在人们眼里早就司空见惯了。

李灵韵会后立刻返回天河乡，根据上边的部署，她要跟孙玉珍一道积极组织天河乡的人力物力抗洪抢险，争取人在阵地在。

雨越下越大，天像是被谁捅了个洞，水从这洞口飞泻而下。

李灵韵赶到天河乡的时候，孙玉珍正在乡政府广播站动员全乡老少抗洪抢险，她嘴里对着话筒说话，手上画着扫天婆，画面上一个老太太拿了把扫帚。李灵韵的到来并没让孙玉珍感到意外，她边画扫天婆边说："我估计你就得回来，你是有责任心的人啊！"

李灵韵奇怪地问："你画这干什么？"

孙玉珍一笑说："我小的时候，天只要一下连阴雨，我妈就画个扫天婆挂在树下，不一会儿，天就晴了。刚才我已经通过广播发动全乡的妇女画扫天婆了，这么多扫天婆还不把云彩扫没了？"

李灵韵忍不住笑起来，真想不到孙玉珍身上还有这么多迷信的东西，笑过之后便说："要是扫天婆真那么管事，就不会有洪涝灾害的预警信号了。走，赶快到堤上看看，今晚我就住在乡里了。"

孙玉珍出门的时候，还是把扫天婆挂在了乡政府门前的香樟树上。

李灵韵半开玩笑地说："一会儿这扫天婆就成了老天爷的玩偶了。"

雨仍在下着，李灵韵和孙玉珍来到天河堤坝的时候，乡里几名男干部正在堤上巡视，看堤上有没有出现管涌。他们见到李灵韵和孙玉珍，便围了上来，将检查的情况大致汇报了一下。

李灵韵听完汇报说："千里长堤溃于蚁穴，特别是雨季，这么大的雨，一个小指尖大的管涌都可能使大堤崩溃，一旦大堤崩溃，天河乡的百姓和数千亩雪松苗就面临着生命危险，现在我们要继续察看大堤，越仔细越好。"

李灵韵心细，走到一个拐角处，发现水面打漩儿，漩过之后又直冲水底，她站住了，雨水遮挡着她的视线，天色灰暗下来，她打开手电，这时水面的那个漩涡更清晰了，李灵韵好像感到了它冲击堤坝的力量，她立刻指给孙玉珍说："管涌，那里有管涌，赶快喊人来堵。"

孙玉珍凑近一看，忽然喊了起来："我的天爷，幸亏李区长眼尖，迟一迟非要出大事不可。"说着双手拢成喇叭状，对着堤上喊，"来人啊，这里出管涌啦！"

不一会儿，堤上就响起了乱七八糟的脚步声，乡里在家的几名干部和全乡的壮劳力全都跑了过来。

"沙袋，用沙袋堵住管涌。"孙玉珍指挥着现场的人。

一袋又一袋的沙包按着孙玉珍的指挥抛向了水里，可漩涡像一头水怪还是在水面张狂着。

李灵韵看着说：“沙包下水的方位不对，现在必须要人下去把管涌的位置摸清楚。谁会水？”几名身体健壮的汉子立刻脱掉了外衣，还未等李灵韵发话就纷纷扎进了河里。不一会儿，几个人头又先后浮上水面，其中一个人用手指了指自己喊：“管涌就在我的脚下，把沙袋抛给我。”堤上的人开始按着方向抛沙袋，眼看沙袋用尽了，管涌还是没有彻底堵住。孙玉珍急火火地说：“我回家去抱棉被，顺便到乡广播站发动全乡老少上堤。”

李灵韵留在堤上观察管涌，她觉得管涌不是被堵住了，而是在扩大，这就证明管涌的面积很大，很可能是几个乃至几十个，在水的力量积聚到一定程度时大堤会像碎片一样被疯狂的水撕开，瞬间破裂，水如猛兽毫无遮拦地将天河乡的万亩良田吞噬，数千亩雪松苗顷刻化为泡影。李灵韵觉得老天在跟自己作对，如果真如她设想的，天河乡的损失会是以往的数倍，仅苗木基地就会损失上千万元。她正出神，水里的一名汉子高喊：“李副区长，我脚下的管涌越来越大了。”

李灵韵一眼望过去，水的漩涡果然在增大，那个汉子的胸已经没在水中了。李灵韵二话没说就跳进了水里，她想她毕竟是一份力量，这份力量兴许能堵住扩大的管涌。堤上所有的人都跟着跳进水中。李灵韵下水后差点跌倒，被身边的人扶起就形成了一道人墙。他们用自己的身体挡住漩涡形成的水流。李灵韵大声喊：“大家彼此拉紧，拉紧啊！”随后她感到自己的身体和别人的身体都在往下沉，河水在暴涨。

李灵韵万分焦急的时候，天河乡的大喇叭响了起来，孙玉珍粗哑的声音通过高音喇叭传到四面八方："天河乡的父老乡亲们，天河已到了紧急关头，请立刻抱上你们的棉被上堤，为了父老乡亲的安全，为了我们的万亩良田、千亩苗木，请大伙儿马上抱上家里的棉被去堵管涌，天河考验我们的时候到了！"

孙玉珍如雷的喊声，在大雨如注的傍晚显得异常冷峻庄严。

不一会儿，大堤上就出现了奔跑的人影，再一会儿，点点火把游移在大堤上，夜色中如一条长龙逶迤前行。天河乡的老老少少抱着棉被从四面八方涌来，还有人赶着马车将自家盖房的砖瓦也运来了。

李灵韵是被大伙儿推上堤坝的，她看到越聚越多的百姓，激动得眼泪在眼眶里打转，但她没让眼泪流下来，她知道自己现在的身份。

孙玉珍抱着棉被来了，未等站稳便挟着棉被跳入水中堵管涌，大伙儿仿照她的样子，也挟着棉被跳入水中。不一会儿，漩涡果然消失了。

孙玉珍从水里跃到堤上，看着浑身湿透的李灵韵说："走，到我家里换件衣服吧，湿成这样会生病的。"

李灵韵指指孙玉珍说："你不也全湿了吗？风吹吹，一会儿就干了。"

孙玉珍有点歉疚地说："天河十年有八年闹水，光行洪就行了多少回了。每年闹水的时候，区里的干部也来，但没一个像你这么踏实，今年好不容易种了雪松苗木，水又闹成这样，要是市里再在这里行洪，所有的投入都会泡汤，我这心都悬到嗓子眼了，要是真那样，可就太对不起李副区长的一片苦心了。”

李灵韵看着奔涌的河水说：“真正对不起的是天河乡的百姓，这么多年搞建设，好多地方都奔小康了，天河乡的百姓还过着缺衣少粮的生活。自然灾害是一方面，政府的关心投入又是一方面。”

孙玉珍说：“李副区长这话说到我心里去了，这么多年没有一名区里的干部肯像你一样为天河乡说句实话。”

李灵韵说：“我初来乍到心里没有压力，我觉得一名干部最可贵的素质就是说真话办实事，否则既欺骗了自己又愚弄了百姓。”

两人正说着，天空突然一道闪电，大雨哗地就从天上泼下来了。

孙玉珍望望天说：“这雨真没完了。”

李灵韵说：“堤坝很可能在后半夜出险情，让全体干部都睡在堤上吧。”

孙玉珍转身喊：“全乡青壮劳力都留下巡堤！”

大雨如注，天地一片迷蒙。

九

李灵韵是第二天早晨返回区里的，区里召开抗洪抢险紧急会议，郊区几个乡镇全部被洪水围困，天河乡属于重灾区，李灵韵在会上又将天河乡的险情述说了一遍，她要求区里紧急调拨救灾物资支援天河乡。

区里立刻向市政府打了救灾求援的紧急报告。

李灵韵始终跟孙玉珍保持着电话联系，她想她应该为天河乡争得更多的增援。这时她想到何副市长，何副市长分管农业，如果能为天河乡说话，会更有力度。

李灵韵就打何副市长的手机，真就通了。

何副市长正在下边跑，这次洪涝灾害是全市性的，规模之大、涉及面之广，堪称百年不遇。何副市长听出是李灵韵的声音，便急切地问："天河乡的雪松苗木基地怎么样？"

李灵韵说："天河乡的抗洪抢险任务很重，能不能保住苗木基地还是个未知数。区政府已经调拨了一批救灾物资给天河乡，但本地干部反映不够用，何副市长能否再为天河乡想想办法，否则一旦溃堤，那数千亩苗木基地很可能就保不住了。"

何副市长说："我正在外县跑，等我回到市里再说吧。"

李灵韵还想说什么，电话已经挂了，她内心有点失落。

雨越下越大了，好像要跟李灵韵作对似的，天空被云雨遮黑了，大街上亮起了街灯。李灵韵看看天，不顾一切地匆匆返回天河乡。

两天以后，区里接到紧急命令，天河乡成为第一行洪区，限天河乡的百姓24小时之内搬家。

孙玉珍听到这消息，一屁股跌坐在堤上，与守堤的干部抱头痛哭。

谁都知道行洪意味着什么，意味着一年的收成一无所有，意味着多年经营的家园拱手送给洪水。中华人民共和国成立前，天河乡一直是行洪区。可中华人民共和国成立几十年了，天河乡仍然是城市的牺牲品，当天河乡的百姓进城遭受白眼的时候，城里人随意的唾液中有没有对天河乡百姓的一丝感念？如果说老天不公平，那么执政为民的政府应该公平吧？

李灵韵从天河乡赶往市区的路上，心里只有一个念头，天河乡不能成为行洪区，它已经不是过去意义上的天河乡了，如今它有数千亩苗木基地，那是招商引资的第一个成果，一旦行洪，数千万元的债务将压在天河乡百姓的头上。市政府做出的这个决定显然有点欺负天河乡了，李灵韵要找市政府领导讨个说法，为天河乡讨个说法。

进了市政府大院，李灵韵感觉自己能找的领导只有何副市长。何副市长不在，手机接通后，何副市长说晚上才能回来。李灵韵便在他办公室的门口等待，她想不管等多晚，她都要见到何副市长。

市政府大楼静悄悄的，所有的机关干部都到抗洪一线去了。李灵韵在何副市长的门口站着，时间过得很慢，好像在她等待的点上静止了。

大楼里的保安出现过两次，第一次是在晚上9点钟，走廊里的灯有点幽暗，保安警惕地问："谁？"

李灵韵说："郊区的，找何副市长。"

保安近前打量了李灵韵一眼，有点疑惑地走了。

保安第二次来的时候已是午夜时分了，李灵韵仍在何副市长的门口站着，保安什么也没说就走了。

深夜两点钟，楼道里终于响起了脚步声，何副市长回来了。他开办公室门的时候，听说李灵韵等了数小时，便有点感动。他给李灵韵倒了杯水，未等水凉下来，李灵韵就咕咚咕咚喝光了，她太渴了，她已经记不清自己几个小时未喝水了，好像喉咙要冒烟了。

喝完水，李灵韵才感到自己有了精神，未等何副市长开口，她先急着说："何副市长，在天河乡的行洪方案市政府已经彻底定下来了吗？这是否意味着再也不可能更改？"

何副市长点头，因在外县跑了一天，他的神情显得异常疲惫。

李灵韵像一头急疯了的野牛，语速十分快地说："天河乡数千亩苗木基地刚刚成气候，钱是您帮助找来的，天河乡的百姓指望它脱贫呢，洪水一冲，百姓还有什么指望呢？天河乡脱贫致富不仅成了空想，老百姓还要背上外商投资的债务，平时他们的日子就够苦了，再背上债务，他们还能活吗？"李灵韵说着眼泪涌了出来。

何副市长叹了口气，脸上是一种无奈的表情。他想说几句什么，可当他看见李灵韵满脸的泪水时，好像一句话也说不出来了。

见何副市长不语，李灵韵哽咽着声音继续说："我知道您把我放在这么重要的位置上，我应该干出成绩来，否则我凭什么赢得人心？我上任后，选择最偏僻落后的天河乡蹲点，我想为那里的百姓实实在在地办点事，您又支持了我，帮助天河乡引入第一笔外资，建起了雪松苗木基地。您知道天河乡的百姓是多么感激您吗？这几天天河乡闹洪水，全乡老少都上坝守堤去了，为了不让洪水冲毁家园，为了保住那数千亩苗木基地，老百姓把自家盖房的砖瓦和结婚用的棉被都拿到堤上来了。可是市政府在这节骨眼上居然又决定在天河乡行洪，您让我怎么跟百姓说，怎么跟百姓解释？本市所有的地方都重要，只有天河乡不重要，难道天河乡的百姓就是后娘生的吗？"李灵韵已经泣不成声了。

何副市长起身点了一支烟，吸了两口又掐灭了。他看着李灵韵，一字一顿地说："小李呀，这次行洪事关全市大局，行洪方案是省里定的，你刚才说过的这些情况我全都考虑过了，可我们有纪律，那就是下级服从上级。天河乡已经是老行洪区了，那里的百姓苦，上级领导都知道，也采取过一些措施。它的工业没有基础，那千亩苗木基地跟全市各个地方的企业规模相比，仍是微不足道的。在那里行洪，损失可以减少到最小。我知道你新官上任雄心勃勃，那苗木基地是你的政绩，可面临严峻的抗洪形势，你必须做出牺牲，天河乡也必须做出牺牲！”

李灵韵突然站了起来，一字一顿地说：“要是天河乡不执行市政府的行洪方案呢？你能保证这个行洪方案就是正确的吗？为什么不可以在与天河乡毗邻的几个外县分别开辟行洪渠道，别让洪魔只对着天河乡怒吼，如果那样的话，天河乡只有几个村庄被淹，损失也可能减到最小。”

何副市长一愣，他怎么也想不到李灵韵会说出这样一番话来，它几乎是一种新的行洪方案，这样的行洪方案无疑将天河乡的受灾程度减少到最低。可市政府领导在决定行洪区的时候，从来没有换个角度考虑过一个更为科学的行洪方案。何副市长显然觉得李灵韵的方案很有道理，可惜的是这个方案诞生在市政府做了决定之后，这就意味着再妥当的方案也不会有被采纳的可能。行洪时间一分一秒地推进，李灵韵眼下唯一需要迅速去做的，就是动员天河乡的老百姓搬家。

何副市长说：“市政府定下来的事情，省长都签字了，现在再好的建议都是空想了。”

李灵韵沉默了一会儿，心领神会地问：“何副市长，您很可能不会把我刚才的想法告诉市长，要是我自己去找他说呢？”

何副市长一下子笑起来，他忽然想起一句话：初生牛犊不怕虎。他面前的这名女副区长，会有勇气去见市长，把她自己的想法说出来，可有用吗？弄不好还会毁了自己的前程，以何副市长的从政经验，很多领导是不喜欢听反面意见的。

何副市长说："小李呀，很多事情并不是你想象中的那个样子，有时候很可能还会适得其反，你年轻，事业要慢慢干，心急吃不了热豆腐。我知道你是个干事的人，否则当初也不可能向组织部门推荐你呀！"

李灵韵认真地看着何副市长说："何副市长，我感激您对我的栽培，但您应该知道，我绝不是一个为自己的政治前程奋斗的人，我是个认真干事的人。不瞒您说，我被组织安排到这个位置上，我也受到了不少委屈，我丈夫辞职到外地做生意去了，我因此成为众矢之的，天河乡的苗木基地成了我奋斗的唯一指望。如果我连为天河乡争取减灾的机会都没有，我这分管农业的副区长还有什么当头呢？"

何副市长的脸突然红了起来，他为李灵韵的一番话而激动不已，机关干部长期处在一种上行下效、循规蹈矩的工作状态，缺少的就是李灵韵身上这样的血性，他已经多年没看到这样的血性了，今天总算在一名年轻女干部身上看到了，他好像看到了一种潜在的希望。

房间安静下来了，两个人的呼吸声就像低调的音乐，在深夜的办公室回荡。何副市长想说什么，这时，他的手机响了，接过电话，他对李灵韵说："市政府会议室马上召开紧急会议，你如果想见市长，现在就跟我一道去吧。"不久，市政府会议室就响起李灵韵的高喊声："市长，您不光是一个城市的市长，您也是天河乡百姓的市长啊！"

十

行洪方案如期进行。行洪过后，李灵韵和孙玉珍面对一望无际的荒滩默默无语。完了，什么都没有了，苗木没有了，天河乡百姓的家也没有了。李灵韵想到自己上任以后的所有付出到头来竟是一场空，她的内心隐隐作痛。

这时，一个牵牛的老汉走了过来，他跟李灵韵打招呼："是李副区长吧？我们都知道您心里不好受哇，数千亩苗木全被水冲了，本来明年就可以见到钱了。"

李灵韵没有吭声，她的眼泪要冲破心的堤坝流出来了，她咬着牙，不让眼泪淌在脸上。

孙玉珍跟老汉说："去吧，别提这事了，提了心痛。"

老汉看看李灵韵，想转身走开，刚走了一步，又转过身来说："不过，您也别太伤心，您是有福之人，种啥活啥，插根筷子都长苗。只要您发话，我们天河乡的老百姓还跟着您干！"

孙玉珍感到老汉这话说得很到位，便转身拍着李灵韵的肩膀说："听见了吗？李副区长，这就叫口碑呀！"

李灵韵脸部的肌肉抖动了一下，想说什么，最终什么也没说。

远处，响起了花鼓调，由远及近，好像是那老汉唱的：

燕子穿梭柳丝长，

布谷声声唤插秧。
哥抬水车前头走，
妹担秧苗紧跟上，
绿油油的秧苗田中长。
……

刊于《民族文学》杂志2006年3期

今宵酒醒何处

一

李明波被妻子的病痛折腾得一夜未眠，早晨到医院的时候，妻子黄灿的肚子又不疼了，这使李明波轻松地舒了口气。黄灿知道李明波忙，电台记者的身份，不是闹着玩的，就指着肚子说："这里已经平静了，你先忙去。万一有情况，我再电你。"李明波就将手机掂了掂，跟妻子笑了笑，走出医院。

李明波将自行车骑得很急很快，他想快些将昨晚起草的报告打印出来拿给台长看，然后他就可以尽早返回医院了。黄灿的肚子已经莫名其妙地疼了两天，开始以为是子宫问题，后来医生又说是阑尾炎，弄得李明波心神惶惶。现代医学技术虽说十分发达，但个别浮躁的医生常常将人的器官视为儿戏，新闻媒体曾曝光过做阑尾炎手术错将卵巢拿掉的医疗事故。李明波一想到这类事故，就暗暗在心里为黄灿祷告。

李明波正急匆匆赶路，忽然看见前边围了一群人，凭他的职业敏感，便使劲往前挤，想看个究竟。这时他看到一位四十岁左右的妇女正抱着一张放大的黑白照片号啕大哭。一会儿，李明波就明白她哭的意思了，她15岁的儿子为救一个落水儿童溺死了。李明波的心一惊，正值狠抓精神文明建设的紧要关头，这是一个难得的典型，这时候不显身手什么时候显身手呢？他将自行车停到路边，就开始了对号啕大哭的中年妇女的采访。

这是河沿市最穷的一条街，低矮破旧的平房倚在厚实宽大的堤坝上，房间里长年开灯，灯光像幽幽的暗火。逢到梅雨的日子，绵绵无尽的雨将熏人的霉味从房间的旮旮旯旯引诱出来，弥漫在潮湿的空气中，蜈蚣、壁虎等吓人的虫子在古老的墙壁洞穴无拘无束地生长，秋天的时候跑出来撒一撒野，就可能伤了房里人的性命。于是房间的墙壁缝隙都涂了石灰，陌生人乍一进去感觉那石灰味比霉味还呛鼻子。李明波打了三个喷嚏就习惯了，中年妇女见是电台记者，越发哭得伤心伤情。

李明波说："母亲失去儿子固然伤心，可你的儿子如果真如你所说的那样，他就是一个了不起的小英雄，全市乃至全国人民都会向他学习。现在，你必须冷静，配合我寻找线索，你儿子救出来的孩子现住哪里？我们要尽快找到他，将当时的现场情况采访清楚。"

中年女人走出脏黑的屋子，李明波随后也走了出来，两人立刻暴露在灼人的阳光下。中年女人的眼睛红得像两只熟透的桃子，她不敢看阳光，也不敢看行人，只顾往前走。李明波跟着她，一会儿就穿过了窄巷，迎面一架气势雄伟的大桥，这是河沿市近年来最上档次的建筑，桥两侧的围栏都是用钢筋拉的，新闻媒体曾三番五次报道说桥的建筑水平与国际水平接轨。下了桥，在河岸一片浅滩处，中年妇女停了下来。李明波发现，这段堤坝比较低矮，也是人们到河里戏要的最佳地盘。中年妇女指着河里的一处漩涡说："记者同志，你可要看清啊，我的儿子就是从这里救了别人的儿子，然后就命丧黄泉了。"说着又哭泣着蹲在地上。

李明波开始打量现场，那个肚脐眼样的漩涡离岸只有300米，如果从这里跳水嬉戏，很快就会被水卷入漩涡。李明波说："请你先别激动，将你儿子的大致情况跟我说说。"中年妇女止住哭泣，可刚一开口，眼泪又汹涌而流。

李明波就拿了笔和本在太阳底下等，这时他想起了妻子黄灿，不知在医院怎样了。他掏出手机看了看，没有黄灿的信息，他的心放松了一下。不知过了几个时辰，中年妇女的情绪开始平静了。于是，李明波的笔记本上大致记录了如下的文字：

> 肖平，男，15岁，初中二年级学生，不会游泳。8月7日下午，冒死去救伙伴。伙伴之一叫王涛，之二叫李小燕，之三叫赵立凡，之四叫郭展，之五叫张弓。赵立凡、郭展、张弓葬身河底，王涛是肖平救上来的，李小燕是见证人。

中年妇女无疑是冒死去救伙伴的肖平的母亲，她向李明波提供了很多可供参考的线索。李明波记录了个大概，一种尽快见到王涛的念头油然而生。但肖平的母亲说，王涛被救以后，一直不肯露面，李小燕曾带肖平的母亲找过王涛，可他的父母说了很多令人生气的闲话。肖平的母亲拉住李明波说："记者同志，我们肖平的事情，全靠你这凭良心的笔啦。"

李明波从这天开始，把妻子黄灿抛在了脑后，他满脑子都是肖平那张黑白照片和肖平母亲泪水涟涟的脸。他想，无论如何要先把王涛找到，然后再找李小燕。省内一家青年报一直约他写稿，他苦于没有好的题材，一直迟迟未动笔。这下好了，素材足以令全市乃至全国人民感动，李明波不把这样的素材抓住，真枉为了一回记者。

二

李明波在一个叫砚台的巷子找到了王涛。王涛没上学，可能是惊吓所致，持续发低烧，已经三天了。李明波进门后打量着房间，感到这是一个与肖家一样穷困的家庭，不同的只是王涛家住的是楼房，仅仅是楼房而已，屋地抹的水泥，墙壁涂的白灰。李明波看着看着，一肚子责怪的情绪似风吹云散了。

王涛的父亲原在一家街道办的小厂轧瓶盖，后来厂子解散了，他就买了个马自达，在汽车站门口接送旅客，挣些辛苦钱养家糊口。王涛的母亲患哮喘病，长年不上班，病情发作时彻夜不眠，几次想自杀，都被丈夫救下了。李明波在这个贫寒的家里坐了一会儿，未敢暴露记者的身份，先扯了些下岗之类的不着边际的话。说到下岗，王涛的父亲话就多了："我们这些一线工人下岗后没啥难为情的，我们还找我们的活干，开马自达、摆个小杂货摊，反正饿不死。那些当过领导的小官僚就不行了，下了岗官架子端不起来了，难过呀！"

李明波见他的话多起来，便趁机把话引到正题上。王涛的父亲一怔,随之脸腾地红了,他站起身,疑惑地看着李明波问:“你也听说我家王涛的事啦?”

李明波站了起来,与王涛的父亲对视了一会儿,说:“不瞒您说吧,我是电台的记者。肖平为救您的儿子王涛牺牲了,今天我是来取证的,这个见义勇为的小英雄,应该轰轰烈烈地向社会宣传。”

王涛的父亲浑身一震,终于明白这个陌生人来专访的目的了,他的脸忽然阴沉起来,有话想说出口,又咬住嘴巴不肯吭声。沉默了片刻,李明波像是打定了主意似的又坐在椅子上,他想看看王涛的父亲此时的表情,但对方的头深低着,显然内心有愧。李明波见机说:“据肖平的母亲讲,王涛的确是被肖平第一个救上岸的。他再下水救别的孩子时,被漩涡卷走了。有个叫李小燕的女孩可以作证,她当时就在现场。”

王涛的父亲将头垂得更低了,也不再吭声,听李明波一味地说下去。可李明波面对这样一个昧良心的男人,忽然没了说话的兴致。他站起身,再也不想在这阴暗的房间滞留了。

李明波骑车走在马路上,太阳忽然冒了出来,将阴云驱了个干净,一阵微风吹过,他的心情稍稍舒展。方才在王涛的父亲面前,他真想举起拳头操练,李明波曾经有相当长的时间迷恋过拳击,他最初的偶像是泰森,后来他发现泰森粗鲁野蛮,就在心里暗暗盼望另一位拳击明星的出现,果然不久霍利菲尔德以多变的打法和聪慧的大脑击败了粗鲁的泰森。那天,李明波兴奋得请黄灿吃了一顿加州牛肉火锅。吃火锅的时候,黄灿说太辣,李明波下意识地挥了挥左掌,黄灿开玩笑说:“你当泰森吧,会被霍利菲尔德打败,当霍利菲尔德吧,又会被黄灿打败。”

李明波就真用拳头打了黄灿的胳膊一下问:“感觉如何呀?”

黄灿哎哟了一声,胳膊青紫了半个月。

现在李明波想找到李小燕,李小燕是那天事故现场的活摄像机,“录制”了真真切切的一切。他直觉地感到,李小燕决不会添油加醋或者撒谎。

李明波在找李小燕之前,先到医院看了黄灿。黄灿的病情基本稳定了,初步确诊为阑尾炎,医生说先药物治疗一段时间,如果需要再做手术。黄灿见了李明波,有点怨怪的神情。李明波将她的头搂靠在自己的肩上,用幽默的语言把这一天的所见所闻讲了一遍。黄灿明白了李明波迟迟不来的原因,便娇嗔地说:“反正我是管不住你的,我没有你办公室那位女记者光彩照人。”

李明波捏住她的鼻子说:“你别屙不出屎怪地球没有引力好不好?人家光彩照人那是天生的。”

令黄灿吃醋的那位女记者叫王菲,身高一米七六,比李明波还高两厘米。黄灿在电台组织的时装晚会上见过王菲,王菲穿黑色旗袍走猫步,一台的靓女数她最有风采。黄灿就在台下评论,李明波骄傲地说:“那是我办公室的同仁。怎么样,够你比的了吧?”

黄灿为这句话真的吃起醋来。她几天不饶李明波,李明波下班回来稍晚一点,她就不停地打手机,夜里也不让他休息,直到在床上把他搞得筋疲力尽。李明波有一天打躬作揖对黄灿说:“我的亲,王菲不是你,我不会向她移情,我只爱你,只爱你,明白吗?”

黄灿仍是不饶说:“那你起个誓。”

李明波说:“我要移情,就是一滩屎。”说罢,拥着黄灿笑起来。至今,黄灿仍对那天夜晚在台上走秀的王菲记忆如初。李明波想,女人怎么对女人的相貌如此敏感啊，难怪专门有词形容女人——醋罐子。

李明波在病房里给黄灿打了两瓶开水，又洗了几个苹果，便走出医院。他去找李小燕，目前这种状态，李小燕的证据显得十分重要，那不仅仅是一个真实的场景，而且事关小英雄肖平的脱颖而出。

李明波加快着自行车速，穿越红灯。

三

李小燕跟李明波是这样叙述的："六号那天我们班不上课，是星期天。天气热得人头发昏，我在楼下的小店买冷饮吃，这时王涛来了，他是我们班的体育委员，跟我住一个楼上。王涛买酱油醋，买好后，王涛说，'下午我们去看新大桥怎么样？'我说，'好哇，老师正让我们写一篇描述新大桥的作文呢，可我至今还没去过。'王涛看了看我说，'那就说定了，两点我们在这里集合。'下午两点，我准时到了楼下的小卖部，过了一会儿，王涛和我们班另外四名同学，肖平、赵立凡、郭展、张弓一起来了。我们到了新大桥，先在桥上看了看，全新的大桥，滚滚的河水，我们几个人高兴得又呼又叫。这时，王涛建议每个人对着河水发誓，看将来谁能成为国家的栋梁。郭展说他要成为画家，他的父亲是美术教师。赵立凡说要成为医生，他家从爷爷开始就行医治病。张弓说要参军打仗，缴获几支美国枪。王涛说要到月球上探险，将来地球废弃的时候，为人类寻找新的家园。只有肖平不说话，肖平在我们班是最腼腆的一个男生，说话就脸红，胆子也小，可他学习不错，不惹事，老师挺喜欢他。大家硬逼着他表态，他看着河里漂泊的船只说，‘我就当个船工吧。’大家哄地笑了起来。郭展抢白说，‘有船公就有船娘，让李小燕当船娘吧。’我气得立刻追打起郭展来。这时天气越来越热，我们头上的汗珠像水一样往下淌。王涛建议到河里游泳，大家想也没想就跑下桥去。王涛、赵立凡、郭展、张弓脱了上衣就要下水，肖平不会水，跟我留在岸上。他们刚刚游了两米远，王涛、赵立凡和郭展就沉入一个深坑中，急呼救命。听到喊声，水性尚好的张弓奋力游向深坑。这时，肖平不顾自己不会游泳，也不知道哪里来的一股邪劲，冲下水去把离岸最近的王涛拉上了岸。当他再次冲下去救另外几个同学时，我抓住他说，‘你不会游泳，不能下去！’肖平甩开我的手说，‘他们会淹死的。’肖平挣脱了我，又一次奋不顾身冲进水里，他拼命地朝几个伙伴游去，可当他伸出手去拉同伴时，漩涡吞没了他。

“我和王涛四处呼喊‘救命——救命——’，这时岸上有一个三十岁左右的男子，他始终带着两个孩子在一边玩耍，当肖平下水救起王涛时他就在一旁观看。肖平被水卷下去了，水里的四个伙伴眼看就要没命了。我和王涛向那位叔叔跪了下去，‘叔叔，救命啊，救命！’中年男子被我们的哭声打动了，他将孩子领在一边，向水中冲了两步，又退了回来，嘴里嘀咕说，‘不行，不行，我中午喝酒了。’我见他不救同学们了，又跪到他跟前，抱住他的腿说，‘叔叔，你不能见死不救啊，不能啊！’那位叔叔看也不看我，领起他的两个孩子就走了。

“王涛此刻对着河里的一个船民喊起来。这个船民始终在离伙伴们几米远的水面上划着小船，我也哭着跑了过来，跟王涛一起求这位船民，‘叔叔，好心的叔叔，救救我们的同学吧，我们永远不会忘记你，我们一定报答你，你要多少钱都可以，只要你把船摇向他们，他们就有救了。’

“船民半晌没吭声，他看着漩涡中挣扎的几个同学，又看看我和王涛，面容冷酷地扔来一句话，‘我只打捞死的，不打捞活的。’听他这样说，我不解地问，‘为什么？’他脸不变色心不跳地回答，‘打捞个活的，几百块钱就打发了，捞个死的，少说也得万八千块。’

“天哪，天哪！我和王涛抱头痛哭，我们就这样看着水里的四个伙伴一次又一次露出头来向岸上的人急呼救命，直至看不到他们的发梢，听不到他们的呼喊……”

李明波的手忽然抖动起来，李小燕的叙述让他想到更深层次的社会问题，而不是单纯地报道小英雄肖平的事件。他看了下时间，时间尚早，就对李小燕说：“肖平小朋友是我们大家学习的好榜样，现在叔叔要把肖平的事迹报道出去，同时也要让那两个见死不救的家伙暴露在光天化日之下。你能将另外几个小朋友的住址告诉叔叔吗？”李小燕想也没想就说：“叔叔，我带你去。”

李明波在李小燕的带领下，来到一所学校。郭展生前就住在学校的公寓里。李小燕将李明波带到二楼楼梯口，指着一个门说：“叔叔，这就是郭展的家。事情发生后，他的爸爸妈妈是第一个赶到现场的。”

李小燕走后，李明波开始敲门，门上有门铃和猫眼儿。不一会儿，门开了。一位中年男性无精打采地站在门里，冷漠地注视着眼前的李明波。李明波赶紧自我介绍：“我是电台的记者，想采访一下事情的经过，听说那天你是第一个赶到现场的家长。”

郭展的父亲这才将李明波让进屋，悲怆的气氛立刻把他们围住了，桌子上是郭展的黑白照片，照片的框子周围编织了一朵朵小白花，星星似的连缀在一起。郭展的母亲过分悲伤，被亲戚们接到乡下去了。郭展的父亲正在房间里放哀乐，他将DVD关掉，面对李明波坐下来，眼泪便汹涌而出了。

李明波想说什么，又觉得这个时候劝说实在是多余，于是只好听任对方流泪。

郭展的父亲叫郭翼达，在一所中学任美术教师，擅长国画，作品曾在日本展出，在这座城市也算得上一个小有名气的人物。郭翼达揩干眼泪说："真是不可思议呀，我们这座城市的精神文明建设讲了多少年，还是先进市，可看见孩子在水里快淹死了，居然无动于衷。我真想不通，如今的人都怎么啦？得了什么病啦？"郭翼达双手捶着脑袋，陷入一片痛苦的回忆中。

"那天是星期天，我们的孩子傍晚还没有回家。我有点不放心，就和妻子步行到街上。我们这儿离新大桥不远，穿过门前的一条街，就可以看见大桥的栏杆。正走着，忽然看见桥上聚了很多人，吵吵嚷嚷得像是在打架。我和妻子好奇地奔过去看，知道有几个孩子在河里溺死了。一种不祥之感忽然袭上我的心头，会不会有郭展？我拼命挤到人群的最前面，力求把场面看得更清楚一些。这时，我看到了王涛和李小燕，郭展下午是和王涛一起走的，几个同学平时总在一起玩。我喊了一声王涛，两个孩子立刻跑了过来。王涛紧张得连话都说不出来了，只是用手往水里指划。李小燕哭着说，'叔叔，郭展他们几个同学被水里的漩涡卷走了。'我的头轰地响了一下，就冲河里奔去。围观的人说，'人早就死了，还是找船民打捞吧。'于是热心的人从附近找来两名船民,让他们打捞尸体。一位船民知道我是遇难者的家属,就讨价还价说,'打捞一个人五千元!'未等我张口,大伙就愤怒地指责他,'你还有没有良心?是不是人?'面对众人的压力,两个船民又嘟囔说,'那就一人给四千元吧。'船向水中的漩涡划去,我的心也随船漂动,这是多么揪心的时候啊。父子相见,我就要见到儿子了,可他永远也看不见我了,听不见我的呼喊了。果然,第一个打捞上来的就是郭展,我尚看不清他的脸,但他的衣服我认识,那件墨色的T恤衫,成了一面黑色的旗帜向我招摇。我想扑上前去,船民将船摇到岸边停住说,'有没有人出钱?没人出钱,我再把他扔下去。'我赶紧摸衣服口袋,郭展的妈妈也摸衣服口袋,我们一共掏出了两千块钱。船民看看钱说,'不行,太少了。'说着就要往河里扔尸体。我和妻子扑通跪在岸上,摘下腕上的手表和戒指,求船民行行好,可怜可怜孩子。周围的群众也愤怒地喊起来,要揍他俩。两个船民迫于众怒只好继续撑船打捞尸体……"

郭翼达说不下去了,停了一会儿,他扬起挂满泪痕的脸说:"记者同志,如果你真有一颗正义之心,你就把这个好好写一写……"

李明波从郭展家出来,沿着河岸走向大桥,看着滚滚的河水,河面上几只船帆游动,有船娘唱着清甜的歌,歌声随风荡漾,忽远忽近,偶尔能听清那歌词"正月里来是新春,家家户户挂红灯,人家夫婿团圆去,孟姜女千里寻夫哭长城……",歌词显得那么古老,却有一种朴素的情感贯穿始终。李明波想,在物质变得如此重要的今天,听听这首歌,真是从骨子里羡慕孟姜女的纯真情感。可惜,纯真的情感越来越少了,真担心有一天,它会像恐龙一样绝迹。

四

李明波又来到王涛家，对小英雄肖平的认定，王涛一家成了至关重要的证据。他不相信王涛父亲的心真是钢铸的，一点报恩的意识都没有。李明波决心好好找他谈谈，让他放松思想，消除顾虑。如果实在不行，他就争取王涛，小孩子总是撒不好谎的。

果然，王涛的父亲不在家，开马自达去了。王涛一个人躺在床上，脸色蜡黄。李明波首先将录音笔打开，放在衣服口袋里，开门见山地说："王涛同学，我是电台的记者，那天我目睹了河上惨不忍睹的一幕，那个不会水却奋不顾身下水救人的同学叫肖平，现在社会上纷纷传说他是见义勇为的小英雄，他为了救别人献出了自己的生命。他的家里也只有他一个孩子，他的父母想他都要想疯了，可是他救上来的这个同学却始终没有去看看他的父母。王涛，要是肖平救了你，你会去看他的父母吗？"

王涛呜一声哭了："叔叔你别说了，我早就想去，可我爸爸不让去，我爸爸怕肖平的父母讹上我们家，要好多好多钱，我们家没有钱。"李明波这才拉过椅子坐下，他让王涛把那天的经过讲述了一遍，与李明波近日采访到的情况基本相符。现在，李明波要等王涛的父亲回来，有许多话他必须跟这位不近情理的家长讲，他相信人心都是肉长的。

中午，王涛的父亲风风火火地走了进来，抄起桌上的白开水就咕咚咕咚喝了下去，放下水杯，才看见椅子上坐着李明波，见是前日来过的记者，理也不理掉头就往门外走。这时，王涛从床上爬了起来，他光着脚扑向父亲："爸爸，你别走，我已经跟记者叔叔说了，是肖平救了我。我不能再说谎了，说谎有罪。”

王涛的爸爸终于无奈地叹了口气，面对李明波说：“记者同志，不是王某人心狠，我是不敢认这个账。听说肖平的父亲也是工人，他母亲已经下岗了。我们要认了这个账，他家跟我们要十万八万的，我倾家荡产也赔不起呀！再说，王涛长大了，除了照顾我，还要照顾肖平的父母，他怎么担当得了呢？”

李明波忽然发出一声冷笑，他觉得面前这个男人认识问题和理解问题的水平如同幼儿。他再也没有耐性对他循循善诱了，索性直言：“按你的逻辑，肖平当时就不该去救王涛，王涛被淹死了，而肖平活着，他的父母可以把肖平培养成才，没有任何后顾之忧。”王涛的父亲不以为然地说：“那我不管，反正我儿子活着就行。如果当初救人是想图个报答，那我还不愿意让他救呢。这么重的恩我们报答不起。”

李明波突然从椅子上站起身，走向门口，临出门的时候，又扔下两句话：“后天是肖平的追悼会，但愿能在那个场合见到王涛。”

李明波像打满气的足球，瞬间就冲出了王涛家，他就像被人踢着，左一脚右一脚，哪一脚都没个深浅，踢得他头脑发蒙。到了电台，在办公室坐了一会儿，主持人王菲来了，进门就嚷：“李明波你的气色怎么这么差呀！跟人打架了吧？”

李明波喝了口茶，喘息了一会儿，就把这几天的所见所闻原原本本说了一遍。

王菲听完，一蹦老高：“哎呀李明波，这可是精神文明的好素材，我们做个节目吧。”

不一会儿，王菲就把大纲拉出来了，李明波看看，正对主题，不由得也来了精神，嘴上夸道："王菲最近神起来了啊，成长蛮快的。"

王菲说："得了吧你，谁不知道你从来对我不屑一顾呀。"

李明波笑着说："我要敢对你一顾，准有人跟我没完。"

王菲哧地笑了："知道，你家有个醋罐子。"

李明波说："现在可不是发酸的时候，后天召开肖平的追悼会。在此之前，我们要把节目播出去。"

李明波和王菲连夜将肖平的父母、班主任以及现场的见证人之一李小燕请到电台，在直播间制作了一档半小时的节目。这半小时热线电话不断，群众纷纷表达对肖平的赞扬和对两名袖手旁观者的愤慨。一位小伙子打电话说，那天他就在出事地点附近卖东西，恨自己当时不知道这件事，对那两个见死不救者，如果他知道是谁一定不卖给他们东西，让他们尝尝被大家被社会孤立的滋味……

节目刚刚播出，台领导就来了，反响如此强烈的节目是台里近几年来少见的。台领导的肯定，使李明波越发有了信心，节目播出以后，他就悄悄地回了家，后半夜将稿子整理出来，题目是《呼唤道德的碧水蓝天》。天蒙蒙亮的时候，他刚要眯眼睡觉，手机又响了，王菲微信说有个叫王涛的孩子和他爸爸找到台里，说收听了广播，感到内心有愧。

李明波欣慰地笑了一下。

五

《呼唤道德的碧水蓝天》一文很快在省内一家青年报发表，编辑加了编者按和副标题，发在头版位置上，使得这篇稿子有了不可忽视的分量。编者按说："这篇报道再次告诉我们，在建设物质文明的同时，清理人们心灵的污染、建设人们心灵的碧海蓝天是多么重要、多么紧迫！"

稿子发出来的时候，李明波正在医院陪护妻子黄灿，黄灿阑尾炎发作了，疼起来在床上直打滚。李明波去医护室喊医生，桌上放了几张报纸，他看到了自己的文章、自己的大名，内心忽然激动起来，医生也不喊了，拿了报纸就往黄灿所在的病房跑，进门一把抱住黄灿说："发了，稿子发了。"

黄灿被李明波的举动吓得一惊，感觉阑尾立刻不疼了，趴在床上跟李明波抢报纸看。看了一会儿，黄灿说："这篇报道是你记者生涯的一个良好开端，写得不错，我丈夫李明波还是蛮有水平的。"说着，在李明波的脸上吻了一口，李明波兴奋地抱住她亲吻，直吻得黄灿呼吸急促。李明波平时难得吻妻子一次，黄灿晚上在床上什么都让李明波干，就是不让他吻嘴。开始李明波怀疑自己口臭，哈出口气闻闻，什么味道也没有，他就买了几盒口香糖，每晚睡觉前咀嚼，黄灿仍是拒绝跟他接吻，黄灿说，接吻她不舒服。李明波只好每次闲着嘴巴，忙着身子。

两人正兴奋，李明波的手机响了，是台长电他。李明波放下黄灿就奔了台里，一路兴致勃勃，看天天蓝色，看地地黄色。到了台里，他才知道省台来人了。台长已经向省台的人大致介绍了情况，省台的人肯定他："你们抓了个很不错的素材，这个典型在当今的社会环境中十分必要。这次我们来是要做一个大节目，估计对小英雄肖平的事迹宣传，会在省内引起很大反响。"

李明波没说什么,在一些大的场合他很少表态,这样的沉默反使他个人多了几分神秘。

台长说:“我看这样吧,省台来做节目最好找一下宣传部,现在报纸新闻也出来了,宣传部至今还没反应。你们到那里去,也算是外界的一个督促。”

李明波就这样带着省台的记者到了宣传部,部长不在,分管业务的副部长说报纸报道刚刚呈给书记,批示还未下来呢。李明波也不多话,带着几个记者就奔了大桥,先在事发地点观察了地理环境,而后又找了李小燕、王涛以及肖平的父母。

肖平的父亲说:“记者同志,孩子死了不能复生,可恨的是那两个见死不救的人,就是小猫小狗淹在水里,也不能袖手旁观吧?你们要在这方面多呼吁呀!”

一行人又去找船主,船主见是记者,且个个神情严肃,问什么都不吭声,显然对记者的出现充满敌意。

李明波陪完省台的记者,又赶到医院去了,黄灿明天手术,听说黑鱼对愈合伤口有益处,他就拐进菜市场准备买两条黑鱼带回去,等黄灿做了手术就下锅煨汤。李明波蹲下去拣鱼的时候,几个卖鱼的人正在议论:“嘿,刚才那个白白胖胖的中年人,敢情就是那个见死不救的汉子,他自己还炫耀如何如何精明呢,厚颜无耻!”

李明波一听,立刻搭腔:“哪个见死不救的汉子?”

卖鱼人说:“就是前几天眼睁睁看着几个孩子淹死的那个人啊,他刚刚还在这儿炫耀自己呢,没错,肯定是他,否则不会讲得头头是道。”

李明波急忙问:“这人现在哪儿?”

卖鱼人说:“刚走,买了两条黑鱼往那边去了。”

李明波鱼也不买了,蹬上自行车猛追。菜场人挤人,他好不容易才挤出人群,寻找拎了两条黑鱼的白胖汉子,但他追到了尽头,也未见踪影。李明波丧气地又回来,给卖鱼人留下自己的手机号码,说一旦发现此人行踪,立刻给他打电话。卖鱼人嘴上连声答应。

李明波又回到了台里,省台的人做好节目正准备走。这时,王菲喊李明波接电话,电话是国内有影响的一家青年报社打来的,他们看了李明波的稿子,准备转载。放下电话,李明波热血沸腾,心情格外好,中午也未回去,请王菲在街上的餐馆吃了加州牛肉面。王菲嫌他贫气,又要了四个小菜。吃饭的时候,王菲一味地夸奖李明波,说他抓到了好素材。李明波顺水推舟地谦虚,说她那个节目做得及时,扩大了在市里的影响,说得王菲豪情满怀。几天以后,大报的报样就寄到了李明波的手里。李明波赶紧呈给台长看,台长又赶紧送到宣传部,部长已经回来了,说书记特别过问了这件事。台长见部长脸色不悦,心里就有点发虚。果然,部长说:“这次省里评综合治理先进市本来有我们,但这篇报道使我们失去了许多赞成票,书记气得直拧大腿。”

李明波在黄灿手术的当天,跟台里请了假。三天以后,台领导来到医院慰问黄灿,李明波感到很蹊跷,领导是从不慰问员工家属的,但他没多想,以为是稿子的成功给台里带来了荣誉。一周以后,黄灿出院了,李明波去台里上班,王菲见了他躲躲闪闪的,李明波暗想真不该请她吃那顿加州牛肉面,倒使她自作多情起来了。刚坐一会儿,台长就请他去办公室。

李明波回来的时候脸上就像涂了蜡,台长说因岗位调换,他暂时不能当记者了，至于安排什么工作，目前尚未定妥。

李明波哭笑不得地往家走，他并不明白自己何罪之有，一路上琢磨该写篇什么样的文章替自己申冤。快进家门时，他想万不能将自己失业的事告诉黄灿，那样黄灿就会大大地看不起他了。

李明波闷在屋里几天，将文章写好又送到报社，报社编辑说："如今你有这样的大名我们报社可不敢随便用稿了。"

"为什么？"李明波不解地问。

编辑无奈地笑笑。

李明波好像忽然明白了什么，当即撕碎了稿子。

半年以后，李明波被一家房地产开发公司招聘到办公室工作，主要策划撰写卖房子的广告语，偶尔也写写文章，见诸一些杂七杂八的生活杂志，大都是些平铺直叙的卖房理念，文章再也没有了激情。但他的物质生活却发生了极大的变化，他在市中心拥有了数套房产，还买了一辆大奔，不久又被提拔为副总经理，每天的工作就是与社会各色名流打交道，所拓展的人脉关系也都是为了卖房。他在酒桌上应酬的时候，总喜欢说一句诗："今宵酒醒何处？"

刊于《壹读》杂志2016年12期

清洁工

一

车香洁从掏粪工变成清洁工的时候，工作性质并没有发生根本的变化，只不过工种发生了改变，由掏粪工变成了扫马路的清洁工。她第一天去扫马路的时候，竟发生了极不愉快的事情，她的扫帚伸到马路中间，准备将一个方便面塑料袋子扫进簸箕里，谁知这个时候从马路拐弯处突然奔出一辆轿车，车速极快，一下子把车香洁冲了个趔趄，幸而她没被伤着，但她的扫帚却体无完肤了。车香洁还未缓过神来，车主已将车停下，拉开车门蹿到车香洁的面前，蛮横地指着她的鼻子骂道："你个臭扫垃圾的，差点让我的车出了事故，你没看到我开车过来吗？"

车香洁的眼泪一下子流出来了，她已经不当掏粪工了，怎么自己的身份前边还被人加个"臭"字呢？说到底清洁工仍然是最底层的，这个工作不属于有钱有势的人群……车香洁晚上下班回到家后，心里一直郁闷着，她的郁闷很快被儿子车小鹏察觉了。车香洁心里实在委屈得慌，就把当天发生的事情跟儿子车小鹏说了。车小鹏看看车香洁，他发现妈妈的委屈是因为被有钱人摧毁了内心的尊严。时逢车小鹏大学毕业，正在到处面试招聘找工作，他什么也没说，只默默地用手拍了拍妈妈的肩膀，他感到妈妈老了，肩膀开始松懈，而她的肩膀所支撑着的手臂一辈子都与掏粪勺和扫帚在一起，他的鼻子不由得酸起来。

车小鹏上班的第一天，就发誓给妈妈车香洁买辆车，这车不一定特别昂贵豪华，但外形要美观漂亮，人坐在里边要舒适，要心情愉快，要有自豪感……他把女式车型在网上搜索了一遍，最后决定买德国产的或者是中德合资的车。

对于刚刚工作的车小鹏来说，这可以说是一个宏大的计划，他为这计划激动着，而这激动全部掩蔽在他的内心深处，他不能让妈妈知道，要是被妈妈知道了，他肯定会被妈妈体制化的生活方式和固执的思维方式打乱。在他的记忆中，妈妈曾经推过粪车、骑过自行车、坐过公交车、乘过火车，就是没开过属于自己的私家车。当然从前也没有拥有私家车的条件，现在已进入私家车的时代了，车小鹏一定要让左邻右舍看看，他妈妈车香洁不仅仅是清洁工，不仅仅是个“马路天使”，就算她一辈子难逃清洁工的命运，她也是个高贵优雅的清洁工，而再不是本色“扫垃圾”的，她辛辛苦苦拉扯大的儿子车小鹏有出息了，成为顶天立地的男子汉了。为了防止妈妈打乱自己的计划，他想了许许多多的理由，最后归纳为N个，他把这N个理由像过电影一样在自己的脑海过了一遍，牢牢储存在他的大脑深处，一旦妈妈车香洁阻止他买车的计划，他就把脑子里储存的小电影调出来给妈妈看。

这天，车小鹏把脑子里储存的小电影又在自己的眼前过了一遍，原本是为了说服妈妈阻止他买车的计划而随意编造的“理由”，却让他热泪盈眶，原来他妈妈的人生也就是自己的人生，他们的苦与乐都是连结在一起的，就如同他的生命是在妈妈的肚子里孕育出来的一样。

二

在车小鹏的记忆里，童年最幸福的时光就是每逢自己生日这天，妈妈总是带他到公园里开小汽车，无论这天是星期日还是工作日，妈妈都会放下掏粪的工作，换一身干净衣服带他到公园开小汽车。这天的妈妈，身上再也没有了刺鼻的屎臭味，她把头发梳理得黑亮，阳光照在她明净的脸上，就像照耀着一个凡间的圣女。车小鹏被妈妈牵着手走进公园，内心感到无比快乐。这一刻，再也没有同伴喊他“屎壳郎”了。开一个小时的小汽车要两块钱，坐小火车是五块钱，妈妈总是买两张开小汽车的票，买一张坐小火车的票，剩下的一块钱再给车小鹏买一根棒棒糖。

车小鹏在两个小时开小汽车的时光里，他的快乐，还有他作为小小男子汉的威风都在把握方向盘的行程中挥洒得淋漓尽致，他会和一旁开小汽车的陌生小朋友比赛，他手握方向盘的姿势老练又稳健，他因而总是跑在最前边。

车香洁开始时总是目不转睛地注视着儿子，后来她发现儿子开小汽车时成竹在胸，大可不必让她目不转睛，后来她就带了毛线活到公园里，当车小鹏快活无边地开小汽车时，车香洁就坐在一旁的木椅上打毛线，她有打不完的毛衣、织不尽的毛裤，丈夫的、孩子的、小姑子的、公婆的，还有她娘家父母的、兄妹的……她的手在秋日的暖阳中，快速巧妙地缠绕着毛线。在这样的时刻，车香洁的内心也是快活的，她已经忘了这双手平日是与大粪打交道的，她要提粪桶、拿粪勺、推粪车，尽管戴着厚厚的乳胶手套，但手仍是与大粪为伍的。为此，车香洁从未打量过自己的手有多么纤细，她回到家的第一件事就是脱下乳胶手套把手洗干净，再换上居家的干净衣服。然后她要烧火做饭。

车香洁自从当上掏粪工，她做的饭只有车小鹏和她自己吃了。丈夫早已不吃她做的饭，甚至长期不与她同床共枕，他借故工作忙，将自己的行李等生活用品全部搬到了厂里。他所在的工厂酿造白酒，白酒用的水来自郊外的一处山泉，叫白乳泉，传说乾隆爷当年来这里巡查时，口渴掬了一捧山泉水，评价此泉甜似乳汁，遂将泉水取名为白乳泉。白乳泉附近曾有一个大村庄，村里千余口人饮此泉水活命，开放搞活的年代，来了个外地富商，圈地开发，白乳泉四周盖成了厂房，以此泉水酿酒，村里人也都农转非进了酒厂当工人。车香洁此时刚与丈夫马大奔结婚，家穷底薄，工厂薪水不多，酒销路不好，婆家和娘家都指望这两个“月月收秋”的工人供养，车香洁决定离开工厂到城里谋生，只要挣钱多，再苦再累的活她都肯干。当时城里最好谋的工作是垃圾工，说白了就是扫大街，现在有了动听的称呼环卫工人，车香洁扫马路扫得很干净，但薪水太少。后来听说掏粪工挣的钱是垃圾工的两倍，粪便还可以卖到农村当肥料，车香洁又开始与大粪打交道，当起了掏粪工。

车小鹏是在妈妈当掏粪工之前出生的，他四五岁的时候才开始对掏粪工妈妈有一种清醒的认识，那就是无论妈妈下班回来怎样清洗自己，她身上都带着一种仿佛是渗浸到骨头里的、无论如何也抹不掉的屎臭味。这使他童年的玩伴很少，小朋友都不愿意跟一个妈妈是掏粪工的孩子玩，“屎壳郎”的绰号毫无疑问落在了他的头上。

他经常问妈妈：“妈妈，你为什么要掏大粪啊？”

妈妈回答：“不掏粪你吃什么呀？”

他就回嘴道：“可我们也不能吃大粪吧？”

“谁让你吃大粪了？”车香洁有点生气地反问道。

“我们家到处都是大粪味，不就等于吃大粪吗？”

车香洁看着车小鹏，无言以对。

有几次，车香洁从心里想辞去掏粪工的工作，仍然回去扫马路，可想到那多两倍的收入，车香洁内心总是不舍。她要打理起一个像模像样的家，她需要钱的支撑。

马大奔在酒厂留下来了，后来又拼着性命当了品酒师，他先是靠喝酒不醉让分管上司看在眼里，后又靠醉了不死留在了品酒部门，从此他可以说是一劳永逸地成了酒人。马大奔西装革履穿行于宴席中间，他对车香洁掏粪工的身份越来越在意，他曾劝她放弃这个蒙垢的行当，他比从前有钱了，他的老婆大可不必以掏大粪的工作维持全家人的生活。车香洁显然是不听劝的，马大奔只好拒绝吃她做的饭，拒绝亲近她的肉体，尽管车香洁脱掉衣服的肉体白似天鹅，可马大奔觉得那白天鹅是被臭大粪熏染过的，以至最后他索性卷起行李离开了车香洁。

车香洁这个时候只有三十五六岁，正是女人的生理欲望渐趋成熟的年龄，也是少妇的风韵形成的关键时期，可她为了把牢掏粪勺、推稳大粪车，竟使丈夫马大奔远离了自己。

马大奔与车香洁刚进城时，几乎是天天在一起，那个时候车香洁对马大奔是不在意的，特别是夜晚，床是马大奔的战场，从来都是他主动“侵略”车香洁，而无论马大奔在床的战场上怎样骁勇善战，车香洁只一声不吭地应付，哪怕筋疲力尽，也不见她的一丝动静。“战斗”结束后，马大奔往往兴味索然地说：“我怎么就没见你有过高潮呢？难道你的身体是一座死火山？”

车香洁仍不吭声，她感觉床上的战斗对自己来说可有可无，她没有必要把心思都放在夜里的床上吧？人更多的时候应该属于白天，白天劳动赚钱，有了钱人才能活得风光，活出人样，而夜晚的床事不过是人闲时的娱乐，娱乐可多可少可有可无。

此时的车香洁正一门心思跟领导要求调换工作，她要去掏大粪，城市有多处敞开式公厕，她所在的区域就有五六个，掏厕所的活一般都是男同志干，它既要出更多的体力又不光彩，是清洁工里最下等的工种，因此待遇比较好，拿钱也比单纯的扫垃圾多，车香洁被钱所诱惑，想去试试。在找领导之前，她考虑再三是否将这事跟马大奔商量一下，他毕竟是自己的丈夫，掏大粪和扫垃圾的工作性质还是有本质上的不同的。这天，车香洁下班烧好了饭，等马大奔回来吃，可马大奔到了吃饭的时候并没有回来，他给车香洁打了电话，说厂里有应酬。后半夜，马大奔总算回到了他久经战斗的床上，他“蹂躏”着车香洁说：“这回，我在人前总可以挺一下腰板了，我当了品酒师了。”

车香洁意识到丈夫马大奔的身份发生变化了，她去当掏粪工合适吗？她没敢把自己内心的想法说出来，她怕遭到阻挠。既然是自己的选择，凭什么要征得他的同意呢？就像马大奔当了品酒师事先也并未跟她打招呼一样。

车香洁毅然决然地去掏粪了，从早到晚她要跟粪勺、粪桶、粪车紧密联系，纵便她戴着乳胶手套、穿着卫生衣，依然会把大粪的气味带进家中。她暗想人真是好奇怪，香喷喷从嘴里吃进的食物，通过胃通过肠道再从另一个路径排出来竟成了臭不可闻、人人躲避的污物。她对丈夫的隐瞒不过一周，就被马大奔嗅出来了。马大奔夜里在床上与车香洁恋战的时候，嗅到一股非同寻常的屎臭味，开始他还以为车香洁放屁了，不由得骂了她一句："打臭炮！"可这臭味越来越浓，从车香洁的头发里、汗腺里、皮肤里、耳朵里、手心脚心里纷纷渗出一种让马大奔难以容忍的臭味，就像毒气弹几乎要把他窒息。马大奔气急败坏地推开她问："你是怎么啦？白天掉进粪坑了？身上一股屎臭味！"

车香洁看看马大奔，她本来想把自己当掏粪工的事情和盘托出，但思想活动了一会儿，还是给嘴巴打了封条。她想，等马大奔亲眼见到再说吧。

不久，马大奔真亲眼见到了车香洁推着粪车穿街而过的情景，陪伴她的是掏粪勺、粪桶和粪车。那天他从厂里出来准备乘车回家，看到了推着粪车的车香洁。开始，他有点不相信，他等着车香洁推着粪车走到他跟前，他们四目相视，马大奔什么也没说，回到家再也不吃车香洁烧的饭，更不跟她同床了。后来，马大奔多次劝说车香洁，试图让她放弃掏粪工的工作，车香洁都不卑不亢，既不说放弃也不说另谋工作，但每天掏粪勺照抡、粪桶照提、粪车照推。

马大奔在一天早晨，默默地将自己的行李卷搬到了厂里。走的时候，他想跟儿子马小鹏说句话，他知道他这一去很可能再也不回这个家了。可马小鹏不在，他要到学校晨读，早早就跑到学校去了，他已经是小学二年级的学生了。

最初，马大奔的离去，车香洁很不以为然，可日子久了，她的内心竟生出一种失落之感。人有时就是怪，生活中越没有什么，心里越惦记什么。特别是晚上，夜深人静，儿子马小鹏早已打着鼾声入睡，她感到自己的生活空间从未这样空落过，浩大的床真如一望无际的战场，此时马蹄声消隐，敌人撤退到再也看不到的地方，剩下形单影只的自己……车香洁忽然感到丈夫马大奔的夜战场已成了她生活中不可或缺的内容，当他确实存在的时候，她并未感到什么，只是一味地应付，而一旦他消失，她内心中潜藏的失落便隐隐凸现出来了，尤其是身体中那个叫欲望的家伙，简直像魔鬼一样将她折磨得彻夜难眠。车香洁这才发现原来马大奔的床战就是为了打跑她体内这个叫欲望的魔鬼，现在马大奔离开了自己的床，欲望的魔鬼就可以肆无忌惮地折磨她了。车香洁真是怕极了夜晚，白天她可以用粪勺粪桶粪车与欲望的魔鬼拼杀，而到了夜晚，当她的身体真正闲下来的时候，她就再也没有能力战胜欲望的魔鬼了。有天夜里，她实在耐不住魔鬼的折磨，就给马大奔打电话。马大奔拿着话筒不说话，让车香洁听电话那边的声音，那是女人床上的呻吟，车香洁的直觉断定，马大奔又有了新的女人，开辟了新的战场，而她的床已成了他昔日的废墟了。

车香洁绝望地放下电话，无声地哭了。

后来的日子，车香洁也想过重新整理自己床的战场，让新的男人帮她战胜欲望的魔鬼，可到了白天，当她与粪勺粪桶粪车共舞的时候，她断定没有男人喜欢浑身沾带屎臭味的女人。她的全部心思应该是掏粪和抚育马小鹏成长。

车香洁没把马大奔的另觅新欢跟任何人透露，家丑不可外扬，任何同情的目光都不过是一种看笑话。

但马大奔有一天竟成了街谈巷议的笑柄。他被推到人们关注的前台，纵使车香洁怎么否认，人们只回给她一句话："事到如今你还护着他。最不了解丈夫的就是妻子呀！"

马大奔有了婚外情，车香洁早已感知，但马大奔与那个女人好到钻进薯干儿垛里云雨，最后被厂里的保安捉个正着，车香洁无论如何也难接受这个事实。她想不明白放着好好的床不睡，凭什么要去钻薯干儿垛。薯干儿是酒厂酿酒的原料，每到秋冬都要收一大批进厂，仓库摆不下，就堆在露天地，薯干儿用麻袋装好扎紧口，因为它的甜味，经常被人偷，这些偷薯干儿的人有的是内贼有的是外鬼，久而久之，薯干儿垛就会出现塌陷区，人们从塌陷区钻来钻去，就像从防空洞里钻来钻去一样。

马大奔自从搬着行李卷离家，一直在厂里的宿舍住，他本来有一间单人宿舍，他可以与自己的新欢独霸床帷，可自在的日子不长，他的宿舍就住进了一位男士，也是品酒师，有正儿八经的职业文凭。这样，马大奔便难有独自的个人空间了，他身体的欲望以及那个女人的欲望又必须在一段时间内找到合适的地点发泄掉，于是经过反复的商讨和考察，他们选择了厂里的露天薯干儿垛。

马大奔与女人在薯干儿垛里云雨的时候，并不知道厂里因为近期薯干儿丢得厉害，正在加紧防卫，有数个壮男在厂里大大小小的薯干儿垛周边巡逻。马大奔与女人在薯干儿垛里云雨出那么大的动静，自然被逮个正着。开始人们还以为是有人在里边偷薯干儿呢，等逮出来一看，竟是一对赤裸的男女，再一看男的居然是厂里的品酒师马大奔。慌乱中马大奔试图把自己的裤子穿上，可裤子早已抓在巡逻人员的手中，马大奔和女人只好赤裸着下体在酒厂里走了一圈，直至走进了厂长办公室。他们的行走招惹了无数的眼睛，后来自然就成了街谈巷议的笑柄。

一向业务能力超强、诚实能干的马大奔，竟在厂里的薯干儿垛被人捉了奸，这对厂长来说，等于被人迎头掴了两耳光。马大奔几乎是他逢会必表扬的好职工典型，他的丑行不等于是对厂长的嘲弄吗？厂长这下的面子丢大了，为了拾回面子，厂长决定处理马大奔，人们猜测厂长很可能会开除他。

车香洁就是在这个时候风闻此事并奔到厂里的，正好赶上全厂开大会，厂长准备在这个会上宣布处理马大奔。车香洁如同一股旋风刮进了会场，她穿着高腰胶鞋、戴着套袖，身上挟着浓浓的屎臭味，她一眼就看到了角落里低着头的马大奔，而那个站在台上慷慨陈词义愤填膺的人一定就是厂长吧。车香洁旁若无人地直奔主题，上前一把揪住马大奔的衣领，劈头盖脑就是几个嘴巴，马大奔一下子被打傻了，正在讲话的厂长被眼前的一幕惊呆了，现场的员工被这个浑身臭气的女人搞蒙了。当会场上所有的人都缓过神来，屏住呼吸注视着眼前这个发了疯的脏女人时，他们已大略估计到她的身份了。

车香洁在众目睽睽之下，忽然哽咽着声音，泪流满面地说："真是对不起大伙儿了，我车香洁没有把丈夫调教好，让他给你们酒厂丢脸了，让领导和员工都蒙羞了。现在，我只想跟大家说，我要跟马大奔这个肮脏的男人离婚，请大伙儿给我做个主！”

人群忽然沸腾起来，有的高呼口号，有的站起来鼓掌，有的往台上扔帽子、扔酒瓶，一时间，人们心中发泄出的怒气达到了顶点。

车香洁很快与马大奔办了离婚手续，马小鹏判在母亲的名下，改姓为车，叫车小鹏。

若干年后，当人们冷静下来重新看待此事的时候，人们由衷敬佩车香洁的胆识，如果不是她当众打了马大奔，当众宣布与马大奔离婚，马大奔的工职很可能就保不住了，厂长最初的决定是当众开除他。车香洁以自己妇道人家的粗野之举，使马大奔绝处逢生，俗话说打了不罚，罚了不打，更何况是一个无家可归的男人，最后他虽然被罚去薯干儿垛扛薯干儿，但毕竟保住了铁饭碗。

在车小鹏童年的记忆中，自从他的马姓改为车姓，他的妈妈车香洁就很少在家里说笑，他听到妈妈说得最多的两句话就是“吃饭”和“写作业”。

车小鹏小学毕业的时候，以十分优异的成绩考入了重点中学，这天，妈妈车香洁笑着回到家，又笑着把一辆崭新的凤凰牌女式自行车推给他看。车小鹏知道，妈妈凭着工作的实干精神当了全市劳模，这是她的奖品。

车小鹏鼓励妈妈每天骑自行车上班，那时候还不时兴开私家车，有辆名牌自行车骑也算上等的风光了，更何况妈妈的凤凰牌自行车是劳模奖品，有无尚的光荣包含其中。

车香洁显然舍不得骑这辆崭新的自行车，她怕身上的大粪弄脏了它。她把它挂在了门外一间小偏房的墙上，每天下班的第一件事是推开小偏房的门看自行车是否完好无损。一个灼热的夏天，一声惊雷劈裂了小偏房的屋顶，电线着火了，小偏房顷刻间一片火海，待车香洁赶回家时，凤凰牌自行车已烧得只剩下两个扭曲的钢圈了。

车小鹏从未见过妈妈车香洁如此伤心地哭过，她哭得简直不要命了。面对妈妈车香洁如临深渊的悲伤，车小鹏只会反复说着一句话："妈妈，等我长大了挣钱给您买辆小轿车……"

这话就像一句誓言，深埋于车小鹏的内心深处。

不久，城市化进程快速推进，城区的厕所进行大规模改造，掏粪变成了机械化工作，车香洁又回到扫马路的清洁工岗位，这时她已是市劳动模范，与六个女清洁工编为一个组，称为红旗组，分管清扫本城最重要的马路路段。

三

车小鹏上初中后，学习成绩一路领先，分数是学生的命根子，他因此深得校方器重，先是当了优秀学生，继而又当了班干部。男孩子学习一路领先，女孩子就喜欢吹捧，一时间他成了班里的小王子。

有个叫梅娇娇的女生，特别喜欢跟车小鹏在一起，放学要跟他一起回家，课间休息时也喜欢凑近车小鹏，这让别的女生很吃醋，车小鹏是大家的，不是梅娇娇一个人的，于是便私下里喊她"跟屁虫"。梅娇娇的父亲是全市有名的企业家，曾多次赞助学校搞基础设施建设，并赠送给学校一架钢琴。梅娇娇虽然学习中等，但学校老师从来不敢批评她，开家长会的时候，也从未当众点过她的名，只是顾左右而言他地述说一些现象。梅娇娇因是富二代，她认为自己想要什么就可以拥有什么，车小鹏属于她也理所当然，她才不在乎其他女生们的冷嘲热讽。她邀车小鹏看电影，请车小鹏吃意大利披萨，还送给车小鹏正宗的瑞士巧克力。

车小鹏把巧克力带回家，让妈妈车香洁品尝。车香洁打量着那精美的包装盒说："看这一层又一层的包装，这东西就便宜不了，光这盒子就值不少钱啊！这是谁送你的，男生还是女生？"

车小鹏笑而不语。

妈妈又说："你可别扯上那些富二代，咱家跟人家肩膀头不一般齐，让人瞧不起。"

"谁瞧不起谁呀？真是的，瞧不起我，我还瞧不起她呢。"车小鹏不服气道。

车香洁突然把眼睛睁大，抬高声音说："车小鹏，你当真在谈恋爱？你这是早恋知道不知道？这会影响到你的学习成绩，你如果考不上重点高中，就有可能考不上大学，妈妈辛辛苦苦把你拉扯大，就是想让你读书有出息。难道你将来还像妈妈一样当清洁工？"车香洁说着说着就哭了起来。

车小鹏愣怔半天说不出话，为此有相当长的一段时间，车小鹏故意躲着梅娇娇，他避开一切与梅娇娇单独在一起的机会。车小鹏越是躲着梅娇娇，梅娇娇越是追着车小鹏，放了学他到哪里她就跟到哪里。有一次车小鹏就快走到家门口了，他突然站住，他知道梅娇娇就跟在他的身后，他实在不想让梅娇娇知道自己住在一幢破旧的危楼里。

车小鹏站住不动，梅娇娇迫不及待地追上来说："今天我要跟到你家，我要跟你妈妈说我爱你。喂，车小鹏，你爸你妈到底是干什么的呀？"

车小鹏迎着梅娇娇的目光，他看到了那目光里的追问，他的心跳有点加速，在梅娇娇这样的富二代面前，他不愿意承认自己的妈妈是个清洁工，那会很没有面子。于是他很快镇静了自己的情绪说："我爸妈是干什么的与你有关吗？"

"当然有关了，我爱你，将来肯定就嫁给你。我妈妈经常说，婚姻一定要门当户对，我知道了你爸妈的身份，回去就好跟我妈妈讲了。你告诉我，你爸妈到底是干什么的呀？"梅娇娇的一双眼睛闪烁着。

车小鹏忽然想起了妈妈的话，一本正经地绷起脸说："梅娇娇同学，我正想跟你谈谈呢，你知道这段时间我为什么躲着你吗？"

梅娇娇无所知觉地摇头。

"我们这叫早恋，会影响学习的，如果考不上大学，我爸妈会惩罚我的。"车小鹏抬高声音说。

"那有什么呀，考不上大学就做生意，赚钱更多。"梅娇娇的小嘴翘起来，见车小鹏怒着眼睛看自己，又说，"封建家长制，都什么时代了，还体罚自己的孩子，难道你不是你爸妈亲生的吗？车小鹏，你爸妈到底是干什么的呀？"梅娇娇穷追不舍。

"我爸妈是干什么的跟你有关系吗？"车小鹏有点不屑地瞟着梅娇娇。

梅娇娇神情坚定地说："今天你不告诉我，我就不离开你，一直跟到你家里，非弄个水落石出不可。"

车小鹏面对梅娇娇的不达目的不罢休，似是再也躲不过去了，只好坦白："我爸爸是高级品酒师，我妈妈嘛……"车小鹏的话卡在喉咙里了，像一根尖厉的鱼刺扎在肉上，使他难以吐出清洁工几个字，但面对梅娇娇闪烁的眼睛，他突然急中生智："我妈妈呀，'567'！"他用音符唱了出来，扫垃圾的谐音恰好是"567"。

"呀，原来你妈妈是音乐教师啊，会不会弹钢琴？我的钢琴快考级了，能让你妈妈辅导一下吗？"梅娇娇天真地问。

车小鹏心里直想笑，他也想不到怎么就给妈妈"扫垃圾"的职业提档升级了，使清洁工一下子变成了高雅的"音乐老师"了。对了，以后学校再填什么表格，在"母亲职业"一栏里，车小鹏就写"567"好了。

当暮色降临的时候，车小鹏到底把梅娇娇哄回去了，然后他才回到自己的家。从这天开始，车小鹏对自己有了紧迫感，想到自己是一个清洁工的儿子，出人头地绝非一朝一夕就能完成的事。

车小鹏无论如何也想不到，自己一个善意的谎言竟然让女生梅娇娇陡生好奇羡慕之心。她对车小鹏的追求更甚了，几乎是步步紧逼，她要设法靠近车小鹏的妈妈，一个弹钢琴的女孩一定会被音乐教师接受的。

车小鹏对梅娇娇的步步紧逼十分反感，他试图做一种躲避她的努力，可她就像他的影子，他越躲影子越大，有时梅娇娇会突然从马路的哪个角落蹿出来，如一朵水灵灵的花盛开在车小鹏面前。车小鹏本来气得想挥起拳头，又怕拳头打碎了花瓣，梅娇娇便在车小鹏怒气冲冲的无奈中变成他忽东忽西的影子。于是车小鹏总是在快走到自家门口的时候，突然转向，他的速度很快，就像穿着冰鞋旋转在溜冰场上一样，眨眼就滑出了数千米，再眨眼就无踪影了，弄得梅娇娇愣在马路上打量东南西北，不知往哪里迈步好了。第二天到了学校，梅娇娇自然会以此跟车小鹏算账，车小鹏故意摸着自己的脑袋说："难怪咱班的女生都喊你跟屁虫，原来你真是我的跟屁虫啊！"气得梅娇娇捂脸哭鼻子。

车小鹏的妈妈车香洁彻底暴露清洁工的身份是在一个暮色黄昏。那个黄昏，车香洁心里有点不爽，她正低头扫垃圾的时候，一辆白色的小轿车突然在她的面前停了下来，随后就从车窗里扔出一截烟屁股，不偏不倚正好丢进她撮垃圾的簸箕里。烟屁股带着火，嗞嗞燃着了簸箕里的干树叶，车香洁下意识地伸脚去踩树叶的时候，车门打开了，从里面出来一个着装艳丽的年轻女人。车香洁看不清她的眼睛，那眼睛上戴着一副宽大的墨镜，但她能看清女人的脸，女人的脸比添加了增白剂的面粉还白，女人不说话，扬着长脖颈左看看右看看，好像专门让车香洁欣赏似的。就在车香洁的目光落在她身上的时候，车香洁同时也注意到了小轿车里的马大奔，她曾经的丈夫，他的身后坐着一个小女孩，那一定是马大奔结婚后的结晶了。车香洁忽然明白了，眼前站着的年轻女人就是马大奔当年在薯干儿垛里的艳遇，他们一家三口是向她招摇来了。她站在原地，不知所措，一种悲愤的情绪忽然罩住眼睛，她的视线开始模糊……这时，车香洁听见马大奔在车里喊："姐们儿！你不当掏粪工了，又扫马路了，扫马路也很光荣啊，能当劳动模范。我也不扛薯干儿了，又当品酒师了。小鹏还好吧？"

"你还有脸问小鹏？多少年了，小鹏没花过你一分钱，你连法律上判的生活抚养费都没付过，你还算是一个父亲吗？"车香洁把要说出口的话都含在了嘴里，她想把这些话喷出来，像毒液一样喷出来，喷在马大奔的脸上，她要看着马大奔被毒液喷昏，可她的嘴巴就像被人贴了透明胶，怎么也张不开，她只感觉天地都在颤抖，天要塌下来地要陷下去……在她模糊的视线里，她看见年轻的女人上了小轿车，马大奔盛气凌人地跟她挥手喊："姐们儿，再见了！"

一股汽车尾气直刺车香洁的鼻孔，她的眼前忽然一阵天塌地陷般的黑暗，随后她就什么也不知道了。

车小鹏这个时候恰好就在马路对面，一切都纳入了他的视野，就在他快速穿过马路的时候，他看到站立着的妈妈就像被雷击中的大树一样轰然倒下了，"妈妈！妈妈！"他如同一只灵敏的猴子飞快奔了过来。

这时，隐身的梅娇娇突然显出了真身，她在马路对面打量着被车小鹏喊"妈妈"的女人，扫帚、簸箕、写着"清洁工"字样的杏黄色马夹……她的灵感和悟性一下子从空中飞来了，她忽然明白了"567"就是"扫垃圾"的谐音。车小鹏的妈妈根本不是什么高雅的音乐教师，而是扫垃圾的清洁工，车小鹏真是太会愚弄人了。梅娇娇破译了"567"的密码，心里直想笑，她决定以后再也不理睬车小鹏了。而且她还把这事在校园里传播，女生们都知道车小鹏有一个"扫垃圾"的妈妈了，她们再也不追捧这个"小王子"了。

车香洁被儿子车小鹏搀扶到了家里，躺了一会儿，喝了点水，精神渐渐好了起来。车小鹏不放心妈妈，执意要把她送到医院。车香洁拗不过儿子，只好把在马路上遭遇马大奔的事情说了出来。车小鹏听罢妈妈的话发着狠说："妈，您别难过了，刚才的事情我都看见了，儿子将来挣钱一定给您买辆车，扫扫他马大奔的威风！"

车小鹏的话掷地有声，把车香洁吓了一跳。

后来的事实证明，车小鹏真是按自己的誓言去做了，他发愤读书，丝毫不在意女生们是否追捧自己，他以优异的成绩跳级到省重点高中，又以优异的成绩考入名牌大学，学的是计算机专业，毕业后就进了一家大公司，第二年又被公司派往爱尔兰做业务，很快赚了笔大钱。回国后他没跟妈妈车香洁商量，就私下买了一辆中德合资的女款轿车，他要让妈妈做一个“富翁清洁工”。

车香洁显然不愿意接受儿子车小鹏的这份“厚礼”，争执的结果是她服从了儿子，接受了这份厚礼，并且去驾校学习如何驾驶它。

车小鹏很得意自己送给妈妈的这份厚礼，他自始至终的关键词是：“妈妈，你要让马大奔看看，你也会开车，而且是儿子车小鹏送给你的车！”

车香洁就把儿子车小鹏的话当成了座右铭，她开车的目的只是想让前夫马大奔看看。

四

车香洁到了驾校就傻眼了，学开车要比扫马路难多了，不管她学得多么认真，多么用心钻研，每一个考试的环节，她都要以补考收场，在最后“行走单边桥”的考试中，她补了两次考才算过了关。教练叹息道：“老大姐，你只能开自动档的车，还要慢慢开，最好别上高速。”

车香洁回去就把教练的话跟儿子车小鹏讲了。车小鹏把妈妈领到自己刚刚买来的车子面前，拉开车门说：“妈妈，你看你的车是不是自动档？”

车香洁一下子笑了，儿子车小鹏的细心让她心里生出无比的骄傲。车香洁拿到驾照才敢正式驾车上路，当她把车开到自己分管的工作路段时，她从车的后备箱里拿出了清扫马路的扫帚和簸箕，这个路段一共有六个清洁女工，称为红旗组，因为车香洁的劳模身份，这个组也年年被评为先进集体。组员散住在市区的四面八方，每天早晨四点必然来这个路段集中上岗，这条马路就是她们的工作车间。数年来她们六个女工已经习惯了早晨四点工作晚上八点回家的作息时间，这条马路也成了模范马路，即便有一座高架桥横在她们的头顶，她们也让冰冷的水泥高架桥路面一尘不染。因为她们的敬业，彼此是那么和谐，到了一起总是说说笑笑有讲不完的话题，清扫马路的工作变成了女工们开心的平台。

车香洁驾车来扫马路，显然让另外几个女工大吃一惊，她们看着车香洁，就像看着一个怪物。

车香洁尴尬地拎着簸箕和扫帚说：“是我儿子硬给我买的车，我又不能拒绝他的一片孝心。”

“可你学开车怎么没跟我们打声招呼啊？我们连影儿都不知道。”一女工说。

“想给你们一个惊喜。”车香洁戴好了套袖。

“我们又没有车，惊喜什么？最惊喜的还是你，我们再惊喜也没有车子开。”又有一个女工说。

车香洁见女工们话里有话，突然抬高嗓门说：“这辆车就算是我们班组的，以后下班时我送你们回家。”

“谁敢坐你的车啊，你就是想送我们回家，我们还没有胆子坐呢。”再有女工说。

“真是，干我们这行的，都是小姐身子丫环命，哪有坐小轿车的福啊。”女工们七嘴八舌。

车香洁拥有私家车的自豪感立刻被大打折扣了，她心里生出了隐隐的失落，虽有了私家车，却失去了工友们融洽的友情以及和谐的工作气氛，即便车香洁不是炫耀，女工们也感觉与她不在“同一战壕”里了。私家车让车香洁与同事有了隔膜。这一天，车香洁是孤独的，没有谁肯到她的身边搭讪几句话，嘻笑几声，她感到了扫帚的沉重。当晚下班的时候，车香洁想开车送组里的女工们回家，起码有三个人跟她顺路，但她们显然拒绝车香洁的好意，甚至讥讽道：“我们就是骑自行车的命！”

车香洁把车开回家，已是晚上九点多钟了，她住在老小区，没有停车的地盘，只好把车停在马路上，又担心车被人偷了，刚跨上楼梯便折回去再仔细查看一遍，看车门是否锁好了。等她确信无疑锁好了车门，爬到三楼的时候，楼下竟有人叫喊起来：“这是谁的车呀，怎么停在这里了？”

车香洁只好再返身下楼，这时她的两条腿就有点撑不住了，等她走下三楼楼梯，到了马路边，看到几个穿职业装的城管人员正在夜巡，全市创建文明城，城管人员连夜突击清理“乱停乱放乱搭乱建”，车香洁的私家车就像一朵毒蘑，凸现在大街上。

周边没有停车场，车香洁不知道把车开到哪里可以停下来，她有点怨怪儿子车小鹏的孝心不当，这不是给她增添麻烦又是什么呢？恰逢车小鹏不在家，又到外地出差去了，要是车小鹏在家，也许会帮她找个地方停车。车香洁只好开着车满街跑，她跑了两个多小时，几乎把城市绕了一圈，最终她还是把车停在了原地，好在夜深人静，这时的城管人员已经回家睡觉了。

这个夜晚，车香洁因车而失眠了。她想儿子车小鹏给她买车的目的是想气气马大奔，不能让马大奔小瞧他们娘俩儿，如果马大奔知道私家车给她带来如此多的烦恼，他快活得可能要笑掉大牙了呢。

车香洁再也不敢开着车去扫马路了，她怕失去关系融洽的清洁工姐妹，她喜欢听她们的说笑，喜欢听她们走腔跑调地唱歌，喜欢听她们东家长西家短地唠叨……现在她才明白，她们的说笑对她是多么重要，那是有血有肉的表情，有声有色的亲昵。而她坐在私家车里，看似比别人优越，实际上是被没有感情的破铜烂铁所包围，她敏感的神经都被它控制起来了。

不再开车去扫马路的车香洁，又恢复了骑自行车。但车不能总闲在家里不用，每逢休息的时候，车香洁还是要开车出去，她出去的目的很明确，她要偶遇马大奔，让他看看她开车的潇洒。怀揣着这样的目的，她自然要开车去热闹的地方，诸如购物一条街、市民消费广场，她甚至开车到马大奔供职的酒业公司，她在那气派的公司门口等了很久很久，可无论她怎样等，就是不见马大奔的身影，真是见了鬼了！

车香洁与马大奔遭遇是在她不想遭遇他的时候，那天，车香洁恰逢休息日，她把自己打理了一下，就开车到市中心的购物广场，也是城市最繁华的中心地带，拥有超大型的地下停车场。车香洁到得比较早，只好将车停在最里边的停车位。等她逛完购物广场出来,已是中午了,恰逢吃饭的时候,停车场的出入车辆如长龙一般一辆追着一辆,一旦有一辆不按秩序行驶,所有进出的车辆都会被卡在门口了。就在车香洁将车开到出口的时候,一辆轿车忽然越位冲到她的车前,堵住了她的出路,而她后面是一辆崭新的宝马车,车香洁的车只要稍稍后退一点,就会撞上宝马,那是要吓死她的赔偿。就在车香洁准备对着前边堵她路的轿车叫喊时,她一下子看清驾驶座上的女人了,是"薯干儿垛"女人,她身边的副驾驶座上是马大奔。此时,马大奔正得意地看着车香洁,他显然是想看这个女人的热闹。

车香洁什么都明白了,马大奔在故意堵她的路!这时的车香洁进也不是退也不是,只好听任后边的车辆不停地按喇叭。

维持秩序的保安总算出场了,他挥着手臂,吹着哨子,额上一头汗,他显然在为堵车着急,一时又想不出疏通的好办法,他吹一会儿哨子,喊叫几声,可司机们的耳朵都像聋了一样,没人把他的哨子和叫喊当回事,最后他跑到车香洁的车前,要她后退。车香洁急了说:"您没看见我身后是一辆宝马吗?撞了它,我拿什么赔人家?!"

保安看看车香洁,无奈地嘀咕:"开车没技术,竟敢到这个地方来招摇!"

车香洁刚想还嘴,这时他看到马大奔已与"薯干儿垛"女人换了位置。他握着方向盘,两眼直视车香洁。"莫非马大奔想撞我的车?"车香洁突然紧张得全身的汗毛都揸了起来,她的两手紧握方向盘,她感到自己的手心都在出汗了。此时,车香洁的思维好像在空气中凝固了,她的大脑中只有一个念头:"有本事你撞死我,看车小鹏怎么收拾你!”

就在车香洁感到自己命悬一线的时候,马大奔的车子开始巧妙地后退,他的车技显然好过车香洁许多倍,他几乎是从长龙般的车队中穿行。当他快退出车香洁的视野时,他将头伸出车窗,得意忘形地跟车香洁挥挥手说:“姐们,看咱这技术,你也学着点啊!”

车香洁嘴唇不住地抖动,想说什么,一时竟找不到合适的词语,她恨自己怎么这么笨啊,一辈子都赶不上马大奔灵活,像“薯干儿垛”这样的艳事永远都不可能在她身上发生。开车故意堵别人的路更不会是她所为,而在这处处讲竞争、讲钱财、与人争比高低的社会,车香洁是没有资本参与其中的,她就老老实实扫地多好,扫地让她心里踏实,让她的生活有所着落,她因为扫地而受人尊重,当了劳动模范。一瞬间,车香洁好像忽然想明白了,你车香洁是没有开车的资本的,当你不具备竞争金钱和名利的素质时,你开车干什么呢?张扬自己还是炫耀财富?

当晚,车香洁就跟儿子车小鹏摊牌了,她要车小鹏把车卖掉。

车小鹏不解地瞪着两只大眼睛问:“妈妈,这是为什么呀?您能说说这是为什么吗?”

车香洁认真地看着车小鹏疑惑的眼神,神闲气定地说:“小鹏,我知道你给妈买车的好意,你想让妈扬眉吐气,人前闪光。可妈妈自从开上这个车,感到处处别扭,先是清洁队的姐妹跟妈疏远了,再就是没地方停车,咱这小区没地方停,停在马路边上,三天两头被城管撵。开到市区,停车要交费,车太多还被堵在停车场门口开不出来。你说让我开车到你爸面前炫耀一下,可那天他就把我堵在停车场门口了,看他那个得意劲儿,还有‘薯干垛儿’女人在一旁助威，哪里是妈妈在他面前炫耀，倒是她在妈妈面前示威呢。小鹏啊，妈这几天想明白了，什么是幸福呢？幸福不是开小轿车，幸福是脚踏实地、是平安、是不心惊肉跳……如果因为开了私家车而让妈妈的精神乱了方寸，那你才是好心办了坏事呢。”

车小鹏哑口无言。

车香洁从此再也没开过车。

私家车自然归了车小鹏，因是女式车款，车小鹏还是当二手车卖了。车小鹏去卖车的路上想：妈妈已经被她的生活和工作彻底体制化了，扫帚和簸箕是她的物质，而当清洁工是她的精神，把马路扫干净是她的境界，我想改变她的生活，实际上是毁了她的生存体制，这是善意的残酷。毕竟，我是我，妈妈是妈妈，我们谁也不可改变谁。

车香洁依然每天早晨4点赶去工作地点扫马路，她挥着扫帚，与组里的姐妹说笑着。她们迎着晨曦，看着马路上晨练的男女老少和赶早的人们，她们的笑声与清晨的第一声鸟鸣融在一起，与秋风中的落叶融在一起，她们快乐着。

刊于《辽河》杂志2012年5期

风水轮

机关里的人都知道李皆仕退休时最痛快，本来组织部长亲自找他谈话的时候，是做了充分的思想准备的，估计李皆仕很可能提出要求，到人大或政协，不安排正副职，也要安排个常委干干，虽说是闲职，且与他现在的行政级别等同，但最起码可以延期五年退休。要知道对一个机关干部来说，退休和不退休的物质待遇是完全不一样的。组织部也考虑过了，如果李皆仕有这方面的要求，组织上会尽力满足。

李皆仕属于老三届最后一拨的大学生，毕业后就进了机关，不久又担任了财政局长，那个时候他可以说是机关里最年轻的局长。他在这个位子一干就是十年，十年中这个地级市消灭了财政赤字。市委市政府的主要领导对李皆仕的政绩相当满意，准备安排他进市政府领导班子，可考核的时候，同级别的局长们对李皆仕的政绩要么沉默不语要么视而不见，有领导给李皆仕私下透气，要他做做同事们的工作。

李皆仕脖子一扭说："做什么工作?实事求是嘛。"

李皆仕觉得自己的政绩就摆在桌面上，它们就像一桌可口的饭菜，不是七个盘子八个碗就是八个碗七个盘子，人都是黑眼仁白眼球，还能数错了不成?考核的结果，李皆仕只有一票，还是他自己投给自己的。事后，他承认这一票是自己投的，为此他还振振有词："伟大领袖在遵义会议上就投了自己一票，这证明他自信，否则他怎么可能当伟大领袖?!"

最终，李皆仕没有进市政府领导班子，他投自己一票还成了机关干部的笑柄。当然，考核只是一个方面，他们这种地级市的发言权肯定要被掌管着自己的大级市控制，但李皆仕十年如一日地踏实工作，组织部又不得不考虑他的位子，否则哪个干部还"相信组织"?考虑来考虑去，李皆仕又被组织部安排到了城建局当局长，虽说不是市里的"财神爷"了，但时逢大开发，在别人眼里，李皆仕又拣了个"肥差"。而李皆仕从未把这位子当成什么"肥差"，即便真是"肥差"，他也不会啃得满嘴流油头脑发昏，牢狱之门向每个发狂的人敞开着，只要脑子不清醒，就很可能一屁股坐进去了。李皆仕本属于丁是丁，卯是卯之人，除了工作认真外，对待家庭也极其认真。

李皆仕从"财神爷"的位子转移到"肥差"城建局后，已经三十大几了，他和妻子都思谋着该要一个"宝宝"了，他们已经结婚五年了，为了李皆仕能尽早出人头地，夫妻俩迟迟没有要孩子。现在李皆仕感觉生"宝宝"已经刻不容缓，再不生的话，妻子恐有生不出来的危险了。李皆仕这期间可谓辛苦异常，他在家要打造一流的"宝宝"，在外要打造一流的"经济开发区"，以致他经常在晚上与妻子共同打造"宝宝"的时候，嘴里就忽然冒出一句"经济开发区"，而白天在打造经济开发区的时候，嘴里又忽然冒出一句"宝宝"，后来李皆仕为自己当下的生命价值做了比较完美的总结："打造宝宝是我生命的'经济开发区'，打造经济开发区是我事业的'宝宝'，我一定做到'革命生产'两不误！"

这完美的总结居然成了李皆仕人生的豪言壮语，最终他的一流的"宝宝"打造出来了，他的一流的"经济开发区"也登台亮相了。

李皆仕打造的一流经济开发区最终成了全市乃至全省的样板，每日来参观的人络绎不绝，先是市领导，继而是省领导，接着是专家学者，随后又是兄弟市县领导。参观者对李皆仕高起点的追求赞不绝口，经济开发区已陆续进驻了来自五湖四海的商家，所有进驻单位对李皆仕交口称赞。李皆仕倒是很清醒，丝毫没有陶醉的意思，总结的时候只说："我们这里有一笔特殊的资源，那就是为进驻开发区的企业商家提供优质的服务。当领导干什么？就是为民服务，说具体点就是为经济开发区服务，否则老百姓要我们干什么？公仆啊，我现在越来越清楚公仆两字的真正含义了。"

时逢机关上下大力提倡为民服务，李皆仕的观点显然又与上级领导的要求合拍了，有个来考察的上级领导兴奋而满意地拍着李皆仕的肩膀说："我就喜欢你这样的干部，愿不愿意跟我走啊？"

李皆仕并未把上级领导的话当真，而上级领导说的却是真话，他想把李皆仕调到自己那里工作，那是真正的城市，掌控着李皆仕所在的地级市。到真正的城市城建局当副局长，虽说是二把手，但一把手过一两年就退二线了，李皆仕不久就可稳坐第一把交椅。这简直是天大的喜事，对官场来说，上调一步是"久旱禾苗逢甘霖"啊！

李皆仕回家就把这事跟妻子讲了，妻子赞同他调走："多少人求之不得的好梦在你身上成真，你不去要后悔一辈子。”

李皆仕与妻子感同身受，但他同时又放心不下妻子和孩子，这时，他们的宝宝刚刚两岁，两岁的宝宝会叫爸妈，还会唱歌，甚是可爱。就在李皆仕准备动身前往城市的晚上，宝宝突然发起烧来，抱到医院，医生就让打吊针，宝宝哭闹不停，李皆仕担心妻子照顾不了宝宝，他们的亲人又都在外地，于是就借故身体有恙推迟了起程的时间。

李皆仕想不到这一推迟竟成了他人生命运的再度转折。一周后，李皆仕彻底放弃了前往大城市的计划，他明明知道他的放弃是对远大前程的放弃，是对人生重要机遇的放弃，这样的机遇也许今生不会再有，但他还是毅然决然地放弃了。他的放弃，起因于宝宝准备出院的早晨，那天宝宝吊完最后一瓶水，医生说孩子不烧了，可以出院了。李皆仕满心欢喜地给孩子办完出院手续，与妻子一道准备收拾东西回家时，邻床的一位小女孩突然抽搐起来，一旁的母亲急得大呼小叫，小女孩的身边除了母亲，再没有别的亲人。李皆仕见状，赶紧帮着去找医生，待李皆仕满头大汗把医生找来了，小女孩已命归西天了。

死因尚待查明，给李皆仕的感觉是，小女孩和小女孩的母亲都相当无助，似乎除去她们彼此，身边再也没有什么人跟她们有亲缘的牵扯。李皆仕从男性的角度观察，感觉这母女相当孤单。后来得知，小女孩的爸爸在外地工作，妈妈本来准备调往小女孩爸爸工作的城市，不料小女孩竟意外死亡了。

小女孩的母亲哭着说：“我们在这里没亲没故的，要是有亲戚帮忙，早点让孩子住院，孩子就不会死。我们来过医院多次，都说没床位……”

小女孩母亲的话如一记重锤击打在李皆仕的心上，把他一颗准备远飞的心彻底敲碎了。等他和妻子把宝宝从医院里接回家，进门的第一件事就是打开已经捆扎好的行囊，他把这些行囊物归原处。

妻子看着李皆仕，一脸疑惑地问：“好不容易把行李收拾起来了，怎么又解开了呢？”

李皆仕鬼头鬼脸地笑笑说：“我本来就不准备走了，还是在我们的小家庭安营扎寨吧。”

妻子开始认真起来，她不解地看着李皆仕，她看到了他眼睛里的真诚。李皆仕属于不会撒谎善讲真话的男士，在这弄虚作假以谎言博取荣誉的社会，不撒谎讲真话倒成了一个男人最可贵的品质了。当妻子确信李皆仕此举绝非玩笑时，无不惋惜地说：“你这样顾小家，我很感动。但你要知道，中国有句俗话叫‘夫荣妻贵’，一个男人的社会地位越高，越能给他的家庭带来荣耀。人生重要的机遇也就那么一两次，错过了就不可能再有了。你好好考虑啊，我和宝宝绝不拖你远大前程的后腿。”

李皆仕听罢妻子的话，索性一屁股坐在沙发上，他随手摸了一支香烟点上，猛吸一口，又将烟吹成圈喷出来，看着烟圈悠然地在房间飘移。他平时是不抽烟的，香烟在桌上不过是摆设，以备来客人时应酬，但李皆仕家里很少有客人来，香烟已摆了很久，有点发霉了。李皆仕很快掐灭了烟，打量着妻子说：“你刚才说的话都对，我也都认可，可一个男人奋斗是为了什么呢？无非是为了妻儿老小的幸福，但奋斗到最后，他的孩子死了，妻子神经了，这样的奋斗有什么实质性的意义吗?倒不如一家人在一起平平安安过日子好。”

李皆仕放弃了去大城市发展的机会,也就等于放弃了当大官的机会,这让机关上下的人很不理解。人们私下议论着他,大多说他冒傻气,当然也有嫉恨他的,原指望他调走高升,好把现在的位子腾出来让给能占位子的人,谁知李皆仕原路杀回,让许多准备占位子的人都打错了如意算盘,他们呈给他冰冷的微笑或白眼。

李皆仕却不在乎别人的眼光,他主动找组织部领导谈话,又坐回到城建局局长的位子上。而且他在这个位子一坐就是十年,他的宝宝在他和妻子的精心呵护下像小树一样茁壮成长,小学、初中……李皆仕除了认真工作,就是认真盯着宝宝的学习,宝宝终于在他的盯视下上了重点高中。李皆仕也过了提拔的黄金年龄,但他以认真严谨的工作作风、清正廉洁的工作姿态又成为组织部门看好的中年干部,于是他又被安排到统计局当了十年局长,并且最终在这个重要的岗位退休了。

组织部领导找李皆仕谈话时,他什么条件都没提,既没要求到人大也没要求到政协,而是痛快地彻底退休了,以至组织部的领导大会小会上表扬李皆仕,说他有“政治风度”。

退休后的李皆仕完全没有失落感,他和妻子每天早晨到公园锻练,晚上到广场散步。他们的宝贝女儿正上大学,已经面临毕业了,女儿上学在外地,经常给他们打电话发信息,偶尔李皆仕还在网上跟女儿聊天,大多谈养生。李皆仕胃口不大好,从前一犯胃病就喜欢吃药,女儿提醒他喝益生菌酸奶,李皆仕喝了一段时间的益生菌酸奶后,胃病居然再未发作,于是他开始与妻子一道研究养生,这竟成了李皆仕退休后的一大乐事。

养生分几大类型，运动养生、食物养生、睡眠养生……运动和睡眠显然不用研究了，他们睡眠一向很好，晨练和晚练也一直在坚持。需要研究的是食物，吃什么和怎么吃，这是支撑和延续生命的关键所在。李皆仕把食物分成“春夏秋冬”四类，按季节划分出食物最佳的食用时间，特别是对老年人，什么食物什么季节吃最适宜。苹果是水果之王，可提高记忆力，橙子维生素C最多，柚子预防糖尿病，菠菜有健脑作用，核桃、黑芝麻补脑又补肾，杂粮粥强身健体……最后是有益胃肠消化的酸奶益生菌，常吃这些食物成了李皆仕与妻子坚持不懈的习惯。他们的身体在退休后的几年中，每个部件都没有出毛病，这让他们很欣然。

好日子光阴似箭，一眨眼，女儿就毕业工作了，又一眨眼，女儿又到了谈婚论嫁的时候了。

李皆仕与老婆都非常重视女儿的婚事，女儿的未来也就是他们的未来，他们在本城没有亲戚，女儿的婆家就是他们的亲戚，成亲后两家人要走动往来，相互帮助。婚姻是讲究门当户对的，只有门当户对的婚姻才会幸福长久，婚姻的结果是两个人一起过日子，这就需要适应彼此的生活习惯，如此两个人的成长环境就要八九不离十，大方向基本对路子。女儿在校时谈过一个出生于农村的男生，尽管小伙子学习成绩很不错品质也优良，李皆仕就是不同意，女儿只好依了父亲。偏巧这时机关退休干部张某家有个儿子，大学毕业工作了，比李皆仕的女儿大一岁。张某主动找上门来提亲，李皆仕与张某曾在一个楼里工作，张某属党委部门政策研究室，而李皆仕属政府部门，两人没什么交往，也就没什么矛盾，张某一提亲，李皆仕就答应下来了，张某的儿子现在是公务员，李皆仕的女儿在全额事业单位，两个孩子见面后也没有什么意见，两家订亲不久就举办了婚礼，在本城最有档次的酒店办了几桌酒席，女儿女婿入了洞房，李皆仕就盼望抱外孙子了。

数月后，女儿真怀上了孩子，这对两家人来说简直就是喜从天降。李皆仕与老婆每天给女儿研究营养，张某和老婆也给儿媳妇研究营养，一是使宝宝在胎中健康发育的水果蔬菜，二是保证宝宝将来聪明的海产品和淡水鱼。平时，女儿与婆婆一起住，周末才回到娘家，如今等不到周末李皆仕和老婆就要把营养极佳的饭菜给女儿送过去，开始张某和老婆很不自在，怀疑亲家嫌自己家的饭菜不够营养，而两家人坐在一起吃饭的时候，李皆仕与张某天南地北地闲聊，从北伐聊到长征，又从长征聊到"文化大革命"。婆婆和妈也有说不完的话题，诸如孩子出生后最好吃母乳，要是母乳不够该选择哪个国家的奶粉，在哪个医院生产比较好……两家人在一起说说笑笑的，都感到亲情的浓烈，胃口也随之大开，饭菜吃个精光。后来，这自然就成了习惯，每周三李皆仕与老婆必然带着烧好的菜到女儿的婆家共享，而周末张某又和老婆带着菜到儿媳的娘家共享，这已成了约定俗成的乐事，双方都不用提醒，到时候就像彼此都尽义务似的，提着菜就上门了。

一晃女儿肚子里的小宝宝就出怀了，再一晃就要临产了。李皆仕和亲家张某开始研究给孩子取名，如今的人都知道孩子的名字是太重要了。取一个响亮的好名字等于给孩子一个好运气，名字是一个人的符号，被人天天叫喊，如果不取上一个响亮的好名字，就等于把霉运带给孩子了。现在社会上已有专门给人取名字的机构，其影响力和被人重视的程度绝不亚于看风水，其实名字就是一个人命运的风水。

在给孩子取名字方面，李皆仕似不如亲家张某从容淡定，因为孩子出生后不管是男是女都会姓张，是张家的正宗传人，张某是孩子的爷爷，而李皆仕只能是姥爷。可以说李皆仕是从属地位，次要矛盾，而张某才是主导地位，主要矛盾。越是这样，李皆仕越是想给孩子取一个既是张家传人又是李家后人的两全其美的名字，反正他心里打定了一个主意，孩子的名字绝不能让亲家一个人为所欲为，叫张这个张那个，这名字里必须有李的姓氏在，哪怕是张字在前李字在后。

张某给孩子取名字时主张用三个字，绝不能用四个字，认为日本人才用四个字取名，中国虽有两个字的姓氏，如“上官”“欧阳”等，但毕竟是少数。张某感觉给孩子取名要往大处着眼，如果是男孩就要跟天空宇宙苍穹相联系，如果是女孩就要跟大地树木花草相联系，为此他还特地跑到图书馆查字典查资料，数天之间给孩子取了五十几个名字。他觉得这些名字都来自他心底的灵感，他把这五十几个名字先草写在稿纸上，回到家再输入到电脑里，并按笔画编好顺序，这五十几个名字自然都是张字打头，是张家的后人，自然要张字打头，这似乎天经地义，无须作任何解释，待见到亲家李皆仕，直接给他看好了。

李皆仕看了这五十几个名字，笑笑，既没说好也没说不好，他显然不能当面否决亲家张某的成果，但这些成果又难以让他心里接受。五十几个名字，没有一个涉及到李字，女儿毕竟姓李，是他李皆仕的传人，按亲家张某的逻辑，女儿怀的这个后人，只传了张家的香火，与李家无关啊。李皆仕心里的不愉快让亲家张某看出来了。张某说："亲家有何想法公开讲，在给孩子取名字这个问题上，我们要民主公开透明。"

李皆仕听张某这样说，一下子笑了："亲家这话倒显得开明呢，到底是政策研究室出来的干部。我是这样想啊，咱两家当初都响应了国家'只生一个孩子'的号召，你家是独子，我家是独女，如今独子独女结成一家，又要生后代了，虽说是一个独子，却延续了两家的香火，这样的话，给孩子取名就不只是姓张了，一定要把李字挂上，否则不就失衡了吗？"

张某突然明白亲家李皆仕的心思了，他尴尬地笑笑说："这方面我还真没考虑，依您的意思该怎么给孩子取名呢？"

李皆仕早就把孩子的名字在心里想好了："就叫'张亦李'，张即是李，李即是张，李张是同一体，是亲缘，是血浓于水的关系，这名字男女皆宜，放之四海而皆准。"

李皆仕把这名字说出来，张某想想说："'张亦李'有点拗口，不如叫'张亦果'，'李'就是'果'，'桃李满天下'的'李'指的是'李子'，一种水果。"

"张亦果。"李皆仕反复咀嚼着这名字，如果按亲家张某的解释，倒也成立。于是他答应下来，孩子出生后不管是男是女都叫"张亦果"。

名字总算定下来了，一家人皆大欢喜地迎接孩子的出生。不久，孩子出生了，张某称孙女，李皆仕称外孙女儿。两家人的生活空间全被这娇小的生命占满了。

奶奶喜欢给孙女用尿不湿，而姥姥喜欢给外孙女用棉布，她感觉尿不湿的代价太高，又不透气。爷爷和外公很少掺和这样的琐事，他们只盼着孩子长得健康美丽，长大了有所作为。男女同工同酬的时代，男孩女孩都是宝贝。

张亦果真是两家人的宝贝，她牙牙学语的时候，就把爷爷奶奶、姥爷姥姥叫得很清楚，一岁半时会扭秧歌，会唱流行歌曲《常回家看看》，还会学雄鹰展翅。她在爷爷奶奶家，就把快乐带给爷爷奶奶，屋里总有欢笑声，使爷爷奶奶变得年轻；她在姥爷姥姥家，同样让屋子里充满了欢笑，让姥爷姥姥感觉时光在倒流……她成了两家人情绪的调节剂，每周七天，她被一分为二，前半周属于爷爷奶奶，后半周就属于姥姥姥爷。而她不在谁家的时候，她就成了谁家最挂心的话题。他们算计着时间，算计着该给她做什么好吃的……其实她的小肚子究竟能装多少食物呢？家人对她的惦记不过是一种尽心的呵护而已。即便张亦果上了幼儿园后，每周七天，她仍被一分为二。

张亦果在爷爷奶奶、姥爷姥姥的精心呵护下，总算茁壮成长起来了，一晃就上了小学，因爸妈在省城工作，她自然要到省城去读书，那里的教育水平肯定高于地级市。张亦果走时，爷爷奶奶、姥爷姥姥都哭红了鼻子。儿子说："我们会经常回来，也希望爸妈经常去看亦果，现在交通便捷，高铁动车都有了，个把小时就到了。"

车开走的时候，亦果的小鼻子始终抵在车窗玻璃上，她不停地招手，好像为爷爷奶奶、姥爷姥姥挥去眼泪。

张某和李皆仕两亲家原是打算跟到省城去的，亦果上学需要人接送，但儿子的家面积太小，七十平米的房子，只能容纳一家三口。就是这样的小房子，还是张某和李皆仕两家凑的首付款，刚工作的年轻人是没有买房子的经济基础的。两个亲家只好逢到周末的时候轮流去省城看亦果，或亦果的爸爸妈妈带孩子回来。

亦果一年级的第一个暑假，爸爸妈妈想带她到海边看看，正好有条高速路通了，开车五六个小时就可以看到大海了。爸妈要亦果给爷爷奶奶、姥姥姥爷打电话，亦果跟他们通了半个多小时的电话，嘴上不停地说："我一定带贝壳给爷爷奶奶和姥爷姥姥。"

李皆仕与张某接到亦果的电话，又彼此打了一通电话，他们在电话里兴奋地谈论着亦果，等着她从海边拾回贝壳。他们的渴盼在一个大雨滂沱的夜晚，忽然变成了梦想，高速公路出车祸了，亦果和她的爸爸妈妈就在这起车祸里。

李皆仕和张某开始了白发人追踪黑发人的疯狂寻找，他们不相信，三个黑发人真像气体一样在人间蒸发了……

2019年3月

欢迎仪式

一

数年前，我曾接了个差事，临时受聘于一个“上管天下管地中间还管生殖器”的部门。部门领导想从人口的生活质量入手，编一本书，这本书强调夫妻恩爱百年好合，往大了说是社会主义精神文明的组成部分，往小了说，家庭乃社会的细胞，而家庭的稳定必然会带来社会的稳定。可家庭的稳定又靠什么呢？当然是靠夫妻恩爱了。针对当下离婚潮的涌起，编撰这样一部书显得特别重要。领导找我谈话的时候强调，这本书要正式拿到出版社出版，为此特别搞了征文活动，并举行了轰轰烈烈的颁奖典礼，像天女散花一样将书的信息撒向各色人群，以引起准读者的重视。在轰轰烈烈的征文活动中，发现有一对恩爱夫妻已是百岁老人了，这样的典型如果挖掘出来，会有非同寻常的现实意义。

部门领导快六十岁了，听说明年就要退休了，他的头顶早已成了飞机场的跑道，凸鼓的肚子也把数十年吞进去的油腻一览无余地显现出来了，纵使他穿西装夹克衫，都难以遮掩他油腻的沧桑史，说不定躯壳里还掩藏着一堆脂肪肝。他要趁退休前大干一场，编撰一本书出版，也算是最后的风光政绩了。此事还在部门立了项，拨了专款，成为一个引人注目的政绩项目。

作为职业撰稿人的我，所写文章经常刊于全国各类报刊杂志，本地报刊自然也不例外，我的笔名“惊仁”已深入读者诸君的心灵。我被同行的文友推荐来编写这本书。领导见了我的第一句话就说：“报酬会有，但同时也是政治任务。”

我从领导的这句话中明白了，此事不可多捞钱。

接着领导又说了第二句话：“你去采访，要充分依靠当地的组织，需要什么我们为你提供。”

我从领导的这句话中又明白了，采访此事我是作为有身份的政府部门的官员出场，一切均由组织安排，包括接待、住宿、采访……这简直就是一份组织严密上下协调互动的官差呀！

部门领导还专门派了一个正科级的主任科员陪同我采访，也就是说这个“出家门入校门进机关门”的年轻的“三门干部”，成了此项目的联络人。

我们很快见了面，谈话中我知道他姓许，江北人。部门领导喊他“小许”，而我要喊他“许主任”，有主任陪同，我这个靠卖文为生的职业撰稿人也会身价倍增。官场讲究级别和场面，级别越高，场面越大。

项目启动仪式要在江北举行，所谓江北也就是长江北岸的城市和地区，在区划上都归A省管辖，虽然仅一江之隔，江南江北无论在经济上还是世风人情上都相距甚远，江南经济发达却人情纸薄，江北经济落后而民风朴实，因此A省部门的领导人准备启动项目的时候，如果想在官场受到重视不被冷遇，必定选择民风朴实的江北，那接待的热情和铺排的场面，足以令启动的项目耀然生辉，哪怕只是编一本夫妻恩爱百年好合的书。

许主任告诉我，明天去江北参加此项目启动仪式，在指定的某地点候车，注意别迟到，有几个级别相当的领导一同前往，一个正厅职，两个副厅职，而且路途较远，是A省最北边的地级市，隔一个湖就是山东省了，我们叫它B市。

我心领神会。

当晚，我回家做了充分的出差准备，首先把相机充好电，把笔记本电脑备好，又将录音笔里的电池换掉，这支飞利浦录音笔还是某区的一位宣传部长送给我的，他要我去采访他树立的一个当代农村典型，给了我一支录音笔，也好，省得我自己用稿费去买了。做好了出行的准备，我又翻了一些有关夫妻恩爱的资料，尽是空话套话废话，令人乏味，只好弃而不看了。

我睡觉很有规律，一般在十一点半之前入睡，早一点晚一点都会难入梦境。离睡觉还有一段时间，想起朋友最近推荐的一部法国电影《刺猬的优雅》，于是打开电脑上网搜索，电影的结局令人悲伤，54岁的女主人公懂得爱的时候，却出车祸死了。死是什么？死就是爱我们的人和我们爱的人在时间的长河中都会相继被上帝夺走……电影令人唏嘘。

我关了电脑想准点入睡，又难舍微信朋友圈，于是借着床头灯又看了一遍朋友圈，发现张三在吃烤肉，李四在游西湖，王二在塘边钓鱼，刘五在骂女人……整个一个吃喝玩乐不思进取的朋友圈，一群狐朋狗党。我立刻关了手机，又关了台灯，当房间彻底安静陷入无边的黑暗时，我准备快速进入梦乡，以饱满的精神迎接明天的采访活动。

二

早晨上车之前，许主任给了我一叠材料，是江北某县妇联整理的有关和美家庭夫妻恩爱的原始材料，我未及翻看就塞进了包里。当我坐进车子时，发现前排座位已经坐了几个人，大概就是正副厅职领导吧。

我们的车是一辆高档面包车，车前边竖了一块长条形的小牌子，上写“领导视察”几个字，这几个字可以说是一车人的招牌，驾车的司机开车的时候底气十足，我因为与领导一道去视察，顿时也有了领导的尊贵感。

上车后，我找了个后边的靠窗位置坐下，不一会儿，车就开动了。我乘车有个习惯，喜欢看窗外的风景，尤其是将手机放在口袋里，戴着耳机听音乐，田野、树木、河流、山脉……都在音乐中成了一组又一组的配乐诗和一幅又一幅的水墨画，我的精神随之被陶冶，心情陷入一片绿色的浪漫之中。

江北B市实在是太远了，车在高速公路上行驶了近四个小时仍没有抵达。我的肚子开始咕咕抗议，早晨我只喝了杯牛奶，鸡蛋面包都没吃，四个小时的车程早把牛奶的热量消耗尽了，幸而车上备了矿泉水，我就不停地喝水……这时，总算听到同行的许主任喊：“停车吧，前边那三辆车很可能就是来接我们的。”

我们的车在距前边三辆车四五米远的地方停了下来，许主任打开车门先下去了，果然那三辆车是来迎接“领导视察”的。隔着车窗玻璃，我看了一下那三辆车，有一辆警车，两辆黑色轿车，其中一辆是国产红旗，一辆是奥迪。车上下来的人早就站在路边了，有男有女。许主任上前与他们寒暄打招呼。我本来也想下车，出于礼貌也应该这么做，可看到车上的正副厅职领导们纹丝不动，我多此一举就有点喧宾夺主了。这时，前来欢迎的男女领导一齐向被欢迎的我们走来，他们将手里印刷精美的小册子从窗子和车门递给车上的领导们。我打开小册子，竟吃惊地发现这是专门为迎接我们这些人而印制的小册子，上面写着本次“视察领导”的名字，我作为职业撰稿人也位列其中，只是排名最后，这让我顿感荣幸。接下来就是本地领导来迎接“视察领导”名单，分管市长、人大主任、政协领导、妇联、乡镇干部等简直全了。

我受宠若惊地打量着名单，平生第一次受到如此规模的隆重欢迎，内心暗自得意的同时却又不由得发问：有这个必要吗？

车上一位官员或许跟我有同样的感觉，不禁叹道：“B市虽是江北的‘西伯利亚’，在接待规模上却十分讲究礼数。”

另一位官员搭腔：“听说前任省委书记上任之初曾把全省各地的官员召集起来开会，言称接待就是生产力，让各级政府务必做好接待，把这当成是政绩。这事你们没听说过吧？”

车上的人有的讥笑有的议论。

车开动了，跑在最前边的是警车，警车开道，然后是轿车红旗、奥迪，我们的车排在最后。车行驶了一个多小时，才进入江北B市。

B市的新城建设显然拉开了创建大都市规模的架势，大街上处处可见高耸的脚手架，这里距汉高祖刘邦的故里不远，也属汉文化发祥地，但如果按科学的历史考证，也只能算是准汉文化发祥地，毕竟有正宗的刘邦故里和正宗的汉文化发祥地。或许是出于旅游资源的考虑，B市已经堂而皇之把自己的形象定位为汉文化发祥地了，新建的汉宫威严地坐落在新开辟的文化大广场上，且成为汉文化博物馆。

我立刻心生欢喜，总算来到一个颇有文化底蕴的城市，五个多小时坐车的疲劳全都一扫而光了。

车驶进了宾馆，宾馆门口又有一拨当地官员夹道欢迎上边来的“视察领导”。

一行人寒暄着步入宴会厅。宴会厅十分豪华，一桌围坐十五个人，政协主席、妇联、民政干部、计生局和乡镇干部等。我们要采访的对象在一个乡镇。

政协主席是一位女干部，头发渐白，看样子到了退二线的年龄了，她举着酒杯邀大家喝酒，酒含在舌尖下却迟迟不肯下咽，显然她的喉咙是不喜欢酒的，但面对上边来视察的领导，她还是不得不眨巴着眼睛把舌尖下的酒咽到了喉咙里，随后她嗝了一下说：“书记、市长和分管副市长正在跟省一家企业谈事情，他们一会儿肯定来，我先敬上级领导们一杯酒，领导们跑了这么远的路，肚子饿了，先吃菜吧。”政协女主席一看就是从基层一步一步干上来的，说话实在，不掺水分。

我端酒杯的时候，用眼瞟了一下同行的各位领导，因为没有书记、市长出来敬酒，各自脸上的倦容像是未有春风抚慰一样仍逗留在脸上。而我一个官外人员，脸上洋溢再多的喜悦和热情也无济于事。我的眼睛只好往菜上盯，凉菜十几个，热菜十几个，还有另一种植物菜叫牛蒡，白丝丝的，本地特产。在我打量菜的时候，当地一位领导为了打破席间的沉闷，指着炒牛蒡说："这个菜要多吃，是我们这里的特产，我们这里的人有句俗话形容此菜，'男人吃了女人受不了，女人吃了男人受不了，男女都吃了床受不了。'"

大伙儿一阵哄笑。

正笑着，包间就像刮进了一阵旋风，人们的眼睛立刻被这阵旋风吸引过去了。书记、市长、女副市长迎着人们的目光走了进来，三位本地领导与上面来的"视察领导"握手寒暄，而后举杯敬酒。这时，有位乡镇来的女干部，后来听介绍是妇女主任，她行动迅速地举起酒杯，握着酒瓶子走到书记面前，红扑扑的脸上绽放着甜美的笑容说："我从未有过给书记、市长敬杯酒的机会，如果不是我们乡出了个恩爱夫妻的典型，我即使有给书记、市长敬酒的心也没有敬酒的机会呀，今天我斗胆给书记、市长敬杯酒……"妇女主任说着，就往白色透明的玻璃杯里注酒，哗哗的酒声就像一种伴奏，令人揪心。

我在一旁打量着那白色的酒杯，里面足有二两酒，只见女人在众人的注视下，一仰脖子将酒全部灌进了喉咙里。我感觉她的喉咙此刻一定在发烧。而后，她依然微笑着端着酒杯按次序向围桌而坐的领导们敬酒。

市委书记并未对妇女主任的敬酒表现出特别的在意，他举着酒杯跟每个人都意思了一下，言称还有应酬就提前退席了。市长紧跟着也走了。当地的主要领导中唯有女副市长是此次"视察领导"的陪客。我恰好坐在她的身边。她身材偏瘦，一双眼睛的目光很凌厉，好像时刻会冒出火来，让人大有不敢与她直视之感。在别人觥筹交错的时候，我就试探性地私下跟她"开小会"。我问了几个无伤大雅的问题，想不到她是个话筒子，一下子把想说的话都说了出来。

她说："我们城市的北边是煤矿，煤挖空后就是塌陷区了，煤层距地面千米，最浅处800米。每逢下大雨，我怕塌陷区出问题，到村里视察至深夜两三点钟，而且应急预案都制订好了，一旦暴发洪水，党员包哪些户，从哪条路撤出。现在老百姓要拆迁，但某煤公司给老百姓的拆迁款极少，每人才4000元，一家三口才12000元，到城里想买一平米房子都买不到。我们书记和市长在这个问题上绝对站在老百姓的立场上，与上边的发改委、国资委进行交涉，从维稳的角度，要求多给老百姓补偿，现争取到平房每人补偿1.2万元，楼房每人补偿1.5万元。刚才我们来迟了，就是在跟上边争执这个事呢，我们书记和市长气得都啪啪拍桌子了，又不是政府出钱，由企业出钱，政府给个政策就行了，但这个政策政府却迟迟不给。要知道企业是政府的，利益要得到保护，老百姓也是政府的，利益同样需要保护。不能有钱的孩子就是亲生的，而没钱的孩子就是捡来的吧。政府不能一屁股坐在利益集团的板凳上……"

女副市长显然情绪激动起来了，她打了个饱嗝，并长舒了一口气。

我举起酒杯向她敬酒，说："你这个副市长当得够资格，肯为老百姓说话。"

她抿了一口酒说："我们是这里的父母官，我们不把老百姓的衣食住行搞好，老百姓还能靠谁？基层是与老百姓直接打交道的党的形象，不能让这个形象崩溃。如今我感到人们的物质生活上去了，精神境界却下来了。"

她的话让我深有同感，心里不由得对这位女副市长生出敬意，如今在官场敢说实话真话的官员实在不多矣。

饭毕大家在各自的房间休息了一下，约定下午三点去参观汉宫博物馆。

刚到博物馆门口，就有扛着机子的本地记者蜂拥而上，对上级来的“视察领导”们大肆采访。领导们分别对着镜头喋喋不休，展示各自的风采。我沉浸于汉宫的汉文物中，让思维在现实与历史中穿越。

晚上依然是酒席，饭后与同行的“视察领导”们在大街上散步，方知两个正副厅职领导都是退居二线的老干部了，一位曾任气象部门领导，把握全省天气预报，特别是上级领导出行前的观云测天，要保证百分之百的准确；另一位曾任卫生部门领导，此领导曾在部队任过师长，脾气耿直，有些看不惯地方上的工作作风，他的牢骚已发了一路，诸如现在机关人满为患，有些副职的领导都是正职身份，有个部门的领导正副处身份的竟达十几个，最后只好派个正科级的办公室主任分配他们工作。

我把中午吃饭的时候，女副市长跟我私下讲的此地煤矿塌陷区拆迁补偿款的事情说了出来，卫生部门的副厅级领导不以为然地说：“这算什么，我听说过的比这邪乎的事情多呢。一个地方官员为了凸现个人政绩，要给当地百姓修路，政府没钱就向民间集资，路修好了，地方官员有了政绩高升了，但向民间集资的修路款却不还了，其中从本地一个商人手里借了四十万，当时政府写了借条给这个商人。数年过去后，商人的生意败落了，又患了癌症，没钱治病。商人的儿子去政府讨要这四十万元欠款，说给父亲治病。政府没钱偿还,只同意借给商人的儿子五万元,还让他打借条。商人的儿子不服,在当地法院起诉败诉,又上诉到中级人民法院,仍被驳回。商人的儿子无奈只好写信到卫生厅,说他父亲当年为了公益修路曾出资四十万元给当地政府,如今父亲重病在身,地方政府又不认这笔账了,因为当年的地方官员已高升调走了,问卫生厅可否为他父亲免除一些医疗费用。这信是我亲自接到的,我当时就感慨我们地方政府是怎么啦?如此不讲信誉。我立刻找到当年自己部队的老领导,他正好在做信访工作,我把信给他看后,他无奈地摇头说,'这类事太多了,我每天都接到大量的投诉。''那你怎么处理呢?'我问。'批转给地方政府呗。'老领导说。'那等于把皮球又踢回去了。人心不更凉了吗?'老领导拍拍我的肩膀说,'你还是当年在部队时的倔脾气,跟你说吧,这些年到了地方上,特别是做了信访工作后,我的思想发生了天翻地覆的变化,那是黑可以说白,白也可以说黑呀!这话你琢磨去吧。'"

卫生厅的领导说罢,仰天叹了一口长气。

这时,一阵风刮起,卷起路边的纸屑。我的心情突然沉重起来,出外采访本来是愉悦之事,却因意外听说了社会怪态,把我愉悦的心情搅得阴冷如冰了。近年来,食品不安全、环境污染、房价暴涨暴跌、人心冷漠……人居住的环境越来越动荡不安了,政府维稳的成本一路飙升。在这样复杂的现实生活中,家庭和睦、夫妻恩爱也就显得弥足珍贵了,树立这方面的典型对社会风气往好的方面转化一定具有特殊的意义,作为一个记者,能把此事的深刻含义挖掘出来,也算是履行自己的职业道德了。

但愿明天的采访名副其实。

三

早晨八点半，浩浩荡荡的队伍准时从宾馆门口出发了，去某乡镇采访一对百岁恩爱夫妻。这浩浩荡荡的队伍里，从省领导到最基层的乡镇干部，我细数了一下，有十五六个人，而真正要操笔工作的，唯我一人而已。

镇宣传委员是大学生村干部，毕业后就来到镇上分管宣传工作，他显然是城里人，知道我们是省城来的，又听说我就是笔名为“惊仁”的自由撰稿人，便分外热情地给我介绍将要采访的百岁恩爱夫妻情况。他说去年开始他就关注这对恩爱夫妻了，并且来采访过一次，初稿就是他撰写的。我想起出发之前，许主任给我的那叠材料，我尚未顾得上细看，只好认真听他述说，“知己知彼方能百战不殆”。

镇宣传委员说：“去年我来采访时，刚走到一幢农家小院前，眼前的一幕使我的眼睛为之一亮。一对白发老人相对而坐，正在手不停歇地剥着新收的玉米棒子。男人穿着平角短裤，打着赤膊，女人上着白色短袖，下穿格子裤。女人见到我，忙用手推推老伴，嘴里说着，‘来人了，快去穿衣服！’老伴放下手里的玉米就跑进屋换衣服了。男人生于1909年，女人生于1910年，两人生育了一个儿子，如今已是四世同堂，孙子、曾孙都在外边发展事业。”

我边听边在包里翻找许主任递给我的材料，也就是镇宣传委员亲自采写的初稿，等我把材料找出来，大体看了一下说：“你写得挺细腻的，我要拿回去认真看看，好好研究研究。现在你说说，这对百岁恩爱夫妻有什么传奇的人生故事没有？有没有典型而感人的细节?一篇好看的文章贵在故事内容……"

"有啊。"镇宣传委员说,"男人16岁时曾到上海闯荡,他感觉在家乡务农没有出息,当时这里尚未发现煤矿。家里穷,没有盘缠给他,他就跟邻居借了一块家织布到集上卖了,换了到上海的路费。他在上海闯荡了一年的光景,干一些肩挑手担的力气活。家里人不放心,就托媒人给他介绍了媳妇,两人成了家,男人的心就被牢牢拴在家里了。从此男人干起了种地的营生,并逐渐成为种棉花、种稻子的行家里手,还当上了队里的劳动组长,但不管男人干什么,老伴都是他身边的好助手。后来,这里发现了煤矿,男人就到矿上当了下井工人。每次下井前,女主人都要往他的包裹里藏几个脆饼。听他们的儿媳说,她嫁过来近50年了,从没见两位老人红过脸,干活时两人如影随形,到了吃饭的时间,如果一方没有到场,另一方肯定起身去问问情况。吃饭的时候,两个老人总喜欢往对方的碗里搛菜,男人喜欢吃刺少的鱼肚子,女人就吃刺多的鱼脊背;男人喜欢吃瘦肉,女人就养成了爱吃肥肉的习惯。两位老人在一张床上共枕81年,晚上睡觉的时候,只要有一个醒来,还会轻轻推推对方,生怕对方有什么闪失……村里人经常看到两位老人晚饭后牵手在村里散步……"

"听你这么介绍,两位老人还真是百年恩爱夫妻的好典型,如今夫妻之间这样亲昵的已寥寥无几了。只是你讲的这些事情,如果写入书中还是显得平淡了一点。"我接话说。

"真正相爱的夫妻就是在平淡的生活中见真情的。有首歌不知您会唱不会唱,'我能想到最浪漫的事,就是和你一起慢慢变老,直到我们老得哪儿也去不了,你还把我当成手心里的宝……'这歌好像就是为这对百年恩爱的夫妻谱写的。”镇宣传委员陈述着自己的观点。

我未语。此时我发现车上的人都在交头接耳说着什么，他们的议论显然在吸引我的注意力。有的说谁谁腐败，有的谈论某某官员离了三次婚了，刚结了一次又离了。有的说媒体正报道一对进城打工的夫妻，女儿从阳台上摔下去了，颅骨损伤需要一万多元治疗费，夫妻俩筹不到钱，等筹到钱了，又舍不得拿出来给女儿治疗了。正厅级领导突然声音很高地说：“昨天那位女副市长的话一针见血，这两年人们的物质生活上去了，精神境界却下来了。”

“人们都被钱奴役，成了金钱的奴隶了，钱比亲娘老子重要，钱比儿女重要，整个社会就是认钱不认人……”副厅级领导接着说。

我正听得入神，镇宣传委员喊：“到了，就是村口那一家，他们家的小楼盖得最高。”

车在村口停了下来，车上的人开始奔向那幢最高的小楼，行走中，我看到这个村庄好像在整体拆迁，很多不错的小楼都被掀了顶，砖头瓦块像房屋的内脏一样被刨晒出来。

镇宣传委员说：“昨天副市长说的那个塌陷村就是这里，煤挖空了，下边都是地下水，村民急等着搬迁，但煤企公司的补偿条件非常苛刻，本地政府已经出面交涉了。”

我未置可否，随着领导往前走。这时，我的眼前出现了意想不到的情景，我们要去采访的那幢小楼门口，高悬着黑色的挽联，显然这家在办丧事。

“哟，有人去世了！”

大伙儿几乎是不约而同地喊出了声。

四

我们要采访的"夫妻恩爱百年好合"的男主人公去世了，昨天上午去世的，也就是我们刚抵达B市不久。他们家里人显然还未来得及跟镇上打招呼，这使我们这一车人很尴尬，更措手不及。幸而领导们身上都带着散碎银两，大伙儿往一块凑凑，递上份子钱，也算表达了哀悼之意。

上下两层小楼密密麻麻摆满了花圈，门楣门框上都挂满了挽联，全村的男女老少好像都来了，每个人出门的时候眼睛都肿得像桃似的，男人生前人缘好，乡亲们都喜欢他，突然离世了，尽管都晓得他已年过百岁，但还是从心理上难以接受。

许主任走到我身边悄悄地说："你今天要抓紧时间采访一些东西，特别是他老伴。要知道这么远的路，我们来一趟不容易。下次再来采访，不知要等什么时候呢。"

这话许主任不用提醒我也知道，对一个职业撰稿人来说，最重要的是抓紧时间抓住机会采访。

镇宣传委员陪我钻进哀悼的人群，在哭哭啼啼的氛围中，他把老人的儿子拉了出来，指着我介绍说："今天省市来了很多领导看望你们，这是省里的著名记者，现在你要跟他好好谈谈你父母百年恩爱的情况，作为和谐社会好夫妻的典型，要写进书里。"

儿子红着眼睛说："今天领导们来得真是不巧，你说我父亲好好的一个人，怎么说走就走了呢？像刮阵风似的，连片树叶也没留下。"

"事先没什么预兆？身体也没什么病？"我问。

“他虽然年已过百，可身板硬朗，一般的小事情根本不往心里去。就是最近一段时间心里有点闹得慌，全村都要搬迁，地下的煤挖空了，村里成了塌陷区，不搬不行了。但听说拆迁补偿款很少，我们再也住不上这样上下两层楼带院子的房子了。我父亲对这老宅子有着特别深的感情，这是他年轻时跟我母亲两个人一砖一瓦盖起来的，他舍不得拆，故土难离，也舍不得离开这个村子，心里郁闷，突然就走掉了。”儿子的声音哽咽起来。

“你老父亲的死显然与拆迁有关了。”此时，我感觉已正式进入了采访状态。

“也可以这么说吧，最近我们村里生病的老人不少。”老人的儿子说。

“都是因为拆迁补偿的事情吗？”我跟着问。

“差不多吧，他们心里有话说不出来，说出来了又不顶用，只好憋在心里生闷气，百病皆由气生啊！”说罢，对着我叹息。

许主任急忙插话说：“您谈点父母恩爱的事情吧，最好讲点细节，采访时间比较紧，我们要拣重点事情说。”

我明白许主任的意思了，他想岔开有关拆迁的话题，引我直奔采访的主题。

老人的儿子想了想说：“这事最好请我妈讲，可我妈从昨天到今天一直哭，人在床上卧着都站不起来了。”

这时，镇宣传委员带着老人的儿媳妇走了过来。儿媳妇脸上的泪迹尚存，她摘下围裙，拍打着衣袖说：“这么多领导来到我家里，我也有个要求，暂时别把老爷子的户口注销掉，拆迁款还没发下来呢，本来拆迁款就很少，再去掉一个人的，下一步真不知道迁到哪里去呢。”

镇民政部门的干部急忙点头说:“这事你就放心好了。”

镇宣传委员趁机又把我的身份跟她介绍了一下。她平静地看着我说:“该说的我前些日子都跟镇宣传委员说过了,他也写成材料了。现在这个时候,谁还有心思说老夫妻恩爱的事情,我们连房子都要拆了,还不知道将来到哪里去住呢。再说老夫妻恩爱,都是没拆房子之前的事情,自从听说了要拆房子,两人也经常拌嘴,吵来吵去的,老头儿一怒之下就走掉了。”

见她不情愿接受采访的样子,我忽然说:“现在能不能去采访一下你们的老母亲?”

“一百岁的老人了,本来就说话不清楚,这个时候,更说不出什么了。”儿媳妇显然不情愿我去打扰老人。

“那你爸爸走之前,对自己生命的结束是否有预感?”我仍执拗地继续问。

儿媳妇想了想说:“半个月前,我老爸跟我老妈分过一次钱,分给我老妈几千块钱,而以前,他们的钱是摆在一起的。现在我们都知道老爸的钱就藏在家里,但谁也找不到,不知道被他放在什么地方了。”

我快速记下儿媳妇说的话,接着又问:“你老爸闭眼之前没有什么特殊的表现吗?他很平静地就走了?”

“不,老爸老妈分过钱后,有天拆迁办的人找我老爸谈话,回来的路上老爸摔了一跤,在床上躺了五天不省人事。忽然有一天清醒了,眼睛四处看,我们急忙问他想要什么。他说不出话来,问他什么脸上都无表情。问到曾孙的时候,他的眼睛突然亮了一下,我们就知道他想见曾孙。曾孙在省城读书，我们马上打电话要他回来，曾孙回来后，我老爸看了他一眼，想说什么却说不出来，闭上眼睛流了几滴泪，人就过世了。但我们知道老爸想看曾孙的目的，他是想把手里的钱交给曾孙，可话没说出来，一口气就咽了。所以这笔钱被他老人家藏在了哪里，我们谁都不知道。但肯定就在这幢房子里。”儿媳妇说。

我决定进屋里去看望一下失去老伴的老人，哪怕她不说一句话，能抓拍一张她泪流满面、思念老头儿的镜头也不错。

我随老人的儿子儿媳走进房间。老人正在床上躺着，床是一张老式的雕花床，有几个年龄大的妇女陪在她的床前。

我们进屋后，几个年龄大的妇女就起身出去了。

老人微闭着眼睛，因为没有牙了，两边的嘴唇像塌陷的墙壁一样挤在一起。

儿子儿媳对着她的耳朵大声说了要采访她的目的，老人睁开眼，挣扎着坐起来，满头银丝在堆满皱纹的额上浮着，脸上泪迹未干。

我趁机说：“您老这么悲伤，一定是想念老伴吧？”

我的话音刚落地，老人忽然扯着衣袖委屈地哭了起来，边哭边断断续续地说：“我就想不明白，我跟他一辈子了，临走他只分给我几千块钱。他是到阴间享清福去了，可我还在阳间受罪呢，这几千块钱怎么够我活呢，马上房子还要拆，家也要搬……都说我们俩儿恩爱，可这老头儿到死都没跟我一条心啊！”老人说着放声哭起来。

尽管她满嘴没牙，说话漏风，但她说的话我还是听明白了。

我愣在那里，一时不知该怎么记录，这样的场景与我的采访初衷大相径庭。但我还是镇静一下情绪说："您老多多保重，不必多虑，家里的事情有儿女们分担呢。"

老人对我的话显然不认同，她抬高声音说："有钱握在手里，每天摸摸心里才踏实呢。"

我半天说不出话来了，老人是为自己未能在老伴那里得到更多的钱而哭，并不是为老伴的死而哭。如果真是如此，"夫妻恩爱百年好合"的报道岂不成了戏言？金钱的概念如此深入人心，超越了亲情等感情，重要到凌驾于人的一切情感之上。当一个社会嗜钱如命的时候，和谐不过是一句官方话语而已。

从老人的屋子里出来，正好许主任在找我，车要返程了，问我采访完了没有。

我嗯嗯了两声，随他上了车。

路上我看着窗外沉思。

我把我刚才的发现跟许主任讲了。许主任立刻将疑惑的眼光转向了镇宣传委员，镇宣传委员不以为然地笑了笑说："他们一生都恩爱地走过来了，这一点小事算什么呀？"

许主任随之笑道："对，瑕不掩瑜。"

我看着他们，半晌无语，肚子里忽然咕噜一声，一个蔫屁溜了出来。

刊于《岁月》杂志2019年3期

神枪手

事情的起因是这样的，县委书记卢天宝刚到三江县工作不久，一个暮色昏黄的下午，他坐在办公室看文件，正看得出神，门外突然响起一阵响动，这声音起初并没引起他的注意，后来渐渐大起来，卢天宝就从椅子上站起身，悄悄推开了门。他刚一露头，门外哇地响起一片哭声，惊天撼地。卢天宝看到走廊里跪满了身披孝服的庄稼人，一位老汉将一张皱巴巴的大白纸举在头顶，上写着一个斗大的“冤”字。

卢天宝立刻俯身将跪拜的老汉搀进办公室，另有一位妇女也跟了进来。老汉仍悲戚地举着白纸，卢天宝让他坐沙发，他扑通一声跪下了，哇的一声哭着说：“书记呀，你可得给我们做主啊，我儿子死得冤啊。”

跟进来的妇女也哭了起来。

卢天宝忙说：“请你们进来是说明情况的，哭能解决什么问题呀？”

老汉说：“书记呀，我们全镇的人都指望您了，您要再不给我们做主，这世道真就没有青天了。”

妇女的哭声突然苍凉起来。

卢天宝这才仔细打量眼前的妇女，三十出头的样子，头上缠着宽白布，白布两边垂下的两条带子飞飘在肩上，再看那张泪眼凄迷的脸，整个一个窦娥冤的形象。

这时党办秘书小冯进来送茶，卢书记就让小冯作记录，妇女见小冯手里已握了笔，便忍住泪，一五一十把事情的起因讲了出来。

浮江镇有一霸，外号癞头。癞头二十岁上下，爹妈是镇上开酒店的。癞头没上几天学，十七岁的时候曾奸污过镇上的一位幼女，被镇派出所逮了起来，没几天又放了。镇上的人说，那阵子癞头家的酒店猜拳行令声震耳欲聋；又说，大檐帽两边翘，哪里有酒哪里到。癞头从派出所出来，走路两眼望天，膀子总像被吊着似的架起来。有人形容说，癞头如今是腰里掖根扁担——横闯了。这话真应了，没几年癞头就成了镇上的一霸，哪家盖房子搭屋、生孩子娶媳妇，都得到他家摆酒席，癞头看镇上哪个人不顺眼，就要他的耳朵或小指，久而久之，镇上的年轻人都喊癞头为“癞二爷”，见了他就像古人见了皇上。

癞头有枪有刀，经常钻进林子里打野味，他的枪法极准，野兔山猫一枪一个，一枪火药出膛，树上就会掉落一地麻雀。人人都赞誉癞头的枪法，说他想要你的眼睛就不会摘你的耳朵。

这天，浮江镇来了电影放映队，镇上的人好久没看电影了，虽说如今家家都有电视，但拥挤在一起看电影的场面还是很诱惑人的。浮江镇的人就骑车的骑车、赶路的赶路，纷纷涌向镇上的影院。一会儿的工夫，人就满了。电影是个挺俗的乡村故事，小叔子和嫂子偷情，撩人的镜头引起阵阵哄笑，气氛甚是热烈。直至电影演完，人们往外涌的时候，仍交头接耳议论着某个镜头，说几句淫味的话，或做个怪异的鬼脸。妇女的丈夫山根就是在这个时候与癞头遭遇的，山根被拥出影院就去寻他的自行车，山根的自行车刚买来不久，锃光明亮，特意交了一角钱的看车费。他在推车往路上走的时候，正好癞头从他的车前过。他的前车轱辘不慎碰了癞头的裤角，癞头愣了一下，回头对准他的前车轱辘就是一脚。这一脚正好踹在辐条上，三根辐条齐刷刷就断了。山根不认识癞头，光听说浮江镇有个比镇长书记威风、脚一跺地就颤悠的人，却不知这个人近在眼前。山根心疼地看着断掉的三根车辐条，火腾地就上了头顶，他一把揪住癞头，要论个是非。话尚未出口，颈上已被癞头一刀刺了个洞，血噗地就溅了出来，几分钟的工夫，人便倒地不醒人事了。

山根的爹和媳妇开始了对癞头的控告，他们起初找村治安委员会，村治安委员会安慰了一家老少，就推脱说这样的案子至少要浮江镇管。爹和媳妇于是又去浮江镇，镇党委和镇政府又打发他们去派出所。到了派出所，未等二人说话，所长似已知道了这个案子，轻描淡写地说："寻衅斗殴，双方都有责任。"山根媳妇说："所长，话可不能这么讲，这可不是寻衅斗殴，是故意杀人啊。"所长说："你说是故意杀人，你就到县里去告他。"爹扑通一声就给所长跪下了，老泪纵横、声音哽咽说："青天大老爷呀，我家山根无缘无故就被人杀了，你要真是包青天，就给小民请个冤吧。"所长声色不动说："你给我下跪没用，要找包青天你到县里去找。"说完，从椅子上站起来就到厕所小便去了。

媳妇见公爹还在地上跪着，搀起他说："走，咱到县里去，不信这天下没有说理的地方。”当天，媳妇就把圈里的一头肥猪、八只大鹅卖了。村里人听说山根家要到县里告状，纷纷跑来助威，有钱的出钱，有人的出人，一下子就凑够了盘缠，又聚了二十个老少，轰轰烈烈就到了县城。

乡亲们见卢书记将山根的爹和媳妇请进了屋，仍毕恭毕敬地跪在走廊上等待。他们直觉要找的青天就在眼前，今儿一定要这个青天给山根做主。一会儿，山根的爹和媳妇就从屋里出来了，随后卢书记也走了出来，书记说：“这个主我给大伙儿做了，大伙儿先起来回家吧。”

乡亲们走后，卢天宝立即召集司法、纪检、公安等几大班子的领导开会，声色俱厉地说：“如果事实确凿，必须立即把这个癞二爷给我缉拿归案。”

这天，卢天宝晚上回来后，脸阴沉沉的，简单地吃了晚饭，便埋头批起文件。卢天宝的妻子是一所中学的教师，卢天宝调进这个县城不久，她也来了，住在县政府的公寓里。妻子与卢天宝从小青梅竹马，三十八岁才开怀得一女儿明珠。明珠在妈妈的学校上初一。妻子上班理家，从不干扰卢天宝，她知道他是她的，也是三江县人民的。大概是11点多钟，妻子煮了点夜宵给他，这时电话铃突然响了，妻子伸手抓起了听筒，只听电话那边传来两声凄厉的笑，猫头鹰似的。妻子惊惧地放下电话，脸霎时就白了。卢天宝问：“谁的电话？”妻子抖着嘴唇说：“不知道。”卢天宝说：“不知道你怎么抖成这样？”妻子越发抖着嘴唇说：“不知道是谁的笑声，猫头鹰似的，吓死人了。”卢天宝说：“可能是线路问题，你睡吧。”

妻子睡不着了，这个莫名其妙的电话让她恐惧，她从未接过这样的电话。于是她起身到了女儿房间，女儿明珠正睡得香甜，她看看窗子，窗上钉着铁栅栏，从这里爬进来是比较难的。她就把窗帘拉紧，不露一点儿缝隙。感到一切都妥了，她又打开厨房的门，刀和铲子都挂在墙壁上，她看着，突然生出莫名的恐惧，就把刀和铲子摘下来放在碗橱里，又加了锁。一切似万无一失了，她又走进卫生间。抽水马桶的上方有个窗子，没装铁栅栏，因楼层比较高，又没有攀登的扶手，也就没引起高度注意。现在，她很后悔当初搬进来时没坚持自己的意见，看着那个没有铁栅栏的窗口就像看着一把没有刀鞘的匕首。她不知道该怎样对付这把匕首，她站了一会儿，仍是想不出计策，就索性将厕所的门也锁了起来。

等卢天宝上床时，妻子还没睡。妻子依偎在他的臂膀上，躺了一会儿仍无睡意，总感觉房间里有异样的动静，就忍不住推了卢天宝说："老卢，我害怕。"卢天宝爱怜地将她搂入怀中说："怕啥？天塌下来有我呢。"妻子于是紧靠在卢天宝的怀里，渐渐有了朦胧的睡意。

后半夜，电话铃又响了，这回是卢天宝抓了话筒，刚一抵耳朵就听到了两声怪笑，凄厉而刺耳，真像猫头鹰，妻子形容得不错。卢天宝一直握着听筒，他想听个究竟，可那两声笑就像一闪而过的滑音，再也没有了。卢天宝沉思一下，就按了114。卢天宝问114服务员："电话里出现很怪的笑声是不是线路出了毛病？"114服务员说，"电话铃正常不正常？"卢天宝说："正常。"服务员强调说："如果电话铃声正常，线路肯定是没毛病的。"卢天宝放下电话，妻子早已经醒了，睁着两只眼睛惊恐地看他。卢天宝这才感到事情蹊跷，两次电话铃响都是这样的怪笑，笑声凄厉令人恐怖。他来三江县不到两个月，应该说还没有得罪过谁，如果有所得罪，恐怕就是那个民愤极大、至今未缉拿归案的癞头了。想到癞头，卢天宝的神经震颤了一下，这小子不仅是浮江镇的一霸，在三江县县城也有许多黑帮哥们，据说靠着他爹娘的钱势还在公检司法部门安了不少内线。卢天宝思来想去，越发感到情况的复杂性，他判定今夜这两个电话就是癞头的恐吓电话。

卢天宝将妻子搂入怀里说："前几天处理了一个案子，浮江镇有个叫癞头的恶霸无故捅死了人居然没人敢碰他。我要碰他，我就不信共产党的天下还真能无法无天。"妻子一听立刻惊慌了说："惹祸了，这下真惹祸了。癞头外号癞二爷，县城里的人都知道他，出无形去无影，凶得很呢。"卢天宝爱抚着妻子说："给县委书记当老婆真不是什么好事情，你和明珠以后出来进去要多注意一点。"妻子说："多注意的应该是你。"卢天宝说："头掉了不过碗大个疤。为官一任，总要负点责任吧。"

从此，妻子上下班跟女儿明珠一块儿走，两人各骑一辆自行车，速度很慢，随时都可以从车座上跳下来。明珠有时嫌母亲骑车太慢，想骑快点，母亲只好快骑，一步不离明珠左右。这样紧张的日子大约持续了半个月，家里家外再也没有出现异常情况，一家人的警惕性慢慢淡了。恰好卢天宝要到市里开三天的会议，临走吩咐党办秘书小冯有空儿往他家里多跑两趟，小冯就专程到县委公寓大院门口找了门卫，做了特别的交代，凡陌生人出来进去一定要登记，问清来由。

卢天宝动身前，又找了公检司法部门的领导，询问案子的进展情况，一个多月过去了，癞头仍逍遥法外。几个部门的头头表态说一定加大力度。

卢天宝走后的第一天和第二天，家里似很平静。第三天，明珠下课去厕所小便时头顶突然嘭地响了一下，疼得她用手紧紧地捂着头，殷红的血顺着手指直淌。同学忙喊来明珠的母亲，母亲匆匆带明珠去了医院，医生诊断说，是用弹弓打的，距离较近，而且在高处，石头有棱有角，杀伤力极强。明珠的母亲听罢，腿一下就软了。一定是那个坏蛋癞头干的，这样一想，她心中的恐惧突然深重起来。这个夜晚，她始终盯着窗子，觉得癞头随时都有可能爬上窗来，朝房间里射弹弓。

卢天宝的妻子在丈夫离家的三天时间，就像钻了三个又黑又长的隧洞。经过漫长而恐怖的黑暗，她的精神一下子萎缩了，站在讲台上给学生讲课，忽然就莫名其妙地冒出一句"射弹弓"，引得学生窃窃发笑，当她意识到自己失语的时候，笑声已经将课堂秩序扰乱了。幸亏卢天宝第四天上午就回家了，妻子扑在他的怀里说："那个癞头你别抓了吧。"卢天宝说："不抓？要加大力度抓，这个害群之马，我就不信邪能压正？！"

卢天宝在机关传达完市委会议精神，又召开了一次公安司法部门会议，听取了几个部门的情况汇报。大伙儿经过调查取证分析说，癞头没走远，就藏在县里，他在暗处指挥手下的人伺机寻衅，实际在窥探政府这边的动静，这是个负隅顽抗的家伙，政府根本未放在他的眼里。卢天宝说："好，那我们就跟他较量较量，看是他的本领大，还是政府的本领大。"

缉拿凶犯癞头的浩大声势再一次在全县张扬开来。饭店、餐馆、车站、商场、学校到处贴满了癞头的照片和身份介绍，公安便衣神出鬼没出现在一些公共场所，看阵势癞头真是逃不出如来佛的手掌心了。

当天夜里，卢天宝的妻子洗了一盆衣服端到阳台上晒。在她转身回屋的时候，身后突然一声枪响，两块玻璃訇然碎裂，她"妈呀"一声就奔了房间。卢天宝不在家，女儿明珠慌忙跑到妈妈的房间，登时吓白了脸。母亲倒在地上抖成一团说："有人打枪！"明珠立即拨110报警。警车赶到时，一切又归于沉寂了。

日子就在百姓们沸沸扬扬的议论中，一天天过去了。公安部门对癞头案子的侦破也很平静，平静得没有一点点进展。

忽然有一天，公安局长向卢书记报告，癞头的案子马上就破，抓癞头的人马已经出发，此次行动是瓮中捉鳖。

原来，就在公安局长给卢书记打电话前约半小时，癞头的一个死党主动到公安局自首了。死党说："我主动坦白你们可要从宽，打弹弓和打枪的事都是癞二爷指使我干的，我告诉你们他现在在哪里，保你们到那里就能把他抓来。"

公安局长立即命令治安大队长亲自率一支20人的队伍，前去捉拿癞头，然后就给卢书记拨了这个电话。

事情的结局是令人震惊的，公安到了癞头藏匿的地方，发现癞头已经跑了。据附近一位看电话的老太太讲："刚才来了一个电话，让我到那屋子里喊一个叫二哥的人，我就喊了，叫二哥的年轻人接电话时嗯嗯的，一句话也没说，钱也没付就跑了。"

居然有人给癞头报了信。

第二天，卢天宝让秘书小冯通知公安局，今天他要给治安大队全体人员上课。地点，公安靶场。

这一天，治安大队的干警全部到了，干警们带了一把能折叠的小凳子，在靶场一侧齐刷刷地坐好。

卢书记走到一张用来做讲台的桌子前，让秘书小冯递给他一张折叠着的白纸，然后神情庄重地把白纸展开，干警们吃惊地看到那上面画的是癞头的头像。

卢书记指着头像对秘书说，把它贴到靶上去。

靶子树好了，卢书记一声不响地掏出手枪，叭叭叭就是5枪，枪枪命中癞头的鼻孔。

打完靶，卢书记又示意秘书拿来一张折叠着的纸，再贴到靶子上，竟是一张什么也没有的白纸。他举枪瞄了瞄，又收起枪，说声下课，就坐着小车走了。

正当治安大队好多人为此说长道短议论纷纷的时候，又一个癞头的同党悄然自首了。这人恰恰是治安大队雇用的一个临时工。

七天以后，在一个偏僻的林子里人们发现了癞头的尸首。癞头手里拿着一把枪，左太阳穴被子弹穿了一个洞。公安干警立即奔赴那片林子，发现死者竟不是癞头，而是一个装扮得酷似癞头的替身。

案情进入了更复杂的状态。

这期间卢天宝突然被派往党校学习一年，机关里的人说这是升迁的信号，学习回来组织上可能另有安排了。卢天宝临走之前特意又召开了一次公安司法部门会议，强调了癞头案子的重要性。公安局长表态说："请卢书记放心，不抓住癞头绝不收兵。"

一年后，卢天宝果然被调往市里，妻子和女儿不久也跟来了。新的工作环境使他再也顾不上考虑三江县的事情。两年后，卢天宝终于有机会到三江县考察工作，席间问到癞头的案子，回答说破案经费太大，乡里已给死者家属赔钱了……卢天宝一听，手突然抖了一下，一只酒杯就在地上訇然碎裂了，响声很刺激。

刊于《青春》杂志2000年4期

唐礼平的双休日

逢到双休日，唐礼平就感到内心空空荡荡的，这种感觉近日似愈演愈烈了。自从儿子考上了大学，双休日就很少回来了，虽然儿子的学校就在本市，与家里的距离只是乘一趟公交车，可他周末仍是不肯回家，对，不肯，唐礼平给儿子下着定义。学校有同学玩，80后，甚至90后，彼此没有代沟，可以无拘无束地玩在一起，聚会、看电影、爬山、打台球……她能一下子想象出儿子在这丰富多彩的生活中的喜悦，只要儿子喜悦，她心里也就不怨怪什么了，她所做的一切，所努力的一切，不都是为了儿子么？当然，这辈子她的确做了一件对不起儿子的事情，那就是与丈夫离婚。她心里时刻记着当儿子得知了父母离婚的消息时，躺在沙发上长哭不起的痛苦表情，继而又站起身说："等着，我长大后不会对你们好！"这简直是一句恶誓，可这恶誓并没有让唐礼平离婚的行动摇摆，她还是毅然决然地把婚离了。在她与儿子单亲生活的日子里，她发现儿子并没有兑现自己的恶誓，而是对她百般孝顺，要是她出去办事回来晚了，儿子会不停地打电话询问，惹得不少单身女友羡慕，她们甚至说："你儿子比情人都好!”

是啊,儿子已成了唐礼平生活中最重要的一部分。

唐礼平离婚的时候已经四十岁了,四十岁的人生是不能再马虎了。她大体为自己设计了一下,首先不能再轻易去恋爱了,俗话说女人四十豆腐渣,哪个英雄豪杰会爱上一个豆腐渣年龄段且离过婚的女人,除非是爱德华八世,他为了娶一个比自己大八岁的女人辛普森而退位为温莎公爵;其次是在事业上要打拼一下,她所供职的《心理疾患》杂志社,马上要调来一个新主编,一朝天子一朝臣,新主编会启用有能力可为他干出政绩的人,唐礼平觉得自己很可能成为这样的人选,而等待她的位置就是一个干实事的副主编,唐礼平准备去竞岗。然后呢,她就要通过自己的努力奋斗积累财富了。这是一个财富时代,她不想成为时代的落伍者。她跟她的丈夫是赤手空拳来到这座城市的,想在这样繁华的城市活出人样来,他们就必须靠自己的双手奋斗,正因为她激进的奋斗意识,她的丈夫才成为了她的前夫。他觉得她的生活欲望太高,而住在国家分给的一小套房子里已经比他老家乡下的房子不知要好多少倍了,还没命地折腾什么呢?在丈夫看来,奋斗就是折腾。唐礼平最终明白了,她跟丈夫之间因为出身的不同、生长环境的不同,导致不同的世界观、生活观,他们分手显而易见,他成为她的前夫也就不用大惊小怪了。

事实证明,离异以后的日子,唐礼平在事业上干得有声有色,财富的积累也使她转瞬成了小富婆,她先在本城新拓展的城区买了一套房子,因离主城较远,房价相对便宜,当时她手里的钱不够在主城买房,投资也不成规模,她就有一搭没一搭地把房子买了,原是想双休日的时候到郊区度度假的，哪成想她刚买了此房，主城的房价就发疯般上涨，郊区的房价也跟着发疯，一下子就让每平方米的房价上升了几千元，而这个时候的唐礼平手里又有了些积蓄，她想把郊区的房子卖掉，在主城买房子，可挂牌了一段时间，郊区的房子卖不掉，主城的房价几乎是飙升了。唐礼平算了算，即便是贷款买房，每月的本息对她的压力仍是很大的，毕竟是她一个人赚钱，儿子靠她养，尽管父母很有钱，但她毕竟人到中年，不能再跟家人伸手要救济了。唐礼平一狠心，又在新区买了一套房，二十几万，一百三十六平米，跃层。买这房子时，唐礼平认真研究了一下风水，儿子属龙，适宜居住六层跃七层的房子，本城男女谈婚论价的时候，女方对男方的基本要求就是必须有房子，唐礼平总算把女孩对男孩的“基本要求”帮助儿子解决了。如果儿子不喜欢住在新区，他可以把这里的房子卖掉去主城买房当首付款，反正房子不是食品，不怕腐烂发霉。唐礼平刚把房子买到手，本城政府就实施了城区扩建的新计划，新区因为依山傍水的地理环境，将被主城吸纳为辅城，而新区中的湖光山色又被主城规划部门重新规划出新方案，据说要与新加坡合资建一座新城，更为好的消息是，地铁二号线已经启动，新区恰在二号线上。唐礼平在新区拥有的两套房产，自然而然就使她成为坐拥财富的女人了，她豪迈人生的第一步已经开始启动了。

人有了一点财富，心情就会放松下来，儿子也渐渐长大了，考上了大学，在本城一所知名度很高的学院读书，虽是二本，但学院因是中国著名教育家陶行知创办，谈到这所大学，儿子的底气还是很足的，加之班里男生少女生多，儿子在班里又成了领军人物，女生们有什么事情都喜欢找他协调，儿子又偏偏喜欢摄影，双休日常常跟本城的"暴走团"一起活动，或骑车到外地，或穿越大街小巷，或爬山涉水……所拍摄照片连续被本城媒体刊用，儿子就很少回家了。唐礼平这个时候，才开始怀疑自己豪迈人生的真正意义，她的那些奋斗，那些靠流汗赚取的财富，究竟为的什么呢？特别是双休日，她赋闲在家，儿子不回来，家的气氛过于冷清，她对自己的这种怀疑更甚了。

明天开始又是双休日了，儿子说周日会回来，那么周六呢？唐礼平好像特别惧怕空落寂寞的周六，于是周五晚上开始，她就电话相邀要与几个单身女性聚一下。这几个单身女性是她离异后认识的，一共十个人，每个人的离异都有一个堂而皇之的理由，单身生活大体都过得不错，都有房，有的还有车，她们的年龄基本接近，因此差不多每个月都在一起聚一下。唐礼平给这个群体取名为"十美"，每人取名字后边的一个字，构成花美、莲美、荷美、玉美、金美、银美、妩美、媚美、淑美，唐礼平压轴为平美。这十美里，有的浪漫，有的禁欲，有的具有很浓的宗教情结，唐礼平都能跟她们谈得来，于是大家约定俗成了一项活动，不管多么忙，只要逢到谁的生日这天，必然是要相聚的，过生日的这个人不必花钱破费，而由非生日的九个女人凑钱给过生日的这个女人置席祝宴。这约定俗成的活动已经延续了几年，办得非常称心如意。在这个日子里，虽说是给一个女人过生日，但其实是十个女人全都在过生日，尽情地敞开胸怀话自己，浪漫地抖落着多情的往事，总之这是属于"十美"们真性情的一天，她们在这一天的愉快似乎把一年的郁闷释放尽了。

早晨起来，唐礼平特意把自己打扮了一下，化了淡妆，挑了衣橱里最得体的服装穿上，周六“十美”相聚，总要有个非同寻常的精神状态。

今天是“十美”中的玉美过生日，她是一家外企的部门经理，年近四十岁了仍未寻到另一半，索性也不再寻，过着快乐的单身生活，房车俱全，每年还要到国外周游一趟，带回来名包名表名时装。唐礼平从她那里知道了LV、普拉达、古驰……玉美对生活质量的讲究让人羡慕和惊讶，因此她有点轻看唐礼平，觉得她住在城郊，虽说积累点财富了，但吃喝穿戴都马虎得不上档次，连最起码标志女人身份的手提包，也不是正儿八经的牌子。看女人的品味要看她手中的包，包很能证明一个女人的身份和财富拥有的程度，女人如果随随便便提了一个包在手上，是要被别人轻看的，特别是一些很重要的场合。

唐礼平第一次与“十美”相聚的时候，恰好玉美刚从法国回来，颈上戴着施华洛世奇水晶项链，腕上是镶钻的瑞士名表，手上是LV包，裙子是从巴黎时装展示会上购买的，往“十美”们面前一站，好一个“梦巴黎”女郎。她偏又学会了吸女士烟，纤纤秀手夹着细长的香烟，烟雾在蓝眼圈下弥漫，着实让“十美”们啧了半天舌头。她的高傲姿态使唐礼平有点不爽，看着她手中夹的香烟，便忍不住直言：“吸烟有害健康，吸一手烟的人容易患癌，吸二手烟的人也容易患癌，据专家说三手烟对人的危害同样不小。你要注意健康呢。”

玉美看出唐礼平对她的时尚装束心生嫉妒，故意从健康的角度回敬她：“我刚刚在医院做了检查，所有的指标都正常，我没事，心无牵挂，既然无家，也就一个人自由自在天马行空了。倒是平美姐姐需要善待一下自己，别总是把苦到手的钱放在银行里供着儿子花，儿子将来挣了钱放在银行里未必供给你花，你自己辛苦挣的钱只有自己吃穿用了才能扯平，否则这个世界总是存在着不公啊！”

唐礼平知道玉美这番讥讽是自己招惹来的，便息事宁人地笑着说：“我觉得自己的吃穿用都已经够好了。”

“那是你没开眼界，跟外面的女人相比，你真差得远呢。你知道巴黎的女人怎么生活吗？她们都有私家车，每年都要外出度假两次，很有钱的人到亚洲、拉美度假，稍有钱的人在欧洲境内度假，就算再没钱的人也要在国内的城市旅游度假，如果不去度假，朋友们就会问，‘这是为什么呀，为什么不去度假呀？’在这样的询问中，不度假的女人就会很没面子了。巴黎真是美女之都，女人个个身材苗条，特别是年轻的女孩子，纤细的手指夹着香烟很有派头，简直就是酷，酷毙了。再看你平美，这穿的戴的别说是跟法国女人比，就是跟国内女人比，也算不上档次啊。从现在开始，你要用LV包，戴古驰眼镜，穿普拉达时装……这样你才够派头，否则怎么与一个杂志社的副主编身份相符呀。你们那个杂志叫什么《心理疾患》，依我看，不会疼爱自己的女人都有心理疾患，我们还是先给自己治病吧。”

唐礼平虽说听着此话不愉快，内心还是比较服气的，回去后她在网上购了一个手包，也属世界名牌了，设计师已去世二十年，当年专为世界级女明星设计时装和手包。唐礼平购买的这个手包花去700元人民币，属打折商品，奶黄色，皮面柔软，拎在手上确实感到非同寻常了。后来，“十美”们再相聚的时候，唐礼平发现大家都或多或少为自己添置了世界名品，项链、手包、眼镜、时装……“十美”们围在一起，津津乐道于身上新添的世界名品，满足于自己的物质之心。唐礼平忽然想起一句话“人对物质的享受往往向上走，而对精神的享受却向下行”。但她心里并没觉得这有什么不好，人本身就是物质，按佛教来说五蕴皆空，今生是人身，数十年后，我们的阿来耶识，也就是灵魂又不知寄存在什么东西上了，人首先考虑物质的享受似乎没什么可非议的。

今天是玉美的四十岁生日，正好轮到唐礼平坐东张罗，前几天莲美就打电话告诉她了，这说明她从莲美手里接过了坐东的接力棒，她们还在电话里讨论了一番，在本城的哪家酒店比较划算，价廉味美，每人一百元的标准，算上蛋糕，一千元足够排场一下了。莲美透露了玉美喜欢吃蟹的信息，正逢金秋大闸蟹上市的时候，唐礼平和莲美在电话里就把这事拍定了，每人多出50元，上一盘大闸蟹。

生日宴安排妥当了，唐礼平就用手机给“十美”们发信息，告诉她们本周六中午在本城的花莲酒店莲花厅为玉美举办生日宴，每人出资150元，玉美除外，只需坐享其成。不能出席者务必提前请假。半小时内，唐礼平就接到了九条信息，“全美”出席，无人请假。

既然唐礼平坐东召集，她肯定要提前到场，安排饭菜。诸事俱全，宴席一开，平美就会被称赞，这个时候她在“十美”中的面子是会赚足的。她要这个面子，每个握住接力棒的人都要这个面子，因此“十美”的聚会一次比一次丰富，一次比一次完美，这成了她们快乐生活的一部分，谁也不愿意这部分生活有所损害或缺失而留下遗憾。“过好生活的每一天”是“十美”的口号，唐礼平纵使每一天不能过好，但“十美”相聚这一天是一定要过好的。

唐礼平提前四十分钟到了花莲酒店莲花厅。此厅装潢考究，本是坐十五人的大圆桌，坐十个人宽敞有余，最中心的位子要留给今天生日宴的主人玉美，最靠边的位子留给坐东的召集人。唐礼平找最靠边的位子坐下，想想还有什么不周全的地方，她忽然想起了生日蛋糕，昨天她已给本城最有名气的蛋糕坊打电话订过货了，但马上还要落实一下，以防万一。蛋糕坊就在花莲酒店的斜对面。唐礼平看看时间尚早，便走出酒店，穿过马路，来到蛋糕坊。店里的几个小伙子正忙着，其中的一个小伙子用奶油往一个大蛋糕上涂花色。唐礼平估计这个蛋糕就是自己订制的，上前一问，果然不错。唐礼平打量了一会儿，又让小伙子再涂上“贺玉美四十岁生日”几个字，她亲眼看到小伙子将这几个字涂到蛋糕的最上端，又加了漂亮的包装，小伙子说：“现在您可以提走了。”

唐礼平想想说：“我现在不提，等我们快吃完饭的时候，您把蛋糕送到花莲酒店莲花厅好吗？”

小伙子爽快地答应了。

唐礼平就向小伙子交代了送蛋糕的准确时间，她看看表，还有十分钟就要开席了，她必须尽快返回酒店。

唐礼平刚在莲花厅坐稳，“十美”们就陆陆续续来了，每个人都精心打扮了一番，见面都热情地打招呼，而后就相互夸耀，你的发型新潮，她的包漂亮，我的裙子时尚……过了新鲜的热乎劲儿，人们发现只有今天的主角玉美还没来，想必是在家里精心装扮呢，“十美”们议论着。可过了一会儿，玉美仍是没来。唐礼平看看表，已经过了近半个小时了，就开始打玉美的手机，手机里只是唱歌，却无人应。

唐礼平忍不住说:“玉美今天真是摆谱了,她在家如此精益求精地打扮着,看样子是要给大家一个惊喜了。”

花美说:“玉美平时穿的戴的都是国际名牌,何须费时间打扮,随便穿一件出来,就够夺人眼球的了。”

金美说:“今天是人家的生日,肯定要打扮得光彩照人了。”

银美看看表,有点不耐烦道:“都迟到半个小时了,真是没有时间观念。”

淑美也看着表说:“等人是最心烦的事情了。哎,对了,下周有个五十岁的离异公务员,想找一个比他小十岁的老婆,朋友让我帮助张罗一下,这样吧,到时候我们都去,找一个上档次的酒店,狠宰他一刀,好好让他出出血,届时我们‘十美’都打扮得美艳绝伦,让他眼花缭乱,不知选谁好了。”

“九美”们听罢,哄然而笑。

有人又接着讲笑话,说有个老外科医生,嗜玉如命,将自己的外快红包都买了玉器,家里的玉器多得都能埋人了,为此老婆跟他离婚了,如今他在玉带桥开了家玉器店,天天守着那堆玉发财,也算老有所乐了。

“这说明什么?女人已不是男人的唯一了。”妩美说。

这时,唐礼平的手机响了,玉美凄凉的哭声从手机里传了出来:“我在妇科医院,今天的生日宴去不了了。”

唐礼平刚要问话,玉美就把手机挂了,女人们似乎知道发生了什么,面面相觑地看着,最后都把目光聚在唐礼平的身上。唐礼平意识到这个时候自己应该特别有定力,于是笑了笑说:“玉美在妇科医院里,估计是身体有恙,今天她的生日宴只能由我们“九美”来享用了。等我们吃过宴，带着蛋糕去医院看她吧。”

唐礼平的话落地，却没有一个“美”搭腔说话，彼此都感到气氛的紧张，女人四十岁算是到了中年了，人到中年各方面的器官都有可能出故障。

唐礼平只好对身后的服务小姐说：“上菜吧，把红酒给我们斟上。”

菜是一道一道上来，酒却喝得不尽兴。唐礼平知道大家心里都牵挂着玉美，毕竟酒宴上的“十美”中少了“一美”啊。

饭吃到一半的时候，蛋糕坊的小伙子将蛋糕送来了。唐礼平接过蛋糕说：“这蛋糕我们就不要吃了，一会儿带到医院送给玉美，再带一只螃蟹，毕竟她是喜欢吃这口的。”

不一会儿，大家匆匆离了宴席，就跑到医院去了。

玉美卧在病床上，已做了左乳的切除手术，说是发现有个小瘤，到了妇科医院门诊就没再出来。玉美此时心情黯淡，面色枯黄，不停地说：“我就不服气，我凭什么要患乳病，真切了一只乳啊，我还没结婚，没有男朋友，这样子谁还会要我啊……”玉美边哭边诉，边诉边哭。

“九美”受她情绪的感染，也哭了起来，最后“十美”们全都哭了，哭成了一团。女人身体上的变化无常是不可理喻的，这个身体或者令她不堪重负，或者把她拖进烦恼的深渊。

唐礼平走出医院的时候，感到身体在不停地打晃，深一脚浅一脚，好像站不稳似的。她的眼前不时闪现玉美哭泣的样子，不时闪现她那缺失的左乳。早有人呼吁“拯救乳房”，但却没有哪个女人真正地呵护过自己，直至女人专有的东西有了变数，女人们才觉得这些东西是那么不可缺失，然而早已追悔莫及，失而难得了。哦，女人的生活，她们的生活，眼前晃动的玉美似一片风干的小树叶，一阵风就能把她吹走。唐礼平不敢再回忆玉美的样子，她极力回想一些愉快的事情，她想起玉美曾经跟她讨论过有关生命和金钱的意义。

玉美问："根据您的人生经验，您觉得生活中最重要的东西是什么？"

唐礼平毫无疑问地回答："生命。"

玉美沉默了良久说："钱虽然不是万能药，但挺有价值的，可以让我们生活得精彩。"

唐礼平笑笑，没说什么。

现在，当生命受到死神的威胁时，是金钱给力还是死神给力？

……

唐礼平是坐公交车回家的，"九美"中有人要开车送她，唐礼平却执意要自己走，她喜欢坐公交，安全无牵挂。她上了公交，正好有座，她坐下，两眼看窗外，高楼林立、灯红酒绿。城市如果没有人的情感寄托，无非是一个繁华的空壳。这时，她的手机响了，是母亲的电话。母亲在电话里说："昨天晚上做梦梦见你丢了，我赶紧喊醒你爸说礼平丢了，还不快去找孩子！你爸怪我说又做梦了吧？我才定神知道是自己做梦了。这几天我总是梦见你，自从你一个人生活，我就对你放心不下。今天又是双休日了，孩子回来陪你了吧？"

"啊，我挺好的，爸妈自己多保重就是了，我离你们远，也无法照顾你们。孩子说明天回来，妈您老好吧？"唐礼平的情绪仍被玉美控制着，说话的音调不高。

母亲说："我和你爸都好着呢，你自己要多保重啊。"

"好的，好的。"唐礼平嘴上应着，内心却生出了一种悲凉之感。自从她远嫁到这座城市，她就成了母亲一生的牵挂。特别是离异后，母亲对她的牵挂更甚了。她的乳腺也有增生，母亲还带她到医院看过，医生说只是增生，眼下无碍的，但要经常检查，并注意自己的情绪。唐礼平知道乳腺增生缘于不愉快的情绪，她不愉快的情绪来自家庭生活的不温馨。幸而她有一个好儿子，儿子还是蛮孝敬她的，想到儿子，她的内心就充满了希望。

正想着，她的手机响了，一条新信息。唐礼平看看手机号，知道是儿子发来的，打开一看，竟是如下内容："妈妈，明天我又不能回去了，学校组织爬山活动，我是小组负责人，不可缺席。"

唐礼平的眼睛不知不觉湿润起来，她急忙将脸转向车窗外，明天又是一个人的星期天，本以为儿子回来会冲淡这几天留在她心里的郁闷，然而计划总是没有变化快。

唐礼平的双眼直视窗外，高楼大厦所营造的繁华与她似乎没有实际的关系，别说是窗外的高楼大厦，就是自己在新区购买的宽敞明亮的大房子，对她个人又有什么实际的意义呢？生活是一个具有非凡想象力的设计者，它为我们设计的情节跌宕起伏又相互纠缠，既有内在冲突又有意外巧合，看似随意，却又不乏设计的精心，永远充满了让人看不懂的变数。

刊于《芒种》杂志2012年6期

红松树

沈小洁知道姜永的消息已是两天以后了。在这两天里,她先是被学校的同事频繁探望,后来姜永部队的首长和战友们又蜂拥而至,不停地嘘寒问暖。沈小洁凭直觉认定,姜永发生了意外。

沈小洁这样想的时候,姜永的飞机残骸已淹没在一片苍茫的树林里。姜永留给沈小洁的只是飞机座舱里的一片头盖骨,像标本一样装在一个精致的骨灰盒里。沈小洁守着这个骨灰盒发呆,她不相信里面装着姜永,那个活蹦乱跳的真实的姜永从此真的在人间蒸发了吗?但事实证明姜永是永远回不来了。想到这个可怕的无边无际的永远,沈小洁的脸上立刻奔涌起汹涌的江河。她就一心一意地坐在窗前想姜永,看他的照片,直至泪水把照片浸得模糊,她怎么也想不明白,这个姜永怎么就舍得抛下她独自飞走了呢?她今后一个人该怎么办?

妈妈推门进来了,用眼睛瞪着沈小洁说:“当初就不同意你嫁个当兵的,你不听话呀,这下知道痛苦的滋味了吧?”

沈小洁的眼睛仍望着窗外,她好像没听见妈妈的话。

妈妈心疼女儿，接着说："你哭吧，把对他的想念都哭出来，以后再也不要想他了。你还年轻，日子长着呢。"

沈小洁忽然转过脸，怒目瞪着妈妈说："人是有感情的，怎能哭完就忘了呢？请您出去吧，我想一个人静一静。"

妈妈悻悻地走了。

沈小洁抱起桌上的照片，伤心地哭出声来。

沈小洁跟姜永来到部队已两年有余，在此之前，她一直在北方一座城市当小学老师。那座城市冬天的时候有闻名世界的冰灯。沈小洁与姜永恋爱的时候，姜永总喜欢冬天去看沈小洁，他们流连在各式各样的冰灯里，晶莹的冰灯映着两颗晶莹的心，沈小洁有一天被姜永吻得死去活来，就指着冰灯对姜永说："你敢对灯起誓，我们一辈子厮守吗？"姜永说："对灯起誓容易，可惜这是冰灯，遇到暖暖的太阳就会融化了。你愿意我的誓言被太阳融化吗？"沈小洁摇头，心想能融化的誓言还算什么誓言呢？后来，沈小洁就跟姜永来到了遥远的异地，仍是当小学老师。姜永的部队在一个山沟沟里，下了火车还要坐两个小时的汽车。沈小洁初次来到这么偏僻的地方还真不适应，但爱在这里，她不适应也要适应了，她是为爱而来。

姜永驾驶的飞机是轰炸机，机场离宿营地不远也不近。姜永休息的时候，喜欢与沈小洁散步。部队四面环山，山奇形怪状，有的像挺直的棒槌，有的像威武的士兵，有的像娇羞的少女，一蓬一蓬的绿树掩映在山中，山因了树的存在而显得神秘富有生机。有一棵粗壮的红松树将脖颈探入苍穹，远看如一条巨蟒蜿蜒着身躯。沈小洁每逢走到这里，便有一种心烦意乱的感觉，好像那巨蟒正朝着自己爬行，她就拉着姜永的手说："为什么要生长这样一棵红松树呢？"

姜永看了看那棵红松树说:"哦,你好像有种不寻常的直觉,我们飞行大队的人都忌讳这棵树,如果哪架飞机的机头对准这棵树起飞,这架飞机保准要出毛病。"

沈小洁立刻惊异地瞪大眼睛问:"你说的是真的?"

姜永使劲捏着她的手说:"我什么时候欺骗过你呢?"

沈小洁忽然扑在姜永的怀里,紧紧地搂住了他。

正是暮色降临的黄昏,四周安静得已没了鸟叫。姜永倾听着沈小洁的心跳,心中猛然生出了一种责任,任何时候也不能丢下这个女人。

沈小洁和姜永离开那棵红松树已是夜色漆黑的时候了。他们步行在跑道外的小路上,沈小洁又特意看了看那棵红松树对着跑道的位置,尽管距离十分遥远,天黑的时候甚至有点模糊不清,但仍让她感到一种忌讳的分量,她反复强调说:"记住,姜永,就是这儿,你的飞机千万别沾这儿。"

姜永笑了笑,风趣地说:"那就最好给我配一副现代高科技眼镜,让我准确无误地瞄准这个方位。"

沈小洁扭住姜永的胳膊,撒娇地说:"姜永,这可不是闹着玩的,难道你真愿意扔下我?!"

姜永说:"别听风就是雨,这很可能是谣传,你不要太迷信了。"

这天开始,沈小洁心里对姜永有了一份特别的记挂。每逢姜永去飞行,沈小洁都要千叮万嘱。姜永的脑海已布满了沈小洁的叮嘱,这些叮嘱就像那棵红松树一样深深植在他大脑的信息处。

沈小洁痛苦地回忆着两天前的一切,她和姜永特意骑车去逛了市里的家具城,她要买一套奶白色的家具,配上砖红色的沙发。

沈小洁也说不清为什么喜欢这种色调，好像是追赶时髦，像西方电影电视剧里的家居。姜永当时什么也没说，他是个对生活没有讲究的人，这与他的出生有关。他出生在农村，父母靠做豆腐为生，自小就养成了随遇而安的习性。而沈小洁出生在城市，家境优越，一副公主派头，她与姜永相识完全是因为英雄救美。有年夏天暴雨成灾突发大水，在街上闲逛的沈小洁一下子就被洪水冲走了，姜永恰好也被冲进洪水里，但他水性不错，一把拉住了沈小洁，死活都不松手，直至把她拉到了水浅的地方。事后沈小洁出于感激，不停地给姜永发微信，两人一来二去就谈上了恋爱。沈小洁的父母知道后坚决不同意，沈小洁则非姜永不嫁，这事拖了两年，父母见女儿铁了心，如今的女孩子又比男孩多，担心过多干预会让沈小洁成了剩女，索性就随她去了。沈小洁偷偷和姜永到外边玩了一趟，回来跟父母宣布已经结婚了。

沈小洁真正跟姜永生活在一起，还是有很多不适应的地方，但她努力让自己尊重姜永，他毕竟是丈夫。于是，只要她想做的事情，她非要姜永表态不可，而逢到这时，姜永只会说："你喜欢的我都喜欢。"姜永也算是个知趣的丈夫，他们白手起家，什么都要自己买，家业要一点一点置买起来，他不听媳妇的又听谁的呢?就这样，沈小洁在市里的家具城订购了这套家具。沈小洁跟店老板说，一定要货真价实。店老板连忙表态，质量保证。

沈小洁和姜永骑车回来，在路上进了一家烧烤城，韩国烧烤，本市电视台早已把这家烧烤城的广告做进了千家万户。姜永和沈小洁进了城，就像进了名不虚传的食品世界。他们在异国情调中，品尝了各类烤肉。虽然是炎热的夏季，但烧烤城清凉的世界和冒着热气的火锅带给沈小洁和姜永视觉及味觉的兴奋。他们边吃边聊，对未来的家庭生活有种种设想。姜永最后说："给我生个孩子吧。"沈小洁白了他一眼说："生孩子是我一个人的事情吗？"说罢，两人不约而同地笑了起来。

吃饱喝足，他们满意地出来。沈小洁一路上不停地跟姜永说："下次再来吃，你说个时间吧。"姜永说："随便你什么时候来，我奉陪。"

姜永的随和是沈小洁最得意最骄傲的地方，单凭这一点，她也不会再爱上别的异性。尽管情感世界在这个越来越商品化的社会变得五花八门，可沈小洁依然为梁祝的故事而陶醉。

沈小洁想了想说："等你飞行回来吧。一周以后，估计家具快做好了。"

姜永说："一周以后……那还有许多天呢，你肚里的馋虫还不搅得天翻地覆啊。"

姜永说话的时候有点漫不经心，他的自行车倾斜了一下，车轱辘轧了一只易拉罐，不知谁丢在路边的。沈小洁始终跟在姜永的后边，这使她本能地看清了他的一切，在姜永的自行车轧过那只易拉罐的瞬间，沈小洁飞快地将易拉罐驱到了路边。这时，一辆汽车驶了过来，扬起一股灰尘。沈小洁用手驱着灰尘，跟姜永说："你开飞机可不能像骑自行车这样随意，那是庞然大物，要万分小心。"

姜永轻松一笑说："开久了跟骑自行车一样。"

沈小洁立刻沉下脸说："那你就是对我不负责任。"

姜永见沈小洁沉了脸，急忙说："我就是敢对飞机不负责任也不敢对你不负责任呀。飞机可以用钱买，你是用钱买不来的。"

沈小洁紧跟着说:“飞机和你同样重要,飞机就是你,你就是飞机。”

姜永笑着说:“我这话是跟你开玩笑呢,身为飞行员,我岂敢对飞机不负责任?”

姜永说罢就将自行车停了,沈小洁也停下来,他们靠向路边一棵树下。树是白杨,挺拔地逼向天空,使天空浮游的白云都显得低了。姜永四下看看,路上没有行人,也没有车辆。他们已行进在郊外,城市与姜永的部队相距30里路,他们眼下所在的位置正是城市与部队的中间。姜永忽然抱住了沈小洁,他在她面前的冲动就像初恋新婚的情人。沈小洁没有躲闪,只是往路旁靠了靠,试图寻一块遮蔽的绿丛,但树很高草很矮,他们爱的表达只好暴露在光天化日之下。

姜永就这样和沈小洁亲昵起来,越亲昵越紧密,甚至生出了再现床上动作的欲望。沈小洁陶醉在姜永的亲吻和抚摸里,浑身酥痒难耐。恰好一辆卡车驶了过来,卡车转弯的时候撞倒了姜永的自行车,咣当的声响使姜永蓬勃的欲望一下子消失了,他丧气地说:“早不来晚不来,偏偏在这个时候来,坏我的好事!”沈小洁便在一旁笑说:“人算不如天算。”于是,他们只好又骑车赶路。

这个下午的浪漫一直持续到晚上都没有消失,沈小洁和姜永吃过晚饭洗了澡,便挟了草席到操场纳凉,沈小洁还带了蚊香和花露水,他们将草席铺到地上,相互偎依着躺下去望天空。天上的星星已经若隐若现地出来了,忽而排成一条线,忽而又列成四方阵。沈小洁看到有三颗星像三个担水的和尚,一会儿左一会儿右,她联想到三个和尚没水吃的故事,就推了推姜永说:“快看快看!”

姜永按着沈小洁的指引往天上使劲看,怎么也看不出三个和尚的样子。

沈小洁忍不住说:“你真笨!”于是继续看,她也看不出来了。

姜永说:“大自然就是这般变幻莫测,谁也把握不好它的规律。你现在看它在天上是星星,掉下来就是陨石,说不定能造成人类的灾难呢。”

沈小洁问:“你驾机在天上飞都能看到什么?”

姜永说:“白云呐,飞机在白云里穿梭,就像在棉花和蚕丝里穿梭一样。”

沈小洁继续问:“除了白云呢?”

姜永说:“那就是蓝天了。”

沈小洁不语了,她想到飞机的危险,尽管那是偶然的不幸,但她仍然担心这偶然被姜永撞上。沈小洁对姜永的飞行技术一万个放心,而天上的意外却是防不胜防的。沈小洁又想到那棵巨蟒般的红松树,姜永的飞机起落的时候真的不会对着它的方向吗?她看了看身边的姜永,想要再叮嘱他几句,而考虑到提醒给对方带来的负面效应,她的话又收敛起来。

“姜永。”沈小洁喊了一声。姜永立刻将头探了过来,听她说话。沈小洁啪的拍了一下大腿说:“有蚊子,真的有蚊子。”沈小洁拧开花露水的瓶塞,向四周洒着,微风将香气送入姜永的鼻孔。香水有撩人欲望的功能,姜永忽然想骑在沈小洁的身上发疯,他拉了一下她。沈小洁很快理解了姜永的意思,她向操场周围望望,人已悄悄多起来。这个操场每逢炎热的夏天就成为人们夜晚纳凉的最佳去处。如今人们已经不喜欢空调而喜欢大自然的风了。沈小洁便卷起草席，与姜永一道回了他们的爱巢，要死要活了一夜。

第二天，姜永仍在家里休息，并跟沈小洁说想包饺子吃。沈小洁说包饺子太费事了，去超市买速冻的吧。姜永说自己包的饺子馅大味香，沈小洁仍不想包饺子。姜永就说："我小时候在家里时，娘经常为我包饺子。"沈小洁不以为然道："又提你娘，你娘千好万好，你还是要跟我生活在一起。"姜永笑着说："那我也不能娶了媳妇忘了娘呀。"沈小洁便笑着说："那就为了你娘包饺子吧。"

沈小洁去超市买包饺子的肉和菜，不巧的是肉已卖光，这个超市是个小超市，供应对象主要是部队家属。沈小洁只好买了一袋速冻水饺回来，见到姜永说："天不遂人愿，你可不能怪我啊！"

姜永叹了口气说："没有吃新鲜饺子的命。"

第三天，姜永将房间打扫得干干净净，被褥叠放得整齐有序。

沈小洁奇怪地想，姜永这是怎么啦？他从未打扫过房间啊！

姜永要走了，临走的时候，站在门口对沈小洁说："我走了，你自己在家多保重。"姜永本来想拥抱沈小洁一下。

沈小洁正在化淡妆，随便应道："走吧。"

想不到，这随便的应答竟成了姜永和她的永别。沈小洁想再努力回忆什么的时候，一切都沦为了空白。

沈小洁不相信姜永真的永远离开了自己，她觉得他只不过是出了一趟远门，或者搞一次较长时间的演习。她盼着他归来，急切地盼着，白天她把影集翻出来，一张一张看姜永的照片。姜永的照片不少，大多戎装在身，这使姜永在整本的影集里始终缺乏一种浪漫的情调，而沈小洁此刻恰恰需要姜永真实地存在。她抱着影集，就像抱着姜永的胴体，在房间里旋转，一圈又一圈，她甚至哼起了歌，是她跟姜永经常哼唱的《山鹰》，姜永驾着飞机在天上飞时，犹如雄鹰一样盘旋。沈小洁在房间里走着转着，困倦了就搂着影集睡一会儿，她在梦中遇到了姜永，姜永驾着飞机穿行在云海之中，他显然跟她相距很远，但姜永说什么，她却听得真真切切。姜永说："你应该体会一下坐飞机的感觉，你丈夫是开飞机的，可你竟没坐过飞机。你在飞机上会把大地看得一清二楚，你不是喜欢碧绿的田野么？"沈小洁说："我的耳朵是不是放了传感器，你在天上说话我怎么会听得如此真切？"姜永说："这叫感应"。沈小洁信服地点了点头，这时她发现姜永的飞机又升高了，沈小洁有些焦急，就说："我要是坐飞机也不坐你的飞机，我坐在上面你会紧张，就像我去看夜航一样，那次夜航是你飞行，你要我去看，我怕你紧张，硬说不去。其实我去了，偷着去的，多美的夜航啊！当你飞行回来，我向你描述那美丽的景色时，你竟生起气来，你怪我不告诉你，可我要是告诉了你，万一你精神紧张发生了意外怎么办？我这样做，也算是与你心心相印吧？"姜永好像没听见沈小洁的话，他的飞机越飞越高，就在沈小洁要望不见它的时候，轰然一声巨响，沈小洁醒了。

沈小洁醒来后就用手摸姜永，姜永不在，她喊了两声，空荡荡的房间响着她动情的叫喊。沈小洁只好抓起电话，她按了飞行大队的号码，电话传来嘟嘟的忙音。这下沈小洁有点急了，她坐起身，将那一摞影集收好，恍恍惚惚她似想起了近几天的事情，她的房间一拨一拨地来人，他们在姜永的照片周围放了一把一把的鲜花。沈小洁记不清来人的面孔，她的视线始终模糊着，她的心和眼睛都在流泪。

白天的记忆，使沈小洁终于有了一丝清醒，她的姜永真的是不再回来了，她抱起他的枕头，使劲抱着。这是凌晨两点，灵魂出窍的时候，沈小洁感到姜永轻轻依偎在自己的身旁，她闻到了他的气息，他的身上总有一股汗味，似驾驶舱的味道。姜永说："飞行员嘛，没有驾驶舱的味道就该退休了。"现在这味道让她感到那么亲切，她嗅着，发狂地嗅着。她想起和姜永曾因这味道引起的不愉快，那是多么真实的不愉快啊。现在她想重现这不愉快，却再也不可能了。

沈小洁就这样在房间里待了差不多一个月，她出外活动的时候，仍是感觉姜永没有离开自己。于是她便往姜永的飞行大队走，路上有人跟她打招呼，她说："我去找姜永。"也不管人们对她是什么样的表情，反正姜永她是找定了。她先走到机场，寻那架06号飞机，她想只要找到姜永的飞机，姜永就会出现在她的面前。机场很空旷，有滚热的风烫在脸上，沈小洁一圈一圈在机场上转，看了几架飞机，都不是06号。她有些绝望地蹲在地上，立刻有泪水湿了干热的地皮。这时，几位士兵走了过来，他们扶起沈小洁，将她拉进了一间阴凉的屋子。沈小洁于是知道了姜永发生意外前的许多细节。

因为故障，姜永的飞机在空中将油耗尽了，这时距机场跑道还有相当长的一段距离。地面指挥命令机上的人迫降，姜永观察了一下方位，好像是一所学校，他想到沈小洁和她的学生，他的飞机不能在沈小洁和她学生的头顶上爆炸，姜永就将飞机一如既往地朝前开，寻找农田或者空地，这时飞机抖动起来，姜永知道情况已万分危急，他就让机上的其他人跳伞，机上共有四个人，有人催促姜永一起跳，姜永骂了句："混账！"当最后一只降落伞飘出舱外的时候，姜永驾着他的飞机摇摇晃晃朝前冲去，他冲向了一片树林，他的飞机犹如龙卷风在这片树林中呼啸，瞬间卷起冲天大火。姜永就这样消失了，留给沈小洁的只是机舱里的一片头盖骨。

沈小洁默默听着，眼睛看着地面。透过朦胧的水雾，她看到地面长出了一棵树，树高大粗壮，弯着脖颈，就像一条巨蟒。沈小洁忽地站了起来，嘴上喊着："红松树……"她飞快地跑出了屋外，在太阳下急奔，空旷的跑道蒸烤着她娇俏的身影。

沈小洁冲出跑道，进了一片麦田，这时她看清了那棵红松树和那座山，山和树距机场相当遥远，那其实是几十里的路程。沈小洁奔跑着，脚步不停，她要跑到山下，问问那棵红松树，为什么要盯住姜永？沈小洁相信姜永的飞机在跑道上曾经对准了那棵红松树，他把它惹怒了，它就鬼使神差地吞了他。沈小洁跑到山下，天已经完全黑了，山上没有了日头的光晕，那棵红松树苍老地弯着脖颈，沈小洁远远地看着，用憎恶的目光看着，她觉得那棵红松树是那么伤痕累累，苍老难看，即使是一条巨蟒，也到了奄奄一息的时候了。沈小洁看了一会儿，忽然拾起脚下的石头向树砸去，一块两块三块……砸啊砸啊，她感到红松树在向她的脸上身上喷血，一股又一股的血浆把她朴素的衣着染得血红。

不知过了多久，沈小洁终于无力地倒在地上。她看见越来越多的村民聚过来，他们在沈小洁和红松树旁边说话："这女人疯了吗？她怎么敢砸树呢？这可是神树哇！这树是一个大人物的风水，这个大人物即将在这片土地上出世。"

沈小洁听着议论，突然对着天空笑起来，她觉得她的姜永已经脱胎换骨了。

当晚，沈小洁做了一个梦，她看见天空中有一个红色的亮点，像蝉翼一样透明。亮点越飞越高,沈小洁觉得那就是姜永,她拼命追赶起来,可她怎么也迈不动脚步……沈小洁醒了,浑身汗水湿透。她从床上爬起来,在屋里来来回回走了几圈。她走到了姜永的遗像前,她看到围着姜永的那些鲜花,这回她确信姜永是真的离开了自己。她跪在地上呜呜哭起来,哭声如泣如诉,像一只箫回荡在漫漫的长夜。

过了几天,沈小洁订好的那套家具运来了,摆放家具的时候,她特意留了一块空位,四四方方的一块墙壁。当晚那块四四方方的墙壁就挂上了姜永的照片,照片的背景是一棵巨大粗壮的树,内行人一看便知那是机场对面神秘的红松树。

一个月后,沈小洁上班了,她不停地做事,几乎成了班级学生的保姆,她教他们学习,帮他们洗衣服,带他们挖野菜……她的手和脚都不能停下来,一停下来就会自言自语:“那红松树哇!”然后就是她满脸的泪水。

日子在伤感中慢慢过着,有天早晨,沈小洁起床后感到一阵恶心,便匆匆跑到卫生间呕吐。自从姜永出事后,沈小洁的妈妈一直住在这里。沈小洁的呕吐,让她妈妈警觉起来,她怀疑沈小洁怀孕了,于是忍不住提醒:“你今天到医院检查一下吧,看看是不是怀孕了?”

沈小洁愣了一下,不得不把妈妈的提醒放在了日程上。姜永出事前,他们如胶似漆折腾了若干个晚上,如果真是怀了姜永的孩子,沈小洁应该怎么办呢?是让孩子出生后就面临单亲家庭的尴尬,还是索性不让孩子出生?

沈小洁心里犹豫的时候,妈妈又在一旁说话了。妈妈说:“如果真怀了姜永的孩子，那就打掉吧，你才28岁，带着姜永的孩子怎么好再嫁人，人生还有那么漫长的路要走呢，抚养一个孩子可不是简单的事情。”

沈小洁未语，任凭妈妈唠叨。她听见妈妈继续说：“孩子一旦出生，你跟姜家的关系再也断不了了，爷爷奶奶来看孙子你能不让吗？若是你嫁了人，有了这孩子怎么跟人家相处？”

沈小洁仍未语，眼泪却哗哗啦啦地掉了下来。

妈妈在一旁又说：“你甭哭，人到了难的时候，哭死都没用。”

沈小洁仍是流眼泪，直至眼泪流不出来为止。

沈小洁一连呕吐了几个早晨后，被妈妈拉到部队医院做了检查，结果是她真怀了姜永的孩子。

沈小洁一片茫然。

妈妈当即表态要把孩子做掉，医生说做人流手术要胎儿四十天左右的时候为宜。妈妈就逼着沈小洁表个态。沈小洁语气坚定地说：“孩子在我的肚子里，孩子是姜永的，不是我一个人的，我要好好想想。当年他救过我的命，我才嫁给他的，他家就他这么一个儿子，是单传。”

妈妈没好气地瞟着沈小洁说：“你别自找罪受，干傻事！”

沈小洁未语，自从姜永出事后，她很少跟妈妈说话，妈妈说的那些现实得不近人情的话让她的心灵难以接受，她甚至怀疑妈妈的心生锈了。

沈小洁怀孕的消息很快就被左邻右居和亲朋好友知道了，几乎所有人都劝她不要要这个孩子，让她与从前的生活告别，轻松迎接新生活。沈小洁一时真拿不定主意了。

沈小洁突然想去乡下看看姜永的父母。自从姜永出事后，沈小洁只在追悼会上见过两位哭得死去活来的老人，如今也不知道两位老人怎么样了。这天，沈小洁跟别的老师调了课，就搭乘公交车进了城，又换了长途公交车，坐了数小时才到了姜永的家。

姜永的家里早已没有了往日的生活气息，豆坊里的一切仿佛都静止了，有蜘蛛在木板上结网，轧豆子的石碾上也爬满了虫子。沈小洁站在门口喊了几声，半晌里面才传出微弱的问话："谁呀？"

沈小洁说是我，说罢就往屋里走，她看到姜永的父母躺在床上，两人扯着一条被子遮住身子，母亲的眼睛已哭成烂桃了，而他的爸爸根本就不想睁眼睛。

眼前的一切都证明，姜永的意外让活着的父母再也没有生的欲望了。沈小洁的心忽然揪紧了，眼泪不由得流了出来，她顾不得多想，当务之急是救命，要让活着的老人内心生出希望，姜永当年如果不救她的命，她还能活到今天吗？

沈小洁不由得大声喊："爸妈，快醒醒吧，你们有孙子了，要为姜永的孩子做豆腐呀！"

姜永的父亲突然睁开了眼睛问："你这话当真？你当真还是我们的儿媳？"

姜永的母亲迫不及待地跳下床，拉着沈小洁的手说："你真怀了姜永的孩子了？"

沈小洁说："妈，我为什么要骗您呢？"

姜永的母亲仍不放心地问："你们家里人让你为死去的姜永生孩子？"

沈小洁说："孩子在我的肚子里，是姜永的孩子，也是我的孩子，我有权力让孩子出生。”

姜永的母亲突然给沈小洁跪下了，她边哭边说：“儿媳妇呀，你要受大罪了，我们姜家世世代代感谢你呀！”

这时，姜永的父亲掀翻被子跳下床，拉起姜永的母亲说：“你啰嗦个啥？马上给儿媳妇做豆腐去。”

沈小洁回城的时候带了一大包豆制品，豆腐片、豆腐皮还有刚出锅的豆腐，她想无论别人再说什么她都要把姜永的孩子生下来，即便将来再嫁人的时候，她首先要考虑为姜永的孩子找个好爸爸。她想了一路应该给孩子取什么名字，想着想着竟想到了那棵神秘的红松树，于是就决定叫“姜红松”。

有一天，沈小洁班里的一个女生到办公室交作业，女生是数学课代表，是周边老百姓的子女，部队规定凡周边老百姓的子女都要就近入学。女生的爸爸还是一个村干部，沈小洁曾去她的家里做过家访。

女生看到沈老师正在打量桌上姜永的照片，边打量边流泪，嘴里喃喃自语：“姜永你放心，待我把姜红松生下来，我还让他开飞机，我就不信那棵红松树真能把儿子怎么样。”

女生知道那照片上的军人是沈老师的丈夫，前段时间飞机出事故去世了。女生什么也没说，悄悄放下作业就走了。

女生回到家，就把沈老师在办公室看着照片哭的事情跟爸爸说了，女生还说都是那棵红松树惹的祸，爸爸你为什么不让村里人把那棵红松树伐掉呢？

女生的爸爸愣了一下说：“对呀，沈老师受那么大的痛苦，还在教学生，她丈夫就是为了怕飞机伤着学生才摔死的，我怎么没想到为她办点实事安慰一下她呢?”女生说:“爸你别净说好话了,有本事明天就把那棵红松树伐了,免得以后再摔飞机。”

女生的爸爸未言语,第二天一大早就在村里找了几个壮汉去伐树,并差人买了鞭炮,说树一伐倒就把鞭炮放了,放得越响越好。

这天,沈小洁正在教室里给学生上课,忽然听到远处鞭炮脆响,响声很大,她弄不清是怎么回事,就朝窗外张望,这时正好下课铃声响了,沈小洁放下教案奔出教室,担任数学课代表的女生也紧跟了出来,沈小洁跑到校园地势高一点的地方朝远处眺望,她发现远山的林子里有鞭炮在响,声音很大,便不由得问道:“山上在干什么呀?”

跟在她身后的女生说:“沈老师你不知道吧?我爸说为了安慰你,也为了不再摔飞机,正带人伐那棵红松树呢。”

沈小洁惊异地睁大了眼睛问:“你说什么?”

话未落地,只听远处传来一阵众人的欢呼,夹杂着众人的叫喊:“红松树倒喽,红松树倒喽!”

沈小洁随着喊声踮起脚极目远眺,她模模糊糊望见那棵巨蟒般的红松树正倾斜着身子倒下去,哗哗啦啦砸倒了周围一片树木。

沈小洁眼前忽然一黑,猛地晕倒在地。

小女生慌忙奔过来喊:“沈老师,你怎么啦?你醒醒啊,你的裤裆流血了……”

刊于《翠苑》杂志2020年4期

后记：我的写作情结

我的祖籍是辽宁老哈河一带，祖上是满人。小的时候，记忆中的祖母总是穿着过膝的镶边大褂，后来改良为旗袍。祖母的头发高盘于头顶，如一朵黑色的乌云，上边插满了饰物，其中有一个饰物叫九链环，纯银的，上面镶满了珠宝，银链长长的，在耳朵后边一甩一甩，很有女人的风韵。祖父经商，祖母自然是理家，但理家的祖母总是把自己装扮得荣华富贵，手腕上戴着玉镯，玉镯晶莹剔透，脚上是一双绣花鞋，一双秀脚如同艺术品一样藏在绣花鞋里，祖母的手上喜欢拿一只绢手帕，手帕掖在宽大的袖口中，一个角露在外边，绢帕上的绣花证明着手帕的质量，能用这么高档的手帕，一定是有钱人家的女人。

祖父和祖母的确很有钱，祖父长年在外经商，据我父亲介绍，他的童年是在开八个大字的买卖铺中度过的，在祖母留下来的那些老古董中，有一只墨绿色的瓷瓶是皇室用品，一只装杏仁油的瓷罐也是普通人家用不起的，还有一枚镶海水珍珠的金戒指，做工精巧不说，珍珠里还汪着一滴血，太阳光下一照，血在里边晃动，堪称一宝。

祖母嫁给祖父后，祖父就开始在外边做生意，后来祖父被人绑架，要祖母拿钱去赎人，祖母带上钱，星夜兼程赶到祖父被绑架的地方去赎他，一双秀脚跑得血迹斑斑。祖父被赎回来后，就带着全家人迁移到辽宁朝阳他拉皋村，隐名改姓，取“皋”的谐音高字(其实我祖姓叶赫，我的满族名字叫叶赫松蓉)，再也不敢提及满人的辉煌史，并且对经商特别厌恶，发誓不让后人经商，于是我父亲高中毕业就顺理成章地考入热河省医大，成为一名眼科医生……这些细节都是父亲跟我讲的，童年的时候我就被家族的故事吸引着，想着有一天会把这些故事写出来。

有位作家说过，人活在别人的叙述里。这话千真万确。我成人以后，从北方到了南方，看惯了北方山的粗犷，再品味南方的小桥流水，我的思想深处发生了深刻的变化。古人说：近山而仁，近水而慧。我经常站在街上打量与北方不同的南方人，思索着他们之间的相同和不同，满族人生在北方，性格刚直而烈，而南方人大多性格温和，且好诗书。

居住在南京的我，经常行走秦淮河畔，看着南方的行人，回想起父母讲述过的家族史，忍不住动笔挥洒。我笔下的主人公大多有一种为事业为前程勇于奉献和牺牲的精神，男主人公顶天立地、善解人意、敢于担当，而女主人公则多有豪情壮志，这也许是家族历史对我心灵潜移默化的影响吧。

2020年7月12日草就